Santa Evita

❖

Tomás Eloy Martínez

Santa Evita
❖

PLANETA
Biblioteca del Sur

BIBLIOTECA DEL SUR

Diseño de cubierta: Mario Blanco
Diseño de interiores: Alejandro Ulloa
Foto del autor: Gonzalo Martínez

Séptima edición: setiembre de 1995
© 1995, Tomás Eloy Martínez

Derechos exclusivos de edición en castellano
reservados para todo el mundo:
© 1995, Editorial Planeta Argentina S.A.I.C.
Independencia 1668, Buenos Aires (Argentina)
© 1995, Grupo Editorial Planeta

ISBN 950-742-651-5

Hecho el depósito que prevé la ley 11.723
Impreso en la Argentina

Para Susana Rotker,
como todo.

Morir
Es un arte como cualquier otro.
Yo lo hago extremadamente bien.

SYLVIA PLATH,
«Lady Lazarus», 23-29 de octubre de 1962

Quiero asomarme al mundo
como quien se asoma a una colección de tarjetas postales.

EVITA DUARTE,
Entrevista en «Antena», 13 de julio de 1944

1

«MI VIDA ES DE USTEDES»

Al despertar de un desmayo que duró más de tres días, Evita tuvo al fin la certeza de que iba a morir. Se le habían disipado ya las atroces punzadas en el vientre y el cuerpo estaba de nuevo limpio, a solas consigo mismo, en una beatitud sin tiempo y sin lugar. Sólo la idea de la muerte no le dejaba de doler. Lo peor de la muerte no era que sucediera. Lo peor de la muerte era la blancura, el vacío, la soledad del otro lado: el cuerpo huyendo como un caballo al galope.

Aunque los médicos no cesaban de repetirle que la anemia retrocedía y que en un mes o menos recobraría la salud, apenas le quedaban fuerzas para abrir los ojos. No podía levantarse de la cama por más que concentrara sus energías en los codos y en los talones, y hasta el ligero esfuerzo de recostarse sobre un lado u otro para aliviar el dolor la dejaba sin aliento.

No parecía la misma persona que había llegado a Buenos Aires en 1935 con una mano atrás y otra adelante, y que actuaba en teatros desahuciados por una paga de café con leche. Era entonces nada o menos que nada: un gorrión de lavadero, un caramelo mordido, tan delgadita

11

que daba lástima. Se fue volviendo hermosa con la pasión, con la memoria y con la muerte. Se tejió a sí misma una crisálida de belleza, fue empollándose reina, quién lo hubiera creído.

«Tenía el pelo negro cuando la conocí», dijo una de las actrices que le dio refugio. «Sus ojos melancólicos miraban como despidiéndose: no se les veía el color. La nariz era un poco tosca, medio pesadona, y los dientes algo salidos. Aunque lisa de pechera, su figura impresionaba bien. No era de esas mujeres por las que se dan vuelta los hombres en la calle: caía simpática pero a nadie le quitaba el sueño. Ahora, cuando me doy cuenta de lo alto que voló, me digo: ¿dónde aprendió a manejar el poder esa pobre cosita frágil, cómo hizo para conseguir tanta desenvoltura y facilidad de palabra, de dónde sacó la fuerza para tocar el corazón más dolorido de la gente? ¿Qué sueño le habrá caído dentro de los sueños, qué balido de cordero le habrá movido la sangre para convertirla tan de la noche a la mañana en lo que fue: una reina?»

«Sería quizá el efecto de la enfermedad», dijo el maquillador de sus dos últimas películas. «Antes, por más base y colores que le pusiéramos, a la legua se notaba que era una ordinaria, no había forma de enseñarle a sentarse con gracia ni a manejar los cubiertos ni a comer con la boca cerrada. No habrán pasado cuatro años cuando volví a verla, ¿y qué te digo? Una diosa. Las facciones se le habían embellecido tanto que exhalaba un aura de aristocracia y una delicadeza de cuento de hadas. La miré fijo para ver qué milagroso revoque llevaba encima. Pero nada: tenía los mismos dientes de conejo que no le dejaban cerrar los labios, los ojos medio redondos y nada provocativos, y para colmo me pareció que estaba más narigona. El pelo, eso sí, era otro: tirante, teñido de rubio, con un rodete sencillo. La belleza le crecía por dentro sin pedir permiso.»

Nadie se daba cuenta de que la enfermedad la adelgazaba pero también la encogía. Como le permitieron vestirse hasta el final con los piyamas del marido, Evita flotaba cada vez más suelta en la inmensidad de aquellas telas. «¿No me encuentran hecha un jíbaro, un pigmeo?», les decía a los ministros que rodeaban su cama. Ellos le contestaban con alabanzas: «No diga eso, señora. Si es un pigmeo usted, ¿nosotros qué seremos: piojos, microbios?» Y le cambiaban de conversación. Las enfermeras, en cambio, le daban vuelta la realidad: «¿Ve lo bien que ha comido hoy?», repetían, mientras le retiraban los platos intactos. «Se la nota un poco más rellenita, señora». La engañaban como a una criatura, y la ira que le ardía por dentro, sin salida, era lo que más la ahogaba: más que la enfermedad, que el decaimiento, que el terror insensato a despertarse muerta y no saber qué hacer.

Una semana atrás, ¿ya una semana?, se le había apagado la respiración por un instante (como les pasaba a todos los enfermos de anemia, o al menos eso le dijeron). Al volver en sí, se encontró dentro de una cueva líquida, transparente, con máscaras que le cubrían los ojos y algodones en los oídos. Después de uno o dos intentos, consiguió quitarse los tubos y las sondas. Para su extrañeza, advirtió que en ese cuarto donde las cosas se movían rara vez de lugar había un cortejo de monjas arrodilladas delante del tocador y lámparas de luz turbia sobre los roperos. Dos enormes balas de oxígeno se alzaban amenazantes junto a la cama. Los frascos de cremas y perfumes habían desaparecido de las repisas. Se oían rezos en las escaleras batiendo las alas como murciélagos.

—¿A qué se debe este barullo? —dijo, incorporándose en la cama.

Todos quedaron inmovilizados por la sorpresa. Un médico calvo al que apenas recordaba se le acercó y le dijo al oído:

—Acabamos de hacerle una pequeña operación, señora. Le hemos quitado el nervio que le producía tanto dolor de cabeza. Ya no va a sufrir más.

—Si sabían que era eso, no entiendo por qué han tardado tanto —y alzó la voz, con el tono imperioso que ya creía perdido—: A ver, ayúdenme. Tengo ganas de ir al baño.

Bajó descalza de la cama y, apoyándose en una enfermera, fue a sentarse en la taza. Desde ahí, oyó a su hermano Juan corriendo por los pasillos y repitiendo con excitación: «¡Eva se salva! ¡Dios es grande, Eva se salva!». En ese mismo instante volvió a quedarse dormida. Quedó tan extenuada que se despertaba sólo a ratos para beber sorbos de té. Perdió la noción del tiempo, de las horas y hasta de las compañías que se turnaban para cuidarla. Una vez preguntó: «¿Qué día es hoy?» y le dijeron: «Martes 22», pero al cabo de un rato, cuando repitió la pregunta, le respondieron: «Sábado 19», por lo que prefirió olvidar algo que tenía tan poca importancia para todo el mundo.

En uno de los desvelos hizo llamar a su marido y le pidió que se quedara un rato con ella. Lo notó más gordo y con unas grandes bolsas carnosas bajo los ojos. Tenía una expresión desconcertada y parecía deseoso de irse. Era natural: hacía casi un año que no estaban a solas. Evita le tomó las manos y lo sintió estremecerse.

—¿No te atienden bien, Juan? —le dijo—. Las preocupaciones te han engordado. Dejá de trabajar tanto y vení por las tardes a visitarme.

—¿Cómo hago, Chinita? —se disculpó el marido—. Me paso el día contestando las cartas que te mandan a vos. Son más de tres mil cartas, y en todas te piden algo: una beca para los hijos, ajuares de novia, juegos de dormitorio, trabajos de sereno, qué sé yo. Tenés que levantarte rápido antes de que yo también me enferme.

—No te hagás el gracioso. Sabés que mañana o pasado me voy a morir. Si te pido que vengas es porque necesito encargarte algunas cosas.

—Pedíme lo que quieras.

—No abandonés a los pobres, a mis grasitas. Todos estos que andan por aquí lamiéndote los zapatos te van a dar vuelta la cara un día. Pero los pobres no, Juan. Son los únicos que saben ser fieles. —El marido le acarició el pelo.

Ella le apartó las manos: —Hay una sola cosa que no te voy a perdonar.

—Que me case de nuevo —trató de bromear él.

—Casáte las veces que quieras. Para mí, mejor. Así vas a darte cuenta de lo que has perdido. Lo que no quiero es que la gente me olvide, Juan. No dejés que me olviden.

—Quedáte tranquila. Ya está todo arreglado. No te van a olvidar.

—Claro. Ya está todo arreglado —repitió Evita.

A la mañana siguiente despertó con tanto ánimo y liviandad que se reconcilió con su cuerpo. Después de todo lo que la había hecho sufrir, ahora ni siquiera lo sentía. No tenía cuerpo sino respiraciones, deseos, placeres inocentes, imágenes de lugares adonde ir. Aún le quedaban remansos de debilidad en el pecho y en las manos, nada del otro mundo, nada que le impidiera levantarse. Tenía que hacerlo cuanto antes, para tomar a todos por sorpresa. Si los médicos trataban de impedírselo, ella estaría vestida ya para salir y con un par de gritos los pondría en su lugar. Vamos, se dijo, vamos ahora. No bien trató de tomar impulso, uno de los terribles taladros que le horadaban la nuca le devolvió de lleno la conciencia de la enfermedad. Fue un suplicio muy breve, pero tan intenso como para advertirle que el cuerpo no había cambiado. ¿Eso qué importa?, se dijo. Voy a morir, ¿no es cierto? Ya que voy a morir, todo está permitido. Al instante la cubrió otro baño de alivio. Hasta entonces no había caído en la cuenta de que el mejor remedio para librarse de un estorbo era aceptar que existía. Esa súbita revelación la llenó de gozo. No se opondría nunca más a nada: ni a las sondas ni a los alimentos endovenosos ni a las radiaciones que le carbonizaban la espalda ni a los dolores ni a la tristeza de morir.

Alguna vez le habían dicho que no era el cuerpo lo que se enfermaba sino el ser entero. Si el ser lograba recuperarse (y nada costaba tanto, porque para curarlo era preciso verlo), lo demás era cuestión de tiempo y fuerza de voluntad. Pero su ser estaba sano. Nunca, tal vez, había estado mejor. Le dolía desplazarse en la cama de un lado a otro pero, apenas apartaba las sábanas, salir era fácil. Hizo la prueba y enseguida estuvo de pie. En los sillones de alrededor dormían las enfermeras, su madre y uno de los médicos. ¡Cómo le hubiera gustado que la vieran! Pero no los despertó, por miedo a que la obligaran entre todos a acostarse otra vez. Caminó en puntas de pie hacia las ventanas que daban al jardín y a las que nunca tenía ocasión de asomarse. Vio la hiedra desplumada del muro, la cresta de los jacarandás y las magnolias en la pendiente del jardín, el vasto balcón vacío, las cenizas del pasto; vio la vereda, el arco suave de la avenida que ahora se llamaba del Libertador, las hebras de humedad en la penumbra, como si acabaran de salir de un cine. Y de pronto le llegó el hervor de las voces. ¿O no eran voces? Algo había en el aire que se alzaba y caía como si la luz esquivara obstáculos o la oscuridad fuera un pliegue sin fin, un tobogán hacia ninguna parte. Hubo un momento en que le pareció oír las sílabas de su nombre, pero separadas entre sí por silencios furtivos: *Eee vii taa*. La claridad iba alzándose en el este, desde las honduras del río, mientras la lluvia se desvestía de sus vahos grises y resucitaba con una luz de diamante. La vereda estaba sembrada de paraguas, mantillas, ponchos, destellos de velas, crucifijos de procesión y banderas argentinas. ¿Qué día es hoy?, se dijo, o tal vez se dijo. ¿Para qué las banderas? Hoy es sábado, leyó en el almanaque de la pared. Sábado de ninguna parte. Es veintiséis del sábado de julio de mil novecientos cincuenta y dos. No es día del himno ni de Manuel Belgrano ni de la virgen de Luján ni de ninguna santísima fiesta peronista. Pero ahí están los grasitas yendo de un lado a otro, como almas en pena. La que reza de rodillas es doña Elisa Tejedor, con el mismo pañuelo de luto en la cabeza que tenía cuando me pidió el carro lechero y los dos caballos que le robaron al marido la mañana de Navidad; el que se está arrimando a las vallas de la policía, con el sombrero ladeado, es Vicente Tagliatti, al que le conseguí trabajo de medio oficial pintor;

aquellos que prenden velas son los hijos de doña Dionisia Rebollini, que me pidió una casa en Lugano y se murió antes de que pudiera entregársela en Mataderos. ¿Don Luis Lejía, por qué llora? ¿Por qué se abrazan todos, por qué levantan los brazos al cielo, injurian a la lluvia, se desesperan? ¿Dicen lo que oigo: Eee vii taa, no te vayás a ir? Yo no me pienso ir, queridos descamisados, mis grasitas, vayansé a descansar, tengan paciencia. Si pudieran verme se quedarían tranquilos. Pero no puedo dejar que me vean así, con esta traza, esta flacura. Se han acostumbrado a que me les aparezca más imponente, con vestidos de gala, y cómo voy a desencantarlos tan desollada como estoy, con la alegría tan consumida y el espíritu tan a la miseria.

Podría grabarles un mensaje por radio y decirles adiós a su manera, encomendándoles al marido como siempre hacía, pero aún le quedaba la mañana entera para enderezar la voz, ordenar que instalaran los micrófonos y tener un pañuelo a mano por si los sentimientos se le desbocaban como la última vez. La mañana entera, pero también la tarde, y el día siguiente, y el horizonte de todos los días que le faltaban para morir. Otra ráfaga de debilidad la devolvió a la cama, el cuerpo apagó la luz y la felicidad de su ligereza la llenó de sueño, pasó de un sueño al otro y a otro más, durmió como si nunca hubiera dormido.

¿Serían tal vez las nueve, las nueve y cuarto de la noche? El coronel Carlos Eugenio de Moori Koenig dictaba en la Escuela de Inteligencia del ejército su segunda clase sobre la naturaleza del secreto y el uso del rumor. «El rumor», estaba diciendo, «es la precaución que toman los hechos antes de convertirse en verdad». Había citado los trabajos de William Stanton sobre la estructura de las logias chinas y las lecciones del filósofo bohemio Fritz Mauthner sobre la insuficiencia del lenguaje para abarcar la complejidad del mundo real. Pero su atención estaba puesta ahora sobre el rumor. «Todo rumor es inocente por principio, así como toda verdad es culpable, porque no se deja contaminar, no se puede llevar de boca en boca». Revisó sus notas en busca de una cita de Edmund Burke, pero en ese momento lo interrumpió uno de los oficiales de la guardia para informarle que la esposa del presidente de la república acababa de morir. El Coronel recogió sus carpetas y, mientras salía del aula, dijo en alemán: «Gracias a Dios que todo ha terminado».

En los últimos dos años, el Coronel había espiado a Evita por orden de un general de Inteligencia que invocaba, a su vez, órdenes de Perón. Su extravagante deber consistía en elevar partes diarios sobre las hemorragias vaginales que atormentaban a la Primera Dama, de las que el presidente debía estar mejor enterado que nadie. Pero así eran las cosas en aquella época: todos desconfiaban de todos. Una asidua pesadilla de las clases medias era la horda de bárbaros que descendería de la oscuridad para quitarles casas, empleos y ahorros, tal como Julio Cortázar lo imaginó en su cuento «Casa tomada». Evita, en cambio, veía la realidad al revés: la afligían los oligarcas y vendepatria que pretendían aplastar con su bota al pueblo descamisado (ella hablaba así: en sus discursos tocaba todas las alturas del énfasis) y pedía ayuda a las masas para «sacar a los traidores de sus guaridas asquerosas». Como exorcismo contra las estampidas de los pobres, en los salones de la clase alta se leían las sentencias civilizadas de *Una hoja en la tormenta*, de Lin Yutang, las lecciones sobre placer y moralidad de Georges Santayana y los epigramas de los personajes de Aldous Huxley. Evita no leía, por supuesto. Cuando necesitaba salir de algún apuro, citaba a Plutarco o a Carlyle, por recomendación de su marido. Prefería confiar en la sabiduría infusa. Estaba muy ocupada. Recibía entre quince y veinte delegaciones gremiales por la mañana, visitaba un par de hospitales y alguna fábrica por la tarde, inauguraba tramos de caminos, puentes y casas de ayuda maternal, viajaba dos o tres veces por mes a las provincias, pronunciaba cada día entre cinco y seis discursos, arengas breves, estribillos de combate: pregonaba su amor por Perón hasta seis veces en una misma frase, llevando los tonos cada vez más lejos y regresándolos luego al punto de partida como en una fuga de Bach: «Mis ideales fijos son Perón y mi pueblo»; «Alzo mi bandera por la causa de Perón»; «Nunca terminaré de agradecer a Perón por lo que soy y por lo que tengo»; «Mi vida no es mía sino de Perón y de mi pueblo, que son mis ideales fijos». Era abrumador y extenuante.

El Coronel no desdeñaba ningún trabajo de espionaje, y para vigilar a Evita sirvió algún tiempo en la corte de sus edecanes. El poder es sólo un tejido de datos, se repetía, y vaya a saber cuál de todos los que recojo me servirá un día para fines más altos. Escribía partes tan minuciosos como impropios de su rango: «La Señora pierde mucha sangre pero no quiere que llamen a los médicos /// Se encierra en el baño de su despacho y se cambia discretamente los algodones /// Pierde sangre a chorros. Imposible discernir cuándo se trata de la enfermedad y cuándo de la menstruación. Se queja, pero nunca en público. Las asistentas la oyen quejarse dentro del baño y le ofrecen ayuda, pero ella no quiere /// Cálculo de las pérdidas, agosto 19, 1951: cinco centímetros cúbicos y tres cuartos. /// Cálculo de las pérdidas, septiembre 23, 1951: nueve centímetros cúbicos y siete décimas.» Tantas precisiones eran indicio de que el Coronel interrogaba a las enfermeras, husmeaba en los tachos de basura, desmadejaba las vendas inservibles. Tal como él mismo solía decir, estaba haciendo honor a su apellido de origen, que era Moor Koenig: rey de la ciénaga.

El más extenso de sus partes data de septiembre 22. Esa tarde, un oficial de la embajada norteamericana le canjeó informaciones médicas confidenciales por un inventario completo de las hemorragias, lo que permitió al Coronel elaborar un documento de lenguaje más riguroso. Escribió: «Al descubrirse una lesión ulcerada en el cuello uterino de la señora de Perón, se practicó una biopsia y se diagnosticó carcinoma endofílico, por lo cual como primera medida se va a destruir la zona afectada con radium intracavitario y se va a proceder en breve a una intervención quirúrgica. O sea, en términos legos, que hay a la vista un cáncer de matriz. Por la extensión del daño se vislumbra que al operarla tendrán que hacerle un vaciamiento ginecológico. Los especialistas que la están atendiendo le dan seis meses de vida, a lo sumo siete. Han hecho llamar de urgencia a un capo del Memorial Cancer Hospital de Nueva York para que confirme lo que ya no hace falta confirmar».

Desde que Evita fue puesta bajo la custodia de los médicos, al Coronel no le quedó gran cosa por hacer. Pidió que lo relevaran de su misión en el cuerpo de edecanes y que le permitieran transmitir a una élite de oficiales jóvenes lo mucho que sabía sobre contraespionaje, infiltración, criptogramas y teorías del rumor. Llevó una vida de académico satisfecho mientras los títulos honoríficos se acumulaban sobre la agonizante Evita: Abanderada de los Humildes, Dama de la Esperanza, Collar de la Orden del Libertador General San Martín, Jefa Espiritual y Vicepresidente Honorario de la Nación, Mártir del Trabajo, Patrona de la provincia de La Pampa, de la ciudad de La Plata y de los pueblos de Quilmes, San Rafael y Madre de Dios.

En los tres años que siguieron, a la historia argentina le pasó de todo, pero el Coronel se mantuvo aparte, enfrascado en sus clases e investigaciones. Evita murió y su cuerpo fue velado durante doce días bajo la cúpula de jirafa de la Secretaría de Trabajo, donde se había desangrado atendiendo las súplicas de las multitudes. Medio millón de personas besó el ataúd. Algunos tuvieron que ser arrancados a la fuerza porque trataban de suicidarse a los pies del cadáver con navajas y cápsulas de veneno. Alrededor del edificio funerario se colgaron dieciocho mil coronas de flores: había otras tantas en las capillas ardientes alzadas en las capitales de provincia y en las ciudades cabeceras de distrito, donde la difunta estaba representada por fotografías de tres metros de altura. El Coronel asistió al velorio con los veintidós edecanes que la habían servido, llevando el obligatorio crespón de luto. Permaneció diez minutos de pie, rezó una plegaria y se retiró con la cabeza baja. La mañana del entierro se quedó en cama y siguió los movimientos del cortejo fúnebre por las descripciones de la radio. El ataúd fue colocado sobre una cureña de guerra y tirado por una tropilla de treinta y cinco representantes sindicales en mangas de camisa. Diecisiete mil soldados se apostaron en las calles para rendir honores. Desde los balcones fueron arrojados un millón y medio de rosas amarillas, alhelíes de los Andes, claveles blancos, orquídeas del Amazonas, alverjillas del lago Nahuel Huapí y crisantemos enviados por el emperador del Japón en aviones de guerra. «Números», dijo el Coronel. «Ya esa mujer no tiene más ancla con la realidad que los números».

Pasaron los meses y la realidad, sin embargo, siguió ocupándose de ella. Para satisfacer la súplica de que no la olvidaran, Perón ordenó embalsamar el cuerpo. El trabajo fue encomendado a Pedro Ara, un anatomista español, célebre por haber conservado las manos de Manuel de Falla como si aún estuvieran tocando «El amor brujo». En el segundo piso de la Confederación General del Trabajo, se construyó un laboratorio aislado por las más rigurosas precauciones de seguridad.

Aunque nadie podía ver el cadáver, la gente lo imaginaba yaciendo allí, en el sigilo de una capilla, y acudía los domingos a rezar el rosario y a llevarle flores. Poco a poco, Evita fue convirtiéndose en un relato que, antes de terminar, encendía otro. Dejó de ser lo que dijo y lo que hizo para ser lo que dicen que dijo y lo que dicen que hizo.

Mientras su recuerdo se volvía cuerpo, y la gente desplegaba en ese cuerpo los pliegues de sus propios recuerdos, el cuerpo de Perón —cada vez más gordo, más desconcertado— se vaciaba de historia. Entre los rumores que compilaba el Coronel para ilustración de sus discípulos llegó el de un golpe militar que estallaría entre junio y septiembre de 1955. El de junio fracasó; en septiembre, Perón se desmoronó solo.

Fugitivo, asilado en una cañonera paraguaya que estaba siendo reparada en los astilleros de Buenos Aires, Perón escribió durante cuatro noches de vigilia, mientras esperaba que lo asesinaran, la historia de su romance con Eva Duarte. Es el único texto de su vida que construye el pasado como un tejido de sentimientos y no como un instrumento político, aunque su efecto (sin duda voluntario) es asestar el martirio de Evita, como una maza de guerra, contra la cara de sus adversarios.

Lo que más impresiona de esas páginas es que, aun tratándose de una declaración de amor, la palabra amor no aparece nunca. Perón escribe: «Pensábamos al unísono, con el mismo cerebro, sentíamos con una misma alma. Era natural por ello que en tal comunión de ideas y de sentimientos naciera aquel afecto que nos llevó al matrimonio». ¿Aquel afecto? No es la clase de expresión que uno imagina en boca de Evita. Lo menos que ella solía decir a sus descamisados era: «Yo quiero al general Perón con toda mi alma y por él quemaría mi vida una y mil veces». Si los sentimientos tuvieran una unidad de medida y si esa unidad pudiera aplicarse a las dos frases citadas, sería fácil discernir cuál era la distancia emocional que separaba a Evita de su esposo.

En aquellos días del golpe contra Perón, al Coronel le interesaban otras respiraciones de la realidad. La más trivial era una respiración semántica: ya nadie llamaba al ex presidente por su nombre o por su rango militar, del que pronto iba a ser degradado. El apelativo con que se lo mencionaba en los documentos oficiales era «tirano prófugo» y «dictador depuesto». A Evita se le decía «esa mujer», pero en privado le reservaban epítetos más crueles. Era la Yegua o la Potranca, lo que en el lunfardo de la época significaba puta, copera, loca. Los descamisados no rechazaron por

completo la invectiva, pero dieron vuelta su sentido. Evita
era para ellos la yegua madrina, la guía del rebaño.

Tras la caída de Perón, los escalafones militares fueron
diezmados por purgas inmisericordes. El Coronel temía
que le anunciaran su retiro de un día para otro por haber
servido como edecán de la Señora, pero su amistad con
algunos de los cabecillas revolucionarios —de los que había
sido instructor y confidente en la Escuela de Inteligencia—
y su reconocida pericia para desenmascarar conjuras lo
mantuvieron a flote durante algunas semanas en las oficinas de enlace del ministerio del ejército. Allí diseñó un plan
intrincado para asesinar en Paraguay al «dictador fugitivo»
y otro, más laborioso aún, que pretendía sorprenderlo en la
cama y cortarle la lengua. Pero a los generales triunfantes
ya no les inquietaba Perón. El dolor de cabeza que los des-
velaba eran los despojos de «esa mujer».

El Coronel estaba en su oficina escribiendo una minuta
sobre el uso de los espías según Sun Tzu y oyendo a todo
volumen el «Magnificat» de Bach cuando lo mandó llamar
el presidente provisional de la república. Eran las once de
la noche y desde hacía una semana no paraba de llover. El
aire estaba saturado de mosquitos, chillidos de gatos y
olor a podredumbre. No imaginaba el Coronel para qué
podrían necesitarlo y apuntó algunos datos sobre las dos o
tres misiones delicadas que tal vez le iban a encomendar.
¿Quizá seguir los pasos de los agitadores nacionalistas que
esa misma semana habían sido apartados del gobierno?
¿Averiguar a quién entregarían los militares el gobierno
del Brasil tras la apresurada renuncia del presidente Café
Filho? ¿O algo más secreto aún, más subterráneo, como
descubrir los nidos donde las manadas peronistas en fuga
estaban lamiéndose las heridas? Se lavó la cara, se afeitó
la barba de día y medio y se internó en los laberintos de la
casa de gobierno. La reunión era en una sala con paredes
de espejos y bustos alegóricos de la Justicia, la Razón y la
Providencia. Los escritorios estaban atestados de sandwi-
ches resecos y cenizas de cigarrillos. El presidente provi-

sional de la república parecía tenso, a punto de perder el control. Era un hombre pálido, de cara redonda, que puntuaba las frases con silencios asmáticos. Tenía labios finos, casi blancos, ensombrecidos por una gran nariz. La figura encorvada del vicepresidente y las contracciones de sus mandíbulas recordaban a las hormigas. Usaba además grandes anteojos negros que no se quitaba ni en la oscuridad. Con voz ronca, ordenó al Coronel que se mantuviera de pie. La entrevista, le advirtió, sería corta.

—Se trata de la mujer —dijo—. Queremos saber si es ella.

El Coronel tardó en comprender.

—Algunas personas han visto el cuerpo en la CGT —informó un capitán de navío, que fumaba cigarros de hoja—. Dicen que es impresionante. Han pasado tres años y parece intacto. Hemos ordenado que le saquen radiografías. Mírelas, aquí están. Tiene todas las vísceras. A lo mejor el cuerpo es un engaño, o es de otra. Anda todavía por ahí un escultor italiano al que encargaron un proyecto de monumento con sarcófago y todo. El italiano hizo una copia en cera del cadáver. Se cree que es una copia perfecta, y que nadie podría distinguir cuál es cuál.

—Contrataron a un embalsamador —agregó el vicepresidente—. Le pagaron cien mil dólares. El país es una ruina y han malgastado el dinero en esa basura.

El Coronel sólo atinó a decir:

—¿Cuáles son las órdenes? Yo me encargo de que se cumplan.

—En cualquier momento habrá un motín en las fábricas —explicó un general obeso—. Sabemos que los cabecillas quieren entrar en la CGT y llevarse a la mujer. Quieren pasearla por las ciudades. La van a poner en la proa de un barco lleno de flores y bajar con ella por el río Paraná para sublevar a los pueblos de las orillas.

El Coronel imaginó la procesión infinita y los bombos redoblando junto al río. Las antorchas torvas. Las flotas de flores. El vicepresidente se incorporó.

—Muerta —dijo—, esa mujer es todavía más peligrosa que cuando estaba viva. El tirano lo sabía y por eso la dejó aquí, para que nos enferme a todos. En cualquier tugurio aparecen fotos de ella. Los ignorantes la veneran como a una santa. Creen que puede resucitar el día menos pensado y convertir a la Argentina en una dictadura de mendigos.

—¿Cómo, si es tan sólo un cadáver? —atinó a preguntar el Coronel.

El presidente parecía harto de todas esas alucinaciones; quería irse a dormir.

—Cada vez que en este país hay un cadáver de por medio, la historia se vuelve loca. Ocúpese de esa mujer, coronel.

—No he comprendido bien, mi general. ¿Qué significa ocuparme? En circunstancias normales, sabría qué hacer. Pero esa mujer ya está muerta.

El vicepresidente le dedicó una sonrisa de hielo:

—Desaparézcala —dijo—. Acábela. Conviértala en una muerta como cualquier otra.

El Coronel pasó la noche en vela, trenzando algunos planes y deshaciéndolos en seguida por inútiles. Apoderarse de la mujer era fácil. Lo difícil era encontrarle un destino. Aunque los cuerpos que mueren dejan su destino muy atrás, el de la mujer aún estaba incompleto. Necesitaba un destino último, pero para llegar a él había que atravesar quién sabe cuántos otros.

Una y otra vez revisó los informes sobre los trabajos de conservación, que no habían cesado desde la noche de la muerte. El relato del embalsamador era entusiasta. Aseguraba que luego de las inyecciones y de los fijadores, la piel de Evita se había tornado tensa y joven, como a los veinte años. Por las arterias fluía una corriente de formaldehído, parafina y cloruro de zinc. Todo el cuerpo exhalaba un suave aroma de almendras y lavanda. El Coronel no pudo apartar los ojos de las fotos que retrataban a una criatura etérea y marfilina, con una belleza que hacía olvidar todas las otras felicidades del universo. La propia madre, doña

Juana Ibarguren, se había desmayado durante una de las visitas al creer que la oía respirar. Dos veces el viudo la había besado en los labios para romper un encantamiento que tal vez fuera el de la Bella Durmiente. De las transparencias del cuerpo brotaba una luz líquida, inmune a las humedades, a las tormentas, y a las desolaciones del hielo y del calor. Estaba tan bien conservada que hasta se veía el dibujo de los vasos sanguíneos bajo el cutis de porcelana y un rosado indeleble en la aureola de los pezones.

A medida que avanzaba en la lectura, al Coronel se le secaba la garganta. Sería mejor quemarla, pensó. Con los tejidos rebosantes de químicos, volará en cuanto le acerque un fósforo. Se incendiará como una puesta de sol. Pero el presidente había prohibido que la quemaran. Todo cuerpo cristiano debe ser enterrado en un cementerio cristiano, le había dicho. Aunque esa mujer ha vivido una vida impura, murió confesada y en gracia de Dios. Lo mejor, entonces, sería cubrirla con cemento fresco y fondearla en un lugar secreto del río, como deseaba el vicepresidente. Quién sabe, reflexionó el Coronel. Vaya a saber qué ocultos poderes tienen esos químicos. Tal vez al contacto con el agua entren en efervescencia, y la mujer aparezca flotando, más vigorosa que nunca.

Lo consumía la impaciencia. Antes de que amaneciera, llamó al embalsamador y le exigió un encuentro. «¿En un café o en mi casa?», preguntó el médico, aún enredado en las neblinas del sueño. «Necesito examinar el cuerpo», le dijo el Coronel. «Voy a ir adonde usted la tiene». «Imposible, señor. Es peligroso verla. Las sustancias del cuerpo no se han calmado. Son tóxicas, irrespirables.» El Coronel lo interrumpió, tajante: «Salgo para ahí ahora mismo».

Siempre había existido el temor de que algún fanático se apoderara de Evita. El triunfo del golpe militar daba también alas a los que deseaban verla cremada o profanada. En la CGT nadie dormía tranquilo. Dos sargentos que habían sobrevivido a las purgas de peronistas en el ejército se turnaban en la custodia del segundo piso. A veces, el embalsamador dejaba entrar a funcionarios de las misiones diplomáticas, con la esperanza de que pusieran el grito en el cielo si los militares destruían el cadáver. Pero lo que les arrancaba no eran promesas de solidaridad sino balbuceos incrédulos. Los visitantes, que llegaban preparados para observar una maravilla científica, se retiraban convencidos de que en verdad les habían mostrado un acto de magia. Evita estaba en el centro de una enorme sala tapizada de negro. Yacía sobre una losa de cristal, suspendida del techo por cuerdas transparentes, para dar la impresión de que levitaba en un éxtasis perpetuo. A un lado y otro de la puerta colgaban las cintas moradas de las coronas funerarias, con sus leyendas aún intactas: «Volvé Evita amor mío. Tu hermano Juan»; «Eterna Evita en el corazón del pueblo. Tu Madre desconsolada». Ante el prodigio del cuerpo flotando en el aire puro, los visitantes caían de rodillas y se levantaban mareados.

La imagen era tan dominante, tan inolvidable, que el sentido común de las personas terminaba por moverse de lugar. Qué sucedía no se sabe. Les cambiaba la forma del mundo. El embalsamador, por ejemplo, ya no vivía sino para ella. Se presentaba todas las mañanas a las ocho en punto en el laboratorio de la Confederación General del Trabajo, con trajes de casimir azul y un sombrero de alas rígidas orlado por una gran banda negra. Al entrar en el segundo piso se quitaba el sombrero, dejando al descubierto una calva lustrosa y unos aladares de pelo gris, aplastados por la gomina. Se enfundaba el delantal, y durante diez a quince minutos examinaba las fotos y radiografías que registraban las ínfimas mudanzas cotidianas del cadáver. En una de sus notas de trabajo se lee: «Agosto 15, 1954. Perdí toda idea del tiempo. He pasado la tarde velando a la Señora y hablándole. Fue como asomarme a un balcón donde ya no hay nada. Y sin embargo, no puede ser. Hay algo allí, hay algo. Tengo que descubrir la manera de verlo».

¿Alguien quizá supone que el doctor Ara trataba de ver

los soles de lo absoluto, la lengua del paraíso terrenal, el orgasmo vía lácteo de la inmaculada concepción? Qué va. Todas las referencias sobre él confirman su sensatez, su falta de imaginación, su piedad religiosa. Era insospechable de inclinaciones ocultistas y parapsicológicas. Ciertos apuntes del Coronel —de los que tengo copia— dan acaso en la tecla: lo que le interesaba al embalsamador era saber si el cáncer seguía extendiéndose por el cuerpo aun después de haberlo purificado. Las fronteras de su curiosidad eran pobres pero científicas. Estudiaba los movimientos sutiles de las articulaciones, los desvíos en el color de los cartílagos y glándulas, los tules de los nervios y de los músculos en busca de algún estigma. No quedaba ninguno. Lo que estaba marchito se había borrado. En los tejidos sólo respiraba la muerte.

Quien lea las memorias póstumas del doctor Pedro Ara (*El caso Eva Perón*, CVS Ediciones, Madrid, 1974), advertirá sin dificultad que le había echado el ojo a Evita mucho antes de que muriera. Una y otra vez se queja de los que piensan eso. Pero sólo un historiador convencional toma al pie de la letra lo que le dicen sus fuentes. Véase por ejemplo el primer capítulo. Se titula «¿La fuerza del Destino?» y su tono, como lo permite adivinar esa pregunta retórica, es de humildad y duda. Jamás se le hubiera pasado por la cabeza la idea de embalsamar a Evita, escribe; más de una vez alejó a los que venían a pedírselo, pero contra el Destino, Dios, ¿qué puede hacer un pobre anatomista? Es verdad, insinúa, que tal vez nadie estaba tan bien preparado como él para la empresa. Era académico de número y profesor distinguido. Su obra maestra —una cordobesa de dieciocho años que yacía inmovilizada en un paso de danza— dejaba con la boca abierta a los expertos. Pero embalsamar a Evita era como saltar el firmamento. ¿Me han elegido a mí? ¿Por cuáles méritos?, se pregunta en las memorias. Ya había dicho que no cuando le suplicaron que examinara el cadáver de Lenin en Moscú. ¿Por qué diría que sí esta vez? Por el Destino con mayúsculas.

Eso: el Destino. «¿Quién será tan fatuo y vanidoso que
crea poder elegir?», suspira en el primer capítulo. «¿Por
qué, tras tantos siglos de desgaste, la idea del Destino
sigue en auge?»

Ara conoció a Evita en octubre de 1949, «no socialmen-
te», como advierte, sino a la sombra de su marido, en una
de las concentraciones populares que la excitaban tanto.
Había acudido a la casa de gobierno como emisario del
embajador de España y en una antesala esperaba el fin de
los discursos y el ritual de los saludos. Una marea de aduladores lo arrastró al balcón donde Evita y Perón, con los
brazos en alto, eran llevados y traídos por el viento de
éxtasis que brotaba de la muchedumbre. Quedó un
momento a espaldas de la Señora, tan cerca que pudo
apreciar la danza vascular de su cuello: el alboroto y la
sofocación de las anemias.

En las memorias asegura que aquel fue el último día de
Evita sin zozobras de salud. Un análisis de sangre reveló
que tenía sólo tres millones de glóbulos rojos por milímetro cúbico. La enfermedad mortal no había dado el zarpazo pero ya estaba ahí, escribió Ara. «Si yo la hubiera visto
un poco más que el escaso segundo de aquella tarde,
habría captado la densidad de flores de su aliento, la lumbre de su córnea, la energía invencible de sus treinta años.
Y habría podido copiar sin mengua esos detalles en el
cuerpo difunto, que tan deteriorado estaba cuando llegó a
mis manos. Tal como las cosas ocurrieron, tuve que valer-
me sólo de fotos y de presentimientos. Aun así, la convertí
en una estatua de belleza suprema, como la Pietá o la Victoria de Samotracia. Pero yo merecía más, ¿no es cierto?
Yo merecía más.»

En junio de 1952, siete semanas antes de que Evita
muriera, Perón lo convocó a la residencia presidencial.

—Ya se habrá enterado usted de que mi mujer no tiene
salvación —le dijo—. Los legisladores quieren construirle
en la Plaza de Mayo un monumento de ciento cincuenta
metros, pero a mí no me interesan esas fanfarrias. Prefiero

que el pueblo la siga viendo tan viva como ahora. Tengo informes de que usted es el mejor taxidermista que hay. Si eso es cierto, no le va a ser difícil demostrarlo con alguien que acaba de cumplir treinta y tres años.

—No soy taxidermista —lo corrigió Ara— sino conservador de cuerpos. Todas las artes aspiran a la eternidad, pero la mía es la única que convierte la eternidad en algo visible. Lo eterno como una rama del árbol de lo verdadero.

La untuosidad del lenguaje desconcertó a Perón y lo sumió en una instantánea desconfianza.

—Dígame de una vez qué le hace falta y se lo pondré a su disposición. La enfermedad de mi mujer casi no me deja tiempo para todo lo que tengo que hacer.

—Necesito ver el cuerpo —respondió el médico—. Me temo que ustedes han acudido a mí demasiado tarde.

—Pase cuando quiera —dijo el presidente—, pero es mejor que ella no se entere de su visita. Ahora mismo voy a ordenar que la duerman con sedantes.

Diez minutos después, introdujo al embalsamador en el dormitorio de la moribunda. Estaba flaca, angulosa, con la espalda y el vientre quemados por la torpeza de las radiaciones. Su piel traslúcida empezaba a cubrirse de escamas. Indignado por el descuido con que se trataba en privado a una mujer que era tan venerada en público, Ara exigió que suspendieran el tormento de los rayos y ofreció una mezcla de aceites balsámicos con la que se debía untar el cuerpo tres veces por día. Nadie tomó en serio sus consejos.

El 26 de julio de 1952, al caer la noche, un emisario de la presidencia pasó a buscarlo en un automóvil oficial. Evita había entrado ya en una agonía sin remedio y se esperaba que muriera de un momento a otro. En los parques contiguos al palacio, largas procesiones de mujeres avanzaban de rodillas, suplicando al cielo que postergara esa muerte. Cuando el embalsamador bajó del automóvil, una de las devotas lo tomó del brazo y le preguntó, llorando: «¿Es verdad, señor, que se nos viene la desgracia?». A lo que Ara respondió, con toda seriedad: «Dios sabe lo que hace, y yo estoy aquí para salvar lo que se pueda. Le juro que voy a hacerlo».

No imaginaba el arduo trabajo que tenía por delante. Le confiaron el cuerpo a las nueve de la noche, después de un responso apresurado. Evita había muerto a las ocho y veinticinco. Aún se mantenía caliente y flexible, pero los pies viraban al azul y la nariz se le derrumbaba como un animal cansado. Ara advirtió que, si no actuaba de inmediato, la muerte lo vencería. La muerte avanzaba con su danza de huevos y, dondequiera hacía pie, sembraba un nido. Ara la sacaba de aquí y la muerte destellaba por allá, tan rápido que sus dedos no alcanzaban a contenerla. El embalsamador abrió la arteria femoral en la entrepierna, bajo el arco de Falopio, y entró a la vez en el ombligo en busca de los limos volcánicos que amenazaban el estómago. Sin esperar a que la sangre drenara por completo, inyectó un torrente de formaldehído, mientras el bisturí se abría paso entre los intersticios de los músculos, rumbo a las vísceras; al dar con ellas las envolvía con hilos de parafina y cubría las heridas con tapones de yeso. Su atención volaba desde los ojos que se iban aplanando y las mandíbulas que se desencajaban a los labios que se teñían de ceniza. En esas sofocaciones del combate lo sorprendió el amanecer. En el cuaderno donde llevaba la cuenta de las soluciones químicas y de las peregrinaciones del bisturí escribió: «*Finis coronat opus*. El cadáver de Eva Perón es ya absoluta y definitivamente incorruptible».

Le parecía una insolencia que, tres años después de semejante hazaña, le exigieran rendir cuentas. ¿Cuentas por qué? ¿Por una obra maestra que conservaba todas las vísceras? Qué torpeza, Dios mío, qué confusión del destino. Oiría lo que quisieran decirle y luego tomaría el primer barco a España, llevándose lo que le pertenecía.

El Coronel lo sorprendió sin embargo con sus buenos modales. Pidió una taza de café, dejó caer como al descuido unos versos de Góngora sobre el amanecer y, cuando habló por fin del cadáver, los escrúpulos del embalsamador ya se habían esfumado. En sus memorias describe al Coronel con entusiasmo: «Después de buscar un alma gemela durante tantos meses, vengo a encontrarla en el hombre a quien creía mi enemigo».

—Al gobierno le llegan rumores insensatos sobre el cadáver —dijo el Coronel. Había desenfundado una pipa después del café, pero el médico le suplicó que se abstuviera. Un desliz de la llama, una chispa distraída, y Evita podía convertirse en ceniza. —Nadie cree que el cuerpo siga intacto al cabo de tres años. Uno de los ministros supone que usted lo escondió en un nicho de cementerio y que lo ha reemplazado por una estatua de cera.

El médico meneó la cabeza con desaliento.

—¿Qué ganaría yo con eso?

—Fama. Usted mismo explicó en la Academia de Medicina que dar sensación de vida a un cuerpo muerto era como descubrir la piedra filosofal. La exactitud es el nudo último de la ciencia, dijo. Y lo demás, escombro, mula sin rostro. No entendí esa metáfora. Una alusión ocultista, supongo.

—Soy célebre desde hace tiempo, Coronel. Tengo toda la fama que necesito. En la lista de embalsamadores no ha quedado otro nombre que el mío. Perón me llamó por eso: porque no tenía alternativa.

El sol asomaba entre los corcovos del río. Un lunar de luz fue a caer sobre la calva del médico.

—Nadie desconoce sus méritos, doctor. Lo que resulta raro es que un experto como usted haya tardado tres años en un trabajo que debía estar listo en seis meses.

—Son los riesgos de la exactitud. ¿No hablaba usted de eso?

—Al presidente le dicen otras cosas. Discúlpeme que se las cite, pero mientras más franqueza haya entre nosotros, mejor nos entenderemos. —Sacó del portafolio dos o tres documentos con sellos de secreto. Suspiró al hojearlos, en señal de disgusto. —Quisiera que no dé a las acusaciones más importancia de la que tienen, doctor. Son eso: acusaciones; no pruebas. Aquí se afirma que usted retuvo el cadáver de la señora porque no le pagaron los cien mil dólares convenidos.

—Eso es indigno. Un día antes de que Perón huyera del país me pagaron todo lo que me debían. Soy un hombre de fe, un católico militante. No voy a perder mi alma usando a una muerta como rehén.

—Coincido. Pero la desconfianza está en la naturaleza misma de los estados. —El Coronel empezó a jugar con la pipa y a golpearse los dientes con la boquilla. —Oiga este informe. Es vergonzoso. «El gallego está enamorado del cadáver», dice. El gallego, sin duda, ha de ser usted. «Lo manosea, le acaricia las tetas. Un soldado lo ha sorprendido metiéndole las manos en las entrepiernas». Me imagino que eso no es cierto. —El embalsamador cerró los ojos. —¿O es cierto? Dígamelo. Estamos en confianza.

—No tengo por qué negarlo. Durante dos años y medio, el cuerpo que yo dejaba lozano por la noche se despertaba marchito en las mañanas. Advertí que para devolverle la belleza había que enderezarle las entrañas. —Desvió la mirada, se calzó la cintura del pantalón bajo las costillas. —Ya no hace falta que lo siga manipulando. He descubierto un fijador que lo mantiene clavado en su ser, de una vez para siempre.

El Coronel se enderezó en la silla.

—Lo más difícil de resolver —dijo, guardando la pipa— es lo que el presidente llama «la posesión». Cree que el cadáver no puede seguir en sus manos, doctor. Usted no tiene medios para protegerlo.

—¿Y le han pedido que me lo quite, Coronel?

—Así es. El presidente me lo ha ordenado. Acaba de nombrarme jefe del Servicio de Inteligencia con ese fin. El nombramiento salió en los diarios esta mañana.

Una sonrisa de desdén asomó en los labios del embalsamador.

—No es tiempo todavía, Coronel. Ella no está lista. Si usted se la lleva ahora, mañana no la va a encontrar. Se perderá en el aire, se volverá vapor, mercurio, alcoholes.

—Creo que usted no me entiende, doctor. Soy un oficial del ejército. Yo no atiendo razones. Atiendo órdenes.

—Le voy a dar sólo unos pocos argumentos. Después, haga lo que se le dé la gana. Al cuerpo le falta todavía un baño de bálsamo. Tiene una cánula drenando. Debo quitársela. Pero sobre todo necesita tiempo, dos a tres días. ¿Qué son dos o tres días para un viaje que va a durar toda la eternidad? En lo profundo del cuerpo hay llaves que cerrar, querellas que no están saldadas. Y además, Coronel, la madre no quiere que nadie me la quite. Me ha cedido la custodia legal. Si se la llevan hará un escándalo. Apelará al Santo Padre. Como ve, Coronel, hay que atender ciertas razones antes de obedecer.

Empezó a balancearse. Hundió los pulgares en los tirantes que debía llevar bajo el guardapolvo. Recuperó la displicencia, el aire de superioridad, la astucia: todo lo que la entrada en escena del Coronel había, por un instante, disipado.

—Usted sabe muy bien lo que está en juego —dijo el Coronel y se levantó a su vez—. No es el cadáver de esa mujer sino el destino de la Argentina. O las dos cosas, que a tanta gente le parecen una. Vaya a saber cómo el cuerpo muerto e inútil de Eva Duarte se ha ido confundiendo con el país. No para las personas como usted o como yo. Para los miserables, para los ignorantes, para los que están fuera de la historia. Ellos se dejarían matar por el cadáver. Si se hubiera podrido, vaya y pase. Pero al embalsamarlo, usted movió la historia de lugar. Dejó a la historia dentro. Quien tenga a la mujer, tiene al país en un puño, ¿se da cuenta? El gobierno no puede permitir que un cuerpo así ande a la deriva. Dígame sus condiciones.

—Yo no soy quién para poner condiciones —contestó el médico—. Mi única responsabilidad es dejar satisfechas a la madre y a las hermanas de Evita. —Leyó unos apuntes que tenía sobre el escritorio. —Quieren, me dicen, que se la entierre en un lugar piadoso y que la gente sepa dónde está, para que pueda visitarla.

—Por el lugar piadoso no se preocupe. Pero la otra cláusula es inaceptable. El presidente me ha exigido que todo se haga con el mayor secreto.

—La madre va a insistir.

—No sé qué decirle. Si alguien supiera dónde está el cuerpo, no habría fuerza humana capaz de protegerlo. Hay fanáticos buscándolo por todas partes. Lo robarían, doctor. Lo harían desaparecer en nuestras propias narices.

—Entonces tenga cuidado —dijo el médico, con sorna—. Porque cuando yo la pierda de vista, nadie tendrá manera de saber si ella es ella. ¿No me habló usted de una estatua de cera? Existe. Evita quería una tumba como la de Napoleón Bonaparte. Cuando se prepararon las maquetas, el escultor estuvo aquí, reproduciendo el cuerpo. Yo vi la copia que hizo. Era idéntica. ¿Sabe lo que pasó? Una noche regresó al taller y la copia ya no estaba. Se la quitaron. Él cree que fue el ejército. Pero no fue el ejército, ¿verdad?

—No —admitió el Coronel.

—Entonces, cuídese. Yo me lavo las manos.

—No se las lave tan rápido, doctor. ¿Dónde está el cuerpo? Quiero ver por mí mismo si es esa maravilla de la que hablan sus apuntes. Déjeme ver qué dicen. —Sacó una tarjeta del bolsillo y leyó: —«Es un sol líquido». ¿No le parece una exageración? Imagínese, un sol líquido.

2

«SERÉ MILLONES»

Cuando Evita salió por última vez a la intemperie pesaba treinta y siete kilos. Los dolores se le encendían cada dos o tres minutos, cortándole el aliento. No podía, sin embargo, darse el lujo de sufrir. A las tres de la tarde de aquel día su marido iba a jurar por segunda vez consecutiva como presidente de la república, y los descamisados afluían sobre Buenos Aires para verla a ella, no a él. Ella era el espectáculo. Había corrido por todas partes el rumor de que se estaba muriendo. En los ranchos de Santiago del Estero y del Chubut la gente desesperada interrumpía sus quehaceres para implorarle a Dios que la conservara viva. Cada casa humilde tenía un altar donde las fotos de Evita, arrancadas de las revistas, estaban iluminadas por velas y flores del campo. Por la noche, las fotos eran llevadas en procesión de un lado a otro para que tomaran el aire de la luna. Ningún recurso se descuidaba con tal de devolverle la salud. La enferma sabía esas cosas y no quería fallarle a la gente, que había pasado la noche al destemplado para ver el desfile y saludarla de lejos.

Dos veces trató de levantarse y los médicos no la dejaron. La tercera vez, enceguecida por un dolor que le taladró la nuca, se desplomó en la cama. Tomó entonces la determinación de salir como fuera, porque si ese día le tocaba morir quería hacerlo delante de todo el mundo. Llamó a la madre, a las enfermeras, al marido, y les pidió que la ayudaran a vestirse. «Inyéctenme calmantes para que pueda mantenerme de pie», decía. «Abríguenme, distráiganme, no me dejen sola». Nunca la habían oído suplicar y ahora la veían de rodillas en la cama, con las manos juntas.

El marido estaba desconcertado. Observaba desde la puerta del cuarto aquel arresto de rebeldía sin saber cuál era la respuesta más atinada. Llevaba uniforme de gala y una capa oscura de invierno. Debajo de la faja presidencial se había colgado un ramillete de condecoraciones. «¿Te has vuelto loca, Chinita?», le decía sacudiendo la cabeza. Eva lo atormentaba con su mirada sin consuelo. «No podés salir. No se ha derretido la escarcha. Te vas a caer redonda.» Ella porfiaba. «Sáquenme el dolor de la nuca y van a ver cómo puedo. Pónganme una anestesia en los talones. Yo puedo. Si me quedo aquí en esta soledad voy a morir. Prefiero que me mate el dolor y no la tristeza. ¿Nadie se quiere compadecer de mí?». El marido ordenó que la vistieran y se alejó del cuarto murmurando: «Siempre igual, Chinita. Siempre terminás haciendo lo que te da la gana».

Le pusieron dos inyecciones, una para que no sufriera y otra para que mantuviera la lucidez. Le disolvieron las ojeras con bases claras y líneas de polvo. Y, como se empecinaba en acompañar al presidente de pie en la inclemencia de un auto descubierto, le fabricaron a las apuradas un corsé de yeso y alambres para mantenerla erguida. Lo peor fue el tormento de las lencerías y las enaguas, porque hasta el roce de la seda le quemaba la piel. Pero después de aquel mal trago, que llevó media hora, aguantó a pie firme las asperezas del vestido, el casquito bordado con que le adornaron la cabeza para disimular su flacura, los zapatos cerrados de tacos altos y el abrigo de visón en el que cabían dos Evitas. Aunque bajó las escaleras en una silla de ruedas que cargaron los soldados, alcanzó con sus propios pies las puertas del palacio y sonrió al salir como si estuviera en la flor de la salud. Sentía el mareo de la debilidad y el contento del aire libre, del que llevaba apartada treinta y tres días. Aferrada al brazo de su marido, se dejó apretujar por la gente en las escalinatas del Congreso y, salvo un ligero desvanecimiento que la obligó a descansar en la enfermería de la Cámara de Diputados, toleró con donaire, como en los mejores tiempos, los protocolos del juramento presidencial y los besamanos de los ministros. Después, mientras desfilaba por las avenidas en el Cadillac de las grandes ceremonias, se puso en puntas de pie para que no se notara que su cuerpo estaba encogido como el de una viejita. Vio por última vez los balcones cariados de la pensión donde había dormido en la adolescencia, vio las ruinas del teatro donde representó un papel de sólo cuatro palabras: «La mesa está servida»; vio la confitería La Opera, donde había mendigado de todo: un café con leche, una frazada, un lugarcito en la cama, una foto en las revistas, un parlamento mísero en el radioteatro de la tarde. Vio el caserón cerca del obelisco donde se había lavado con agua helada en una pileta mugrienta dos veces al mes; se vio en un patio de glicinas de la calle Sarmiento curándose los sabañones con alcohol alcanforado y la plaga de piojos con baños de querosén; vio secarse al sol la pollera de algodón y la blusa de lino descolorido que habían sido durante un año las piezas únicas de su ajuar; vio las bombachas deshilachadas, los ligueros sin elásticos, las medias de muselina, y se preguntó cómo su cara se había alzado de la humillación y el polvo para pasear ahora en el trono de aquel Cadillac con los brazos en alto, leyendo en los ojos de la gente una veneración que jamás había conocido actriz alguna, Evita, Evita querida, madrecita de mi corazón. Se iba a morir mañana pero qué importaba. Cien muertes no alcanzaban para pagar una vida como ésa.

Al día siguiente estaba otra vez postrada por dolores

más intolerables que los de santa Juana en la hoguera. Insultaba a la divina providencia por martirizarla y a los médicos por aconsejarle que se quedara tranquila. Quería morir, quería vivir, quería que le devolvieran el ser que había perdido. Pasó dos noches así, hasta que los calmantes la atontaron y la enfermedad, fatigada por el largo embate, se retiró a las oscuridades del cuerpo. La madre y las hermanas se turnaban a la cabecera de la cama para velarla, pero la tarde en que Evita recuperó el conocimiento sólo doña Juana estaba junto a ella. Tomaron una taza de té y estuvieron abrazadas un largo rato, en silencio, hasta que a Evita se le ocurrió preguntar qué día era, como siempre, y por qué razón no le habían entregado los diarios.

La madre llevaba unas vendas apretadas en las pantorrillas y cada tanto se quitaba los zapatos y ponía los pies en alto sobre la cama de la hija. Por las ventanas se filtraba un sol tibio y, aunque era invierno, afuera se oía el alboroto de las palomas.[1]

—Ya es 6 de junio —respondió la madre—, y los médicos no saben qué hacer con vos, Cholita. Se agarran la cabeza, no entienden por qué no te querés curar.

—No les hagás caso. La enfermedad los tiene desorientados. Me echan la culpa a mí porque no se la pueden echar a ellos. Sólo saben cortar y coser. Lo mío no se corta ni se zurce, mamá. Es algo de más adentro. —Por un instante se le perdió la mirada. —Y los diarios, ¿qué han dicho?

—¿Qué van a decir, Cholita? Que estabas preciosa en el Congreso, que no parecés enferma. Les gustó el tapado de

[1] «Aquel final de Evita fue triste como las radionovelas de los años 40», me dijo doña Juana la única vez que la vi. «Las cosas de las que hablamos ese día eran como las que Alicia, la chica inválida, hablaba con su ama de llaves en una obra que se llamaba, creo, *Sueño de amor*». Evita Duarte interpretó el personaje de Alicia en la radionovela *Una promesa de amor*, de Martinelli Massa, que se difundió por radio El Mundo en junio de 1942.

visón y el collar de esmeraldas. En *Democracia* publicaron la foto de una familia que viajó desde el Chaco para verte y, como no encontró lugar en el desfile, esperó frente a las vidrieras de Casa América hasta que apareciste por la televisión. Se largaron a llorar emocionados y en eso estaban cuando los agarró el fotógrafo. Lo peor es que la foto me ha hecho llorar también a mí. Y lo demás, no sé. ¿Creés que tiene importancia? Mirá estos recortes. En Egipto los militares siguen amenazando con pegarle una patada al rey. Que se la peguen, ¿no? Gordo asqueroso. Tiene un año menos que vos y parece un viejo.

—De mí dirán lo mismo, por la flacura.

—¿Estás loca? Todos te ven lindísima. Un par de kilos más no te vendrían mal, para qué negarlo. Pero así como estás, no hay mujer más linda que vos. A veces me miro al espejo y me pregunto: ¿de dónde me ha salido semejante hija? Mirá si nos quedábamos en Junín y te casabas con Mario, el de la tienda de regalos. Hubiera sido un desperdicio.

—Sabés que no me gusta acordarme de esos tiempos, mamá. Esa gente me hizo sufrir más que la enfermedad. De sólo acordarme se me seca la garganta. Eran una mierda, vieja. Ni te imaginás lo que decían de vos.

—Me imagino pero no me importa. Ahora se morirían por estar en mi lugar. Lo que es la vida, ¿no? Pensar que cuando te pusiste de novia con el director de esa revista, ¿cómo se llamaba?, creías estar tocando el cielo con las manos. La pobre Elisa me pedía desesperada que te convenciéramos de cortar el noviazgo porque a su marido lo volvían loco en el distrito militar con los chismes. Que a tu cuñada la fotografían en malla, la besan en los camarines, la tienen para un barrido y un fregado. Yo me planté, acordáte. Les aclaré: la Chola no es como ustedes. Es artista. Elisa seguía porfiando. Mamá, decía, ¿dónde tenés la cabeza? La Chola está viviendo con un hombre casado que para colmo es judío. Yo les dije: Ella está enamorada, déjenla en paz.

—No estaba enamorada, mamá. Nunca estuve, hasta que conocí a Perón. Me enamoré de Perón antes de verlo, por las cosas que hacía. No a todas las mujeres les pasa eso. No todas las mujeres se dan cuenta de que han encontrado a un hombre que está hecho para ellas, y que nunca habrá otro.

—Ya sé que Perón es distinto, pero el amor que vos le diste tampoco se parece a ningún amor.

—¿Para qué hablamos de estas cosas, mamá? Tu vida no fue como la mía y a lo mejor terminamos por no entendernos. Si vos te hubieras enamorado de alguien que no fuera papá tal vez no serías la misma. A mí Perón me sacó de adentro lo mejor, y si soy Evita es por eso. Si me hubiera casado con Mario o con aquel periodista sería la Chola o Eva Duarte, pero no Evita, ¿te das cuenta? Perón me dejó ser todo lo que quise. Yo empujaba y decía: quiero esto, Juan, quiero aquello, y él nunca me lo negó. Pude ocupar todo el lugar que se me dio la gana. No ocupé más porque no tuve tiempo. Por apurarme tanto, me enfermé. ¿Qué hubieran dicho los otros hombres, eh? Andáte a la cocina, tejé un pulóver, Chola. No sabés cuántos pulóveres tejí en las antesalas de las revistas. Con Perón, no. Me comí los vientos, ¿entendés? Y cada vez que me has oído decir: quiero a Perón con toda mi alma, Perón es más que mi vida, también estaba diciendo: me quiero a mí, me quiero a mí.

—Vos no le debés nada, Chola. Lo que tenés adentro es tuyo y de nadie más. Vos sos mejor que él y que todos nosotros.

—¿Me hacés un favor? —Desprendió del collar una llave dorada, ligera como uña, de muescas curvas: —Con esto abrís el cajón derecho del secreter. Arriba, muy a la vista, vas a encontrar dos cartas. Traélas. Quiero que veas algo.

Se quedó quieta en la cama, alisando las sábanas. Había sido feliz, pero no como las demás personas. Nadie sabía qué era la felicidad exactamente. Se sabía todo sobre el odio, sobre la desgracia, sobre las pérdidas, pero no sobre la felicidad. Ella sí lo sabía. En cada instante de la vida tenía conciencia de lo que podía haber sido y de lo que era. A cada paso que iba dando se repetía: esto es mío, esto es mío, soy feliz. Ahora había llegado el momento de la pena: una eternidad de pena para compensar seis años de plenitud. ¿Era eso la vida, era tan sólo eso? Creyó oír a lo lejos la música de una orquesta, como en la plaza de su pueblo. ¿O era tal vez la radio, en el cuarto de las enfermeras?

—Dos cartas —dijo la madre—: ¿éstas son?

—Leémelas.

—Dejáme ver... Los lentes. «Mi Chinita querida».

—No, primero la otra.

—«Querido Juan». ¿Ésta: «Querido Juan»? *Estoy muy triste porque no puedo vivir lejos de vos...*

—Se la escribí en Madrid, el primer día de mi viaje a Europa. O en el avión tal vez, cuando estaba llegando. Ya no me acuerdo. ¿Ves la letra, qué despareja, qué nerviosa? Yo no sabía qué hacer, quería volverme. No había empezado el viaje y ya quería estar de vuelta. Dale, seguí.

—*... te quiero tanto que lo que siento por vos es una especie de idolatría. No sé cómo expresarte lo que siento pero te aseguro que he luchado muy duramente en la vida con la ambición de ser alguien y he sufrido muchísimo, pero entonces llegaste vos y me hiciste tan feliz que pensé que estaba soñando, y puesto que no tenía otra cosa que ofrecerte más que mi corazón y mi alma te la di del todo, pero en estos tres años de felicidad nunca dejé de adorarte ni una sola hora o de dar gracias al cielo por la bondad de Dios al concederme la recompensa de tu amor...* No sigo, Chola. Estás llorando y vas a hacerme llorar a mí también.

—Un poquito más, dale. Soy una floja.

—*Te soy tan fiel, cariño, que si Dios quisiera no tenerme en esta dicha y me llevara, te seguiría siendo fiel en la muerte y te adoraría desde el cielo.* ¿Para qué escribías eso, Cholita? ¿Qué te pasaba por la cabeza?

—Tenía miedo, mamá. Pensaba que, cuando yo volviera

desde tan lejos, él ya no estaría. Que no habría nada. Que me despertaría en el cuarto de la pensión, como cuando era chica. Estaba muerta de miedo. Todos creían que yo era audaz y había ido más lejos que ninguna mujer. Pero yo no sabía qué hacer, mamá. Lo único que me importaba era volver.

—¿Te leo la otra carta?

—No, terminá con esa. Leé la última frase.

—... *Todo lo que te han dicho sobre mí en Junín es una infamia, te lo juro. En la hora de mi muerte debés saberlo. Son mentiras. Salí de Junín cuando tenía trece años, y a esa edad, ¿qué puede hacer de horrible una pobre muchacha? Podés sentirte orgulloso de tu esposa, Juan, porque cuidé siempre tu buen nombre y te adoré...* [2]

—¿Qué chismes le llevaron?

—Los de Magaldi, ya sabés. Pero no quiero hablar de eso.

—Me lo tendrías que haber contado, Cholita, y yo me habría presentado aquí para poner las cosas en claro. Nadie mejor que yo sabe que de Junín te fuiste pura. ¿Por qué te rebajaste a hablar así? Si un hombre desconfía, no hay Dios que le devuelva la confianza. Pero a vos, él...

—Leé la otra carta. Y no sigas hablando.

—*Mi Chinita querida.* Mirá, la escribió a máquina. Las cartas de amor escritas a máquina valen menos que las otras. A lo mejor se la dictó a un secretario, a lo mejor no es de él.

—No digás eso. Leé.

—*Yo también estoy muy triste por tenerte lejos y no veo las horas de que vuelvas. Pero si decidí que viajaras a Europa es porque ninguna persona me parecía más indicada que vos para difundir nuestras ideas y para expresar nuestra*

---

[2] La carta parece una parodia pero no lo es. Fue reproducida en *El último Perón* de Esteban Peicovich (Planeta, Barcelona, 1976), en *Eva Perón* de Nicholas Fraser y Marysa Navarro (W. W. Norton, New York, 1980), y en *Perón y su tiempo, I. La Argentina era una fiesta* de Félix Luna (Sudamericana, Buenos Aires, 1984).

solidaridad a todos esos pueblos que acaban de pasar por el flagelo de la guerra. Estás haciendo un gran trabajo y aquí todos piensan que ningún embajador lo hubiera hecho tan bien. No te aflijás por las habladurías. Jamás les he llevado el apunte y no me hacen mella. Ya quisieron llenarme la cabeza de chismes cuando nos estábamos por casar, pero a nadie le permití que alzara la voz en tu contra. Cuando te elegí fue por lo que vos eras y nunca me importó tu pasado. No creas que no aprecio todo lo que has hecho por mí. Yo también he luchado mucho y te comprendo. He luchado para ser lo que soy y para que vos seas lo que sos. Estáte muy tranquila, entonces, cuida tu salud y no trasnoches. En cuanto a doña Juana, no te atormentes por ella. La vieja es muy corajuda y sabe defenderse sola, pero te prometo por lo más sagrado que voy a ocuparme de que nada le falte. Muchos besos y recuerdos, Juan.

—¿Ahora entendés por qué lo quiero tanto, mamá?

—A mí me parece una carta común y corriente.

—Me la mandó a Toledo, al día siguiente de recibir la mía. Y si me contestó, no fue porque hiciera falta. ¿Para qué, si todas las noches hablábamos por teléfono? Fue por delicadeza, para que me sintiera bien.

—Te lo merecías. Ninguna otra mujer hubiera escrito lo que vos le escribiste.

—Él se lo merecía. Ahora sabés que fui feliz, mamá. Todo lo que he sufrido valió la pena. Si querés, quedáte con las cartas. Ya me has visto desnuda tantas veces que una vez más no importa.

—No. Nunca te he visto tan desnuda como ahora.

—Sos la única. Vos y Perón. No es esta desnudez del alma lo que me preocupa. Si es por eso, he vivido desnuda. Me preocupa la otra. Cuando vuelva a perder el conocimiento o me pase algo peor, no quiero que nadie me lave ni me desvista, ¿entendés? Ni médicos ni enfermeras ni nadie ajeno. Sólo vos. Tengo vergüenza de que me vean, mamá. ¡Estoy tan flaca, tan desmejorada! A veces sueño que estoy muerta y que me llevan desnuda a la Plaza de

Mayo. Me ponen sobre un banco y todos hacen fila para tocarme. Por más que grito y grito, nadie me viene a rescatar. No vayas a dejar que eso me pase, vieja. No vayas a dejarme.

Doña Juana llevaba ya varias noches durmiendo mal, pero la del 20 de septiembre de 1955 fue la peor: no pudo pegar los ojos. Se levantó varias veces a tomar mate y a oír las noticias de la radio. Perón, su yerno, había presentado la renuncia, y el país estaba en manos de nadie. Las várices volvieron a molestarla. Sobre los tobillos, un edema azulado y volcánico parecía a punto de estallar.

En los informativos sólo se hablaba de los desplazamientos del ejército rebelde. A Evita puede pasarle cualquier cosa, le había dicho la madre al embalsamador. Cualquier cosa. «Van a llevársela para destrozarla, doctor. Lo que no le pudieron hacer cuando vivía se lo querrán cobrar a la muerta. Ella era diferente y en este país eso no se perdona. Desde chiquita quiso ser diferente. Ahora que está indefensa se lo van a hacer pagar.»

«No se preocupe, señora», le había dicho el médico. «Tranquilice su corazón de madre. En momentos así, nadie se encarniza con los muertos.» Era un hombre aceitoso, zalamero. Cuanto más esfuerzos hacía para calmarla, más desconfiaba ella.

¿De quién no desconfiar en Buenos Aires? Desde que doña Juana se había trasladado allí, todo le daba miedo. Al principio, las facilidades de la vida y las adulaciones del poder la deslumbraban. Evita era todopoderosa, la madre también. Cada vez que apostaba a la ruleta en el casino de Mar del Plata, los croupiers añadían a sus ganancias algunas fichas de mil pesos, y cuando jugaba al blackjack con los ministros siempre le tocaba en suerte, como por milagro, un par de reinas. Vivía en una casa principesca del barrio de Belgrano, entre palmeras y laureles. Pero Buenos

Aires había terminado por mutilarle la familia y enfermarla de asma. Le habían sembrado los cuartos de micrófonos. Para conversar con las hijas, escribía notitas en un cuaderno de colegio. Después de la muerte de Eva ya ni siquiera se animaba a visitar al yerno, y el yerno tampoco la invitaba. El único lazo con el poder que le quedaba era Juancito, su hijo varón, pero una amante despechada lo acusó de raterías sin importancia y Juancito, abatido por la vergüenza, terminó suicidándose. En menos de nueve meses la familia se había deshecho en esta intemperie maldita. Las glándulas de Buenos Aires segregaban muerte. Todo era mezquindad y humos. Nadie sabía de dónde le brotaban tantos humos a la gente. Pobre Eva. Se había desangrado por amor y se lo estaban pagando con abandono. La pobrecita. Pero sus enemigos se joderían. En vida, siempre había estado echándole tierra a su fuego, para no hacerle sombra al marido. Muerta, se iba a convertir en un incendio.

Miró por la ventana. Entre los sopores del río aparecieron las primeras vetas del amanecer. Oyó súbitamente la lluvia y al mismo tiempo oyó la lluvia de las horas pasadas. En la radio anunciaron que la flota de mar, alzada contra el gobierno, acababa de destruir los depósitos de petróleo de Mar del Plata y que bombardearía el Dock Sur de un momento a otro. El almirante Rojas, que comandaba a los rebeldes, prometía no dejar piedra sobre piedra a menos que Perón renunciara sin condiciones. ¿Rojas?, se preguntó doña Juana. ¿No era aquel edecán que siempre se adelantaba a los caprichos de Eva? ¿El negrito, el petiso de anteojos oscuros? ¿También él le volvía la espalda? Si ardía el Dock Sur, su hija quedaría atrapada por las llamas. El edificio de la CGT estaba junto al puerto y sería alcanzado en una hora o dos.

Trató de levantarse de la cama pero un calambre la desmoronó. Eran las várices. Durante las últimas semanas habían empeorado con el desatino de unas caminatas que no terminaban en ninguna parte. Caminaba dos veces por día hasta las antesalas de los diputados para suplicar que le aumentaran la pensión por servicios a la patria. Los mismos ingratos que antes la cubrían de orquídeas y bombones ahora se le negaban y la hacían esperar. Recorría las tiendas del Once en busca de telas y de crespones para la cámara funeraria de la hija. Se internaba tarde por medio en los laberintos del cementerio donde estaba enterrado Juan, el suicida, para que no le faltaran flores frescas. No se animaba a subir a los taxis por miedo a que se la llevaran y la tiraran muerta en algún basural. Esas miserias eran ahora su vida.

Tomó uno de los calmantes que siempre tenía a mano en la mesa de luz y se frotó las piernas. Aunque el dolor la atormentaba, quería sobreponerse. Le había prometido a Evita lavar su cuerpo y enterrarlo, pero no la dejaron. Ahora debía salvarlo de las llamas. ¿Quién, si no? ¿El médico que lo cubría de ceras y parafinas seminales todas las mañanas? ¿Los guardias que sólo pensaban en salvar el pellejo?

Sofocada por los malos presentimientos, llamó a una de las hijas, que dormía en el cuarto de al lado, y le pidió que le vendara los tobillos. Luego salió en silencio de la casa y caminó hasta la parada del tranvía en la avenida Luis María Campos. Estaba decidida a que el embalsamador le devolviera a Evita. Le importaba un carajo lo que podía pasar después. Acostaría el cuerpo muerto en su propia cama y lo velaría sin descanso hasta que los desconciertos de la Argentina se apagaran y los tiempos volvieran a su buen cauce. Si no volvían, aún le quedaba el recurso del exilio. Pediría asilo. Cruzaría el mar. Cualquier tormento sería preferible a otra noche de incertidumbre.

Subió a un tranvía Lacroze que daba un largo rodeo por las cortadas de Palermo antes de enfilar hacia el Bajo. El boleto costaba diez centavos. Lo encajó con cuidado en el ojal del guante de cabritilla. Era una mañana odiosa, húmeda, desaseada. Buscó la polvera y cubrió las líneas de sudor que le asomaban en la frente. Se arrepintió de haber

cedido dos días antes a los argumentos del doctor Ara.
Una mujer no debe recibir a nadie cuando está sola, pensó. Debe cubrirse la cara con su propia debilidad y aguardar, encerrada, a que el vendaval pase. Por soledad y desamor había cometido todos los errores de la vida y éste, tal vez, era el peor: Ara había aparecido en su casa al difundirse las primeras noticias del golpe militar. Justo a tiempo. A ella la ensordecía por dentro el desconsuelo mientras afuera estaba sonando el timbre. El tranvía dobló por Soler hacia el sur y allí lo vio, creyó verlo. El pequeño Napoleón español franqueó de dos zancadas el zaguán de su casa con la pretina del pantalón arriba de las costillas, el pelo escaso deshojándose de una estela de caspa, el sombrero Orión entre las uñas abrillantadas, el aura de colonia Gath & Chaves. Dios mío, pensó, este embalsamador se nos volvió marica. «Vine a tranquilizarla», dijo Ara. Y repitió la misma frase tres o cuatro veces durante la visita. El tranvía se zarandeaba entre los plátanos de la calle Paraguay, vadeando el vacío de la infinita ciudad triste. Me llevaría a Evita lejos de aquí si pudiera, me la llevaría al campo, pero la soledad del campo volvería a matarla.

«Ayer», le contó el médico, «me presenté en la residencia presidencial para hablar con su yerno. En todos estos años nunca me llamó y tanto silencio me tenía extrañado. Llegué al anochecer. Me entretuvieron un rato largo en los pasillos y las antesalas hasta que vino un capitán a preguntarme: Qué se le ofrece. Le entregué mi tarjeta y respondí: Ver al general Perón. En estas circunstancias tan difíciles, necesito instrucciones sobre el destino que daremos al cuerpo de su esposa. El general está muy ocupado, usted comprenda, me dijo el capitán. Veré qué puedo hacer. Pasé horas esperando. Iban y venían soldados con valijas y paquetes de sábanas. Daba la impresión de que estuvieran levantando la casa. Por fin el capitán volvió con un recado: Nada puede disponer el general por ahora, dijo. Déjenos su teléfono y lo llamaremos. Pero todavía nadie me ha llamado. Y tengo el pálpito de que no me llamarán. Hay rumores de que Perón se marcha, doña Juana. Que está pidiendo salvoconductos para exilarse. Así que sólo usted y yo quedamos. Usted y yo debemos disponer qué se hará con el cuerpo.»

Ella miró por la ventana el jardín mojado, la enredadera en flor, ¿qué otra cosa podía hacer?, limpiándose a cada rato en la falda el sudor de las manos. «Yo por mí la traería, doctor Ara, y la pondría en la sala», dijo. Le daba vergüenza ahora haberlo dicho. ¿Qué haría Evita en la sala? «Pero vea mis várices. Están a la miseria. Ya ni las inyecciones de salicilato ni las medias elásticas me las calman.»

Fue en ese trance de la conversación que el médico aprovechó para pedirle un poder: «Creo que es lo mejor», le dijo. «Con un poder suyo, puedo disponer santamente del cuerpo».

«¿Un poder?», se alarmó la madre. «No, doctor. Los poderes me han perdido. Todo poder que he dado por escrito se ha vuelto contra mí. Lo que era de mi hija se lo ha llevado el yerno. Ni los recuerdos me ha dejado.» La voz se le quebró y tuvo que callarse un momento para que los pedazos volvieran a juntarse. «Ah, entre paréntesis», preguntó: «¿qué se ha hecho del broche de diamantes que pusimos en la mortaja de Evita? Una de las piedras, la rojiza, fue tasada en medio millón de pesos. Ya que la vamos a enterrar, no quisiera dejar sobre su cuerpo semejante joya. Sería una tentación para los ladrones. ¿Qué me aconseja hacer para recuperarla?»

El tranvía dobló despacio en la calle Corrientes, como si dudara. Los negocios estaban levantando ya las persianas de metal y los vendedores lavaban las veredas. En el lado sombreado de la calle habían estado los famosos burdeles de los judíos y en una pensión con macetas en los balcones había vivido su hija. «¿No hice bien en irme de Junín, mamá? ¿No te parece que soy otra?» Evita creía que aquello era la felicidad. Pero antes de morir tuvo que reconocerlo: era sólo la pena.

El tranvía se internó en una nebulosa de cafés y de

cinematógrafos. No había visto ninguna de las películas anunciadas en las marquesinas: ni *La fuente del deseo*, donde los espectadores creían estar visitando Roma, por los efectos del cinemascope, ni *El ángel desnudo*, en la que por primera vez aparecía una actriz argentina con los pechos al aire, aunque dejándose ver sólo de refilón. Una marea de perfumes la adormeció y a las orillas del sopor se asomó de nuevo el médico: «Los bienes de la difunta siguen donde usted los vio, señora: la alianza de casada, el rosario que le regaló el Sumo Pontífice, también el broche. Pero creo que tiene usted toda la razón. Es un peligro dejarlos. Voy a pedir que se los entreguen esta misma tarde».

Tuvo que escribírselo. El poder: «*Doctor D. Pedro Ara. En mi carácter de madre de María Eva Duarte de Perón, ruego que si su viudo no deja ninguna instrucción respecto al cadáver de mi hija, sea usted doctor quien tome las precauciones necesarias para ponerlo a salvo de cualquier eventualidad*». «Perfecto», aprobó él. «Ponga la firma acá, y la fecha: 18 de septiembre de 1955».

Ni aquella tarde ni los días siguientes recibió doña Juana el broche de Evita. Siempre le pasaba lo mismo: los hombres la jodían, la daban vuelta, no sabía cómo pero la engatusaban. ¿Qué importaba eso ya? El tranvía sorteó airoso la encrucijada del obelisco y se desbarrancó en el mar tenebroso del Bajo, donde aún humeaban las barricadas de las tropas leales a su yerno. Vio los mármoles agujereados del palacio de Hacienda, las palmeras desflecadas por la metralla, los retratos de Evita flameando en la inclemencia, los bustos desnarizados, despeinados, en ruinas. El recuerdo de la hija estaba partido en dos y ahora sólo relucía la memoria de los que la odiaban. A mí también han de odiarme, pensó. Se bajó el velo del sombrero y se cubrió la cara. El pasado le oprimía el alma. Hasta el mejor pasado era una desgracia. Todo lo que una dejaba detrás dolía, pero la felicidad dolía mucho más.

Insulso y vulgar por fuera, el edificio de la CGT era por dentro una sucesión de pasillos que desembocaban en escaleras laberínticas. Doña Juana lo había recorrido más de una vez cuando llevaba flores para Evita, pero siempre por un mismo camino: la entrada, el ascensor, la cámara funeraria. Sabía que el laboratorio del doctor Ara daba a las ventanas del oeste y que a esa hora de la mañana lo encontraría restaurando el cuerpo.

Vislumbró la calva del embalsamador tras los vidrios esmerilados y entró sin golpear. Iba preparada para todo menos para el espanto de sorprender a Evita en una tina de vapores, con las intimidades al descubierto. Del peinado con el rodete intacto se desprendía el único olor humano de todo el cuerpo, como si aún fuera un árbol lleno de pensamientos; pero del cuello para abajo Evita no era la misma: parecía que esa parte del cuerpo se preparase para un largo viaje del que no pensaba regresar.

El embalsamador estaba alisando los muslos del cadáver con una pasta de color miel cuando la entrada de doña Juana lo tomó de sorpresa. La vio apoderarse, fulmínea, de un delantal de cirujano que colgaba del perchero y tenderlo sobre el cuerpo desguarnecido mientras se quejaba: «Ya estoy aquí, Cholita, ¿qué te han hecho?».

Alzó la calva y atinó a tomarla del brazo. Tenía que recuperar su dignidad médica cuanto antes.

—Váyase, doña Juana —dijo, tratando de ser persuasivo—. ¿No huele los químicos? Son terribles para los pulmones.

Intentó empujarla con delicadeza. La madre no se movió. No podía. Estaba llena de indignación y la indignación pesaba mucho.

—Acabe ya con sus cuentos, doctor Ara. Soy vieja pero no idiota. Si sus químicos no lo joden a usted, a mí tampoco.

—Hoy es mal día, señora —dijo. A doña Juana le sorprendió que no usara guantes de goma como los demás médicos. —Los militares van a aparecer de un momento a otro para llevarse a su hija. Todavía no sabemos qué quieren hacer con ella.

—Yo le di un poder para que me la proteja, doctor. ¿Qué ha hecho con él? Nada de lo que me dice es cierto. Prometió enviarme el broche y todavía lo estoy esperando. —Hice lo que estaba en mis manos, señora. Al broche se lo han robado. ¿Quién? No se sabe. Los sargentos de la guardia dicen que fueron los comandos civiles de la revolución. Y los comandos con los que hablé me lo niegan. Dicen que fueron los sargentos. Yo creo que se lo llevó su yerno. Estoy muy confundido. Esto parece tierra de nadie.

—Me hubiera llamado por teléfono.

—¿Cómo? Las líneas están cortadas. No puedo hablar ni con mi familia. Créame, estoy deseando acabar de una vez con esta pesadilla.

—Entonces he llegado justo a tiempo. —Doña Juana dejó el bastón sobre una silla. Se le esfumó el dolor de las várices. Tenía que salvar a su hija y alejarla del formol, de las resinas y de todas las otras maldades de la eternidad. Dijo: —Voy a llevármela. Envuélvamela bien en la mortaja mientras pido a las pompas fúnebres que manden una ambulancia. De peores apuros la he sacado en la vida. Evita no tiene por qué seguir quedándose aquí ni un día más.

El embalsamador meneó la cabeza. Repitió lo que, más o menos, le diría al Coronel dos meses más tarde:

—Todavía no está lista. Le falta un último baño de bálsamo. Si se la lleva así, se le va a deshacer en las manos.

—No me importa —replicó la madre—. Total, la muerte ya me la ha deshecho.

El médico bajó los brazos, como vencido.

—Me obliga a lo que no quiero —dijo.

Cerró con llave la puerta del laboratorio, se quitó el delantal y, guiándola a través de un pasillo corto, alumbrado por una luz grisácea, avanzó con doña Juana hacia el santuario. Aunque la oscuridad tenía en ese lugar una hondura sin fondo, la madre supo al instante dónde estaban. Más de una vez se había quedado rezando allí, ante el imponente prisma de cristal donde yacía la hija, y había besado sus labios carnosos, que siempre parecían a punto de volver a la vida. Las tinieblas olían a desolación y a sangre de nadie.

—¿Para qué me trae aquí? —preguntó, con una voz huérfana—. Quiero volver adonde está Evita.

El médico la tomó del brazo y respondió:

—Vea esto.

Los reflectores alumbraron el prisma funerario, a la vez que se encendían tubos de neón en las molduras del techo. Abrumada por un fulgor que no le daba respiro, doña Juana desconfió de la realidad que iba dibujándose ante sus ojos. Lo primero que vio fue a una gemela de su propia hija yaciendo sobre la losa de cristal, tan idéntica que ni ella misma hubiera sido capaz de parirla. Otra perfecta réplica de Evita estaba tendida sobre unos almohadones de terciopelo negro, a los pies de un sillón en el que una tercera Evita, vestida con el mismo sayal blanco de las demás, leía una tarjeta postal enviada siete años atrás desde el correo de Madrid. La madre tuvo la impresión de que esta última respiraba y le acercó a las fosas de la nariz las yemas temblorosas de los dedos.

—No la toque —dijo el médico—. Es más frágil que una hoja de otoño.

—¿Cuál es Evita?

—Me alegro que no se dé cuenta de las diferencias. Su hija no está aquí. Acaba de verla en la tina del laboratorio. —Deslizó los pulgares bajo los tirantes del pantalón y se balanceó sobre la punta de los pies, orgulloso de sí mismo. —Cuando el gobierno de su yerno empezó a desbarrancarse, pedí que me hicieran estas copias, por precaución. Si Perón cae, me dije, Evita será el primer trofeo que van a buscar los vencedores. Trabajé día y noche con un escultor, descartando una figura tras otra. ¿Sabe qué materiales son éstos? —Doña Juana oía las palabras del embalsamador, pero no lograba enderezarlas hacia ningún sentido. Estaba espantada, ahogada: necesitaba otra vida para absorber tanto duelo. —Cera y vinil, más tintura indeleble para dibujar las venas. La Evita del sillón es una versión mejorada: tiene fibra de vidrio. Una opus magna. Cuando los coroneles vengan a llevársela, su hija estará ya en lugar seguro y lo que les daré será una de estas copias. Como se ha dado cuenta, no la he traicionado.

—Lo que me preocupa —dijo la madre— es que tampoco yo voy a saber cuál es cuál.

—Hay que exponerlas a los rayos X. A la genuina se le notan las vísceras. En las demás sólo se ve la nada. ¿Qué hacen los físicos cuando quieren interrumpir la fluencia natural de las cosas? Algo muy simple: las multiplican. —El embalsamador, excitado, había subido una o dos octavas el timbre de la voz. —A un olvido hay que oponerle muchas memorias, a una historia real hay que cubrirla con historias falsas. Viva, su hija no tenía par, pero muerta ¿qué importa? Muerta, puede ser infinita.

—Un poco de agua —pidió la madre.

—Llévese ahora una de las copias —continuó el médico, sin oírla—. Y entiérrela solemnemente en la Recoleta. Yo mandaré una más al Vaticano. Y otra al viudo, en Olivos o donde quiera esté. A la verdadera la enterraremos usted y yo, a solas, y no le diremos nada a nadie más.

A doña Juana le pareció que el mundo se le iba, con la naturalidad de una marea. Ya no había mundo y la congoja ocupaba todos los espacios vacíos. Por dentro iban y venían los sollozos, sin fondo, sin perfil. Nunca podría contar con Ara ni con Perón ni con nadie salvo con ella misma, y ella era bien poca cosa. Se apoyó en las paredes de tinieblas y escupió en la cara del embalsamador la frase que desde hacía rato le daba vueltas en la cabeza:

—Váyase a la mierda.

En esta novela poblada por personajes reales, los únicos a los que no conocí fueron Evita y el Coronel. A Evita la vi sólo de lejos, en Tucumán, una mañana de fiesta patria; del coronel Moori Koenig encontré un par de fotos y unos pocos rastros. Los diarios de la época lo mencionan de modo escueto y, con frecuencia, despectivo. Tardé meses en dar con su viuda, que vivía en un departamento austero de la calle Arenales y que aceptó verme al cabo de una postergación tras otra.

Me recibió vestida de negro, entre muebles que parecían enfermos de gravedad. Las lámparas daban una luz tan tenue que las ventanas se desvanecían, como si sólo sirvieran para mirar hacia adentro. Buenos Aires vive así, entre penumbras y cenizas. Tendida a orillas de un ancho río solitario, la ciudad le ha vuelto las espaldas al agua y prefiere irse derramando sobre el aturdimiento de la pampa, donde el paisaje se copia a sí mismo, interminablemente.

En alguna parte de la casa quemaban hebras de sándalo. La viuda y su hija mayor, que también estaba vestida de negro, exhalaban un fuerte perfume de rosas. No tardé en sentirme mareado, embriagado, al filo de algún error que no tendría remedio. Les referí que estaba escribiendo una novela sobre el Coronel y Evita y que había iniciado algunas investigaciones. Les mostré la foja de servicios del Coronel, que había copiado de un archivo militar, y pregunté si esos datos eran correctos.

—Las fechas del nacimiento y de la muerte están bien —admitió la viuda—. De las otras no podríamos decir nada. Él era, como usted tal vez sepa, un fanático del secreto.

Les hablé de un cuento de Rodolfo Walsh, «Esa mujer», mientras ellas asentían. El cuento alude a una muerta que jamás se nombra, a un hombre que busca el cadáver —Walsh— y a un coronel que lo ha escondido. En algún momento entra en escena la esposa de ese coronel: alta, orgullosa, con un rictus de neurosis; ningún parecido con la resignada matrona que oía mis preguntas sin ocultar la desconfianza. Los personajes del cuento hablan en una sala de grandes ventanales, desde la que se ve caer la tarde sobre el río de la Plata. Entre los muebles ampulosos, hay platos de Cantón y un óleo que quizá sea de Figari. ¿Vieron ustedes, alguna vez, una sala como ésa?, les pregunté. Un cierto brillo asomó a los ojos de la viuda, pero ningún signo que indicara si me ayudaría en la investigación.

El coronel de «Esa mujer», comenté, se parece al detective de «La muerte y la brújula». Ambos descifran un enigma que los destruye. La hija nunca había oído mencionar «La muerte y la brújula». Es de Borges, dije. Todos los relatos que Borges compuso en esa época reflejan la indefensión de un ciego ante las amenazas bárbaras del peronismo. Sin el terror a Perón, los laberintos y los espejos de Borges perderían una parte sustancial de su sentido. Sin Perón, la escritura de Borges no tendría estímulos, refinamientos de elusión, metáforas perversas. Les explico todo esto, dije, porque el coronel de Walsh también espera un castigo que va a llegar fatalmente, aunque no se sabe de dónde. Lo atormentan con maldiciones telefónicas. Voces anónimas le anuncian que su hija enfermará de polio, que a él van a castrarlo. Y todo por haberse apoderado de Evita.

—Lo de Walsh no es un cuento —me corrigió la viuda—. Sucedió. Yo estuve oyéndolos mientras hablaban. Mi marido registró la conversación en un grabador Geloso y me dejó los carretes. Es lo único que me ha dejado.

La hija mayor abrió un aparador y mostró las cintas: eran dos, y estaban dentro de sobres transparentes, de plástico.

De tanto en tanto se abría un silencio repentino, incómodo, que yo no sabía cómo romper. Tenía miedo de que las mujeres no pudieran seguir enfrentándose al pasado que les había hecho tanto daño y me obligaran a marcharme. Vi que la hija estaba llorando. Eran lágrimas sin ton ni son, que le brotaban como si vinieran de otra cara o pertenecieran a los sentimientos de otra persona. Al darse cuenta de que la miraba, dejó caer esta confidencia:

—¡Si usted supiera cuánto he fracasado en la vida!

No supe qué contestarle. Se notaba que, cuanto más iba pasando el tiempo, más compasión sentía por sí misma.

—Nunca he podido hacer lo que quise —dijo—. En eso soy igual a papá. Él también, cuando yo ya era grande, venía a sentarse en mi cama y me decía: Soy un fracasado, hija. Soy un fracasado. No fuimos nosotras las que lo hicimos sentirse así. Fue Evita.

Les repetí lo que sin duda sabían: el coronel del cuento dice que enterró a Evita en un jardín. Un jardín donde llueve día por medio y todo se pudre: los canteros de rosas, la madera del ataúd, el cinturón franciscano que le pusieron a la difunta. El cuerpo, se dice allí, fue enterrado de pie, como enterraron a Facundo Quiroga.

Me detuve. A Facundo, pensé, nadie lo enterró de pie. Sentí que me había quedado sin aliento.

—Esa historia es tal cual —susurró la viuda, que tenía la mala costumbre de aspirar fragmentos de palabras—. Cuando vivíamos en Bonn el cadáver estuvo más de un mes dentro de una ambulancia que había comprado mi marido. Se pasaba las noches vigilándolo por la ventana. Un día quiso entrarlo en la casa. Me opuse, como se imaginará. Fui terminante. O te llevás de aquí esa basura, le dije, o me voy yo con mis hijas. Él se encerró a llorar. Por esa época, ya los desvelos y el alcohol lo habían ablandado. Aquella misma noche salió con la ambulancia. Cuando volvió, me dijo que había enterrado el cuerpo. ¿Dónde? Le pregunté. Quién sabe, contestó. En un bosque, donde llueve mucho. Y no quiso hablar más.

La hija trajo una fotografía del Coronel tomada en 1955. Los labios eran una tenue línea dibujada con lápiz, los pómulos estaban surcados por venitas oscuras, la calvicie hacía estragos en la frente vasta, sebosa, inclinada hacia atrás en un ángulo brusco.

—Diez años después de esa foto era un hombre en ruinas —dijo la viuda—. Dejaba pasar las horas sin hacer nada, sin hablar, con la mente a la deriva. A veces se perdía de vista durante semanas, yendo de un bar a otro hasta que caía desmayado. Tenía delirios. Sudaba a chorros. Era un sudor rancio, insoportable. Poco antes de morir lo vieron en un banco de la plaza Rodríguez Peña, llamando a gritos a la muerte.

—¿Y ustedes? —quise saber—. ¿Dónde estaban ustedes?

—Lo abandonamos —contestó la hija—. Hubo un momento en que mamá ya no lo soportó más y le dijo que se fuera.

—La culpa la tuvo Evita —repitió la viuda—. Toda la gente que anduvo con el cadáver acabó mal.

—No creo en esas cosas —me oí decir.

La viuda se puso de pie y yo sentí que era hora de irme.

—¿No cree? —Su tono había dejado de ser amistoso. —Que Dios lo ampare, entonces. Si va a contar esa historia, debería tener cuidado. Apenas empiece a contarla, usted tampoco tendrá salvación.

3

«CONTAR UNA HISTORIA»

> La canonización de Eva Perón por el Papa y la
> de Jean Genet por Sartre (otro Papa) son los
> acontecimientos místicos de este verano.
>
> JEAN COCTEAU, *Journal: Le Passé défini*

Después de aquel encuentro, pasé varias semanas en los archivos de los diarios. Si el maleficio invocado por la viuda del Coronel era verdadero, tarde o temprano iba a encontrar algún hecho que lo confirmara. Una época me fue derivando a otra, y así remonté afluentes que nadie había advertido. El propio Rodolfo Walsh deslizó algunas pistas en «Esa mujer», al mencionar los infortunios de dos oficiales de Inteligencia: «Oí decir», insinúa Walsh, «que el mayor X mató a su esposa y el capitán N quedó con la cara desfigurada por un accidente». Pero el coronel del cuento se burla de esas fatalidades atribuyéndolas a la confusión y al azar. «La tumba de Tutankamón», recita, «lord Carnavon. Basura.»

A medida que me iba hundiendo en las parvas de papeles, descubría más y más indicios de que los cadáveres no soportan ser nómades. El de Evita, que aceptaba con resignación cualquier crueldad, parecía sublevarse cuando lo movían de un lado a otro. En noviembre de 1974, su cuerpo fue retirado de la tumba en Madrid y trasladado a Buenos Aires. Mientras lo llevaban en un furgón al aeropuerto de Barajas, dos guardias civiles se pusieron a discutir por una deuda de juego. Al entrar en la avenida del General Sanjurjo, frente a los Depósitos de Aguas, ambos se atacaron a balazos y el vehículo, fuera de control, embistió las vallas del Real Automóvil Club. La cabina se incendió y los guardias murieron. Pese a la magnitud de los destrozos, el ataúd de Evita no sufrió el menor daño, ni siquiera un raspón.

Algo parecido sucedió en octubre de 1976, cuando el cadáver fue trasladado desde la residencia presidencial de Olivos al cementerio de la Recoleta. Evita iba en una ambulancia azul del hospital militar de Buenos Aires, entre dos soldados con fusiles que llevaban —Dios sabrá por qué— las bayonetas caladas. El chofer, un sargento llamado Justo Fernández, atravesó de cabo a rabo la avenida del Libertador silbando «La felicidad / ja ja ja ja». Poco antes de cruzar la calle Tagle, sucumbió a un infarto tan súbito que su acompañante, creyendo que «Fernández se ahogaba con los silbidos», aplicó el freno de mano y detuvo la ambulancia cuando estaba a punto de incrustarse en el zócalo de otro Automóvil Club, el de Buenos Aires. Evita estaba intacta, pero los soldados de la custodia se habían atravesado la yugular con las bayonetas en el relámpago del frenazo y yacían enredados sobre un lago de sangre.

Las almas tienen su propia fuerza de gravedad: les disgustan las velocidades, el aire libre, el ansia. Cuando alguien rompe los cristales de su lentitud, se desorientan, y desarrollan una voluntad de maleficio que no pueden controlar. Las almas tienen hábitos, apegos, antipatías, momentos de hambre y de hartura, deseos de irse a dormir, de estar solas. No quieren que se las saque de su rutina porque la eternidad es eso: rutinas, frases que se encadenan interminablemente, anclas que las amarran a cosas conocidas. Pero así como detestan ser desplazadas de un lugar a otro, las almas también aspiran a que alguien las escriba. Quieren ser narradas, tatuadas en las rocas de la eternidad. Un alma que no ha sido escrita es como si jamás hubiera existido. Contra la fugacidad, la letra. Contra la muerte, el relato.

Desde que intenté narrar a Evita advertí que, si me

acercaba a Ella, me alejaba de mí. Sabía lo que deseaba contar y cuál iba a ser la estructura de mi narración. Pero apenas daba vuelta la página, Evita se me perdía de vista, y yo me quedaba asiendo el aire. O si la tenía conmigo, en mí, mis pensamientos se retiraban y me dejaban vacío. A veces no sabía si Ella estaba viva o muerta, si su belleza navegaba hacia adelante o hacia atrás. Mi primer impulso fue contar a Evita siguiendo el hilo de la frase con que Clifton Webb abre los enigmas de *Laura*, el film de Otto Preminger: «Nunca olvidaré el fin de semana en que murió Laura». Yo tampoco había olvidado el brumoso fin de semana en que murió Evita. Ésa no era la única coincidencia. Laura había resucitado a su modo: no muriendo; y Evita lo hizo también: multiplicándose.

En una larga y descartada versión de esta misma novela conté la historia de los hombres que habían condenado a Evita a una errancia sin término. Escribí algunas escenas aterradoras, de las que no sabía salir. Vi al embalsamador escudriñando con desesperación los rincones de su propio pasado en busca de un momento que coincidiera con el pasado de Evita. Lo describí vestido con un traje oscuro, alfiler de brillantes y manos enguantadas, ejercitándose junto al académico Leonardo de la Peña en las técnicas de conservación de los cadáveres. Referí las telarañas de conspiraciones que urdieron el Coronel y sus discípulos de la escuela de espionaje, sobre mesas de arena coloreadas como tableros de ajedrez. Nada de eso tenía sentido y casi nada sobrevivió en las versiones que siguieron. Ciertas frases, en las que trabajé durante semanas, se evaporaron bajo el sol de la primera lectura, sajadas por la impiedad de un relato que no las necesitaba.

Tardé en sobreponerme a esos fracasos. Evita, repetía, Evita, esperando que el nombre contuviera alguna revelación: que Ella fuera, después de todo, su propio nombre. Pero los nombres nada comunican: sólo son un son ido, un agua del lenguaje. Recordé el tiempo en que anduve tras las sobras de su sombra, yo también en busca de su cuerpo perdido (tal como se cuenta en algunos capítulos de *La novela de Perón*), y los veranos que pasé acumulando documentos para una biografía que pensaba escribir y que debía llamarse, como era previsible, *La perdida*. Llevado por esa sed hablé con la madre, el mayordomo de la casa presidencial, el peluquero, su director de cine, la manicura, las modistas, dos actrices de su compañía de teatro, el músico bufo que le consiguió trabajo en Buenos Aires. Hablé con las figuras marginales y no con los ministros ni aduladores de su corte porque no eran como Ella: no podían verle el filo ni los bordes por los que Evita siempre había caminado. La narraban con frases demasiado bordadas. Lo que a mí me seducía, en cambio, eran sus márgenes, su oscuridad, lo que había en Evita de indecible. Pensé, siguiendo a Walter Benjamin, que cuando un ser histórico ha sido redimido se puede citar todo su pasado: tanto las apoteosis como lo secreto. Será tal vez por eso que en *La novela de Perón* sólo acerté a narrar lo más privado de Perón, no sus hazañas públicas: cuando trataba de abarcarlo por entero, el texto se me quebraba entre los dedos. No fue así con Evita. Eva es también un ave: lo que se lee al derecho tiene el mismo sentido cuando se lee al revés. ¿Qué más quería yo? Ya no necesitaba sino avanzar. Pero cuando intenté hacerlo, mis madejas de voces y de apuntes quedaron en la nada, pudriéndose en los cajones amarillos que iba llevando de un exilio a otro.

Fue un fracaso aún más hondo el que dio origen a este libro. A mediados de 1989 yacía yo en una cama penitencial de Buenos Aires, purgando la calamidad de una novela que me nació muerta, cuando sonó el teléfono y alguien me habló de Evita. Nunca había oído antes aquella voz y no deseaba seguir oyéndola. Sin el letargo de la depresión quizás habría cortado. Pero la voz, insistente, me hizo levantar de la cama y me internó en una aventura sin la que *Santa Evita* no existiría. No ha llegado el momento aún de contar esa historia, pero cuando la cuente se entenderá por qué.

Pasaron algunas noches y soñé con Ella. Era una enorme mariposa suspendida en la eternidad de un cielo sin viento. Un ala negra se henchía hacia adelante, sobre un desierto de catedrales y cementerios; la otra ala era amarilla y volaba hacia atrás, dejando caer escamas en las que fulguraban los paisajes de su vida en un orden inverso al de la historia, como en los versos de Eliot: *En mi principio está mi fin. / Y no lo llamen inmovilidad: / allí pasado y porvenir se unen. / Ni movimiento desde ni hacia, / ni ascenso ni descenso. / Salvo por ese punto, el punto inmóvil.*

Si esta novela se parece a las alas de una mariposa —la historia de la muerte fluyendo hacia adelante, la historia de la vida avanzando hacia atrás, oscuridad visible, oxímoron de semejanzas— también habrá de parecerse a mí, a los restos de mito que fui cazando por el camino, a la yo que era Ella, a los amores y odios del nosotros, a lo que fue mi patria y a lo que quiso ser pero no pudo. Mito es también el nombre de un pájaro que nadie puede ver, e historia significa búsqueda, indagación: el texto es una búsqueda de lo invisible, o la quietud de lo que vuela.

Tardé años en llegar a estos pliegues del medio donde ahora estoy. Para que nadie confundiera *Santa Evita* con *La novela de Perón* escribí entre las dos un relato familiar sobre un cantante de voz absoluta en guerra contra su madre y una tribu de gatos. De esa guerra pasé a otras. Reaprendí la escritura, mi oficio, con fiebre adolescente. ¿*Santa Evita* iba a ser una novela? No lo sabía y tampoco me importaba. Se me escurrían las tramas, las fijezas de los puntos de vista, las leyes del espacio y de los tiempos. Los personajes conversaban con su voz propia a veces y otras con voz ajena, sólo para explicarme que lo histórico no es siempre histórico, que la verdad nunca es como parece. Tardé meses y meses en amansar el caos. Algunos personajes se resistieron. Entraban en escena durante pocas páginas y luego se retiraban del libro para siempre: sucedía en el texto lo mismo que en la vida. Pero cuando se iban, Evita no era ya la misma: le había llovido el polen de los deseos y recuerdos ajenos. Transfigurada en mito, Evita era millones.

Las cifras caudalosas, los millones, siempre fueron el aura de su nombre. En *La razón de mi vida* se lee esta frase misteriosa: «Pienso que muchos hombres reunidos, en vez de ser millares y millares de almas separadas, son más bien una sola alma». Los mitólogos pescaron la idea al vuelo y transformaron los millares en millones. «Volveré y seré millones», promete la frase más celebrada de Evita. Pero Ella nunca dijo esa frase, como lo advierte cualquiera que repare por un instante en su perfume póstumo: «Volveré» ¿desde dónde?, «y seré millones» ¿de qué? Pese a que la impostura fue denunciada muchas veces, la frase sigue al pie de los afiches que conmemoran todos sus aniversarios. Nunca existió, pero es verdadera.

Hasta su santidad fue convirtiéndose, con el tiempo, en un dogma de fe. Entre mayo de 1952 —dos meses antes de que muriera— y julio de 1954, el Vaticano recibió casi cuarenta mil cartas de laicos atribuyendo a Evita varios milagros y exigiendo que el Papa la canonizara. El prefecto de la Congregación para la Causa de los Santos respondía a todas las solicitudes con las fórmulas usuales: «Cualquier católico sabe que para ser santo hay que estar muerto». Y después, cuando ya la estaban embalsamando: «Los procesos son largos, centenarios. Tened paciencia». Las cartas fueron tornándose cada vez más perentorias. Se quejaban de que, para ser santa, María Goretti había esperado sólo cuarenta y ocho años y Teresa de Lisieux poco más de veinticinco. Más llamativo, decían, era el caso de santa Clara de Asís, a quien el impaciente Inocencio IV quería canonizar en el lecho de muerte. Evita merecía más: únicamente la virgen María la superaba en virtudes. Que el Sumo Pontífice tardara en admitir una santidad tan evidente era —leí en los diarios— «una afrenta a la fe del pueblo peronista».

Por esos mismos años, todas las adolescentes pobres de la Argentina querían parecerse a Evita. La mitad de las

chicas nacidas en las provincias del noroeste se llamaban
Eva o María Eva, y las que no se llamaban así copiaban los
emblemas de su hermosura. Se teñían el pelo de rubio oxi-
genado y se lo peinaban hacia atrás, tirante y recogido en
uno o dos rodetes. Vestían polleras acampanadas, hechas
de telas que se podían almidonar, y zapatos con pulseras
en los tobillos. Evita era el árbitro de la moda y el modelo
nacional de comportamiento. Ese tipo de polleras y de
zapatos no volvió a usarse desde fines de los años 50, pero
el pelo teñido de rubio sedujo a las clases altas y se convirtió, con el tiempo, en un rasgo distintivo de las mujeres del
barrio norte de Buenos Aires.

En los seis primeros meses de 1951, Evita regaló veinticinco mil casas y casi tres millones de paquetes que contenían medicamentos, muebles, ropas, bicicletas y juguetes.
Los pobres hacían fila desde antes del amanecer para verla, y algunos lo conseguían sólo al amanecer siguiente.
Ella los interrogaba sobre sus problemas familiares, sus
enfermedades, sus trabajos y hasta sus amores. En el mismo año de 1951 fue madrina de casamiento de mil seis-
cientas ocho parejas, la mitad de las cuales ya tenía hijos.
Los hijos ilegítimos conmovían a Evita hasta las lágrimas,
porque había sufrido su propia ilegitimidad como un martirio.

En los pueblos perdidos de Tucumán, recuerdo, mucha
gente creía que era una emisaria de Dios. He oído que
también en la pampa y en las aldeas de la costa patagónica
los campesinos solían ver su cara dibujada en los cielos.
Temían que muriera, porque con su último suspiro podía
acabarse el mundo. Era frecuente que las personas simples
trataran de llamar la atención de Evita para alcanzar así
alguna forma de eternidad. «Estar en el pensamiento de la
Señora», dijo una enferma de polio, «es como tocar a Dios
con las manos. ¿Qué más necesita una?»

Una chica de diecisiete años que se hacía llamar «la
hermosa Evelina» y de la que nadie supo jamás el nombre
verdadero, escribió a Evita dos mil cartas en 1951, a razón

de cinco a seis por día. Todas las cartas tenían el mismo texto, por lo que el único trabajo de la hermosa Evelina consistía en copiarlo y echar los sobres a los buzones de Mar del Plata, la ciudad donde vivía, además de conseguir el dinero para las estampillas. En aquellos tiempos, Evita era víctima de frecuentes efusiones epistolares, pero no estaba acostumbrada a cartas que fueran también pequeñas obras de arte:

> *Mi qerida Evita, no boi a pedirte nada como asen todos por aqi, pues lo unico qe pretendo es que leas esta carta y te acordés de mi nombre, yo se qe si vos te fijás en mi nombre aunqe sea un momentito lla nada malo me podra pazar y yo sere felis sin enfermedades ni pobresas. Tengo 17 anio y duermo en los colchone que la otra nabidad dejastes de regalo en mi casa. Te qiere mucho, la ermosa Evelina.*

Cuando corrió la voz de que Evita podía ser candidata a la vicepresidencia de la república y de que los generales se opondrían, indignados ante la perspectiva de que una mujer les diera órdenes, la hermosa Evelina envió una última carta a la que añadió tres palabras: *Qe viban lamujeres*. Acto seguido se exhibió en la vidriera de una mueblería, acostada en un arcón, con la intención de guardar ayuno hasta que los generales depusieran su actitud. Acudió tanta gente a verla que los vidrios se rompieron y el dueño de la mueblería suspendió al instante las exhibiciones. La hermosa Evelina ayunó una noche en la intemperie de las veredas, hasta que el intendente socialista de la ciudad accedió a prestarle una de las carpas de la playa Bristol, que no se usaban ya porque la temporada estaba terminando. A la entrada de la carpa, Evelina colgó un letrero con su divisa, *Qe viban lamujeres*, y empezó la segunda etapa del ayuno. Seis escribanos se turnaban para verificar la observancia estricta de las reglas. A la ayunadora sólo se le permitía beber un vaso de agua por la mañana y otro a la caída de la tarde, pero al cumplir la primera semana Evelina sólo aceptaba el último. La noticia salió en los diarios y se dijo que Evita pasaría por Mar del Plata para echar un vistazo. No pudo ir, porque sufría de dolores en el bajo vientre y los médicos la obligaban a guardar reposo. La candidatura a la vicepresidencia seguía estancada y la hermosa Evelina, a la que ya nadie llamaba hermosa, parecía condenada a un ayuno perpetuo. La curiosidad de los primeros días fue disipándose. Cuando cayeron las lluvias del otoño desaparecieron las visitas a la playa y empezaron a desertar los notarios. La única que se compadecía de la hermosa Evelina era una prima de su misma edad, que se presentaba puntualmente todas las noches a llevar el vaso de agua y se retiraba de la carpa llorando.

La historia tuvo un infortunado final. En vísperas de la Semana Santa se desató un temporal feroz que retuvo a la gente en sus casas y arrancó los árboles de cuajo. Cuando amainó, en la playa Bristol no quedaba una sola carpa ni el más leve rastro de la hermosa Evelina. Al dar la noticia, el diario *La Razón* dejó caer este sarcasmo: «El episodio de la Bristol demuestra claramente que Mar del Plata no tiene un clima propicio para los ayunadores».

El sacrificio de la hermosa Evelina no fue vano. Pronto aparecieron miles de imitadores que intentaron abrirse paso en la imaginación de Evita, aunque con riesgos menos.mortales. Dos obreros de una fábrica de hojalatas artísticas, que también defendían la candidatura a la vicepresidencia, batieron el récord mundial de trabajo continuo tallando adornos para fachadas durante noventa y ocho horas, pero no alcanzaron casi a saborear la proeza porque siete capataces de otra fábrica los superaron al cumplir ciento nueve horas de ensamblar y pulir cilindros. El diario *Democracia* publicó en primera página una foto de los siete, vencidos por el sueño al pie de una gran colmena de caños.

La vida de Evita se hundía mientras tanto en el infortunio. Debió renunciar a la candidatura ante un millón de personas que lloraban y desfilaban de rodillas bajo su palco; al mes la internaron con una anemia fulminante, que era otro síntoma de su cáncer de matriz. Casi en seguida pasó por dos terribles operaciones en las que fue vaciada y raspada hasta que la creyeron libre de células malignas. Adelgazó más de veinte kilos y se le grabó en la cara una expresión de tristeza que nadie le había conocido, ni aun en los tiempos de hambre y humillación.

No por eso le tuvieron lástima sus enemigos, que también eran millares. Los argentinos que se creían depositarios de la civilización veían en Evita una resurrección obscena de la barbarie. Los indios, los negros candomberos, los crotos, los malevos, los cafishios de Arlt, los gauchos cimarrones, las putas tísicas contrabandeadas en los barcos polacos, las milonguitas de provincias: ya todos habían sido exterminados o confinados a sus sótanos de tiniebla. Cuando los filósofos europeos llegaban de visita, descubrían un país tan etéreo y espiritual que lo creían evaporado. La súbita entrada en escena de Eva Duarte arruinaba el pastel de la Argentina culta. Esa mina barata, esa copera bastarda, esa mierdita —como se la llamaba en los remates de hacienda— era el último pedo de la barbarie. Mientras pasaba, había que taparse la nariz.

De pronto, los adalides de la civilización se enteraron con alivio de que las navajas del cáncer taladraban la matriz de «esa mujer». En la revista *Sur*, resignado cobijo de la inteligencia argentina, la poetisa Silvina Ocampo avizoraba en pareados enfáticos el fin de la pesadilla:

> *Que no renazca el sol, que no brille la luna*
> *si tiranos como éstos siembran nueva infortuna,*
> *engañando a la patria. Es tiempo ya que muera*
> *esa raza maldita, esa estirpe rastrera.*

Sobre los muros que desembocan en la estación Retiro, no demasiado lejos de la residencia presidencial donde

Evita agonizaba, alguien pintó una divisa de mal agüero: *Viva el cáncer*, y la firmó *La hermosa Evelina*. Cuando la radio dio la noticia de que la gravedad de Evita era extrema, los políticos de la oposición destaparon botellas de champagne. El ensayista Ezequiel Martínez Estrada, cubierto de pies a cabeza por una costra negra que los médicos identificaron como neurodermitis melánica, se curó milagrosamente y empezó a escribir un libro de invectivas en el que se refería a Evita de esta manera: «Ella es una sublimación de lo torpe, ruin, abyecto, infame, vengativo, ofídico, y el pueblo la ve como una encarnación de los dioses infernales».

En aquellos mismos días, ante la certeza de que Evita subiría al cielo en cualquier momento, miles de personas hicieron los más exagerados sacrificios para que, cuando a Ella le tocara rendir cuentas a Dios, mencionara sus nombres en la conversación. Cada dos o tres horas, alguno de los creyentes alcanzaba un nuevo récord mundial de trabajo ininterrumpido, ya fuera armando cerraduras o cocinando fideos. El maestro de billar Leopoldo Carreras hizo mil quinientas carambolas al hilo en el atrio de la basílica de Luján. Un profesional llamado Juan Carlos Papa bailó tangos durante ciento veintisiete horas con otras tantas parejas. Aún no se publicaba el Libro Guinness de los Récords Mundiales, y por desgracia todas esas marcas han pasado al olvido.

Las iglesias rebosaban de promesantes que ofrendaban canjear sus vidas por la de Evita o bien suplicaban a las cortes celestiales que la recibieran con honores de reina. Se batían marcas de vuelo en planeador, caminatas con bolsas de maíz al hombro, repartos de pan, marchas a caballo, saltos en paracaídas, carreras sobre carbones encendidos y sobre púas afiladas, expediciones en sulky y en bicicleta. El taxista Pedro Caldas viajó trescientos kilómetros entre Buenos Aires y Rosario corriendo hacia atrás sobre un barril de aceite; la costurera Irma Ceballos bordó un padrenuestro de ocho milímetros por ocho con

sedas de treinta y tres colores distintos y cuando lo terminó se lo mandó al papa Pío XII amenazándolo con retirar-
le su obediencia de católica si el Sagrado Corazón de
Jesús no devolvía cuanto antes la salud de «nuestra querida santa».

Pero la más famosa todas las empresas fue la del tala-
bartero Raimundo Masa con su esposa Dominga y sus tres
hijos, el menor de los cuales era niño de pecho. Masa acababa de entregar un par de monturas en San Nicolás cuando oyó a unos arrieros hablar sobre la gravedad de Evita.
Ese mismo día decidió ir en procesión con toda la familia
hasta el Cristo Redentor que estaba en las montañas de los
Andes, mil kilómetros al oeste, prometiendo regresar también a pie si la enferma se recuperaba. A razón de veinte
kilómetros por día, el viaje de ida iba a durar dos meses,
calculó. En las alforjas acumuló unos pocos tarros de
leche en polvo, carne seca, galletas, agua filtrada y una
muda de ropa. Escribió una carta a Evita explicándole su
misión y anunciándole que la visitaría al regresar. Le rogó
que no se olvidara de su nombre y que, si podía, lo mencionara en algún discurso, aunque fuera en clave: «Diga
usted nomás que saludos para Raimundo y yo me daré por
enterado».

En la interminable llanura se detenía con toda la familia a rezar el rosario, sin alzar los ojos de la huella y con
una expresión de duelo inconsolable. Dominga cargaba al
niño de pecho en una canasta sujeta al cuello; los otros dos
iban atados con piolas a la cintura de Raimundo, para que
no se perdieran. Cada vez que pasaban por una población
salían a recibirlos el cura párroco, el farmacéutico y las
damas del club social con trajes dominicales recién saca-
dos de sus nidos de naftalina. Les ofrecían tazas de chocolate y duchas calientes que Raimundo rechazaba con firmeza para no perder tiempo, sin atender al desconsuelo de
sus hijos mayores, que ya no aguantaban más la dieta de
carne seca.

A los cuarenta días entraron en el desierto sin esperanza que hay entre las ciudades de San Luis y La Dormida, donde cien años atrás Juan Facundo Quiroga había escapado de las garras de un tigre trepándose a la copa del único algarrobo que crecía en esas desolaciones. El paisaje seguía siendo inclemente, caía un sol tenaz y, por inexperiencia, Raimundo había permitido que los hijos agotaran el agua. Se desvió del camino principal y entró en los atajos falsos trazados a principios de siglo para confundir a los desertores del ejército. Los chicos mayores se desvanecieron y el padre tuvo que abandonar las alforjas con provisiones para cargarlos al hombro. Al tercer día se descorazonó y sintió miedo de morir. Sentado a la entrada de una caverna de polvo, rezó para que tantas mortificaciones no fueran vanas y Dios concediera a Evita la salud que había perdido. A Dominga, que sufría en silencio, le molestó que en esa hora de fatalidad el marido se mostrara desconsiderado con la suerte de su familia.

—Nosotros somos nosotros y nada más —le hizo notar Raimundo—. En cambio si Evita muere, los abandonados van a ser miles. Gente como nosotros hay por todas partes, pero santas como Evita hay una sola.

—Ya que ella es tan santa, podrías pedirle que nos saque de este apuro —dijo Dominga.

—No puedo, porque los santos no hacen milagros cuando están vivos. Hay que esperar a que se mueran y gocen de la gloria del Señor.

La luz del día se extinguió como un fósforo. Al cabo de una hora sopló con furia el viento. Entre los vahos de polvo se oyó graznar a unos patos salvajes. Cuando amainó la tormenta, el horizonte se llenó de luces. Raimundo pensó que eran las osamentas fosforescentes de terneros devorados por los tigres, y temió que a ellos también les estuvieran siguiendo el rastro.

—Mejor nos quedamos quietos —dijo—, y esperamos a que amanezca.

Pero Dominga, esta vez, confiaba en la salvación.

—Ésas son lámparas a querosén —lo corrigió—. Si se

oyen patos por acá, el agua y las casas no han de estar lejos.

Avanzaron a rastras bajo la luna indecisa. Pronto divisaron una hilera de algarrobos, corrales, y un rancho de barro y tejas. En todas las ventanas había luces. Raimundo golpeó las manos con ansiedad. Nadie respondía, aunque del interior brotaban voces monótonas y la música en sordina de una radio. Bajo el alero encontraron una batea con agua fresca y una jofaina. En las mesas había panes recién horneados. Los hijos se precipitaron a comer, pero Dominga los contuvo.

—Alabado sea Dios —saludó.

—Sea por siempre alabado —les respondieron desde adentro—. Sírvanse lo que les haga falta y esperen en la galería.

Al caer la tarde Raimundo había sentido frío, un frío indeleble del que jamás iba a olvidarse, pero de pronto el aire estaba cálido y ensordecido por las cigarras del verano. Los chicos se durmieron. Al cabo de un rato, también Dominga se tendió en un banco de madera. Oyeron cascos de caballos, bufidos y el tremolar de las gallinas.

Cuando se despertaron, estaban otra vez a la intemperie. Las torres de una aldea se divisaban a lo lejos. A sus pies encontraron las alforjas que días atrás habían dejado en el desierto.

—Yo no me quería dormir —dijo Dominga.

—Yo tampoco —respondió Raimundo—. Pero ahora ya no tiene remedio.

Caminaron por un campo desconocido y fértil, entre sembrados de frutillas, alamedas y acequias. Les sorprendió que, al entrar en la población, nadie saliera a recibirlos. Las campanas de la iglesia tañían a duelo y por los altoparlantes colgados de los postes de luz oyeron una voz sepulcral que repetía sin apagarse: «Anoche, a las veinte y veinticinco la señora Eva Perón entró en la inmortalidad. Que Dios tenga piedad de su alma y del pueblo argentino. Anoche, a las veinte y veinticinco».

Raimundo se detuvo en seco.

—Fue en ese momento que encontramos el pan y el agua —dijo—. A las veinte y veinticinco. Ahora quién sabe si podremos volver.

Encontré un ascético relato sobre la partida de la familia Masa en el diario *Democracia*, pero los pormenores de la travesía completa, narrados con lo que entonces se llamaba «lenguaje poético», están en el último número de octubre de *Mundo Peronista*. Pasé algún tiempo rastreando a los hijos de Raimundo Masa y estuve a punto de encontrar al mayor, llamado también Raimundo. Había trabajado unas pocas semanas en la gomería Norma, situada en el camino de Ramallo a Conesa, y luego —supe— había emigrado al sur. Pero el sur en la Argentina es todo: el vasto mundo de Raimundo, como explica un poema de Drummond de Andrade. La tarde en que conversé con los muchachos de la gomería Norma cayó un veloz crepúsculo sobre los campos. Los gallos se confundieron de naturaleza y soltaron un canto que nunca se apagaba. Me dijeron que Raimundo les había referido la misma historia de las revistas, pero que a fuerza de atormentarlo para que les diera más detalles, él acabó por no saber si se trataba de un milagro, de un sueño o sólo de un deseo. En aquella época de los grandes récords, la gente estaba llena de deseos, y Evita se hacía cargo de que todos se cumplieran. Evita era una enorme red que salía a cazar deseos como si la realidad fuera un campo de mariposas.

No volví a tener noticias de los Masa hasta que me recluí en una aldea de New Jersey y continué la escritura de este libro. Un mediodía de enero, después de completar una página, salí a buscar mi correspondencia. Entre la parva de folletos de propaganda desentonaba un sobre cuadrado, enviado desde Dolavon, Chubut, donde nadie que yo conociera tenía mi dirección. El remitente sólo se daba a conocer por sus iniciales, RM, y me enviaba una lista de veinte récords peronistas. Copio algunos, para dar una idea del insólito documento:

22 de febrero, 1951 / Héctor Yfray / Récord mundial de permanencia en bicicleta: 118 horas y 29 minutos / «Con el deseo de llegar hasta Evita para expresarle mi admiración».

25 de marzo, 1951 / «La hermosa Evelina» / Para batir el récord de ayuno establecido por Link Furk (22 días a dieta de agua). La competidora desapareció en un temporal / «Con la idea de que Evita sea vicepresidenta y para combatir el agio y la especulación».

22 de agosto, 1951 / Carlos de Oro / Récord de vueltas alrededor del obelisco de Buenos Aires: empezó a las 23:30; se detuvo el 30 de agosto, por un paro cardíaco / «Con el propósito de seguir caminando hasta que Evita acepte integrar la fórmula presidencial».

6 de abril, 1952 / Blanca Lidia y Luis Angel Carriza / Raid de rodillas dando vueltas a la Plaza de Mayo. Empezaron la prueba a las 5:45 y se detuvieron a las 10:30 porque la señora Carriza tenía la rótula al descubierto / «Para pedir por la salud de Eva Perón».

No sabía a quién agradecer el regalo y sentí cierta angustia durante el resto de la semana, mientras avanzaba en la escritura. Ese domingo, uno de mis hermanos llamó por teléfono para decirme que nuestra madre había muerto días atrás en el otro extremo del continente. «Ya la enterramos», dijo. «No tendría sentido que vengas». Protesté porque no me habían avisado antes. «Perdimos tu número de teléfono», me respondió. «Nadie podía encontrarlo. Hicimos una larga búsqueda. Todos lo habían perdido. Fue como si estuvieras dentro del cerco de un maleficio.»

Colgué temblando, porque llevaba días sintiéndome exactamente así, llagado por la perfidia de un maleficio desconocido. Acaso por el desconsuelo en que me sumió

76

aquella muerte, comenzaron a invadirme unos mareos nocturnos que los médicos no sabían cómo curar. Desde la medianoche hasta el amanecer los planetas daban vueltas en mi cabeza y yo volaba de uno a otro, sin gravedad ni instinto de pertenencia, como si fuera un nómade sin rostro y no encontrara un aire al que aferrarme. Si lograba dormir, escribía en sueños pentagramas en blanco cuyo único signo era la cara de Evita en el lugar de las claves; a lo lejos sonaba el cielo entero de la partitura, pero yo jamás lograba saber cómo era, por más que afinara el oído. Uno de los médicos diagnosticó, tras dos semanas de exámenes, un cuadro severo de hipertensión, que trató de aplacar con Procardia, Tenormin y otras pastillas cuyos nombres he olvidado. Los mareos, sin embargo, sólo cesaron cuando abandoné la escritura, a fines de ese mes.

Cada vez que intentaba salir de viaje a cualquier parte caían nevadas feroces que obligaban a cerrar los aeropuertos y las rutas principales. En la obstinación del encierro, empecé a escribir de nuevo: entonces salió el sol y cayó sobre New Jersey la bendición de una primavera temprana. Fue por esa época cuando recibí el segundo sobre cuadrado desde Dolavon, Chubut, con el nombre completo del remitente, Raimundo Masa. Había esta vez una carta manuscrita, firmada con letra infantil: «Si usted me andaba buscando, ya no me busque. Si usted va a contar la historia, tenga cuidado. Cuando empiece a contarla, no va a tener salvación». Ya había oído antes esa advertencia y la había desdeñado. Era tarde ahora para echarme atrás.

En el sobre venían también unos recortes quebradizos con artículos del Coronel publicados como «primicia mundial exclusiva» en el diario *El Trabajo* de Mar del Plata entre el 20 y el 25 de septiembre de 1970, una semana antes de su muerte. Los cuatro primeros artículos, firmados con seudónimo, narraban el secuestro del cadáver y algunos detalles menores de lo que el Coronel llamaba «Operativo Ocultamiento». En el último se exponía el nombre verdadero del autor —Carlos Eugenio de Moori

Koenig— y se revelaba la existencia de tres copias idénticas al cuerpo, enterradas con nombres falsos en Rotterdam, Bruselas y Roma. La verdadera Evita estaba, decía el texto, en un campo a orillas del río Altmühl, entre Eichstätt y Plunz, al sudeste de Alemania. Sólo una persona conocía el secreto —no se informaba quién— y esa persona se lo llevaría a la tumba. La afirmación era tan drástica que parecía una confesión. Me impresionó saber que los artículos habían sido escritos en el hospital, ya sobre el filo de la muerte. Peor me sentí, sin embargo, al leer el seudónimo que había elegido el Coronel para los cuatro primeros. Los firmaba «lord Carnavon», con el nombre del arqueólogo inglés que despertó a Tutankamón de su descanso eterno y pagó esa osadía con la vida.

No iba a dejar que las supersticiones me arredraran. No iba a contar a Evita como maleficio ni como mito. Iba a contarla tal como la había soñado: como una mariposa que batía hacia adelante las alas de su muerte mientras las de su vida volaban hacia atrás. La mariposa estaba suspendida siempre en el mismo punto del aire y por eso yo tampoco me movía. Hasta que descubrí el truco. No había que preguntarse cómo uno vuela o para qué vuela, sino ponerse simplemente a volar.

4

«RENUNCIO A LOS HONORES, NO A LA LUCHA»

El único deber que tenemos con la historia es reescribirla.

OSCAR WILDE, *El crítico como artista*

En algún momento de 1948, Evita aceptó el consejo de Julio Alcaraz, el famoso peluquero de las estrellas en la edad dorada del cine argentino, y empezó a decolorarse el pelo, en busca de un rubio sentador que le marcara las facciones. A la segunda o tercera sesión se le quemaron las puntas y, como debía salir corriendo a inaugurar un hospital, quiso que se las recortaran. El peluquero prefirió resolver el problema peinándola hacia atrás, con la frente despejada y un gran rodete aferrado a la nuca con horquillas. Esa imagen de medalla, que nació por obra de la casualidad y del apuro, persiste en la memoria de la gente como si todas las demás Evitas fueran falsas.

Cuando conocí a Julio Alcaraz, hace más de treinta años, no se me pasaba por la cabeza que Evita podría ser una heroína de novelas. No la creía heroína o mártir de nada. Me parecía, ¿para qué mentir?, una mujer autoritaria, violenta, de lenguaje ríspido, que ya se había agotado en la realidad. Pertenecía al pasado y a los dominios de la política, con los que yo nada tenía que ver.

Déjenme remontarme a marzo de 1958. Era la época en que me reunía por las noches a leer poemas con Amelia Biagioni y Augusto Roa Bastos, o me quedaba esperando el amanecer en los andenes hostiles de Constitución, donde el aire olía a desinfectantes y a pan recién horneado. Yo pensaba entonces en escribir grandes novelas; no sé por qué pensaba que debían ser grandes e intensas, con el país entero como telón de fondo, novelas del tamaño de la vida. También pensaba en las mujeres que me habían rechazado, en los abismos que hay entre un signo y su objeto, entre un ser y el azar que lo produce. Pensaba en infinitas cosas pero no en Evita.

Alcaraz figuraba en la lista de maquilladores y peluqueros sobre los que yo debía escribir para una historia ilustrada del cine argentino. Se le atribuía la creación de las bananas en arco con las que María Duval se convirtió en la réplica argentina de Judy Garland y las crestas enruladas de vampiresas como Tilda Thamar. Desde los sillones de su salón, decorado con ángeles de estuco y afiches de Hollywood, se divisaban las vidrieras de Harrods y los cafés donde los estudiantes de Letras fingían ser Sartre o Simone de Beauvoir.

La primera vez, Alcaraz me citó en la puerta de la peluquería a las nueve de la noche. Para excitar su memoria, le llevé una colección de fotos que lo mostraban tejiendo un yelmo de ruleros en la cabeza de Zully Moreno, aplicándole fijadores a Paulina Singerman y aplastando con una redecilla los bucles de las mellizas Legrand. Fue un fracaso. Sus evocaciones resultaron tan opacas que, cuando las transcribí, resbalaban tontamente sobre el vidrio del texto. ¿Dirigía Mario Soffici a las actrices pidiéndoles que se pusieran en situación o les explicaba el personaje? ¿Cuántas veces interrumpía una toma para ordenar que arreglaran un rulo? A ver, a ver, respondía, y se quedaba tieso en esos atascos de la memoria. La única foto que disipó su indiferencia fue una en la que pegaba un postizo sobre la frente calva de Luis Sandrini, durante la filmación de *El más infeliz del pueblo*. La acercó a la luz y me señaló la figura borrosa de una joven, en segundo plano, que llevaba un ridículo sombrero de plumas.

—¿Ve? —dijo—. Aquí está Evita. Muchos periodistas vienen a verme por ella, porque saben que he sido su confidente.

—¿Y qué les ha contado usted? —pregunté.

—Nada —dijo—. Yo nunca cuento nada.

Pasé más de un año sin tener noticias de él. De vez en cuando las revistas de escándalo aludían a la metamorfosis de Evita desde su adolescencia desaliñada hasta su otoño de emperatriz y publicaban fotos que comparaban el antes y el después de las uñas y el pelo. Nadie mencionaba a Julio Alcaraz. Parecía haberse marchado a cualquier parte lejos de este mundo. La carta que me envió en abril o mayo de 1959 me tomó por sorpresa. «Primero y principal», decía, «quiero agradecerle lo que escribió sobre mí en su historia ilustrada. Conservamos el recorte dentro de un marco en mi salón de peinados. Nadie lo deja de ver porque se refleja en el espejo grande. He pensado más de una vez en lo que hablamos ese día. Y me doy cuenta que, luego de haber vivido tantas historias, es una zoncera no querer contarlas. Yo no tengo hijos. Lo único que tengo para dejar son mis recuerdos. ¿Por qué no pasa por el salón para que hablemos el martes o el miércoles, a eso de las nueve, como la otra vez?»

Pasé, sólo para no desairarlo. No tenía intenciones de escribir una sola línea más sobre él. Aun ahora no sé lo que sucedió. Alcaraz me sirvió un café, empezó a contar historias y al cabo de un rato yo estaba tomando apuntes. Recuerdo la penumbra, el largo friso de espejos donde se reflejaba el vaivén de los transeúntes. Recuerdo el olor agresivo de las tinturas y de los fijadores. Recuerdo un letrero de neón con un loro de colores que se prendía y se apagaba. El opaco peluquero de un año antes ahora destilaba luz. ¿Es posible que una misma persona sea tan distinta cuando habla y cuando calla? No distinta como el día y la noche de un paisaje: distinta como dos paisajes antípodas. A ver, a ver, decía, pero ahora era sólo para cruzar de un relato a otro, para tomar aliento antes de abrir el

81

delta de su memoria. Evocó el crepúsculo de pantanos y mosquitos en que se hundieron Francisco Petrone y Elisa Christian Galvé durante la filmación de *Prisioneros de la tierra*, imitó con perverso deleite las cimas de histeria a que se había elevado Mecha Ortiz en *Safo* y *La sonata a Kreutzer*. Sentí que entrábamos en las pantallas de varios cines a la vez y en muchos pasados cuyas aguas fluían simultáneamente. Era mayo o abril, como dije, soplaba un viento húmedo de febrero, y las veredas de Buenos Aires estaban azules de las flores que los lapachos derraman en noviembre. Fuimos deslizándonos poco a poco por la pendiente de Evita y cuando caímos en ella ya no supimos cómo salir.

Alcaraz la había conocido en 1940, cerca de Mar del Plata, mientras filmaban *La carga de los valientes*. Amanecía, era verano, y las vacas pastaban en una claridad violeta. Evita llevaba un peinado laborioso, con una orla de tirabuzones oscuros que le agrandaba los rasgos y una tiara de bucles redondos sobre la frente. Lo interrumpió mientras él calentaba unos rizadores en los rescoldos de la cocina y, pasando por encima de su desprecio, le mostró unas fotografías de *Amarga victoria*.

«Péineme así, Julito, como Bette Davis», le rogó. «Se me vería mejor un poco más enrulada, ¿no le parece?»

El peluquero la estudió de arriba abajo con curiosidad procaz. Días atrás, había identificado a Evita como la joven de facciones tristonas y busto escuálido que servía de modelo en un libro de postales pornográficas. El retrato de la portada, que aún podía verse en los kioscos de la estación Retiro, la mostraba frente a un espejo, con bombachas mínimas y los brazos hacia atrás, insinuando que está a punto de quitarse el corpiño. Las fotos prometían ser provocativas pero estaban desvirtuadas por el candor de la modelo: en una, quebraba las caderas hacia el lado izquierdo y trataba de subrayar la redondez de la nalga con tal mirada de susto que el buscado erotismo de la posición se deshacía en astillas; en otra, escondía los

pechos en el cuenco de las manos y se pasaba la lengua
por los labios con tanta torpeza que sólo la punta de la
lengua asomaba por una de las comisuras, mientras los
grandes ojos redondos quedaban velados por una expresión de cordero. Si Alcaraz no hubiera visto las postales,
tal vez nunca habría aceptado remendar el peinado de
Evita y sus vidas se habrían separado en ese mismo instante. Pero la impericia de aquellas poses le inspiró lástima y decidió ayudarla. Perdió hora y media de su valiosa
mañana convirtiéndola no en la Bette Davis de *Amarga
victoria* sino en la Olivia de Havilland de *Lo que el viento
se llevó*.

—Así salvé del ridículo a su personaje —me dijo—. Era
más lógico un peinado de 1860 para un vestuario de 1876
que el otro corte moderno, de puntas enruladas. Al fin de
cuentas, Evita fue un producto mío. Yo la hice.

Diez años después, Perón diría lo mismo.

Para demostrar que no exageraba, me guió hacia la
trastienda de la peluquería. Encendió las luces de un
saloncito cuyas paredes estaban tapizadas de espejos. Tal
vez fueran un presagio de que la misma realidad iba a
repetirse muchas veces, en tiempos sucesivos. Tal vez una
advertencia de que Evita no se resignaba a ser una y
empezaba a regresar en bandadas, por millones, pero
entonces no lo entendí así. Vi, por primera vez, sólo una
cara de la realidad o, si se prefiere, la primera lumbre de
un largo incendio. Desplegadas en semicírculo, vi doce
cabezas de vidrio expuestas sobre pedestales de yeso pintado, que reproducían otros tantos peinados de Evita. La
de pelo negro y partido al medio que había asomado en
una corta escena de *La carga de los valientes* contemplaba
con desamparo a la joven de trenzas claras detrás de las
orejas que bailaba zambas en *La cabalgata del circo*; vi
una Evita de turbante junto a otra de flequillo castaño y
una rosa enorme, de tela blanca, en la cresta de la frente;
vi a la mujer de peinado en torre y de bucles en forma de
capullo que aclamaron los madrileños en la Plaza de

Oriente y que Pío XII saludó con turbación en la Capilla Sixtina; vi, por fin, a la Evita de pelo tirante y dorado que reproducían hasta el infinito las fotos de la última época y a la que yo había creído única. De todas las cabezas colgaba un relicario transparente dentro del cual había otras hebras de pelo rubio.

—Son las que le corté al peinarla por última vez, cuando ya estaba muerta —dijo el peluquero—. Siempre llevo un rizo igual a ése entre las tapas de mi reloj.

Me lo mostró. Eran casi las doce. Un perfume rancio subía de las losas del piso. Me vi reflejado en los espejos de la pared. Yo también parecía un fantasma.

—Le fui aclarando el pelo poco a poco. Le acentué las tinturas. Fui peinándola cada vez con más sencillez porque estaba siempre apurada. Me costó trabajo convencerla, porque había andado toda la vida con el pelo suelto. Cuando se quiso acordar, Evita ya era otra. Yo la hice —repitió—. Yo la hice. De la pobre minita que conocí cerca de Mar del Plata hice una diosa. Ella ni se dio cuenta.

Empezamos a vernos todos los miércoles a las nueve. Tomé la costumbre de sentarme en la banqueta de la manicura, con el anotador abierto y un paquete de cigarrillos Commander, mientras Alcaraz iba dejando caer sus recuerdos. A veces tomábamos ginebra, para entonarnos. A veces nos olvidábamos de toda sed y deseo. Creo que en aquellos momentos nació, sin que yo lo supiera, esta novela.

No volvió a tener noticias de Eva Duarte hasta 1944, me dijo. Cuando se la encontró en el rodaje de *La cabalgata del circo*, ella era ya otra persona. Vaya a saber a qué abismos de miseria debió asomarse esta pobre chica, pensó entonces. Tenía la mirada llena de cicatrices y hablaba con voz imperativa. No se dejaba atropellar por nadie. Amparada en sus relaciones políticas, llegaba tarde al set, con unas ojeras profundas que las maquilladoras no conseguían borrar. Se la veía desgarrada entre el afán de lucirse en su papel y el miedo a defraudar al coronel

Perón, ministro de Guerra, que era su amante y le pagaba una *garçonnière*. Perón caía por los estudios de Pampa Films dos o tres veces a la semana, tomaba mate con el director y con los actores, y luego se encerraba con Evita en el camarín, esperando que se cambiara de ropa.

—Fue en esa época —dijo Alcaraz—, cuando me convirtió en su confidente.

De lo que sigue he conservado palabras sueltas, esqueletos de una lengua muerta que ya no significa nada cuando la leo de corrido. Frases como: «Luna Pk, festival por terremot se lo levant ahí mismo le dij Coronel gracias por exist Esa noch largó a Imb», nada que pueda servir a los historiadores, nada que me haya servido a mí cuando escribí *La novela de Perón*. Sólo por momentos, los apuntes se vuelven más claros y puedo entrever el dibujo como si fuera un rompecabezas del que han desaparecido fragmentos aquí y allá, arbitrariamente.

Los recuerdos del peluquero no se publicaron nunca. Yo no lo hice por indolencia o porque mi imaginación estaba lejos de Evita. Escribir tiene que ver con la salud, con el azar, con la felicidad y el sufrimiento, pero sobre todo tiene que ver con el deseo. Los relatos son un insecto que uno debe matar cuanto antes y aquellas historias de Evita nunca eran para mí otra cosa que vanos aleteos en la oscuridad.

A fines de 1959 transcribí los monólogos de Alcaraz por pura inercia intelectual, y se los llevé para que los revisara. Tenía la impresión de que, al pasar su voz por el filtro de mi voz, se perderían para siempre la parsimonia de su tono y la sintaxis espasmódica de sus frases. Ésa, pensaba, es la desgracia del lenguaje escrito. Puede resucitar los sentimientos, el tiempo perdido, los azares que enlazan un hecho con otro, pero no puede resucitar la realidad. Yo no sabía aún —y aún faltaba mucho para que lo sintiera— que la realidad no resucita: nace de otro modo, se transfigura, se reinventa a sí misma en las novelas. No sabía que la sintaxis o los tonos de los personajes regresan con otro aire y que, al pasar por los tamices del lenguaje escrito, se vuelven otra cosa.

Lo que sigue, mal que me pese, es una reconstrucción. O, si alguien lo quiere, una invención: una realidad que resucita. Antes de escribir estas páginas tuve mis dudas. Cómo hay que contar esto: ¿Alcaraz habla, yo hablo, alguien escucha, o hablamos todos a la vez, jugamos al libre juego de leer escribiendo?

Alcaraz habla. Yo escribo:

A mí Evita nunca dejó de respetarme. Le gritaba a todo el mundo, pero conmigo se cuidaba. Una vez me pidió que le enseñara cómo atender la mesa, porque a cada rato Perón se presentaba en su casa con gente importante a comer. La fui domesticando, como quien dice. «Empuñá los cubiertos por los extremos», le decía. «Encogé los meñiques al levantar la copa». Pero lo que más la refinó fue su instinto. Dicen que tenía defectos de dicción pero su problema no era ése sino las palabras difíciles que, por inseguridad, mezclaba en las conversaciones, confundiéndoles el sentido. Yo la oí decir «Voy del dentólogo» en vez de Voy al dentista o al odontólogo, y «No me alcanzan los molumentos» por No me alcanza el sueldo o los emolumentos. Se fue salvando de esos papelones porque miraba de reojo lo que hacían los demás y porque, cuando le corregían alguna palabra, la escribía en un cuaderno.

Al terminar La cabalgata del circo pasó algunos meses de indecisión vocacional. Lloraba delante del espejo, sin saber qué hacer consigo misma. No sabía si permanecer a la sombra de Perón como una simple mantenida, ya que hasta entonces él no hablaba de casamiento, o si debía seguir avanzando en su carrera de actriz, por la que había luchado tanto. No es fácil ponerse ahora en su lugar. Uno se olvida de que en aquellos tiempos la virginidad era sagrada y las mujeres que vivían con un hombre sin casarse estaban expuestas a las peores humillaciones. A las chicas de familia que tenían la desgracia de quedar gruesas no se les per-

*mitía abortar. El aborto era el peor de los crímenes. Se las
mandaba a una ciudad desconocida para que parieran y al
recién nacido lo entregaban a un hogar de huérfanos. Evita
podía contar con la comprensión de su madre, que había
pasado por todos los trances de la marginalidad y del desprecio, pero sabía que los altos mandos del ejército no iban
a permitir que el ministro de Guerra formalizara con una
mujer como ella. Seguir al lado de Perón era una manera de
suicidarse, porque tarde o temprano a él le exigirían que se
la quitara de encima. Pero Evita creía en los milagros de las
radionovelas. Pensaba que si hubo una Cenicienta, podía
haber dos. Con esa fe se lanzó al vacío. Le salió bien por
carambola. En los peores momentos de duda buscaba en
vano el consejo de Perón; él no quería opinar: le respondía
que se guiara por los sentimientos. Aquello la dejaba aún
más desconcertada, porque tomaba por desinterés lo que era
tal vez un signo de confianza en su buen juicio.*

*La historia la fue arrastrando de un lado a otro y, antes
de que se diera cuenta, el cine y la radio perdieron importancia en su horizonte. Creo que las últimas dudas se le
disiparon en octubre de 1945, cuando a Perón lo pusieron
preso y ella, abandonada por todos, se encerró en su departamento, esperando que la vinieran a detener. Se identificó
más que nunca con María Antonieta, la heroína de su adolescencia; fue Norma Shearer oyendo desde la prisión del
Temple los tambores de la guillotina. Cuando Perón fue libe-
rado y vivió su noche de gloria en la Plaza de Mayo, Eva
estaba muerta de miedo, cepillándose el pelo ante el espejo
del dormitorio. Tenía los labios hinchados y una herida en
el hombro. Esa mañana, mientras viajaba en taxi hacia el
departamento de su hermano Juan, una turba de estudiantes la había reconocido y, al grito de «¡Acaben con la yegua,
maten a la Duarte!», rompió los vidrios y la golpeó con
palos. Escapó por milagro. Se veía fea en el espejo, desfigurada, y no quiso salir de la casa hasta que Perón se la llevó
a la quinta de un amigo, en San Nicolás. Evita vivió esos
días en el peor de los desconciertos. No sabía qué iba a ser*

de su vida. Una noche me llamó por teléfono. «¿No lo molesto, Julio?», me dijo. «¿Puedo hablarle?». Nunca había pedido permiso para nada. Nunca lo volvió a pedir.

Ya sabe usted lo que siguió. Antes de que terminara octubre, Perón se casó con ella en el departamento de la calle Posadas donde vivían, y dos meses después santificaron la unión en una iglesia de La Plata. Para la ceremonia religiosa le hice a Evita un tocado precioso, alto, con dos grandes ondas de las que brotaban ramilletes de azahares. Aunque ya estaba en plena campaña por la presidencia y no tenían tiempo ni para dormir, Evita siempre apartaba un momento para venir a mi negocio de Paraguay y Esmeralda, donde yo le iba aclarando el pelo de a poquito y ensayando peinados cada vez más simples. La confundía su nuevo papel de señora respetable. Hasta pocos meses antes había sido una actriz de reparto en folletines radiales que nadie oía, una figurita que mendigaba fotos en las revistas. Y de la noche a la mañana se veía convertida en una dama casada con el primer coronel de la república. Cualquiera se habría mareado con ese cambio, y más en una época donde las mujeres eran cero a la izquierda, sombras invisibles de los maridos. Pero no Evita. Al sentir que tenía poder sobre el destino de la gente, se agrandó. ¿Usted la vio en la foto que le tomaron cuando salía de la catedral el 4 de junio de 1946, agarrando del brazo a la mujer del vicepresidente Jazmín Hortensio Quijano? Fíjese en esos labios crispados por el miedo, en la mirada fría y desconfiada, en la pose canyengue de todo el cuerpo. Yo la peiné ese día con sobriedad, dejándole una leve insinuación de bucle bajo el sombrero de líneas otomanas, pero en aquellas naves imponentes donde Perón era ungido presidente de la república, ante la solemnidad del tedéum, Evita se sintió desfallecer. Pensó, durante un momento, que nunca saldría adelante. Y sin embargo véala sólo un mes más tarde en el teatro Colón, extendiendo los brazos hacia los curiosos que la esperaban a la entrada. Nadie le podía ya sostener la mirada.

Ella sabía que tarde o temprano todo poder tiene su

eclipse y quería conocer en un año las experiencias que a otros les llevan una vida. Se negaba a dormir. Llamaba por teléfono a sus auxiliares a las tres de la madrugada para darles alguna orden y a las seis los volvía a llamar para saber si la habían cumplido. En menos que canta un gallo urdió una red de ministros, espías y lameculos que la tenía al tanto de todo lo que pasaba en el gobierno. En eso era más hábil que Perón; pero si se esmeró en el tejido no fue para hacerle sombra, como dicen, sino porque él era en el fondo un débil.

Una mañana de febrero fui a la residencia presidencial para cepillarle el pelo y tejerle una trenza. La noté decaída. Intenté distraerla hablándole de unas primas que habían llegado desde Lules, en la provincia de Tucumán, a buscar maridos en Buenos Aires.

—¿Y, ya encontraron? —me preguntó.

—Nunca van a encontrar —le dije—. Son muy feas, narices grandes, con verrugas, la mejorcita de las dos tiene un enorme bocio que no se puede operar.

Me interrumpió, con la imaginación en otra parte. Yo ya me había acostumbrado a sus cambios de humor, que los enemigos atribuían a la histeria. Con inesperada dulzura me tomó las manos y dijo:

—Esperáme afuera un momento, Julito. Tengo que ir al baño.

Como a la media hora, me llamó de nuevo. Llevaba un traje de calle, zapatos altos y quería que la peinara con el rodete doble de las ocasiones elegantes. Al rozar su cabeza sentí que volaba de fiebre. Estaba tensa, sofocada por una de esas borrascas internas que acabarían matándola. Quise retomar el tema de mis primas, pero ella me cortó en seco.

—Apuráte con el peinado, Julio. Afuera me están esperando. Y por tus primas no te preocupés. Algún novio les voy a encontrar. Vos sabés que siempre hay un roto para un descosido.

En el salón de abajo vi reunidos a los caudillos de la CGT y a las delegadas del partido peronista femenino. Evita los saludó y oyó sus largos discursos con el ceño apretado. Le ofrecían ser candidata a la vicepresidencia de la república y ella, que ambicionaba ese cargo más que nada en la vida, les contestó que todo dependía de la aprobación de su marido. Tanto entonces como ahora la política era para mí un juego de chinos. Imagine usted entonces mi sorpresa cuando vi que el general, como si hubiera adivinado que lo invocaban, apareció en la residencia a esa hora desusada de la mañana. A Evita le había subido la fiebre. De a ratos se le doblaba la cabeza. Observándola desde el piso de arriba, yo sufría con ella. Ni por un instante la vi desfallecer. Con asombrosa presencia de ánimo le contó al marido lo que estaba pasando.

—Ya les dije a estos compañeros que yo no voy a mover un dedo sin tu autorización.

—¿Y ellos te han creído? —preguntó el general.

—Nunca he hablado más en serio.

—¿Cómo voy a oponerme a la voluntad de todos estos señores? ¡Hasta el viejito Quijano me ha pedido que te haga nombrar vicepresidenta!

Con esa frase equívoca, Perón dejó en claro que si Evita conseguía el cargo era porque a él se le daba la gana. A partir de ese día, ya sólo la vi a las apuradas. Me llamaba tanto a las siete de la mañana como a las once de la noche para algún refuerzo en el teñido, algún retoque en el peinado. Con su propio pelo le fabriqué dos rodetes postizos que, ajustados con horquillas, le dejaban la cabeza impecable. Conservé uno de esos rodetes. Usted lo ha visto ya, en el museo que tengo atrás del negocio.

Las primas se quedaron a vivir varios meses conmigo. Me ayudaban por las tardes en la peluquería, organizándome las citas o supliendo a las manicuras. Pasaban la mañana en el montepío, donde compraban los objetos más inútiles: desde sombreros de las épocas victorianas y espejos de carey hasta percheros de plata y candelabros funerarios. Como les pagaban puntualmente el arrendamiento de unos cañaverales, no tenían apuros de dinero. Sufrían porque se les marchitaba la juventud y se les iba endureciendo la virginidad. Aún tenían la esperanza de conocer a Evita, pero jamás se iba a dar la ocasión, porque la Señora vivía ya sólo a horas imposibles.

Vivía, no vivía, se me perdía de vista. Es una santa, es una hiena, en esas semanas a Evita le dijeron de todo. Leí en un pasquín uruguayo que, para humillar a Perón, lo obligaba a probarse vestidos de novia. Leí en un panfleto clandestino que, en el prostíbulo de Junín donde la madre oficiaba de madama, Evita había rematado su virginidad a los doce años en una fiesta de estancieros, por simple y llana inclinación al vicio. En casi todos los libelos había uno que otro insulto por su pasado, pero tampoco les faltaba ferocidad a los que hablaban del presente. La llamaban Agripina, Sempronia, Nefertitis; tales comparaciones no afectaban a Evita, que no tenía la menor idea de quiénes se trataba. La acusaban de fomentar la adulación y la censura, de convertir a los sindicatos en sirvientes de su voluntad, de suponer que Perón era Dios y declarar la guerra santa contra todos los infieles. Algunas de esas acusaciones tenían asideros en la realidad, pero la realidad no disminuía en lo más mínimo el amor ciego que le profesaba la gente.

No sé cómo hizo Evita, pero de pronto comenzó a estar en todas partes. Oí que había desbaratado un par de conspiraciones contra su vida y que los cabecillas estuvieron a punto de ser castrados para aplacar uno de sus accesos de furia. Supe que había malquistado a Perón contra el coronel Domingo A. Mercante, que también pretendía la vicepresidencia. Leí que una mañana estaba en Salta y a la siguiente en Córdoba o Catamarca, regalando casas, repartiendo dinero o enseñándoles el alfabeto a los chicos de las escuelas rurales en libros que repetían las mismas frases infinitas: «Evita me ama. Evita es buena. Evita es un hada. Yo amo a Evita...» Recorría miles de kilómetros en tren, sola y triunfal como una reina rea.

Entre abril y mayo de 1951, Buenos Aires fue empapela-

do de arriba abajo con su cara, y hasta del obelisco colgaron gallardetes inmensos que llamaban a votar por «Perón-Eva Perón / La fórmula de la patria». *A mí me sorprendía que en casi todos los discursos Evita repitiera una y otra vez* «Quiero que me autoricen», *como si no le bastara la promesa de Perón y necesitara el espaldarazo de los sindicatos. Ella conocía bien a su marido y se cuidaba de hacerle sombra. Empezó a exagerar el almíbar con que lo rociaba en los discursos. Lea, si puede, los de aquellos meses.* «Soy una enamorada del general Perón y de su causa», *repetía.* «Un héroe como él sólo merece mártires y fanáticos. Yo estoy dispuesta a lo que sea por su amor: al martirio, a la muerte.»

Dos o tres veces la retiraron desmayada de los actos públicos pero, no bien volvía en sí, ella se empeñaba en seguir adelante. Le diagnosticaron anemia o falta de sueño, aunque desde aquella mañana de febrero en la residencia yo malicié que tenía cáncer. El famoso doctor Ivanissevich se le presentó una noche con un equipo de transfusión de sangre. Evita lo echó a carterazos y el pobre hombre, que era un ministro impuesto por la Iglesia, no tuvo más remedio que firmar la renuncia. «Quiero que me autoricen», *seguía repitiendo Evita.* «Necesito que me autoricen, porque hasta los médicos están conspirando para apartarme de ustedes, queridos trabajadores. Están conspirando los oligarcas, los gorilas, los médicos, los antipatrias y los mediocres.» *Por fin, los caudillos de la CGT comprendieron la indirecta y decidieron anunciar la candidatura en un acto majestuoso.*

Los preparativos comenzaron casi un mes antes. Ya la víspera de la ceremonia, que fue anunciada como Cabildo Abierto del Justicialismo, el país entero se había detenido, los trenes rebosaban de provincianos que desembarcaban en las fauces de la capital desconocida sin un centavo en las alforjas, era todo gratuito, hasta los cabarets y los hoteles, imagine usted aquellas muchedumbres oscuras, que jamás habían visto dos edificios juntos, enceguecidas por la lum-

bre de los rascacielos. Ni le cuento la excitación de mis primas ante el interminable desfile de solteros intrépidos. Querían que les consiguiera un sitio en las tribunas de honor, pero yo llevaba más de diez días sin ver a la Señora y no me animaba a importunarla. Pensé que a lo mejor ni necesitaba mis servicios. Todo estaba fuera de cauce y de medida, el atardecer era madrugada, las palabras ya no tenían que ver con su sentido, a mí me parecía que estábamos hundiéndonos hasta el tuétano en una mentira, pero no sabía cuál era ni con que verdades se la podía comparar. En los diarios verá usted más claro el reflejo de lo que pasaba. Lea por ejemplo este recorte de Clarín:

Hombres de poncho y botas, personas atareadas con valijines de cartón y paquetes son, desde la mañana de ayer martes 21 de agosto de 1951, la avanzada de los contingentes derramados por el interior en las estaciones ferroviarias y en las terminales de ómnibus y de micros. ¿De cuántos podría hablarse? ¿De un millón? Son muchos más, sin duda. Se los verá esta misma tarde, al pie del arco de triunfo levantado en la intersección de la avenida Nueve de Julio y Moreno. El mencionado arco, bajo el cual está el palco oficial, ostenta dos grandes retratos: uno del primer mandatario y otro de su esposa, así como la sigla de la central obrera, y muchos gallardetes, estandartes, mientras en torno algunas de las innumerables entidades adheridas han tendido leyendas que abarcan varias cuadras. ¿Una semana de jolgorio? No. Una semana histórica, de profunda unción cívica.

En los papeles, la CGT era la organizadora del acto, pero fue Evita la que puso la maquinaria en movimiento. De ella nació la idea de los trenes y ómnibus gratuitos, ella ordenó los feriados para aliviar el trajín de la gente, por ella se abrieron albergues y se sirvieron comidas a discreción.

Perón era un admirador de la escenografía fascista y casi todos sus actos de masa copiaban a los del Duce. Pero Evita, que no tenía otra cultura que la del cine, quería que su proclamación se pareciera a un estreno de Hollywood, con reflectores, música de trompetas y aluviones de público.

Las primas salieron a eso de las nueve de la mañana rumbo al acto, alhajadas y maquilladas como un árbol de Navidad. Yo me quedé solo en la casa, oyendo la radio. Cada tanto se leían proclamas encareciendo a la gente que aprovechara el sol del día feriado y acampara bajo los árboles de la avenida. Tuve el presentimiento de que en cualquier momento podría llamarme la Señora. Dicho y hecho. A eso de las tres sonó el teléfono. Me convocaban con la mayor urgencia al edificio de Obras Públicas, que estaba detrás del palco. «¿Cómo podré acercarme?», pregunté. «La radio dice que hay una muchedumbre nunca vista». «No se inquiete por eso. En quince minutos pasamos a buscarlo.»

Viajé en uno de los automóviles del presidente sin ser detenido en ninguna de las barricadas. Pude ver así unas pocas imágenes de la ciudad, aunque no sé si creerlas. Bajo el sarcófago de Manuel Belgrano habían montado un cine al aire libre, donde se proyectaban películas de propaganda sobre los asilos de ancianos, ciudades infantiles y hogares de tránsito fundados por Evita. Una legión de patriotas que tomaba en serio lo del Cabildo Abierto encendía velas en la antorcha de la catedral metropolitana donde está la tumba del general José de San Martín y exigía que el ataúd fuera llevado en procesión hasta el arco triunfal de la avenida Nueve de Julio. Un transatlántico navegaba perdido entre las dársenas y, aunque todos oíamos el bramido desesperado de sus sirenas, nadie acudía a prestarle auxilio; supe después que había encallado en el limo del río y que sus marineros habían bajado a tierra para sumarse a la fiesta.

En el centro de aquella esplendorosa algarabía, Evita estaba sola. Contemplaba los jacarandás desde las ventanas de un despacho imponente, en el ministerio de Obras Públi-

*cas. Se había puesto un traje sastre oscuro, de corte simple,
una camisa de seda, y unos aros de brillantes que seguían el
contorno de los lóbulos. Estaba pálida, más flaca, con los
pómulos tirantes. Al descubrirme, sonrió con tristeza: «Ah,
sos vos», dijo. «Suerte que te encontraron».*

*No sé por qué recuerdo aquella escena dentro de velos de
silencio, cuando en verdad el aire estaba saturado de sonidos. Afuera tronaban los acordes de* Los muchachos peronistas, *unos altoparlantes lejanos repetían* La cafetera che
fa blu blu *de Nicola Paone, y en la avenida desembocaban
torrentes de bombos y las explosiones anticipadas de los
fuegos artificiales que se esperaban para las doce de la noche. Pero todo lo que hablé esa tarde con Evita se ha man-
tenido en mi memoria limpio de sonidos ajenos, como si
las voces hubieran sido recortadas con tijera. Recuerdo
que, en vez de saludarla como siempre, me salió del alma
una mentira compasiva: «¡Qué linda está, señora!» Recuerdo también que no me creyó. Llevaba el pelo suelto, sujeto con una vincha, y aún no se había maquillado. Le
ofrecí lavárselo con shampú y darle un masaje para que se
relajara. «Peináme», dijo. «Quiero que el rodete me quede
bien firme». Se dejó caer en uno de los sillones del despacho y empezó a tararear la canción de Paone, «che fa blu
blu», sin pensar en lo que hacía, sólo por defenderse de las
lágrimas.*

*—¿Cómo lo está pasando la gente afuera? —me pregun-
tó. Y sin esperar a que le respondiera, dijo: —La política es
una mierda, Julio. Nunca te dan lo que te corresponde. Si
sos una mujer, peor. Te basurean. Y cuando querés algo de
verdad tenés que ganártelo con los dientes. Me han dejado
sola. Cada día que pasa estoy más sola.*

*No hacía falta ser muy sagaz para adivinar que estaba
quejándose del marido. Pero se habría enfurecido si yo me
daba por enterado. Intenté consolarla.*

*—Si usted está sola, ¿qué deja para los demás? —le
dije—. Nos tiene a todos nosotros, tiene al general. Ahí afuera hay un millón de personas que ha venido sólo para verla.*

—Tal vez no me van a ver, Julio. A lo mejor no salgo —dijo. En ese momento sentí su tensión. Tenía los puños apretados, las venas rígidas, un nudo en las mandíbulas. —A lo mejor no les hablo. Para qué voy a hablar, si ni siquiera sé lo que tengo que decir.

—Más de una vez la he visto así, señora. Son los nervios. Cuando aparezca en el palco se va a olvidar de todo.

—Qué me voy a olvidar, si nadie me habla claro. Los únicos que hablan claro aquí son los grasitas. Con los demás tenés que usar un diccionario. Los generales se reúnen con Perón a escondidas para pedirle que no me deje ser candidata. ¿Sabés lo que les contesta? Que se metan el cargo en el culo, que yo soy yo y hago lo que se me da la gana. Pero no hago lo que se me da la gana. En esta historia se está metiendo mucha gente, Julio. Es un nido de intrigas, de zancadillas; no te das una idea. Hasta Perón se está empezando a cansar. El otro día lo agarré y le dije: ¿Vos querés que renuncie? Yo renuncio. Me miró con expresión ausente y me contestó: Hacé lo que te parezca, Chinita. Lo que te parezca. Llevo una semana sin pegar un ojo. Ayer estaba por entrar a bañarme, sentía frío, ya había tomado tres o cuatro aspirinas, y de repente me puse a pensar: él es el presidente. Si quiere que yo sea la vice, se lo tiene que decir al pueblo. Caché el teléfono y lo llamé a la Casa Rosada. Aprovechá el acto del Cabildo Abierto, le dije. Comenzá tu discurso anunciándoles a todos que sos vos el que me quiere como candidata. Señores, yo la elegí, decíles. Con eso se acaban las murmuraciones. Se cae de maduro que te elegí, me contestó, pero que yo lo diga es otra cosa. No es ninguna otra cosa, porfié. Vos y yo llevamos meses peleando por esto. Si aflojamos ahora, me van a comer viva. A vos no, a mí. Hay que tener cuidado con el partido, me dijo. El partido sos vos, le contesté. Dejáme que lo piense, Chinita, dijo. Ahora estoy ocupado. Es la primera vez que no sabe qué hacer. Esta mañana tuvimos una agarrada. Yo insistí con el tema. Él se dio cuenta de que yo iba a explotar y trató de cal-

*marme. Queda muy mal que te proponga yo, dijo. No hay
que mezclar nunca el gobierno con la familia. Hay que ser
delicado con las formas. Por muy Evita que seas, sos mi
mujer: te tiene que proclamar el partido. A mí las formas
me interesan un carajo, lo interrumpí. O me proclamás
vos o no aparezco en el Cabildo Abierto; vas a tener que
dar la cara solo. No entendés, me dijo. Claro que entiendo, le contesté. Y pegué un portazo. Al rato, los de la CGT
ya sabían todo. Me suplicaron que viniera. Señora, no les
puede hacer eso a los descamisados, me dijeron. Se han
largado quién sabe desde dónde por usted. Yo no soy nadie, les dije. Sólo soy una humilde mujer. Lo hacen por el
general. No, me insistieron. La candidatura del general está cantada. Vienen por usted. No puedo asistir a ese acto,
contesté. Si la gente pide por usted, no vamos a tener otro
remedio que salir a buscarla, me dijeron. Ustedes sabrán,
les dije. Yo voy a mirar el acto desde el ministerio de
Obras Públicas. No bien lo dije, me arrepentí. Pero después pensé: Ese Cabildo Abierto es mío. Me lo gané. Me lo
merezco. No me lo voy a perder. Que vengan a buscarme.*

Todo relato es, por definición, infiel. La realidad, como
ya dije, no se puede contar ni repetir. Lo único que se puede hacer con la realidad es inventarla de nuevo.

Al principio yo pensaba: cuando junte los pedacitos de
lo que una vez transcribí, cuando me resuciten los monólogos del peluquero, tendré la historia. La tuve, pero era
letra muerta. Luego, perdí mucho tiempo buscando aquí y
allá los fósiles de lo que había ocurrido en el Cabildo
Abierto. Excavé en los archivos de los diarios, vi los documentales de la época, oí las grabaciones de la radio. La
misma escena se repetía, se repetía, se repetía: Evita sin
saber cómo alejarse del amor ciego de la multitud, acercándose, yéndose; Evita suplicando que no le permitieran
decir lo que no quería, que ya no le callaran el decir. No

aprendí nada, no añadí nada. En esa parva inútil de documentos, Evita nunca era Evita.

Entre 1972 y 1973, después que su cuerpo fue rescatado de un sepulcro anónimo en Milán y devuelto al viudo, escribí un guión de cine que pretendía reconstruir la historia de la candidatura frustrada con fragmentos de noticieros y procesiones de fotografías. Quise que el relato tuviera una trama y, a la vez, un tejido de símbolos, pero no era capaz de discernir cuánta verdad había en él. En aquel tiempo, el aleteo de la verdad era esencial para mí. Y no había verdad posible si Evita no estaba allí. No su fantasma, sino su llanto de niña, su voz de radionovela, su música de fondo, su ambición de poder, sangre, locura, desesperación, lo que había sido ella en todos los momentos de la vida. En algunas películas yo había sentido cómo cosas y personas regresaban desde el fondo inmortal de la historia. Sabía que eso, a veces, funciona. Necesitaba ayuda. Alguien que me dijera: *Los hechos fueron así, tal como los contaste*. O que me enseñara hacia dónde moverlos para que coincidieran con alguna ilusión de verdad. Recordé a Julio Alcaraz y lo llamé por teléfono. Tardó en reconocerme. Me citó a las diez de la noche en la confitería Rex. Había envejecido mucho, se quejaba de zumbidos en el tímpano y calambres en las piernas.

—No sé si voy a poder ayudarlo —me dijo.

—No se esfuerce —lo tranquilicé—. Tan sólo óigame y déjese ir. Haga de cuenta que está otra vez allí, en el Cabildo Abierto, y si algo de lo que digo le desentona con la memoria, interrúmpame.

—Léame ese guión —dijo—. Va a ser como sentarme en una butaca de cine a ver mi vida.

—Es mejor que la vida. Aquí usted puede levantarse en cualquier momento y desaparecer. La vida es más difícil. Y ahora —le pedí—, olvídese del ruido. Haga de cuenta que se apagan las luces. Que hay un telón abriéndose.

(Exterior. Tarde. La avenida Nueve de Julio, en Buenos Aires.)
Panorámica de la multitud.
Desde el palco oficial hasta
el obelisco no cabe un alfiler. Flamean las banderas.
Las tomas aéreas revelan
que hay millón y medio de
personas. Bosques de carteles en el centro de la calle.
La luz es áspera, muy con-
trastada. Sol tibio,como se
advierte por las ropas de la
gente. Tomas del arco de
triunfo sobre el palco oficial. En primer plano, in-
mensas fotos de Perón y
Evita. En plano general,
mareas de pañuelos agitán-
dose. Un reloj: las cinco y
veinte de la tarde.

Asciende, lento, el clamoreo. Braman los bombos. Se
encienden, aquí y allá, algunos géiseres desafinados:
«La marcha peronista».

Movimientos en el palco oficial.

VOZ DE LOCUTOR (off):
*Compañeros, compañeros. A
este histórico Cabildo Abierto del Justicialismo, hace su
entrada el excelentísimo señor presidente de la república, el general Juan Domingo
Perón.*

Perón se adelanta hacia la
primera línea del palco oficial con los brazos abiertos.
El oleaje de la multitud, el
peligroso vaivén por acercarse al ídolo.

Estalla la ovación. (Una palabra inesperada se abre paso. ¿Perón Perón? No. Es increíble. Lo que la muchedumbre corea es el nombre de Evita.)

CORO:
Eee viii ta / Eee viii ta.

En primer plano, la expresión incómoda del general. El latigazo de un tic le alza las cejas. El secretario general de la CGT, de figura redonda, algo grotesca, toma el micrófono. Su discurso abunda en defectos de dicción.

SECRETARIO GENERAL
JOSÉ G. ESPEJO
(en adelante ESPEJO):
Mi general...

Primer plano de Perón, adusto.

... he aquí reunido al pueblo de la patria para decirle a usted, su único líder...

Primer plano del inmenso retrato de Evita.

... como en todas las grandes horas, ¡presente, mi general!

Imágenes de la multitud.

CORO (instantáneo):
¡Presente!
(El vocablo va disolviéndose naturalmente hasta transformarse en un insistente:)
Eee viii ta...

Perón permanece gris, los labios apretados, empequeñecido. ¿Sería cruel exhibir ahora su contrariedad recortándola sobre el fondo de la multitud embriagada? Dejo la idea a criterio del director. Al general le incomoda ser un actor secundario en la concentración más caudalosa de la historia peronista. Decide llamar la atención de los descamisados. Alza los brazos, lleva las manos hacia el corazón. Ellos saltan, responden a su saludo con ademanes delirantes. Pero no corean su nombre. Llaman a:

CORO:
Eee viii taa / Eee viii ta...

Se apagan lentamente las luces de la tarde. Perón recupera el ceño, la hosquedad del principio. Secándose la invisible humedad de los bigotes, Espejo trata de asumir el control de la situación, pero la empeora:

ESPEJO:
Mi general...
(El tono es de súplica. La voz es sepultada por los estribillos de la muchedumbre.)
Mi general... Acá notamos una ausencia, la de vuestra esposa, la de Eva Perón, la sin par en el mundo... (Ovación)

CORO:
¡Que venga Evita! ¿Dónde está Evita?

ESPEJO:
Compañeros... Tal vez su modestia, que es su más grande galardón, le impida... (Se esfuma lo que sigue.) *Permitidme, mi general, que vayamos a buscarla, para que esté aquí presente.*

Otra vez el delirio. La cámara sigue a Espejo yéndose. Luego, husmea en un bosque de pantalones grises con la raya muy marcada, hasta detenerse en un zapato impaciente que sube y baja. Es Perón. La cámara trepa por su cuerpo, se detiene en sus ojos malévolos, se posa sobre la pista de patinaje de su pelo engominado. [*Ojo: la toma existe. Si el director la quiere, puede buscarla en una de las dos ediciones del noticiero español «NoDo», agosto 22, 1951.*] Sobre la cabeza del General cae la noche. Son las seis y media de la tarde.

(*Exterior. Noche. El mismo lugar, en Buenos Aires.*) Se ve llegar a Evita seguida por Espejo y una corte de funcionarios.

—Son los que fueron a buscarla al edificio de Obras Públicas —dijo el peluquero—. Yo caminaba detrás. Le hice doble rodete, le puse un toquecito leve de maquillaje. Estaba preciosa.

Plano general de la muchedumbre en éxtasis. Corte a mujeres cayendo de rodillas en la vereda del Club Español. Corte a familias de trabajadores llorando al pie del Obelisco. Corte a la propia Evita, que lanza besos desde el palco. Tampoco ella puede contener el llanto. Plano cercano de lágrimas [*hay una maravillosa toma en «NoDo»*]. Espejo se abre paso.

ESPEJO:
Y pido que proclamemos al general Juan Perón candidato para presidente de la república y a la señora Eva Perón para la vicepresidencia.

Evita busca refugio en los brazos de su marido. Luego, se asoma a la baranda del palco con aire inseguro. «Yo...», mueve los labios. «Yo...» Nada se oye. Al fin, inicia su larga arenga. [*Es de veras larga. Hay versiones completas en «NoDo» y «Sucesos Argentinos». Sugiero al director reproducir sólo un párrafo, el penúltimo:*]

—¿Para qué? —interrumpió el peluquero—. Ella no sabía qué decir, estaba muerta de miedo, sentía la mirada censora de Perón y eso aumentaba su torpeza. Compare ese discurso con los de meses antes. En los otros, Evita maneja la voz como se le da la gana. Su voz ocupa toda la escena. Aquí no. Estaba fuera de quicio. Si usted la muestra en ese estado lamentable, arruina el efecto majestuoso de lo que viene.

—Es nada más que un párrafo —insistí—. El penúltimo:

> EVITA:
> *Yo no he hecho nada. Todo es Perón. Perón es la patria, Perón es todo, y los demás estamos a distancia sideral del líder de la nacionalidad. Yo, mi general, con la plenipotencia espiritual que me dan los descamisados de la patria, os proclamo, antes de que el pueblo os vote, presidente de los argentinos* (Ovación).

Perón la abraza. Planos tumultuosos del palco [*buenas tomas en «Sucesos Argentinos»*]. Un dirigente sindical no identificado, de espaldas, encara a Evita [*la escena está en una de las dos ediciones de «NoDo»*].

> DIRIGENTE:
> *No nos ha dicho todavía si acepta o no la candidatura, señora...* (Volviéndose hacia el micrófono) *¡Señora! El pueblo está esperando... ¿Qué le va a responder?*

Bajo el palco, una bandada
de mujeres agita pañuelos
blancos.

CORO:
*Que acepte / Evita... / Que
acepte / Evita...*

ESPEJO (en off):
*Compañeros, oigamos la
palabra del general Perón.*

Plano de Perón triunfal,
acercándose. La imagen, de
pronto, pareciera congelar-
se, pero no es así. Es Perón
el que está inmovilizado por
el pasmo. Acaba de oír un
grito desafiante y, luego, el
coro en estampida de la
multitud.

UNA VOZ (en off):
*¡Que hable la compañera
Evita!*

CORO (en off):
*¡Que hable / Evita! / ¡Que
acepte / Evita!*

PERON:
(tratando de recobrarse)
Compañeros... (El clamoreo
no cesa.) *Compañeros... Sólo
los pueblos fuertes y virtuosos
son dueños de sus destinos...*

Mientras la cámara se eleva
lentamente y abarca el oleaje compacto de la muche-
dumbre, la palpitación de
las banderas en los balcones

y los oasis de unas pocas
fogatas, la voz del general va
desapareciendo. En lo alto,
las imágenes se funden con
el mismo escenario, ya de
noche. Los coletazos de un
reflector agitan la espuma
del millón de cabezas. Brotan ríos de antorchas, no se
sabe de dónde. De pronto
estalla el negro, la tiniebla
absoluta. Los labios cálidos
de un micrófono se adelan-
tan hacia el espectador.
[*¿Recuerda el director la última imagen de «The Magnifi-
cent Ambersons», esa obra
maestra de Orson Welles
ensombrecida por «Citizen
Kane»? Búsquela, plágiela.*]
De esa nada religiosa fluye
la voz que todos esperan:

Al retroceder, la cámara descubre el perfil de águila de
Evita, y allí se queda, fija,
hipnotizada por el junco de
sus brazos y el temblor de
sus labios.

EVITA (en off):
*Mis queridos descamisados,
queridos míos...*

EVITA:
*Yo les pido a las mujeres, a
los niños, a los trabajadores aquí congregados, que
no me hagan hacer lo que
nunca quise hacer. Por el
cariño que nos une, les pido*

> *que, antes de tomar una de-*
> *cisión tan trascendental en la*
> *vida de esta humilde mujer,*
> *me den por lo menos cuatro*
> *días para pensarlo.*

> CORO:
> (en off, pero clarísimo, rítmi-
> co) *¡No, no! ¡Evita! ¡Hoy!*

—Tendría que mostrar usted ahora la expresión de los demás —dijo el peluquero—. Espejo estaba demudado, no sabía qué hacer. Empezaba, demasiado tarde, a darse cuenta de que el Cabildo Abierto era uno de esos malentendidos históricos que le podían costar la cabeza. A Perón no le gustaba nada lo que estaba pasando. Se lo notaba incómodo, impaciente. Lo que nadie entendió nunca es por qué las cosas habían llegado tan lejos. ¡Un millón de personas se había desplazado por las inmensidades de la Argentina, y todo para nada! ¿Le vio la cara a Evita? Cuando llegó al acto estaba convencida de que Perón en persona iba a proclamar su candidatura. De lo contrario, ¿para qué la llamaba? Todo era un aspaviento. Para no contrariar a su marido, tendría que mentir. Pero ella no quería mentir. No podía hacerles eso a los descamisados. La multitud y Ella se enredaron de pronto en un diálogo a tientas, un salto mortal sin red. Evita no estaba preparada para decir ninguna de las palabras que dice a partir de ahora. Le salieron del alma, de los instintos. ¿Por qué no reproduce en su película el diálogo completo? Es emocionante.

> EVITA:
> *Compañeros. Entiendanmé.*
> *Yo no renuncio a mi puesto*
> *de lucha. Renuncio a los*
> *honores.*

La multitud levanta las antorchas, enarbola pañuelos. Evita trata de apaciguarla con ademanes desesperados.

CORO:
¡Con-tes-ta-ción! ¡Di-ga-que-sí!

EVITA:
Compañeros... Yo había pensado otra cosa, pero al final haré lo que el pueblo diga. (Ovación) *¿Ustedes creen que si el puesto de vicepresidenta fuera una carga y yo hubiera sido una solución, no habría contestado ya que sí? Mañana, cuando...*

CORO:
¡Hoy, hoy! ¡Ahora!

Eva se vuelve hacia Perón. Él le habla al oído.

—¿Sabe lo que le dijo el general? —apuntó el peluquero—. Le dijo: ¡Que se vayan! Pedíles que se vayan.

EVITA:
Compañeros... Por el cariño que nos une...(Un sollozo la nubla. Se lleva las manos a la garganta. Por los ademanes, parece que quisiera desprender el sollozo y no sabe cómo. Suspira. Se rehace.) *Les pido por favor que no me hagan hacer lo*

que no quiero hacer. Yo les
ruego a ustedes como ami-
ga, como compañera, que
se desconcentren...

CORO:
¡No! ¡No! (Las voces se en-
redan, se confunden.) ¡Vamos al paro general! ¡Al paro general!

EVITA
El pueblo es soberano. Yo
acepto...

Imágenes de la multitud
que salta, baila, juega con
las antorchas, enciende
volcanes de pirotecnia. De
los balcones cae papel pi-
cado, el haz del reflector
desaparece tras una selva
de banderas. La palabra
«acepto» va y viene como
un salmo.

CORO:
¡Dijo que acepta! ¡Dijo que
acepta!

Desde el palco, Evita niega
con la cabeza, baja los
brazos.

EVITA:
¡No, compañeros! Se equivo-
can. Quise decir: Yo acepto
lo que me está diciendo el
compañero Espejo... Maña-
na, a las doce del día...

CORO:
(Silbidos. Y, en seguida:)
¡Ahora, ahora! ¡Ahora mismo, ahora!

EVITA:
Les pido sólo un poco de tiempo. Si mañana...

CORO:
¡No! ¡Ahora!

Evita se vuelve una vez más hacia Perón. Está demacrada por el estupor y el pánico. En una de las dos ediciones de «NoDo», sus labios dibujan con claridad la pregunta: «¿Qué hago?»

—Perón le dijo que no aflojara —me explicó el peluquero—. Que postergara la respuesta. «Es una cuestión de terquedad», le dijo. «Y vos tenés la última palabra. No te pueden obligar».
—Tenía razón —admití—. No la podían obligar.
—La obligaron. Estaban decididos a no moverse de allí.

EVITA:
Compañeros... ¿Cuándo Evita los ha defraudado? ¿Cuándo Evita no ha hecho lo que ustedes desean? ¿No se dan cuenta en este momento de que para una mujer, como para cualquier ciudadano, la decisión que me exigen es muy trascendental? Y yo lo que les ruego es tan sólo unas horas de tiempo...

La multitud se enardece.
Algunas antorchas se apagan.

Fluyen lavas: «¡Ahora!». El incontinente «ahora» despliega sus alas de murciélago, de mariposa, de nomeolvides. Zumban los «¡ahora!» de los ganados y las mieses; nada detiene su frenesí, su lanza, su eco de fuego. [*El festín loco de esa palabra duró, según las estadísticas del diario* Democracia, *más de dieciocho minutos. Pero en las ediciones de «NoDo» y de «Sucesos Argentinos» no se rescatan sino diez segundos. Sugiero al director que prolongue la misma toma hasta que los espectadores caigan agotados. Sugiero un montaje erótico, más bien venéreo. Tal vez así se logre algún efecto de realidad.*]

CORO:
¡Ahora! ¡Ahora! ¡Ahora! ¡Ahora! [Etcétera.]

Evita rompe a llorar. Ya no la avergüenza el llanto.

EVITA:
Y, sin embargo, nada de esto me toma de sorpresa. Desde hace tiempo yo sabía que mi nombre se mencionaba con insistencia. Y no lo he desmentido. Lo hice por el

*pueblo y por Perón, porque
no había nadie que se le
pudiera acercar ni siquiera
a sideral distancia. Y lo hice
por ustedes, para que así
pudieran conocer a los
hombres del Partido con
vocación de caudillos. El
General, al usar mi nombre,
se podía proteger momentá-
neamente de las disensiones
partidarias...*

—Éste es el momento sacramental de su discurso —dijo
el peluquero—. Evita se desnuda. *Yo no soy yo*, dice. *Soy lo
que mi marido quiere que sea. Le permito que teja sus intrigas con mi nombre. Ya que él me dio su nombre, yo le doy el
mío.* Era terrible, y nadie se daba cuenta.
    —Ella tampoco se daba cuenta de lo que estaba dicien-
do —dije.

EVITA:
*Pero jamás en mi corazón
de humilde mujer argentina
pensé que yo podría aceptar
este puesto. Compañeros...*

Ha llegado el momento.
También la cámara es un ser
vivo. Se estremece, se des-
concierta. ¿Dónde mirar
ahora? La cámara huele los
miedos de la multitud, ella
también está húmeda de
miedo. Va, viene: el océano
de antorchas, Evita.

CORO:
¡No! ¡No!

EVITA:
Esta noche... Son las siete y cuarto de la tarde. Yo... Por favor... A las veintiuna y treinta de la noche, yo, por la radio...

CORO:
¡Ahora! ¡Ahora!

En la última edición de «NoDo» hay una panorámica tal vez casual que abarca la atmósfera tensa del palco. Se ve a Espejo mientras ofrece a Perón explicaciones azoradas e inaudibles. Evita pregunta qué hacer. Ya no mira al marido. Tendría que estallar en reproches. Se los calla. Perón, de espaldas a la multitud, señala con el índice a la cámara:

PERON:
¡Levanten este acto ya mismo!

En el alboroto del palco, no es fácil discernir de quién es cada voz. A ratos se alza un jadeo histérico, muy agudo, que sólo puede atribuirse a la desdichada Evita.

ESPEJO:
Compañeros... La Señora... La compañera Evita nos pide sólo dos horas de espera. Nosotros vamos a quedarnos aquí hasta que nos dé su resolución. No nos

Como en una cinta sin fin, se alzan otra vez los pañuelos blancos y la telaraña de las antorchas.

vamos a mover hasta que dé una respuesta favorable a los deseos del pueblo trabajador.

EVITA:
Compañeros: como dijo el general Perón, yo haré lo que diga el pueblo.

Ovación final. Los descamisados caen de rodillas. La cámara se pierde en las alturas, alejándose de la divina Evita y de su música maravillosa, del altar donde acaban de sacrificarla, de las antorchas encendidas para su noche de duelo. [*¿Ella aceptó? No todo está perdido. Pero ella no aceptó.*]

—No supe qué hacer con la última frase de Evita —le dije al peluquero—. Es indescifrable. Le confieso que sentí la tentación de suprimirla. O de cortarla en dos, lo que le cambiaría el sentido. Pensé en mostrar a Evita diciendo: «Compañeros, como dijo el general Perón». Y luego habría un silencio, puntos suspensivos, tal vez un plano de la multitud apremiándola. En los noticieros hay miles de metros con toda clase de emociones. Podría clasificar esas emociones e insertar las dos o tres más convenientes. Por último, regresaría a un primer plano de Evita con la segunda parte de la sentencia: «Yo haré lo que diga el pueblo». No le voy a explicar a usted que esos arreglos son moneda corriente en el cine. Un salto de montaje o un fundido a negro bastan para inventar otro pasado. En el cine no hay historia, no hay memoria. Todo es vida contemporánea, presente puro. Lo único verdadero es la conciencia del espectador. Y esa frase última de Evita, que tanto enardeció a las multitudes del Cabildo Abierto, con el tiempo se ha convertido en aire. Sin la emoción del momento, no significa nada. Fíjese en la sintaxis. Es rarísima. Perón me dijo que haga lo que dice el pueblo, pero lo que el pueblo me dice que haga no es lo que Perón me dijo.

—Todos los discursos de Evita se parecían —me interrumpió el peluquero—. Todos menos éste. Ella era muy diestra con las emociones pero torpe con las palabras. En cuanto se paraba a pensar, la embarraba. Lo que usted ha escrito está bien, qué quiere que le diga. Hizo lo que pudo. Es la historia oficial. La otra no está filmada. Está fuera del cine. Y ni siquiera se podría inventar, porque la actriz principal ha muerto.

Amanecía. Las mesas de la confitería Rex empezaban a poblarse de telefonistas y cajeros de banco que tomaban el desayuno. A intervalos, el sol se abría paso entre los bordados de los cigarrillos y el coqueteo perezoso de los mosquitos, que zumbaban inmunes al paso de la mañana y de la noche, de la sequedad y los diluvios. Me levanté a orinar. El peluquero me siguió y se puso a orinar a mi lado.

—A esa película le falta lo principal —me dijo—. Algo que sólo yo he visto.

Me intrigó, pero tuve miedo de preguntar. Le dije:

—¿Quiere que caminemos? A mí ya se me ha ido el sueño.

Avanzamos hacia la bajada de la calle Corrientes, entre vendedores de lotería y kioscos de filatelistas. Vi a una mujer con una sola media y las mejillas hinchadas que corría entre los autos; vi a unos trillizos adolescentes que hablaban solos y al mismo tiempo. No sé por qué anoto estas cosas. El desvelo me llenaba la imaginación de presentimientos que aparecían y desaparecían porque sí. Al pasar por el hotel Jousten, casi al final de la barranca, el peluquero me invitó a tomar una taza de chocolate caliente. En los pasillos del comedor había unas largas reposeras vacías, en las que Alfonsina Storni y Leopoldo Lugones se habían tendido antes de tomar la determinación de suicidarse. Para poder dialogar, los comensales debían observarse a través de floreros torneados de los que ascendía una selva de claveles plásticos. No arrastraré a nadie por los pantanos del diálogo que siguió, en el que sobra todo lo que yo dije. Me limitaré a transcribir las informaciones del peluquero, que complementan, casi con el mismo tono, su relato de quince años antes:

Al terminar el Cabildo Abierto, Evita me pidió que la acompañase a la residencia presidencial. No había un alma en las avenidas. Atravesábamos silencios de pesadilla. Evita temblaba, otra vez con fiebre. Subí con ella a la antesala del dormitorio y la envolví en un edredón.

—Voy a pedir que le sirvan un té —le dije.

—Y otro para vos, Julio. No te vayás todavía.

Se sacó los zapatos y se desató el rodete. Ya ni recuerdo de qué hablamos. Creo que le recomendé un esmalte nuevo para las uñas. En eso estábamos cuando oímos reverberar voces en la planta baja. Se movilizaba la servidumbre de soldados, lo que era indicio de que el general estaba allí. Perón era hombre de hábitos austeros. Comía poco, se entretenía con los programas cómicos de la radio y se retiraba a dormir temprano. Aquella vez me sorprendieron sus estridencias.

—¡Evita, China! —lo oí llamar, con una voz que me pareció contrariada.

No quise molestar. Me puse de pie.

—Vos no te movás —ordenó la Señora. Y salió corriendo de la salita, descalza.

El general debía de estar a pocos pasos. Lo oí decir:

—Eva, tenemos que hablar.

—Claro que tenemos que hablar —repitió ella.

Se encerraron en el dormitorio, pero la puerta maciza que daba a la antesala quedó entornada. Si las cosas no hubieran sucedido de manera tan rápida e imprevista, me habría alejado. El afán de no hacer ruido me retuvo. Sentado en la punta de la silla, tieso, oí toda la conversación.

—...no discutás más y hacéme caso —decía el general—. Dentro de un rato, el partido va a proclamar tu candidatura. La vas a tener que rechazar.

—Ni pienso —contestó Evita—. A mí no me van a presionar los hijos de puta que te han convencido a vos. No me van a presionar los curas ni los oligarcas ni los milicos de mierda. Vos no me quisiste proclamar, ¿no es cierto? Ahora, jodéte. Me proclamaron mis grasitas. Si no querías que fuera candidata, no me hubieras mandado llamar. Ya es tarde. O me ponen a mí en la fórmula o no ponen a nadie. A mí no van a cagarme.

El marido dejó que se desahogara. Después, insistió:

—No te conviene ser terca. Te proclamaron. Pero no se puede ir más allá. Cuanto antes renunciés va a ser mejor.

La sentí desmoronarse. ¿O sólo estaba fingiendo?

—Quiero saber por qué. Explícamelo y me quedo tranquila.

—¿Qué querés que te explique? Vos sabés igual que yo cómo son las cosas.

—Voy a hablar por la cadena nacional —dijo ella. Su voz temblaba. —Mañana por la mañana. Hablo y se acaba todo.

—Es lo mejor. No improvisés. Hacé que vayan preparándote unas pocas palabras. Renunciá sin dar explicaciones.

—Sos un hijo de puta —la oí estallar—. Sos el peor de todos. Yo no quería esa candidatura. Por mí, te la podías meter en el culo. Pero llegué hasta aquí y fue porque vos quisiste. Me trajiste al baile, ¿no? Ahora, bailo. Mañana a primera hora hablo por la radio y acepto. Nadie me va a parar.

Por un instante, hubo silencio. Sentí las respiraciones agitadas de los dos y tuve miedo de que también se oyera la mía. Entonces, él habló. Separó las sílabas, una por una, y las dejó caer:

117

—*Tenés cáncer —dijo—. Estás muriéndote de cáncer y eso no tiene remedio.*

Nunca voy a olvidar el llanto volcánico que se remontó en la oscuridad en la que yo me ocultaba. Era un llanto de llamas verdaderas, de pánico, de soledad, de amor perdido.

Evita gritó:

—*¡Mierda, mierda!*

Oí correr a las mucamas y me marché, sonámbulo, de la casa.

El peluquero volvió la cara hacia otro lado. Esquivé su mirada cuando se cruzó con la mía. Era un hombre demasiado lleno de recuerdos y de sentimientos viejos, y yo no quería que se me pegara ninguno.

—Vámonos ya —dije. Quería alejarme de esa mañana, del hotel, de lo que había visto y había oído.

—Llegué a mi casa como a las dos de la madrugada —continuó el peluquero.

Sentí que ya no hablaba conmigo.

—Mis primas estaban en camisón, esperándome. Desde un refugio de la calle Alsina habían visto la llegada del general al Cabildo Abierto, pero como los coletazos de la multitud las llevaban y traían, cuando habló Evita estaban cerca del palco, a veinte o treinta pasos. «Vimos su cutis de porcelana», me dijo la del bocio; «le vimos los dedos largos como de pianista, la aureola luminosa alrededor del pelo»... La interrumpí: «Evita no tiene ninguna aureola», dije. «A mí no me podés vender ese boleto». «Sí tiene», porfió la de nariz más grande. «Todos se la vimos. Al final, cuando se despidió, también la vimos elevarse del palco un metro, metro y medio, quién sabe cuánto, se fue elevando en el aire y la aureola se le notó clarísima, había que ser ciega para no darse cuenta.»

5

«ME RESIGNÉ A SER VÍCTIMA»

Dos láminas adornaban el escritorio del Coronel en el Servicio de Inteligencia. La mayor era la infaltable reproducción del óleo de Blanes que retrata al libertador José de San Martín resignado a los azares de la guerra. El tema de la otra lámina era el orden. Reproducía un boceto a lápiz y témpera en el que se ve a Emmanuel Kant caminando por las calles de Königsberg mientras los vecinos verifican la puntualidad de sus relojes. El filósofo tiene una muela inflamada y un pañuelo anudado a la cabeza, pero marcha con energía, consciente de que cada uno de sus pasos refuerza la rutina de la ciudad y ahuyenta los infortunios del caos. Asomados a los balcones o a las puertas de las tiendas, los vecinos repiten el ritual cotidiano de imponer a sus relojes la hora marcada por el paseo de Kant. Debajo del dibujo, obra del ilustrador Ferdinand Bellerman, una leyenda en alemán proclama: «Mi patria es el orden».

El Coronel tenía el hábito de la exactitud. Cada mañana anotaba en un cuaderno los trabajos que ya había terminado y los que se proponía emprender. En los de ese día apareció por primera vez un sobresalto: Evita. A solas con el embalsamador en el santuario, el Coronel había

119

visto por fin el cuerpo en el prisma de cristal. Verlo no lo había sorprendido tanto como su dificultad para reponerse de algo tan irregular como la sorpresa. Tal como proclamaban los apuntes del doctor Ara, Evita era un sol líquido, la llama detenida de un volcán. En estas condiciones va a ser difícil protegerla, pensó. ¿Qué se le mueve adentro? ¿Ríos de gas, de mercurio, de hielo seco? Tal vez el embalsamador tenga razón y el cuerpo se evapore en el traslado. Ha de ser venenoso. ¿Y si el cadáver que he visto no fuera el de ella? Esa sospecha no cesaba de atormentarlo, como un mueble fuera de lugar.

Escribió en el cuaderno: *22 de noviembre. ¿Cuántos son los cuerpos? Tal vez la madre conozca más detalles. Hablar con ella. Grabar una marca indeleble en la Mujer: herrarla como a una yegua. Establecer el paradero de las copias. Determinar el lugar secreto donde permanecerá hasta nueva orden. Elaborar el operativo de traslado. Fijar la fecha y la hora: ¿el 23 a medianoche?*

Era demasiado trabajo. Debía comenzar cuanto antes. Tomó el teléfono y llamó a doña Juana. Esperó un rato largo mientras la buscaban: a través de la línea oyó el vaivén de sus pasos cluecos, la respiración asmática, la voz cascada:

—¿Qué quieren ahora de mí?

—Soy el coronel Moori Koenig —la voz fluía en mayúsculas—. El presidente de la república me ha encargado que sepulte cristianamente a su hija. No queda en el país ningún familiar más directo que usted. Necesito verla para unas pocas formalidades. ¿Puedo...?

—No me han pedido permiso para nada de lo que han hecho. No veo por qué ahora...

—Voy a llegar a su casa antes de mediodía. ¿Está...?

—Desde hace días estoy pidiendo los pasaportes de mi familia —dijo la madre. Cada una o dos palabras, carraspeaba. —La policía no me los entrega. A ver si usted hace algo. Tráigamelos. Quiero irme de aquí. Se va mi familia entera. El país se ha vuelto invivible.

—¿Invivible? —repitió el Coronel.

—Venga. Ya es hora de que estas cosas tengan un fin.

Buscó en los diarios apilados en su escritorio alguna noticia sobre el cadáver. Hacía ya meses que no se filtraba una sola línea. ¿Por superstición, por miedo? Todo podía salir a la luz en cualquier momento. Ahora que el cuerpo estaba por pasar de una mano a otra, nadie tenía el control del secreto. Leyó: EN LOS ESTADOS UNIDOS VENDEN LOTES PARA VIVIR EN LA LUNA. *Nueva York (AP)*. Una sospechosa Corporación de Fomento fundada por el ex presidente del planetario Hayden ha conseguido ya cuatro mil quinientos clientes dispuestos a invertir un dólar cada uno. POR AHORA NO SERA AUMENTADO EL PRECIO DE LOS COMBUSTIBLES. Así lo anunció el ministro de Industria, ingeniero Alvaro Carlos Alsogaray, quien colabora en formular un programa para la recuperación económica del país, devastado por las políticas del dictador depuesto. LAS FUERZAS ARMADAS ESTAN MAS UNIDAS QUE NUNCA. El presidente provisional de la república, general Pedro Eugenio Aramburu, destacó ayer en un discurso radiofónico la inconmovible y solidaria unidad de todos los cuadros ante los imperativos de la Revolución Libertadora... El Coronel revisó con mayor cuidado las noticias breves. Nada. Qué alivio: nada.

Se asomó a las ventanales blindados y oscuros de su despacho y contempló los jacarandás de la avenida Callao, que se obstinaban en florecer. Zumbaban las abejas en lo alto de las copas. La paz de las colmenas desafinaba con el alboroto de los colectivos y de los tranvías. ¿Abejas en Buenos Aires? Era primavera, un abuso de hojas y papeles taponaba las alcantarillas, las abejas no interrumpían el orden simétrico de la vida.

También el jardín de doña Juana amaneció lleno de abejas. La madre había salido a respirar el aire de la mañana y de pronto descubrió en lo alto el zigzagueo del enjambre. Regresó a la casa para contar el prodigio cuando alguien llamó a la puerta con un batir de palmas. ¿A esa hora?

A través de la mirilla reconoció la calva del mayordomo que había servido a Evita con devoción hasta la víspera de su muerte. Atilio Renzi. Llevaba dos carpetas en la mano y pretendía dejárselas.

—¿Qué me ha traído, Renzi? ¿Qué voy a hacer con esto?

—Son escritos de su hija. Los rescaté a duras penas de la residencia.

—Quédeselos usted, Renzi. Yo me estoy yendo ya de Buenos Aires. Guárdemelos hasta que vuelva.

—Se los traje arriesgando la vida, doña Juana —insistió el hombre—. No quiero sentir ahora que no vale nada lo que hice.

Cuando el propio Renzi me contó la historia, catorce años después, ya casi nadie se acordaba de él. Debí examinar varios archivos antes de rescatar algunas huellas de su vida anterior. Por lo que vislumbré, era una vida caudalosa. Atilio Renzi. En una borrosa fotografía del diario *Democracia* se lo ve pidiendo silencio a las mujeres que rezan por la salud de la Señora a la entrada de la residencia presidencial, bajo la lluvia. Un hombre bajo, envarado, húmedo: el mayordomo fiel que siguió a Evita como una sombra y se eclipsó con ella. Leí que había sido sargento de infantería hasta que Perón lo incorporó a su servicio personal, primero como chofer y después como intendente de palacio. Pero muy pronto Renzi se convirtió a la religión de Evita y sirvió a Perón sólo con su cortesía. Cada vez que ella atendía a los humildes, el mayordomo también sentía lástima de sí mismo y se le escapaban algunas lágrimas. A la Señora le daba vergüenza ajena verlo en ese estado y le decía, en voz baja: «Vayasé al baño, Renzi. No me gusta que esté dando espectáculos». En el baño, él pensaba: «No debo llorar, no debo llorar. Ella se mantiene fuerte y yo, en cambio, qué papelón estoy haciendo». Pero ese pensamiento lo hacía llorar más.

Renzi llegó a la casa de doña Juana, a eso de las ocho.

Le sudaba la calva, el sombrero le temblaba en las manos, no sabía cómo esconder las hilachas de los puños de la camisa. Doña Juana le abrió paso entre las valijas esparcidas en el vestíbulo, pero Renzi le hizo notar que no valía la pena.

—Tengo que irme en seguida —dijo, aunque no era verdad.

En la única ocasión que hablé con él, me contó que le había flaqueado el ánimo. «¡Deseaba tanto irme, Dios mío!», me dijo, «entregar los papeles y salir de ahí».

Llevaba ya tres años como intendente de la residencia presidencial cuando le llegó el rumor de que Evita estaba languideciendo de cáncer. Verla extenuada y en los huesos despertó en Renzi una devoción más poderosa que el pudor: le limpiaba los orines, frotaba con aceite sus pies hinchados, enjugaba sus lágrimas y sus mocos. Para disuadirla de que el cáncer la había adelgazado hasta extremos de espanto, retiró todos los espejos de cuerpo entero e inmovilizó la tensión de las básculas en cuarenta y seis kilos perpetuos. Ya en los extremos de la agonía, cuando procesiones de mujeres avanzaban desde las orillas de Buenos Aires hasta la Plaza de la República, clamando por un milagro que le salvara la vida, Renzi descompuso los aparatos de radio para que Evita no oyera el largo y terrible llanto de las multitudes.

Al morir la Señora, Perón empezó a desaparecer de la residencia durante semanas enteras, y el mayordomo, sin nada de qué ocuparse, vagaba en silencio por los pasillos vacíos, con un plumero en la mano, a la caza de imposibles motas de polvo. En la memoria de Renzi (una memoria cobarde, como él me dijo, de la que se habían desvanecido los momentos felices), el palacio presidencial se iba rindiendo todos los días a la decrepitud: brotaban manchas de moho en los tapizados damasquinos de los sillones, se desprendían las borlas doradas de las cortinas y durante la noche se oía el frenético avance de las termitas en los balaustres de las escaleras. Perón odiaba la casa y la casa lo odiaba a él. No hubo tregua en ese odio hasta que lo derrocaron y él decidió fugarse.

La mañana de la huida, Renzi lo acompañó hasta el automóvil llevándole las valijas, y cuando el general se volvió para darle un abrazo, el mayordomo simuló que no lo veía y regresó a la casa con las manos en la cintura. Pagó los últimos salarios de los sirvientes y les ordenó que se marcharan, se pagó a sí mismo, y decidió esperar la noche en el cuarto de la Señora, que se mantenía cerrado desde la víspera de su entierro. Todavía estaban allí, intactos, los corpiños y las bombachas de Dior que Evita había mandado comprar en las horas de agonía y los vestidos de fiesta que el modisto Jamandreu cosió, creyendo engañarla, tres días antes del fin. Renzi acarició aquellas estelas del cuerpo que tanto había venerado, aspiró los restos de rouge, de polvo Coty para la nariz, de Chanel número cinco, extendió sobre la cama las combinaciones de seda y los piyamas de satén que se conservaban en las cómodas bajo capas de celofán, se echó al cuello la estola de armiño que el Politburó de la Unión Soviética envió de regalo a la Señora en los primeros meses de 1952, con una esquela del propio Stalin, y se echó a llorar sobre las almohadas donde ella había llorado y puteado contra la puta muerte que la parió.

Al oscurecer tuvo un arranque de curiosidad. Abrió el secreter donde Evita guardaba sus cartas y fotografías, y las examinó con la intención de llevarse alguna. Encontró un mensaje con instrucciones para la manicura, que había sido escrito antes de la enfermedad, y algunos retratos de sus últimas salidas al aire libre, de los que ella misma había recortado las piernas, tal vez porque en su estado extremo de flacura se le veían más rectas de lo que eran.

Encendió unas pocas luces para ahuyentar a los merodeadores. En esas primeras horas que sucedían a la fuga del general Perón, el país aún estaba sin gobierno y, por lo que decían las radios, regía una tregua de fuego mientras duraban las deliberaciones de generales y almirantes. La lluvia no cesaba y la gente permanecía en sus casas por temor a los francotiradores. Desde temprano habían sido retirados los guardias de la residencia presidencial, donde ya no quedaba nadie a quien cuidar.

Tras una puerta disimulada entre los cajones del secreter, que se abría oprimiendo un resorte oculto, Renzi descubrió medio centenar de hojas manuscritas que parecían corresponder al libro escrito por la Señora durante su enfermedad y que se titulaba *Mi mensaje*. La caligrafía era voluble. Algunas frases, dibujadas con caracteres angulosos, se desvanecían en letras separadas y desiguales, como si la respiración de las palabras fuera convirtiendo a Evita en personas distintas. Otras hojas, donde la letra era regular y prolija, debían corresponder a los momentos en que ella, sin fuerzas para erguirse, prefería dictar. Una segunda carpeta reproducía el mismo texto, esta vez dactilografiado, aunque con omisiones y cambios notables.

En el fondo del escondite se apilaban unos cuadernos escolares fechados en los años 1939 y 1940, cuando Evita se abría paso como actriz en el teatro. Las páginas impares comenzaban con palabras varias veces subrayadas, *Uñas*, *Cavellos*, *Piernas*, *Maquiyaje*, *Nariz*, *Ensayos* y *Gastos de ospital*, seguidas por una lista de recomendaciones que siempre quedaban sin terminar.

Renzi empezó a leerlas pero se detuvo, sorprendido de su indiscreción. Había sido en extremo cuidadoso de la intimidad de la Señora mientras ella vivía, y pensó que tanto más respetuoso debía mostrarse ahora que Evita no estaba allí para defenderse. Aquellos cuadernos correspondían a la etapa más secreta e infortunada de su corta vida y, por lo tanto, no debían caer bajo los ojos de ningún intruso. Eran lecturas apropiadas sólo para una madre, pensó Renzi, y fue en ese momento cuando decidió entregárselos a doña Juana. Dejó las hojas mecanografiadas de *Mi mensaje* en el cajón disimulado del secreter y ocultó los cuadernos escolares y el manuscrito del libro entre las ropas de su equipaje. A medianoche cerró todas las puertas de la residencia con llaves dobles y salió a la lluvia, en busca de un taxi.

Dos meses después, cuando por fin juntó coraje para encontrarse con doña Juana, ella estaba demasiado nerviosa para apreciar aquellos documentos en lo que valían. Los dejó desguarnecidos, sobre las valijas, y agradeció la dádiva con una de esas frases torpes y no pensadas que le habían dado fama de mujer sin sentimientos: «Mire cómo tengo la casa y encima usted viene a traerme más papeles. ¿Ha visto las abejas afuera? Véalas. Me dan terror. Hay miles.» Renzi le volvió la espalda y se retiró sin saludar, para siempre, tanto de aquel vestíbulo como de esta historia.

En el dormitorio, la madre soportó otro asedio de los calambres. Hacía calor y la humedad pesaba como cieno. Se aferró a un corto paréntesis sin dolor y, mientras estaba allí, quieta, tuvo la sensación de que tocaba algún fin con la punta de los dedos. ¿El fin del mundo? No soy yo la que se está yendo, es lo que me rodea. Este es el fin de mi país. El fin sin Eva, sin Juancito. El fin de mi familia. Hemos caído al otro lado de la muerte sin darnos cuenta. Cuando me quiera mirar en el espejo no veré nada, no habrá nadie. Ni siquiera yo podré irme de aquí, porque nunca he venido.

Ahora recordaba como dicha todo lo que alguna vez había vivido como infelicidad. Añoraba el pedaleo de la máquina de coser en la que se había quemado los ojos, los juegos de cartas con los huéspedes de su pensión en Junín, las madreselvas en las paredes sin revoque, las tardes en que salía a pasear junto a las vías del tren, las peleas con las vecinas y el cine de los miércoles, cuando se le anudaba la garganta ante los raptos de histeria de Bette Davis y la vida sin amor de Norma Shearer. Eso era tan sólo la mitad de lo que añoraba porque no tenía ya fuerzas para añorar todo. Había dejado que la otra mitad se le desprendiera de la cansada carne y golpeara a las puertas de otros cuerpos. Ella no podía más, Jesús querido, ya ni siquiera podía con su alma.

Se quedó en la cama hasta que los músculos desconcertados por los calambres fueron regresando a su quicio. Oyó los golpes del llamador y la voz gutural del Coronel, presentándose. Suspiró. Se empolvó la cara, disimuló con un pañuelo las arrugadas bolsas de las mandíbulas y cubrió el desaliño del pelo con un turbante negro. Así salió al encuentro del visitante, como si el día acabara de comenzar.

El Coronel llevaba más de quince minutos aguardándola. En el vestíbulo de parquet oscuro coincidían, como en un bazar, un sofá de plástico cuyos brazos veteados imitaban el mármol; un aparador rústico, vagamente bretón; una mesa de roble, rectangular, con butacas de caoba en las cabeceras y, sobre la chimenea, un altar silvestre, con un frutero lleno de flores frescas al pie de un retrato al óleo de Evita. Pese a la hostilidad de los muebles, el cuarto destilaba luz. El sol se filtraba a chorros por la claraboya del techo. Desde allí descendía una telaraña de ruidos roedores. ¿Abejas?, se preguntó el Coronel. O tal vez pájaros. En lo alto, dos caras inexpresivas lo espiaban. Ambas tenían un remoto parecido con Evita. A intervalos irregulares, una mano se alzaba sobre la cara de la izquierda. Las uñas eran largas, pintadas de un color que viraba del verde al violeta. A veces las uñas caían sobre el vidrio de la claraboya y resbalaban. El sonido era tan tenue, tan solapado, que sólo unos oídos diestros como los del Coronel podían percibirlo. ¿Dónde había visto antes esas cabelleras lustrosas? En los diarios, reparó. Aquéllas eran las hermanas de Evita. ¿O tal vez dos mujeres que imitaban a las hermanas? A veces lo señalaban y se interrumpían, dedicándole una sonrisa tonta. No bien la madre entró en el vestíbulo, las caras se apartaron del vidrio.

Al Coronel le sorprendió que la voz y el aspecto de doña Juana no se llevaran bien. La voz era aflautada y salía a empellones, como si le costara vencer la censura de los dientes postizos. El porte, en cambio, era imponente.

—¿Moori Koenig, verdad? ¿Me ha traído los pasaportes? —preguntó, sin invitarlo a sentarse—. Yo y mis hijas queremos viajar cuanto antes. Nos estamos asfixiando en esta tronera.

—No —respondió el Coronel—. Un pasaporte no es algo sencillo.

La madre se dejó caer en el sofá de plástico.

—Quiere hablarme de Evita —dijo—. Está bien, hable. ¿Qué van a hacer con ella?

—Acabo de ver al embalsamador. El gobierno le ha dado un día o dos para que termine con los baños y los ungüentos. Después, enterraremos a su hija cristianamente, con todas las medallas, como usted ha pedido.

Los labios de la madre se contrajeron.

—¿Adónde la van a llevar? —preguntó.

El Coronel no lo sabía.

—Se estudian varios sitios —improvisó—. Tal vez bajo el altar de alguna iglesia, tal vez en el cementerio de Monte Grande. Al principio no le pondremos lápidas, placas ni nada que la identifique. Hay que ser muy discretos hasta que los ánimos se serenen.

—Entréguenmela a mí, Coronel. Es lo mejor. Apenas tenga los pasaportes, yo me la llevo. Evita no tiene por qué ir a parar a una tumba sin nombre, como si no le quedara familia.

—No es posible —dijo el Coronel—. No es posible.

—Fije una fecha. ¿Cuándo me podré ir?

—Hoy, si quiere. Mañana. De usted depende. Necesito tan sólo su autorización para el entierro. Y los papeles. Eso. Los papeles.

La madre lo estudió, desconcertada.

—¿Cuáles papeles?

—Los que le trajo Renzi esta mañana. Tiene que dármelos.

Volvió a oír el chisporroteo en el vidrio y creyó ver, en lo alto, la cara de una de las hermanas. Llevaba el pelo con ruleros y tenía los ojos muy abiertos, como Betty Boop.

—Esto es el colmo —dijo la madre—. Una cloaca. ¿Qué

clase de país es éste? Me quitan los pasaportes, vigilan quién entra y sale de mi casa, no me dejan vivir. Dicen que Perón era un tirano, pero ustedes son peores, Coronel. Ustedes son peores.

—Su yerno era un corrupto, señora. En este gobierno hay sólo caballeros: hombres de honor.

—Todos son la misma mierda —murmuró la madre—. Honor con mal olor. Usted disculpe.

—Los papeles de Renzi —insistió el Coronel—. Tiene que entregármelos.

—No son míos. No son de nadie. Me dijo Renzi que eran de Evita, pero ni siquiera he tenido tiempo de mirarlos. No se los pienso dar. Haga de cuenta que no existen.

—De todos modos voy a llevármelos —dijo el Coronel—. Son éstos, ¿no?

Trató de tomar el fajo de carpetas apilado sobre el tumulto de las valijas, pero la madre se le adelantó. Aferró los papeles y, desafiante, se sentó sobre ellos.

—Váyase, Coronel. Ya me ha sacado de quicio.

El Coronel suspiró, resignado, como si hablara con una niña.

—Acepte un trato —dijo—. Déme las carpetas, fírmeme esta constancia, y mañana a la tarde le mando los pasaportes. Le doy mi palabra.

—Todos me mienten —contestó la madre—. Ya le firmé un poder al doctor Ara. Y ahora usted me pide una constancia. Todos mienten.

—Yo soy un oficial del ejército, señora. No le puedo mentir.

—Es hombre. Eso me basta para no creerle. —Se alisó la falda y estuvo un rato meneando la cabeza. Luego, dijo:
—Qué tengo que firmar.

El Coronel sacó del portafolio un documento escrito a máquina, con monogramas de la embajada del Ecuador, y se lo mostró. Decía: *Yo, Juana Ibarguren de Duarte, acepto que el cadáver de mi hija Evita sea trasladado por el Superior Gobierno de la Nación desde el lugar donde ahora se encuentra a otro que garantice su eterna seguridad. Expreso esta voluntad por mi libre determinación.* Al pie, dos testigos aseguraban que la madre había firmado en su presencia, el 15 de octubre de 1955. Todo era falso, como ya se sabe: la fecha, los monogramas, los testigos.

—Mañana voy a mandarle los pasaportes —repitió el Coronel, tendiéndole una lapicera—. Mañana sin falta.

La madre se apartó y le tendió las carpetas. Tarde o temprano iban a quitárselas. El Coronel o cualquier otro le quitarían, tarde o temprano, lo que les diera la gana.

—Va a ser mejor que cumpla su promesa —dijo, marcando las sílabas—. Yo no estoy sola, Coronel. No estoy indefensa.

—No hace falta que me amenace. Voy a cumplir.

—Ahora váyase —dijo la madre, levantándose—. Cuide a mi hija. No vayan a cometer el desatino de enterrar una copia.

El chisporroteo de la claraboya se volvió tenaz y monótono. Un largo huso de abejas hilaba su rutina sobre los vidrios.

—Quédese tranquila. El cuerpo está identificado.

—¿Y las copias? ¿Le han entregado ya las tres copias?

—No exagere —dijo el Coronel, sobrador—. Sólo hay una.

—Son tres. Yo las he visto. La que más me impresionó estaba leyendo una carta. Parecía viva. Hasta yo creí que era Evita.

Se echó a llorar. Quería evitarlo pero el llanto iba brotando solo: de otros ojos, de otro lugar, de todos los pasados en los que había vivido.

—Oiga a las abejas —dijo el Coronel—. Andan por toda la ciudad. Es raro. Y la radio, no sé... Por la radio no dicen una sola palabra de estas plagas.

En la intemperie amarilla e inmisericorde, el Coronel cedió, por un instante, al desorden de la furia. Tres copias del cuerpo. Era imperioso tenerlas en su poder cuanto antes. Rumió las frases que le había dicho la madre. Todas se le disolvían en una sola palabra odiada, letal, la palabra o nombre que zumbaría en sus pensamientos pero jamás en su boca. Prendió la radio del automóvil. Antonio Tormo, la orquesta típica de Feliciano Brunelli, una partita de Bach: todo lo exasperaba. Contó hasta veinte, en vano. Ensayó ejercicios de respiración:

EVITA. Verb. Conjug. 3ª pers. sing. pres. de *evitar* (del lat. «evitare», «vitare»). Estorbar. Impedir. Hacer que no ocurra cierta cosa que iba a ocurrir.

Evitaría la palabra evita. Evitaría las malsanas palabras de alrededor: levita / prenda masculina; levitar (Ocult.) / alzarse en el aire sin apoyo visible; vital / adjetivo, de la vida. Evitaría todo lenguaje contaminado por el mal agüero de esa mujer. La llamaría Yegua, Potranca, Bicha, Cucaracha, Friné, Estercita, Milonguita, Butterfly: usaría cualquiera de los nombres que ahora rondaban por ahí, mas no el maldito, no el prohibido, no el que rociaba desgracia sobre las vidas que lo invocaban. La morte è vita, Evita, pero también Evita è morte. Cuidado. La morta Evita è morte[3].

[3] Helvio Botana, que me refirió la obsesión del Coronel por las etimologías de la palabra Evita, insistió (entrevista de septiembre 29, 1987) en que yo debía precisar cuáles eran las fuentes de las que fueron tomados los otros apelativos. Yegua y Potranca eran formas corrientes de aludir a Evita entre los oficiales opositores a Perón desde, por lo menos, comienzos de 1951. Friné y Butterfly fueron apodos puestos de moda por las columnas de Ezequiel Martínez Estrada en el semanario *Propósitos*. Bicha y Cucaracha eran, según Botana, nombres de la vagina en el lunfardo carcelario. Estercita y Milonguita derivan del tango «Milonguita», compuesto en 1919 —año del nacimiento de Evita— por Samuel Linnig y Enrique Delfino. Su estrofa más celebrada es ésta:

> ¡Estercita!
> Hoy te llaman Milonguita,
> flor de lujo y de placer,
> flor de noche y cabaret.
> ¡Milonguita!
> Los hombres te han hecho mal,
> y hoy darías toda tu alma
> por vestirte de percal.

Voy a contar los otros hechos del día esquivando el énfasis de que adolecieron. Voy a enunciarlos, como un apicultor.

Con una escolta de seis soldados, el Coronel reapareció en el edificio de la Confederación General del Trabajo a la hora del almuerzo. Al entrar en el vestíbulo de la planta baja, advirtió que aún no habían sido retirados los escombros del busto de Evita, destruido la noche anterior por un tanque de guerra. La pequeña tropa iba armada con máuseres y pistolas Ballester Molina, sin observar los recaudos de secreto y cautela impuestos por las nuevas autoridades de la república. El Coronel desarmó a los guardias apostados en el segundo piso, les ordenó regresar a sus guarniciones y los sustituyó por soldados adictos.

Vestido con delantal de trabajo, el doctor Pedro Ara se asomó al pasillo e intentó razonar con el Coronel. Fue inútil, porque ahora el Coronel no aceptaba otra razón que la fuerza. Empujó al embalsamador hacia el laboratorio y lo interrogó de pie, con los puños apretados, sin evitar (maldito verbo) alguna que otra tentación de violencia. Al principio, Ara fingió ignorar que existieran otras copias aparte de la que, esa misma mañana, había dado por desaparecida. Luego, cuando el Coronel citó las revelaciones de la madre, se derrumbó. Las copias no eran suyas, dijo. Pertenecían al escultor italiano que trabajaba en el prodigioso monumento a la Señora y que había dejado tras sí, al fugarse, estelas de camafeos, bajorrelieves, blasones, tallas, vírgenes de terracota, cariátides, mascarillas e imágenes de la Señora en tamaño natural, que impresionaban por esa inesperada naturalidad del tamaño, y porque la Señora estaba reflejada en ellas, las copias, como en una fotografía del paraíso.

Al Coronel no le interesaban las explicaciones. Le interesaban las copias. «Están aquí, al alcance de cualquiera», le informó el embalsamador. «En cajones, paradas, tras las cortinas del santuario».

Las pruebas de laboratorio revelarían después que las

Evitas falsas habían sido fabricadas con una mezcla de cera, vinil e ínfimas adiciones de fibra de vidrio. Se distinguían del cuerpo real porque parecían más bronceadas —una precaución que se adelantaba a la inevitable mudanza de color de los tejidos embalsamados—, y porque todas miraban hacia abajo[4].

—Usted ya no hace ninguna falta acá, doctor —dijo el Coronel—. Deje el cadáver en la caja de vidrio y váyase. He ordenado que se clausure este segundo piso. Lo he declarado zona militar.

Tendido sobre el cristal, el cuerpo de Evita se resistía sin embargo a las órdenes y actuaba según su propia lógica funeraria. Las fosas de la nariz empezaban a destilar gases azules y anaranjados. ¿Y ahora qué le pasa?, se preguntó el Coronel. Está perfecta, no necesita nada. No sufre de pesadillas ni de frío. No la molestan las enfermedades ni las bacterias. Ya no tiene razones para estar triste. La examinó de arriba abajo. Le faltaba una punta del lóbulo de la oreja izquierda y la última falange del dedo medio, en la mano derecha. Los médicos legistas del gobierno se las habían cortado para identificarla. Era Ella, era Ella: no cabía duda. De todos modos, necesitaba imponerle su marca: una cicatriz que sólo él pudiera reconocer.

Tomó del laboratorio pinzas, bisturíes, sondas acanaladas. Levantó el cielo raso de los labios y estudió las escalinatas de los dientes, esmerándose en no perder el control. Se detuvo junto a las axilas. Vio los tules recortados del vello, la meseta de los pezones adolescentes, los pechos planos y redondos: pechitos yermos, a medio hacer. Un

[4] Nunca vi las copias pero puedo imaginarlas. A fines de 1991 descubrí en el museo Whitney de Nueva York unas figuras humanas, hechas con resinas de poliester y fibra de vidrio, a las que confundí con personas vivas. El escultor se llama Duane Hanson y sus obras están, creo, en el aeropuerto de Fort Lauderdale y en el museo de la Universidad de Miami. Todas las figuras miran hacia abajo porque, según uno de los catálogos: «la expresión de los ojos es lo único que el arte no puede reproducir».

cuerpo. ¿Qué es un cuerpo?, diría después el Coronel. ¿Puede llamarse cuerpo un cuerpo muerto de mujer? ¿Podía ese cuerpo ser llamado cuerpo?

Las nalgas. El raro clítoris oblongo. No. Qué tentación el clítoris. No; debía refrenar la curiosidad. Leería las notas que había tomado sobre el clítoris. Las galerías y caracoles de la oreja: eso estaba mejor. Levantó el lóbulo sano. A la sombra de los cartílagos, un arco suave: un tobogán. Eligió el punto. En la voluta donde desembocaba el músculo con el nombre más largo de la anatomía humana, esternocleidomastoideo, se abría un espacio virgen, todavía no alcanzado por los aceites fúnebres. Tomó una de las pinzas. Ahora. La punción: una brizna de carne. El corte dejó una señal estrellada de milímetro y medio, casi invisible. En vez de sangre, brotó un hilo de resina amarilla que se evaporó al instante.

Ordenó sellar con fajas de alerta las puertas del laboratorio y del santuario: *Zona militar. Prohibido pasar*. Y salió a respirar el aire turbio de la tarde, los vapores del río, el polen inclemente.

¿Qué sabía de Evita, después de todo? Sabía que era guaranga, casi analfabeta, trepadora, una sirvienta escapada del gallinero. Él lo había escrito en su cuaderno: «Una mucama con ínfulas de reina. Agresiva, nada femenina. Enjoyada de pies a cabeza para desquitarse de las humillaciones que ha conocido. Resentida. Sin escrúpulos. Una vergüenza». Pero ésos eran desahogos. Sabía historias peores. Sabía que, cuando ella murió, las cartas pidiendo trajes de novia, muebles, empleos, juguetes, lo indecible, tenían que ser dirigidas a su nombre para que hubiera una respuesta. Cartas a Evita. Y que ella, aún después de muerta, firmaba puntualmente las respuestas. Alguien le imitaba la firma al pie de frases como éstas: «Te beso desde el cielo»; «Estoy feliz entre los ángeles»; «Todos los días hablo con Dios»; etcétera. En la agonía, ella había dispuesto que las cosas fueran así. Una vergüenza.

Llegó a la oficina con un dolor de cabeza tenaz, reflejo de algún desorden. ¿Las comidas, el sexo? Nada de eso: su vida fluía al ritmo de la rutina. Como Kant, como las estaciones. ¿Las estaciones? Algo, ahora, estaba desplazándose de lugar en la estructura de la naturaleza. Se alzaban lenguas de calor: columnas de treinta y cuatro grados. Volaban mangas de langostas. Las ramas de los árboles hervían de panales. Contempló una vez más la minuciosa lámina de Bellerman. Otros tiempos. La caminata sin trastornos de Kant. Los relojes moviéndose obedientes al compás de sus pasos. No había sol ni noche ni señal de viento sino la luz opaca de la eternidad.

Nadie escuchaba. Nada se movía ya entre los pliegues de tanto silencio. Nadie esperaba ninguna respuesta.

Entonces, escribió:

¿Qué sé del Personaje: la Difunta?

Los documentos que he examinado fijan su nacimiento en dos lugares y en tres fechas distintas. Según el acta de la iglesia parroquial de Los Toldos o General Viamonte, nació el 7 de mayo de 1919 en la estancia La Unión, de esa localidad, con otro nombre: Eva María Ibarguren. Un registro del teatro Comedia (año 1935) modifica todos los datos: «Evita Duarte, dama joven. Junín, 21 de noviembre de 1917». El acta de matrimonio con Juan Perón la menciona como María Eva Duarte, nacida en Junín el 7 de mayo de 1922.

¿Antepasados? ¿Padres? ¿Hermanos?

Hija bastarda. El padre, Juan Duarte (1872-1926), descendía de ganaderos vascos y aragoneses, vasallos de otros terratenientes. Hombre de mediana fortuna, mediocre, politiquero. En 1901 se casó en Chivilcoy con Estela Grisolía, de la que tuvo tres hijas. Llegó a Los Toldos en 1908 y arrendó un par de campos a veinte kilómetros de la estación ferroviaria.

En uno de esos campos, La Unión, servía como mucama Juana Ibarguren, (1894-...)[5] la madre, también bastarda. Nacida de la relación casual entre Petronila Núñez,
puestera de Bragado, y el carrero vasco Joaquín Ibarguren,
quien tuvo la gentileza de legar a Juana su apellido antes
de esfumarse para siempre.

La madre se amancebó con el patrón en 1910, durante
las fiestas del Centenario. Al empezar el verano, poco antes
de la cosecha, la legítima familia Duarte llegó de visita desde Chivilcoy y Juana debió esconderse en los ranchos. En
marzo tuvo su primera hija, Blanca. Duarte reanudó la
relación en mayo y, desde entonces, durante casi nueve
años, la pareja repitió sus monótonos ciclos de vida en
común entre abril y noviembre. Otros hijos: Elisa, de 1913;
Juan Ramón, de 1914; Erminda, de 1917; Eva María, de
1919. Todos, salvo la última, fueron reconocidos por el
padre. Cuatro meses después del nacimiento de Eva
María, Juan Duarte se marchó de Los Toldos para siempre.
Visitó una o dos veces a los bastardos, pero con impaciencia, distraído, ansioso por desaparecer de su pasado.

¿Qué sucedió al morir el padre en 1926?

(Informe cifrado. Última línea: yitqhvhatcpmcaislhzkmlbmifcsebamkmybegsccqfitbkx).

*¿Cuándo empezó la Difunta a destacarse como recitado-
ra? ¿Cuáles fueron los primeros versos de su repertorio?*

En 1933, cuando cursaba el sexto grado en la Escuela
Nº1 de Junín, la maestra Palmira Repetti le pidió que
actuara en la fiesta del 9 de julio. La Difunta eligió para la
ocasión un poema breve de *La amada inmóvil*, el célebre
libro de Amado Nervo, titulado «¡Qué bien están los muertos!». Estimulada por la señorita Repetti, se presentó ese
mismo día en los micrófonos de un negocio de artículos
para el hogar, donde recitó el poema de Nervo que más la
conmovía, «¡Muerta!», del libro *La sombra del ala*.

---

[5] El Coronel no podía saber, mientras escribía estas notas, que doña
Juana iba a morir el 12 de febrero de 1971.

¿Cuándo y por qué decidió abandonar Junín para probar suerte como artista en Buenos Aires?
(Informe cifrado. Últimas dos líneas: cgifiedbdhgqcuaslhpmkucikgqbfitfhgknfbikptcirhectbmbhnukdihecs4820bgbezsbhviffb).

¿Se fugó de Junín con el cantante Agustín Magaldi, de 34 años, conocido como «la voz sentimental de Buenos Aires»?
(Informe cifrado. Últimas dos líneas: batilcqbgbvbkfmcqbgimbcfihtfkxcqbgmbpfchgqcuasbgfhecsctfbiplbmbedbmCPHVBbkjirhectcplbot).

Son conocidas las dificultades de la Difunta para insertarse en el ambiente artístico, donde hasta 1944 se mantuvo como figura de segundo plano. ¿Quiénes fueron los amigos que le permitieron ascender?
Lista de nombres cifrados.

Durante los primeros siete meses de 1943, la Difunta desapareció. No actuó en la radio ni en el teatro y las revistas de espectáculos no la nombran. ¿Qué sucedió en ese lapso? ¿Estuvo enferma, prohibida, retirada en Junín?
(Informe cifrado. Última línea: ipcplitcahqiehsyhglbscpiqbfb ircdsitccqbkjebplhedmbgbtebs).

Cuando el dictador prófugo y la Difunta se conocieron en enero de 1944, ¿quién levantó a quién?
Ella se le presentó con una frase de alto voltaje seductor: «Gracias por existir, coronel», y le propuso que durmieran juntos esa misma noche. Siempre fue de armas llevar. No concebía que la mujer pudiera ser pasiva en ningún campo, ni aun en la cama, donde lo es por mandato de la naturaleza. El aspirante a dictador era, en cambio, algo incauto en las lides eróticas: romanticón, de gustos simples. La que lo levantó fue ella. Tenía muy claro lo que quería.

¿Se le conoce a la Difunta una cuenta secreta en Zurich, Suiza?
La Difunta poseía l.200 plaquetas de oro y plata, 756 objetos de platería y orfebrería, 650 alhajas, 144 piezas de marfil, collares y broches de platino, diamantes y piedras

preciosas valuados en 19 millones de pesos, además de bienes inmuebles y acciones de establecimientos agrarios en común con el dictador prófugo, su marido, tasados judicialmente en 16.410.000 pesos. Esas joyas y propiedades fueron incautadas por el fisco en 1955. Tanto las encuestas diplomáticas que efectuó discretamente el gobierno de la Revolución Libertadora como los múltiples rastreos de este y otros Servicios de Inteligencia no revelan que haya cuentas secretas a nombre de Juan D. Perón, María Eva Duarte de Perón, familiares de ambos o posibles testaferros.

A la muerte de la Difunta, los bienes de la Fundación que llevaba su nombre fueron estimados en más de 700 millones de pesos. ¿Distrajo ella alguna suma para su beneficio personal?

Manejó arbitrariamente cantidades aun mayores, sin rendir cuentas a nadie. Regaló casas, dinero en efectivo y enseres domésticos a personas adictas de recursos escasos y a otros aduladores anónimos. Pero, a pesar de las escrupulosas pesquisas contables, no hay pruebas de ningún enriquecimiento ilícito. La Difunta no necesitaba robar. Tenía todo lo que quería e imaginaba que su poder iba a ser eterno.

¿Hay algún indicio de infidelidad conyugal por parte de la Difunta?

Este punto ha sido investigado con minucia. No hay ningún indicio.

¿Hay algún indicio de infidelidad conyugal por parte del dictador prófugo?

Por raro que parezca, tampoco se ha encontrado ninguno. Sobre el punto han sido interrogados ex ministros, ex jueces, ex caudillos sindicales y otros cómplices del tirano. La mayoría admite que, al morir la esposa, incurrió en toda clase de lascivias, estupros, sodomías y obscenidades, pero no antes.

¿Qué importancia puede tener ese tema para un Servicio de Inteligencia?

La máxima importancia. El mapa del erotismo es el

mapa del poder. En vez del vulgar desasosiego de las esposas por conservar al marido, la Difunta se preguntó cómo haría para superar a Perón. Era una idea desatinada, pero todas sus ideas lo eran. Le dio varias vueltas al asunto, hasta que llegó a una conclusión: lo superaría por el peso de su amor. El que más ama, puede más. Nadie fue más leal que ella, nadie más amante, más confiable, más verdadero. La enormidad de su amor lo abarcó todo. Abarcó también al marido, lo contuvo. Es decir, lo devoró.

Según los informes ginecológicos de que disponemos, la Difunta se vio impedida de cumplir con sus deberes conyugales íntimos desde fines de 1949, cuando comenzó a experimentar fuertes dolores en las caderas, fiebres y hemorragias intempestivas e hinchazón en los tobillos. Dada tal situación, ¿cómo explicar la fidelidad del tirano, que carecía de imaginación erótica pero no de apetito?

Fuentes confidenciales lo explican. Pese al vértigo de sus actividades, la Difunta jamás dejó de satisfacer a su marido, hasta que las fuerzas la abandonaron. Lograba que la masturbación pareciera penetración. Su lengua actuaba como vagina. El dictador nunca se había beneficiado de un sexo tan sabio, ni volvió a encontrarlo después que ella murió.

¿Cuál fue el último deseo de la Difunta?

Se lo dijo a la madre. El último deseo de la Difunta fue que ningún hombre tocara su cuerpo indefenso y desnudo, que ningún hombre hablara de su cuerpo, que nadie en el mundo viera la eternidad de su delgadez y de su decadencia. El primero en violar ese deseo fue el dictador, que la hizo embalsamar y la exhibió descaradamente a las masas durante dos semanas. Yo no tengo por qué respetar nada. Me sentiría más tranquilo si pudiera tirar a los perros ese último deseo.

Cuando el Coronel alzó la cabeza, ya no había ciudad alrededor. Había penumbra, una vaga neblina, el velo de la luna al otro lado de las ventanas. Debía afanarse, correr. ¿Con cuáles pasos? Aún le faltaba encontrar el sitio donde ocultaría el cadáver verdadero, elegir la tropa que iba a secundarlo, fijar la hora del traslado. Después, tendría que decidir el destino de las copias, borrar todas las huellas, darse una ducha, dormir. Tendió el cuerpo hacia atrás y oyó, lejano, el zumbido de las abejas.

6

«EL ENEMIGO ACECHA»

Poco después de la medianoche pasó por su casa. Su mujer estaba cepillándose el pelo. Cada vez que lo peinaba hacia arriba, se le insinuaba una remota semejanza con la Difunta: los mismos ojos redondos de color café bajo unas cejas dibujadas a lápiz, los mismos dientes blancos y algo salidos. En otras ocasiones, cuando el Coronel se cruzaba con su mujer, ella le decía: «Ya no te conozco. Llevamos quince años casados y cada día te conozco menos». Esta vez no fue así. Le dijo:

—Tenemos que hablar. Suerte que viniste.

—Después —contesto él.

—Es importante —insistió ella.

El Coronel se encerró en el baño y luego, tendido en el sofá de su escritorio, comenzó a quedarse dormido. De las paredes colgaban los croquis a lápiz con los que solía entretenerse: ciudades vistas desde arriba, hileras de torres góticas.

La mujer golpeó a la puerta con timidez y asomó la cabeza. El Coronel hizo un gesto de disgusto.

—Llaman a cada rato por teléfono —dijo ella—. Cuando atiendo, cortan.

141

—Algún maniático —comentó el Coronel con desgano—. Ya me lo vas a contar después. Necesito descansar.

—Nunca llama la misma persona —dijo la mujer—. A veces, alguien se queda un rato en la línea, respirando. No se oye más que una respiración enferma. Otras veces, alguien dice: «Dígale a su marido que no juegue con fuego. Que deje a la señora donde está». Esta mañana empezaron con las amenazas. No te las puedo repetir. Dicen mi nombre y, después, una sarta de obscenidades. «¿Quién es la señora?», pregunté. Pero me cortaron el teléfono.

—¿Cómo son las voces? —dijo el Coronel—. ¿Voces de negros peronistas o de militares?

—Qué sé yo. Mirá si voy a fijarme en esas cosas.

—Prestá atención. La próxima vez tratá de grabarte las voces en la cabeza.

—Hace un rato, a eso de las diez, tocaron el timbre de la planta baja. Me dijeron que traían una carta tuya. «Déjenla debajo de la puerta», les pedí. «No podemos», me contestaron. «El Coronel ha dado orden de que se la entreguemos en propias manos». Querían que bajara. Me negué. Después de las llamadas de teléfono, estaba muerta de susto. «Es grave», me dijeron. «Es muy grave». Pensé que te había pasado algo. Me puse una bata y me asomé a la calle. Había un auto parado frente a la puerta, un Studebaker verde. Me apuntaron con una pistola y, cuando me puse a gritar, se fueron. No hicieron nada: sólo demostrar que podían matarme cuando se les diera la gana.

—Fuiste una imbécil —dijo el Coronel—. ¿Para qué saliste?

—Salí para que no subieran ellos a casa. Salí por puro terror. ¿Quién es esa señora? ¿En qué te estás metiendo?

El Coronel se quedó un rato callado. Siempre le había costado entender a las mujeres. Apenas podía hablar con ellas. Puntillas, escarlatinas, ruleros, trenzas, organdíes, pinturas de uñas: nada de lo que les interesaba tenía que ver con él. Las mujeres le parecían escamas caídas de otro mundo, desgracias como la fiebre y el mal olor del cuerpo.

—No pasa nada —dijo—. Para qué voy a explicarte lo
que no entendés.

En eso, volvió a sonar el teléfono.

Las fuentes sobre las que se basa esta novela son de
confianza dudosa, pero sólo en el sentido en que también
lo son la realidad y el lenguaje: se han infiltrado en ellas
deslices de la memoria y verdades impuras. Una de las
frases más célebres de Evita revela cuál era su idea de las
cosas. La dijo el 24 de agosto de 1951: «Soy joven y con
un marido maravilloso, respetado, admirado y amado por
su pueblo. Me hallo en la mejor de las situaciones». Apenas una de esas certezas no se podría discutir: que era
joven. Tenía treinta y dos años. En las demás, sólo Evita
creía. Su marido estaba en ese momento amenazado por
dos conspiraciones simultáneas y a ella misma, esa mañana, los médicos le habían informado que sufría de anemia
perniciosa y que debía retirarse de la actividad pública.
Estaba en la peor de las situaciones. Le faltaban once
meses para morir.

Para los historiadores y los biógrafos, las fuentes siempre son un dolor de cabeza. No se bastan a sí mismas. Si
una fuente dudosa quiere tener derecho a la letra de mol-
de, debe ser confirmada por otra y ésta a su vez por una
tercera. La cadena es a menudo infinita, a menudo inútil,
porque la suma de fuentes puede también ser un engaño.
Tómese el acta de casamiento de Perón y Evita, por ejemplo, en la que un escribano público de la ciudad de Junín
confirma la veracidad de los datos. El casamiento no es
falso pero casi todo lo que dice el acta sí lo es, de principio
a fin. En el momento más solemne e histórico de sus
vidas, los contrayentes —así se decía entonces— decidieron burlarse olímpicamente de la historia. Perón mintió el
lugar de la ceremonia y el estado civil; Evita mintió la
edad, el domicilio, la ciudad donde había nacido. Eran

imposturas evidentes, pero pasaron veinte años antes de que alguien las denunciara. En 1974, sin embargo, el biógrafo Enrique Pavón Pereyra las declaró verdaderas en su obra *Perón, el hombre del destino*. Otros historiadores se conforman con transcribir el acta y no discuten su falsía. A ninguno se le ocurrió, sin embargo, preguntarse por qué Perón y Evita mentían. No necesitaban hacerlo. ¿Evita se añadió tres años para que el novio no le doblara la edad? ¿Perón se fingió soltero por pudor de ser viudo? ¿Evita imaginó que había nacido en Junín porque era hija ilegítima en Los Toldos? Esos detalles nimios ya no les inquietaban. Mintieron porque habían dejado de discernir entre mentira y verdad, y porque ambos, actores consumados, empezaban a representarse a sí mismos en otros papeles. Mintieron porque habían decidido que la realidad sería, desde entonces, lo que ellos quisieran. Actuaron como actúan los novelistas.

La duda había desaparecido de sus vidas.

¿Alguien querrá oír, de todos modos, cómo sé lo que estoy narrando?

Es fácil de enumerar: lo sé por la entrevista que tuve con la viuda del Coronel el 15 de junio de 1991; lo sé por mis largas conversaciones con Aldo Cifuentes en julio de 1985 y marzo de 1988.

Cifuentes fue el último confidente del Coronel y el guardián de sus cartas. Era bajo, casi un enano, chillón, escandaloso. Se jactaba de haber leído muy pocos libros en la vida, pero había escrito dieciséis: sobre los Padres de la Iglesia, la astrología, el iluminismo rosacruz, el movimiento irlandés de los Sinn Fein, los asilos de caridad de monseñor De Andrea. Las obras estaban bien documentadas, por lo que sus declaraciones de ignorancia eran, quizá, pura coquetería. Su padre había fundado una decena de revistas en los años veinte y se había enriquecido con ellas protegiendo a mafiosos y punteros de comité. Cifuentes contaba que, antes de morir, el padre le había entregado un cuaderno con el nombre de sus novecientas noventa y dos amantes. Algunas eran bailarinas, espías y actrices famosas. «Perdonáme», le había dicho. «No me dio el cuero para llegar a las mil».

En vez de amantes, Cifuentes acumulaba matrimonios. Iba por el sexto cuando Perón expropió todos los periódicos de la familia y lo dejó en la ruina. Cifuentes se paseó por la calle Florida para exponer su duelo. Iba vestido de hombre sandwich, con una leyenda que decía, adelante y atrás: *Cultivemos el desprestigio*. A las dos cuadras lo llevaron preso, por desorden. Aprovechó su par de semanas en la cárcel para escribir un libelo contra Evita que se titulaba *El Kamasutra pampeano*. El Coronel lo descubrió a través de ese panfleto clandestino. Invitó a comer al autor, expresó su admiración citando de memoria los fragmentos más procaces y, al terminar, selló con él un pacto de amistad eterna cuya primera cláusula los comprometía a trabajar juntos para derrocar al dictador.

Cifuentes era un un virtuoso del chisme. Recogía por toda la ciudad historias de la pareja Perón (él los llamaba así, a dúo, enfatizando la aliteración) y las dejaba caer luego en los oídos ávidos del Coronel. Ambos se reunían una vez por semana para escandir las verdades y mentiras de los relatos y transfigurarlas en informes confidenciales que Cifuentes repartía en los diarios y el Coronel usaba en sus cambalaches con otros agentes de inteligencia. El apodo militar de Cifuentes era «Pulgarcito», no sólo porque su tamaño era mínimo sino también porque dejaba en todas partes, como el personaje de Perrault, bolitas de miga arrancadas a un pan inagotable que llevaba en el bolsillo.

Cuando lo conocí, tres o cuatro años antes de que muriera, no había manera de aplacar su desesperación narrativa. Yo lanzaba un nombre o una fecha al aire y él, cazándolos al vuelo, los traducía en una historia de la que afluían muchas otras, como un delta sin fin. Nada costaba tanto como llevarlo de regreso al punto de partida.

Lo que narra este capítulo se funda exclusivamente en mis diálogos con él (siete cassettes de una hora cada uno).

Vuelvo a oírlos y advierto que Cifuentes, con énfasis sospechoso, me explica cuán sencillo le resultaba salir y entrar del Servicio de Informaciones del Ejército en aquellos días finales de noviembre, 1955. Un veterano oficial de Inteligencia, encareciendo el anonimato, asegura que eso era imposible. Ningún civil, dice, podía salvar entonces las guardias, las contraseñas cambiantes, las órdenes de secreto extremo que protegían el destino del cadáver. No pudieron hacerlo Ara ni la madre: menos probable es que lo haya logrado un hombre a quien nadie conocía.

Y sin embargo, no sé con cuál versión quedarme. ¿Por qué la historia tiene que ser un relato hecho por personas sensatas y no un desvarío de perdedores como el Coronel y Cifuentes? Si la historia es —como parece— otro de los géneros literarios, ¿por qué privarla de la imaginación, el desatino, la indelicadeza, la exageración y la derrota que son la materia prima sin la cual no se concibe la literatura?

Ahora es de madrugada. El Coronel, vestido de uniforme, atraviesa la avenida de librerías y bares cerrados que separa su casa de la fortaleza donde está su reino, el Servicio. Apenas ha dormido.

Lo sobresalta un relámpago; después, oye el redoble de los truenos. En Buenos Aires es siempre así: un cielo de ceniza, hinchado, nubes que se mueven como locas de un lado a otro, rayos en un rincón de la noche donde tal vez está la llanura; y después, nada. La lluvia se evapora antes de llegar al suelo.

El centinela del Servicio entorna la mirilla del portón, lo reconoce y se cuadra. Tiene orden de no abrir hasta que no se cumpla el ritual entero de las contraseñas. «¿Quién es?», pregunta. El Coronel consulta su reloj. Son las cinco y tres de la mañana. «Tragedia», dice. A las cinco menos un minuto debía haber dicho: «Garfio», y la respuesta habría sido «Gárgara». Ahora, en cambio, el centinela, cuadrándose, contesta: «Tridente», a la vez que corta las alarmas y destraba los cerrojos. Las contraseñas cambian cada ocho horas, pero cuando la Difunta esté en sus manos, el Coronel ha decidido que los intervalos se reduzcan a la mitad.

Sube hasta su despacho, en el quinto piso, y enciende la luz del quinqué. La habitación, recuérdese, tiene un ventanal de vidrios blindados donde la noche se refleja, inmóvil, como en un cuadro. Sobre el escritorio, dos láminas predican las virtudes del heroísmo y de la exactitud. Falta mencionar las sillas altas, de cuero, en torno a la mesa oval, donde se reúnen los oficiales; el armario veneciano que guarda los biblioratos de la contabilidad y la legislación militar sobre el secreto; el combinado Gründig de cedro, con dos parlantes anchos, de metro y medio; la biblioteca donde el jefe anterior ha dejado el diccionario de la Real Academia y algunos discos de pasta.

Cito ahora, casi al pie de la letra, el relato de Cifuentes, quien a su vez me repitió el relato que el Coronel le había hecho veinte años antes. Cito también algunas de las fichas que me mostró Cifuentes y sus apuntes en un cuaderno Rivadavia:

«Serían las cinco y cinco. A las seis, el coronel Moori Koenig debía reunirse con su estado mayor. Le faltaban, como usted sabe, algunos detalles del plan. Me dijo que había recorrido en auto la ciudad, varias veces. Me dijo que al pasar por el palacio de Obras Sanitarias, recordó que en la esquina sudoeste había dos cuartos vacíos y sellados, que originalmente se construyeron para los guardianes. Usted conoce el palacio. Es un adefesio de cerámica, en el que hay sólo galerías de agua. Moori Koenig había visto los planos en los archivos de la municipalidad y los retuvo en la memoria por hábito profesional. Al acordarse del dato, pensó —me dijo— en la Difunta. Era el lugar perfecto para esconderla.

»Moori Koenig era, en esa época, un hombre minucioso, maniático. Conocía a la perfección los puntos débiles de los ministros, de los jueces, de los comandantes de división. Hablar con él era una experiencia amarga: usted se quedaba con una pésima opinión de sus semejantes. Imagínese entonces cuántos escrúpulos ponía en elegir a sus asistentes. No pretendía que fueran inmaculados. Los prefería con algún defecto grave, para poder controlarlos: una hermana loca o deforme, un padre con antecedentes criminales.

»Tengo las fichas en las que resumió la historia de los tres oficiales del Servicio. Me las dejó, junto con sus demás papeles. A lo mejor le interesa copiarlas:

»*Mi segundo es* Eduardo Arancibia[6], *mayor de infantería, casado, 34 años. Esposa doce años menor, con un primer embarazo, ya de tres meses. 1) Ojos ambarinos, cejas y pelo negro, sin canas, 1,78 de estatura, pies chicos: calza del 40. Oficial de Estado Mayor. Su apodo en la Escuela de Guerra: el Loco. Dos tíos, hermanos de la madre, son tartamudos, débiles mentales. Están en el hospicio El Carmen, de Mendoza. 2) Católico devoto. 3) Meningitis infantil, que dejó secuelas. Accesos esporádicos de asma. 4) Trabajó año y medio en Control de Estado a las órdenes del tirano, en el sector de Represión Ideológica. Se pasó de bando cuando Perón se enemistó con la Iglesia. El presidente pone las manos en el fuego por él. 5) Incluyo parte de una carta que Arancibia envió a la futura esposa desde Tartagal: "Lo único que nos entretiene acá son los fusilamientos. Ponemos seis o siete perros contra una pared de adobe, atados, y hacemos formar el pelotón. A la orden de fuego, hay que dispararles a la cabe-*

---

[6] En las fichas del Coronel, todos los nombres de los oficiales y suboficiales aparecen cambiados: Arancibia no se llamaba Arancibia, Galarza no era Galarza. Soy fiel ahora a esa voluntad de secreto, y otra vez lo soy en el capítulo 11, cuando la cuñada de Arancibia es presentada también con un nombre ajeno.

za. *Los soldados son unos brutos. Siempre yerran. Ayer me puse yo a disparar. De seis perros que había le acerté a cinco. El otro estuvo desangrándose un rato largo. Cuando me cansaron los aullidos, mandé que lo remataran."* 6) *Suboficial asignado: sargento ayudante Juan Carlos Armani.*

»*Tercero en el mando,* Milton Galarza, *capitán antiguo, de artillería, casado, 34 años, hijo varón de 7.* 1) *Esposa con cálculos en la vesícula, nefritis latente, insuficiencia tiroidea: un catálogo de males. Alto, de casi dos metros.* 2) *Toca en secreto (mal) el clarinete. Será por eso que lo llaman Benny Goodman. No ha terminado la Escuela de Guerra. Ya es tarde para que la termine.* 3) *Es agnóstico, tal vez ateo. Lo disimula.* 4) *Fue oficial de apoyo en el fallido atentado de 1946 contra el dictador. Trabajó como agente doble en 1951. Lo descubrieron. El general L. le salvó la carrera. Hizo que lo destinaran a un distrito de la selva.* 5) *Párrafo confidencial y secreto del legajo: "Informe de la guarnición Clorinda a comandante de la Segunda División, 13/04/54: Verificado que en tres salidas de rutina en los vagones que van de Misión Tacaagle a Laguna Blanca, el capitán M. G. disparó a discreción contra familias de indios tobas y mocobíes. Hay confesión escrita de los soldados que conducían los vagones. M. G. usó la carabina Máuser de reglamento y tiene un faltante de 34 piezas de munición. M. G. fue amonestado verbalmente."* 6) *Suboficial asignado: sargento ayudante Livio Gandini.*

»*El último:* Gustavo Adolfo Fesquet, *teniente primero, 29 años, desviaciones sexuales altamente probables. Soltero. En el Colegio Militar le decían Plumetí.* 1) *Florero en el escritorio, foto de la mamá, secante de nogal lustrado con incrustaciones de carey, frasco de perfume Atkinsons con pulverizador en el segundo cajón de la derecha, manual para aprender a redactar. Averiguar por qué no ha sido separado de la institución.* 2) *Católico de comunión dominical.* 3) *Destacado en criptografía. Prueba dudosa contra él en archivos del Servi-*

cio: *una declaración espontánea del dragoneante Julio A. Merlini al jefe de guardia en el R19 de Tucumán, el 29/10/51. "El teniente Fesquet vino y se apareció en el baño de soldados, donde yo y el soldado Acuña estábamos orinando. Se puso a orinar al lado mío. El soldado Acuña se retiró y yo seguí. Cuando ya estaba sacudiendo para irme, me tocó el miembro con la punta de un dedo y me preguntó: ¿Sos feliz? Yo le dije: Disculpe, mi teniente, retirándome en el acto, sin más consecuencias." Declaración archivada por orden del jefe del R19. 4) Suboficial asignado: sargento primero Herminio Piquard.*

»Con esas fichas, el Coronel creía tener al fin un cuadro claro de las fuerzas con que contaba, pero no resultó así. Un hombre, como usted sabe, nunca es igual a sí mismo: se mezcla con los tiempos, con los espacios, con los humores del día, y esos azares lo dibujan de nuevo. Un hombre es lo que es, y también es lo que está por ser.

»Sé que en algún momento de aquella madrugada tomó el mapa del Gran Buenos Aires y desplegó sobre él una hoja de calcar en la que había dibujado el tridente de Paracelso. Quizás usted lo haya visto. Tiene tres puntas en forma de triángulos isósceles, unidas por una larga base sobre la que se apoya el mango, corto y cilíndrico. Paracelso creía en la armonía de los contrarios. De ahí que los dientes simbolicen virtudes enemigas como el amor, el terror y la acción.

»Buenos Aires tiene la forma de un pentágono y el tridente consta de tres triángulos. Concertar esas figuras que invocan tantos símbolos es una operación delicadísima y, en manos inexpertas, muy peligrosa. El tridente es Satanás, el ojo de Shiva, las tres cabezas de Cerbero, y también una réplica de la Trinidad. El pentágono es el signo pitagórico del conocimiento, pero Nicolás de Cusa creía que los pentágonos atraen o expulsan lluvias de fuego. Moori Koenig estudiaba el mapa con la avidez de un alquimista pero también con temor.»

(Permítanme dejar por un momento la grabación de Cifuentes y decir que siempre me ha sorprendido la afición de los militares argentinos por las sectas, los criptogramas y las ciencias ocultas. En el ejercicio cartográfico del Coronel, las influencias ocultistas eran sin embargo menos visibles que las literarias. Le hice notar a Cifuentes que su plan tenía cierto aire de familia con el que Borges describe en «La muerte y la brújula». No lo admitió. Aunque he leído poco a Borges, dijo (o más bien mintió), tengo algunos recuerdos de ese cuento. Sé que está influido por la Cábala y por las tradiciones jasídicas. Para el Coronel, la más mínima alusión a lo judío hubiera sido inaceptable. Su plan se inspiraba en Paracelso, que es la contrafigura de Lutero y, a la vez, el más ario de los alemanes. La otra diferencia, me dijo, es más notable. El ingenioso juego del detective Lönnrot en «La muerte y la brújula» es un juego mortal, pero sólo sucede dentro de un texto. Lo que el Coronel tramó debía suceder en cambio fuera de la literatura, en una ciudad real por la que se desplazaría un cuerpo abrumadoramente real.

Vuelvo a la grabación ahora. Hemos llegado al punto donde se acaba la cara A del primer cassette. Oigo la voz de Cifuentes:)

«Cuando Moori Koenig hizo coincidir el mango del tridente con el Dock Sur, las puntas sobresalieron del mapa y quedaron apuntando hacia los tambos y tierras para ganado que se perfilan más allá de San Vicente, Cañuelas y Moreno. De nada le servían esos campos remotos. Desplazó entonces el mango sobre el mapa hasta situarlo en la esquina de Buenos Aires donde él estaba, de pie, bajo una lámpara. Miró la hora, me dijo, porque en el filo de la realidad a la cual se asomaba todo era vértigo. Eran las seis menos seis minutos. La distracción de su mirada duró menos de un segundo. Eso bastó para que el tridente se contrajera y sus flechas se clavaran en tres sitios increíblemente precisos: la iglesia de Olivos, a orillas de una estación ferroviaria llamada Borges; el Recinto de Personalidades en el cementerio de la Chacarita; el mausoleo blanco de Ramón Francisco Flores en el cementerio de Flores. Ésa era la brújula del azar que había esper...»

Fin de la ci(n)ta.

A la hora que el Coronel ha previsto, llaman a la puerta. Arancibia, el Loco, entra de perfil; de sus zapatos reglamentarios brota un empeine jorobado. Fesquet ha debido pasar una noche atroz. En su cara se dibujan los estragos. Galarza, el clarinetista, va dejando al moverse una estela de sonidos abdominales. Nadie se sienta. El Coronel enrolla la hoja de calcar con el tridente y exhibe el mapa, en el que destellan tres puntos rojos.

Le complace abrumar a los oficiales con las revelaciones que ha ido atesorando desde la mañana anterior. Les habla de la madre, del embalsamador. Les explica que no hay un solo cuerpo sino cuatro, y que esa multiplicación favorece los planes del Servicio: cuanto más pistas deban seguir los enemigos, más fácil será borrarlas.

—¿Cómo? —pregunta Arancibia—. ¿Todavía no hemos empezado y ya aparecieron los enemigos?

—Hay algunos —dice el Coronel, con sequedad. No quiere alarmarlos contándoles que, en su propia casa y por su teléfono privado, se han filtrado amenazas.

Luego, enumera las grandes líneas del plan. Se necesitan cuatro ataúdes idénticos, modestos: los conseguirá Galarza. Los cuerpos serán enterrados entre la una y las tres de la mañana siguiente: al de Arancibia le corresponde la Chacarita, al de Galarza el cementerio de Flores, al de Fesquet la iglesia de Olivos. Es preciso que cada quien se ocupe de que los sitios estén previamente despejados. Cuanto más secretos sean los movimientos, más trabajo van a tener los adversarios en descifrarlos.

—¿Con qué refuerzos contamos, mi coronel? —quiere saber Galarza.

—Sólo con nosotros cuatro.

Hubo un largo silencio.

—Sólo nosotros cuatro —repite Arancibia—. Demasiado pocos para un secreto tan grande.

—Soy, en este país, el único teórico del secreto —continúa el Coronel—. El único experto. Me he desvelado pensando en eso: las filtraciones, la contrainteligencia, las acciones encubiertas, los atajos, la ley de probabilidades, el azar. He calculado cada paso de este operativo con minucia. He reducido los riesgos a dos o tres por ciento. El factor más expuesto del plan es la tropa de apoyo. Cada uno de nosotros necesita cuatro soldados y un camión de transporte. Ustedes tienen, además, un suboficial asistente. A medianoche nos esperan en el comando en jefe. Los soldados vienen de regimientos y batallones distintos. No se conocen entre sí. Los camiones son cerrados y no tienen mirillas: sólo respiraderos. Nadie debe saber de dónde viene ni adónde va. A las cero quince de mañana nos concentramos en el garaje de la CGT. El lugar se parece a cualquier otro. No me importa lo que piensen los soldados. Sólo me importa lo que puedan decir.

—Brillante —dice Galarza—. Si los soldados no vuelven a encontrarse, nunca van a reconstruir la historia. Y es imposible que vuelvan a encontrarse.

—Hay una posibilidad en ciento cincuenta mil —apunta el Coronel—. Son conscriptos de las provincias. Pasado mañana van a salir de baja.

—Impecable —insiste Galarza, el clarinetista, luchando contra un alud de borborigmos—. Sólo me inquieta un detalle, mi coronel. En ese extremo del secreto, ni los soldados ni los suboficiales deberían manejar los vehículos.

—Correcto, Galarza. Los vamos a manejar nosotros.

Fesquet suspira y dobla en el aire una de sus lánguidas manos.

—Yo manejo muy mal, mi coronel. Y aquí podría fallar. Usted sabe: la responsabilidad, la noche. No me animo.

—Tiene que hacerlo, Fesquet —ordena el Coronel, tajante—. Somos cuatro. No debe haber nadie más.

—Algo me intriga —comenta Galarza—: esa mujer, el cuerpo. Es una momia, ¿no? Hace tres años que ha muerto. ¿Para qué la queremos? La podríamos tirar desde un avión, en el medio del río. La podríamos meter dentro de una bolsa de cal, en la fosa común. Nadie está preguntando por ella. Y si alguien pregunta, no tenemos por qué contestar.

—La orden viene de arriba —dice el Coronel—. El presidente quiere que se la entierre cristianamente.

—¿A esa yegua? —exclama Galarza—. Nos jodió a todos la vida.

—Nos jodió —dice el Coronel—. Otros creen que los salvó. Hay que cubrirse las espaldas.

—Tal vez ya es tarde —dice Arancibia, el Loco—. Hace dos años se podía. Si hubiéramos matado al embalsamador, el cuerpo se habría corrompido solo. Ahora es un cuerpo demasiado grande, más grande que el país. Está demasiado lleno de cosas. Todos le hemos ido metiendo algo adentro: la mierda, el odio, las ganas de matarlo de nuevo. Y como dice el Coronel, hay gente que también le ha metido su llanto. Ya ese cuerpo es como un dado cargado. El presidente tiene razón. Lo mejor es enterrarlo, creo. Con otro nombre, en otro lugar, hasta que desaparezca.

—Hasta que desaparezca —repite el Coronel, que no cesa de fumar. Se inclina sobre el mapa de Buenos Aires. Señala uno de los puntos rojos, al norte, casi pegado al río.

—Fesquet —dice—. ¿Qué hay acá?

El teniente primero estudia el área. Descubre una estación de trenes, dos vías que se cruzan, un puerto para yates.

—El río —adivina.

El Coronel lo mira sin decir nada.

—No es el río, Fesquet —apunta Galarza—. Es su destino.

—Ah, sí: la iglesia, en Olivos —dice el teniente.

—Este cuadrado verde es una plaza —dicta el Coronel, como si hablara con un niño—. Acá, en la esquina, junto a la iglesia, hay un jardín enrejado, cubierto de pedregullo, de diez metros de ancho por unos seis de fondo. Está cubierto de tártagos, begonias, plantas de hojas carnosas. Ponga allí, contra el muro, algo que parezca un cantero. Rodéelo con macetas o lo que sea. Haga que los soldados caven una fosa profunda. Disimúlela, para que nadie la pueda ver desde la calle.

—Es un terreno de la iglesia —recuerda Fesquet—. ¿Qué hago si el párroco nos prohibe trabajar?

El Coronel se lleva las manos a la cabeza.

—¿Usted no puede resolver el problema, Fesquet? ¿No puede? Tiene que hacerlo. Esto no va a ser fácil.

—Quédese tranquilo, mi coronel. No voy a fallar.

—Si falla, despídase del ejército. Todos deben meterse en la cabeza que el fracaso es inaceptable en esta misión. Nadie venga después a decirme que tuvo tal o cual imprevisto. Es ahora cuando deben adelantarse a las casualidades.

—Voy a la iglesia y pido un permiso —balbucea Fesquet.

—Pídalo en el arzobispado —dice el Coronel. Se distiende, echa hacia atrás el tobogán de la frente y entrecierra los ojos. —Sólo un punto más. Pongamos los relojes en hora, repasemos las contraseñas.

Un par de llamadas tímidas lo interrumpen. Es el sargento primero Picquard, despeinado. Uno de los mechones que le cubren la calva se ha fugado de su cárcel de gomina y cae, patético, hasta la barbilla.

—Parte urgente para el coronel Moori Koenig —informa—. De la presidencia de la república han traído este sobre. La orden es que lo reciba usted, de inmediato, en persona.

El Coronel palpa el sobre. Son, advierte, dos hojas: una de cartulina, la otra de papel ligero. Observa el lacre del anverso. El dibujo en relieve está borroso: ¿es el escudo nacional o un símbolo masónico?

—Picquard —pregunta—, ¿cómo ha llegado el mensaje hasta acá?

—Mi coronel —dice el sargento primero, con los hombros caídos, en posición de firmes—. Lo trajo un principal, de uniforme. Llegó en un Ford negro con chapas oficiales.

—Déme el nombre del principal, el número del vehículo.

Picquard abre los ojos, consternado:

—No se le pidió identificación. No se anotaron los números. El trámite fue de rutina, mi coronel. Al sobre lo revisamos bien. Pasó sin novedad la pericia de explosivos.

—Mejor así, Picquard. Retírese. Que los soldados anden con los cinco sentidos bien despiertos. ¿Y ahora qué falta? —pregunta el Coronel, volviéndose a los oficiales—. Ah, la contraseña.

—Y los relojes —apunta Galarza, señalando la estampa de Kant.

—¿Se acuerdan de la consigna con la que derrocamos a Perón: «Dios es justo»? Vamos a usarla esta noche, desde las doce hasta las cuatro. Los que se anuncian tienen que hacerlo en tono de pregunta: «¿Dios?» La segunda parte de la contraseña es obvia. Ahora, los relojes.

Son las siete menos cuarto. Todos ajustan las agujas, dan cuerda. El Coronel rompe los lacres del sobre. Echa un vistazo al contenido: una foto y un volante. La foto es rectangular, como una postal.

—Señores —dice, súbitamente pálido—, pueden irse. Sean cuidadosos.

Apenas los oficiales se eclipsan en la negrura de los pasillos, el Coronel cierra la puerta de su despacho y vuelve a mirar, incrédulo, la foto: es Ella, la Difunta, yaciendo sobre la losa del santuario, entre nidos de flores. Se la ve de perfil, los labios entreabiertos, los pies descalzos. Que existan fotos así es imprudente. ¿Cuántas habrá? Lo insólito es sin embargo el volante, impreso en mimeógrafo. *Comando de la Venganza*, lee el Coronel. Y abajo, con una caligrafía torpe: *Déjenla donde está. Déjenla en paz.*

7

«LA NOCHE DE LA TREGUA»

El arte del embalsamador se parece al del biógrafo: los dos tratan de inmovilizar una vida o un cuerpo en la pose con que debe recordarlos la eternidad. *El caso Eva Perón*, relato que Ara completó poco antes de morir, une las dos empresas en un solo movimiento omnipotente: el biógrafo es a la vez el embalsamador y la biografía es también una autobiografía de su arte funerario. Eso se ve en cada línea del texto: Ara reconstruye el cuerpo de Evita sólo para poder narrar cómo lo ha hecho.

Poco antes de la caída de Perón escribió: «Trato de disolver los cristales de timol en la arteria femoral. Oigo en la radio los *Funérailles* de Liszt. La música se interrumpe. La voz del locutor repite, como todos los días: "Son las veinte y veinticinco, hora en que la Jefa Espiritual de la Nación pasó a la inmortalidad". Miro el cuerpo desnudo, sumiso, el paciente cuerpo que desde hace tres años sigue incorrupto gracias a mis cuidados. Soy, aunque Eva no quiera, su Miguel Angel, su hacedor, el responsable de su vida eterna. Ella es ahora —¿por qué callarlo?— yo. Siento la tentación de inscribirle, sobre el corazón, mi nombre: Pedro Ara. Y la fecha en que comenzaron mis trabajos: 27

de julio de 1952. Tengo que pensarlo. Mi firma alteraría su perfección. O tal vez no: tal vez la aumentaría».

Embalsamador o biógrafo, Ara me desconcertó durante algunos años. Su diario dedica un par de páginas a narrar el secuestro del cadáver. Aunque abunda en detalles, poco de lo que dice coincide con lo que el Coronel le refirió a su esposa y a Cifuentes, a través de los cuales conocí yo esa parte de la historia.

Ara escribe:

«Terminaba ya el 23 de noviembre de 1955. Antes de medianoche entré en la CGT. Los enviados del gobierno no habían llegado todavía. En el segundo piso, varios soldados montaban guardia, unos ante la capilla funeraria, otros junto a los accesos de la escalera.

»—Es el profesor —dijo un oficial de policía. Al reconocerme, los soldados bajaron sus armas.

»Abrí la puerta de la capilla. La dejé abierta. Como en otras ocasiones, los soldados se acercaron tímidamente y se asomaron para ver a Evita. Uno de ellos se santiguó. Conmovidos, me preguntaron:

»—¿Se la llevan esta noche, doctor?

»—No lo sé.

»—¿Qué van a hacer con ella?

»—No lo sé.

»—¿Cree que van a quemarla?

»—No lo creo.

»Mientras los soldados volvían a la guardia, revisé el laboratorio. Todo estaba en orden.

»Descendí al vestíbulo para recibir a los jefes. El primero en llegar fue el coronel Moori Koenig; en seguida, un capitán de navío. Exploramos juntos el complicado pasadizo que conducía al garaje. Oí doce campanadas en un reloj lejano. El nuevo día comenzaba.

»Volví a la capilla. Ya estaba el ataúd allí. Hice una seña. Dos obreros se acercaron para ayudarme a cargar el cuerpo venerado. Uno de ellos levantó a Evita tomándola por los tobillos; entre el otro y yo la alzamos por los hombros. Fuimos muy cuidadosos: no desordenamos su peinado ni su vestido. Sobre el pecho, se distinguía la cruz del rosario ofrendado por Pío XII. Sólo faltaba sellar la tapa metálica del ataúd.

»—¿Dónde están los soldadores? —pregunté.

»—Ya es muy tarde —respondió uno de los militares—. Vamos a dejar eso por ahora.

»Insistí, pero no encontré ningún eco favorable.

»—No se preocupe —me dijo el Coronel—. Mañana haremos todo lo que falta.

»Ese mañana no llegó nunca. Traté de ver al Coronel en su despacho de Viamonte y Callao, para cerciorarme de que el cadáver estaba decorosamente protegido. No quiso recibirme. Tampoco pude volver al segundo piso de la CGT.

»Meses después de aquel 24 de noviembre, me despertó en medio de la noche la insistente llamada del teléfono. Una voz que no me era del todo desconocida dijo:

»—Doctor, ya se la llevaron a otro país. La noticia es segura.

»—¿Segura?

»—Lo vi yo mismo, doctor. Adiós.»

Aldo Cifuentes, en cambio, me contó esta versión:

«Al principio, el plan que había preparado Moori Koenig se cumplió sin fallas. A medianoche, su grupo salió en cuatro camiones del comando en jefe del ejército. Cada camión llevaba un ataúd vacío. Todos entraron poco después en el garaje de la CGT. Hubo un incidente en el vestíbulo del edificio porque el embalsamador, apostado allí desde la tarde, no quería marcharse antes de hablar con Moori Koenig. Pretendía que le firmara una constancia de que el cadáver estaba en perfectas condiciones. Imagínese, como si se tratara de una mercancía. Creo que el Coronel subió al vestíbulo para mandarlo a la mierda. En la sala de guardia, donde nadie estaba enterado de lo que pasaba en el garaje, reinaba (como se diría en los diarios) gran agitación. Corría la noticia de que los peronistas de las orillas se estaban concentrando en los galpones del puerto y amenazaban con avanzar sobre la ciudad. Se temía un ataque a la CGT, otro 17 de octubre, otra noche oscura de San Perón. Las masas en la Argentina se han desplazado siempre como animales en celo. Despacio, tanteando el aire, fingiendo humildad. Cuando uno quiere acordarse, ya no hay quien las detenga. Moori Koenig conocía esos antecedentes. Tuvo la presencia de ánimo de llamar al comando en jefe por teléfono para informar lo que estaba pasando. Pidió que dispersaran la concentración a balazos. Dijo que, si no reprimían a esa gente antes del amanecer, iba a reprimir él mismo. El embalsamador merodeaba, cabizbajo. Parecía muy asustado. Cuando el Coronel pasó a su lado, lo detuvo:

»—Si váis a llevaros pronto a la Señora, quiero estar en la ceremonia —dijo.

»Moori no le perdonaba que hubiera tratado de engañarlo con las copias del cadáver.

»—Usted no tiene nada que hacer aquí —contestó—. Ésta es una operación militar.

»—No me deje fuera, coronel —insistió el médico—. Yo cuidé el cuerpo desde el primer día.

»—No debió hacerlo. Usted es un extranjero. No debió meterse con la historia de un país que no era suyo.

»Ara se llevó la mano al sombrero y salió a la calle, en busca de su automóvil. Tenía la expresión aturdida de alguien que se ha perdido a sí mismo y no sabe por dónde empezar a buscarse.»

Cifuentes eligió ese momento de la historia para deslizar otro de sus autorretratos:

«Yo soy, como usted sabe, un payaso de Dios. Me llaman Pulgarcito porque tengo el tamaño del pulgar de Dios. A veces soy gigantesco, a veces no se me ve. Lo que me ha salvado de la solemnidad es mi desprestigio. Gracias al desprestigio fui siempre libre de hacer lo que se me dio la gana. No me juzgue por lo que estoy contando. Mi estilo es menos tenebroso que esta realidad.

»Le abreviaré los detalles. En el santuario, Moori Koenig rescató las copias del cadáver de sus cajas, detrás de las cortinas, las vistió con túnicas blancas idénticas a las de Eva y las dejó en el piso. Eran flexibles, casi no pesaban. En el extremo más alejado de la puerta depositó a la Difunta, luego de identificar una vez más la marca detrás del lóbulo. El cuerpo verdadero se distinguía de las copias por la rigidez y por el peso: siete, ocho kilos más. Pero el tamaño era el mismo: un metro veinticinco. Moori Koenig lo verificó una y otra vez, porque no podía creerlo. De lejos, sobre la losa de cristal, el cadáver parecía inmenso. Pero los baños de formol habían contraído los huesos y los tejidos. Sólo la cabeza seguía como siempre: hermosa y perversa. Le concedió una última mirada y la cubrió con un velo, como a las otras.

»En el pasillo del segundo piso ya estaban los ataúdes, abiertos, en línea. No había otros testigos que los tres oficiales del Servicio. Moori Koenig abrió las puertas del santuario y, con la ayuda de sus hombres, acomodó los cuerpos. Cada ataúd llevaba una placa de hojalata, con un nombre y una fecha grabados. La de Evita era un guiño a los historiadores —si acaso alguno llegaba a leer la inscripción—, porque los datos eran los de su abuela materna, que había muerto también a los treinta y tres años: *Petronila Núñez / 1877-1910.*

»Sellaron las cajas con tornillos. Ordenaron a los soldados que las bajaran al garaje. Los cuerpos fueron depositados en los camiones: sin banderas, sin ceremonias, en silencio. Poco antes de la una, todo había terminado. Moori Koenig hizo formar a la tropa al pie de los vehículos. Arancibia, el Loco, estaba pálido, por la impresión o el esfuerzo. Uno de los suboficiales, creo que Gandini, apenas podía tenerse en pie.

»—En un par de horas, esta misión habrá terminado

—dijo el Coronel—. Los soldados van a ser llevados de regreso al comando en jefe. Mañana los darán de baja. A los demás los espero en el Servicio, a las tres.

»El aire estaba húmedo, hinchado, irrespirable. Cuando Moori Koenig salió a la noche, descubrió en el horizonte una enorme luna creciente atravesada por una raya negra, de lluvia o de mala suerte.»

Inventario de los efectos hallados en el segundo piso de la Confederación General del Trabajo el 24 de noviembre de 1955:

* Un prisma triangular, de cristal, con dos amplias paredes unidas en lo alto, similar a los nichos que se usan en las iglesias para exhibir imágenes sagradas.

* Un camisón o túnica de mujer, de lienzo blanco, en el que se observan manchas y quemaduras.

* Dos horquillas de pelo.

* Tres cajas de madera ordinaria, oblongas, de metro y medio de largo. En una de las cajas se encontró una tarjeta postal, con sello del correo de Madrid, 1948. Tanto el texto como el nombre de la persona a la que fue enviada la tarjeta son indescifrables.

* Setenta y dos cintas negras y violetas con inscripciones doradas de homenaje a la difunta esposa del tirano prófugo.

* Un frasco de cristales de timol, sin abrir.

* Cinco litros de formol al 10 por ciento.

* Nueve litros de alcohol de 96 grados.

* Una libreta con anotaciones manuscritas, que se atribuyen al doctor Pedro Ara. Consta de catorce hojas. Sólo se han podido descifrar las siguientes oraciones: «le haremos con brocatos un sudario bordado reemplazando al que tiene que le deja al aire» (*hoja 2*) / «—libre no—» (*hoja 9*) / «las pantorrillas mostrando para mayor contorsión» (*hoja 8*) / «de los súbditos» (*hoja 4*) / «la huella o la mordida de los rayos» (*hoja 3*) / «la falta de los tules» (*hoja 10*) /

«de dermis necrosada» (*hoja 6*) / «para abrirla y que penetren» (*hoja 11*) «las toses de los pobres» (*hoja 13*).[7]
* Un ramo de alverjillas frescas junto al prisma.
* Una vela de sebo, encendida.

Empezaron a cruzar el río al caer la tarde. Se reunían en grupos de diez o de doce en los apostaderos de isla Maciel y esperaban el paso de las lanchas que iban a la Boca. Aunque hacía calor y la humedad encenagaba el aire, llevaban ropas de abrigo en las mochilas, como si se prepararan para un asedio de meses. Cuando subían a bordo, obligaban a los lancheros a internarse en los canales de la dársena sur, entre los vapores que volvían de Montevideo, y desembarcaban en cualquier claro de los muelles, luego de pagar puntualmente el pasaje. Otras barcazas navegaban desde Quilmes y Ensenada, con farolitos encendidos en los mástiles, y atracaban un poco más al norte, cerca de los galpones. Algunos de los viajeros esgrimían carteles a medio pintar, otros llevaban bombos. Iban acomodándose en silencio, al pie de los grandes silos, y enseguida, con ritmo de hormigas, armaban reparos de madera para que las mujeres pudieran amamantar a sus hijos. Todos olían a curtiembre, a madera quemada, a jabón en barra. Eran de pocas palabras, pero altas y agudas. Las mujeres vestían batones floreados, de algodón, o vestidos sin mangas. Los viejos, con barrigas aerostáticas, exhibían unas relucientes dentaduras postizas. Dientes nuevos y máquinas de coser eran los regalos más frecuentes de Evita. Cada mes, en la Fundación, ella recibía cientos de paquetes con moldes de encías y paladares y, a vuelta de correo, mandaba las dentaduras con el siguiente mensaje: «Perón cumple. Evita dignifica. En la Argentina

---

[7] En el inventario original, las frases seguían el orden de las hojas. Néstor Perlongher las reagrupó hacia 1989 y las incluyó en la segunda parte de su poema «El cadáver de la nación», dedicado a Evita.

de Perón, los obreros tienen el comedor completo y sonríen sin complejos de pobreza».

Algunas familias se habían aventurado a pie por los astilleros, esquivando los puestos militares. Otras se orientaban en la espesura de los juncos o seguían el rastro de los vagones de carga, por las vías muertas. A medianoche eran ya más de seiscientos. Cocinaban achuras y costillares en elásticos de flejes. Se acercaban al fuego con un pan, formaban fila y comían.

Los amenazaba un peligro inminente, pero no se daban cuenta o no les importaba. Desde hacía una semana, el gobierno de la llamada revolución libertadora había resuelto aniquilar toda memoria del peronismo. Estaba prohibido elogiar en público a Perón y a Evita, exhibir sus retratos y hasta recordar que habían existido. Uno de los bandos decía: «Se reprimirá con pena de seis meses a tres años a todo el que deje en lugar visible imágenes o esculturas del depuesto dictador y su consorte, use palabras como *peronismo* o *tercera posición*, abreviaturas como *PP* (Partido Peronista) o *PV* (Perón vuelve), o propale la marcha de esa dictadura excluida».

Indiferentes al bando, un par de chicas de quince o dieciséis años, con las bocas pintadas de rojo furia y el vestido pegado al cuerpo, cantaban, desafiantes, al lado de los asadores: *Eva Perón / tu corazón / nos acompaña sin cesar.* Detrás de los galpones había un altar de ladrillos con un enorme retrato de Evita entre velas de procesión. Al pie, la gente iba dejando estrellas federales, glicinas y nomeolvides tejidos en guirnaldas mientras repetía: *El pueblo ya lo canta / Evita es una santa.* El bullicio debía oírse desde lejos. A unos quinientos metros estaban las vallas de la guardia del puerto, y quinientos metros más allá, hacia el norte, se erguían las torres del comando en jefe.

¿Por qué iba a ser verdad la represión? No había que tener miedo, se decían unos a otros. El decreto del gobierno debía estar aludiendo a desórdenes graves, a vandalismos en edificios públicos; no mencionaba las devociones privadas. Todo el mundo tenía derecho a seguir queriendo a Evita. ¿Acaso la primera declaración de los «libertadores» no hablaba de una Argentina «sin vencedores ni vencidos»? Y el día que Perón cayó, cuando corrió la voz de que iban a matarlo, ¿no le habían permitido buscar asilo en una cañonera paraguaya y hasta el propio canciller de la república lo había visitado a bordo, para asegurarse de que nada le faltaba? Rumores. Nunca los rumores se convertían en verdades. En lo único en que se debía creer era en las noticias de la radio.

A medida que avanzaba la noche, iban sumándose viejos y enfermos. Una mujer de bocio difuso, que se presentó como parienta del peluquero de Evita, acababa de oír en un informativo que los alrededores del puerto estaban llenándose de indeseables. El ejército los quería dispersar antes de que amaneciera. «¿Será por nosotros?», dijeron unos viejos que habían venido del barrio Los Perales. «Quién sabe de quiénes hablan. El puerto es grande.»

Al reparo de las chapas, encendieron velas y esperaron. Habían oído que Perón iba a volver de su exilio esa noche en un avión negro y que aparecería otra vez en el balcón de la Plaza de Mayo. Evita estaría a su lado, iluminada, en una caja de cristal. Los chismes eran contradictorios. También se decía que el ejército iba a enterrar el ataúd de Evita junto al de San Martín, en la catedral. Y que la marina pensaba dejarlo dentro de un bloque de cemento, en una fosa oceánica. El rumor que más se repetía, sin embargo, era el que los había reunido allí: Evita sería exhumada de su panteón en la CGT y entregada solemnemente al pueblo para que la cuidara y velara, tal como se leía en su testamento. «Quiero vivir eternamente con Perón y con mi pueblo», había pedido antes de morir. Perón no estaba ya. El pueblo la recibiría.

Alguna verdad debía esconder ese tejido de versiones porque desde el amanecer entraban y salían tropas del edificio de la CGT. El cuerpo llevaba ya tres años allí, en un altar que no se podía ver. En los meses que siguieron a la muerte, el edificio había estado siempre cubierto de flores. Cada noche, a las veinte y veinticinco, las luces de las ventanas se prendían y se apagaban, intermitentes. Pero las flores habían ido desapareciendo, y hasta el crespón que colgaba de las ventanas del segundo piso se cayó un día, desmigajado por los temporales. Ahora algo estaba por pasar, pero nadie sabía qué. Desde la caída de Perón todo les resultaba desconocido.

En el horizonte del río se insinuó la luna, atravesada por rayas de nubes oscuras. Hacía calor. El aire estaba saturado por el polvillo del trigo. En un extremo de los galpones, sobre las grúas, algunos chicos se turnaban vigilando el descampado que se abría entre la ciudad y el río: las desiertas playas de maniobras, los vagones vacíos, los astilleros, las lejanas garitas de los guardias militares.

Poco después de medianoche, uno de los vigías advirtió que un auto negro, macizo, avanzaba con las luces bajas por las playas de maniobras. Corrió a dar el aviso, entre las chispas de un estrépito atroz. Detrás de los galpones repiqueteaban los martillos sobre la madera. Los carpinteros levantaban refugios y altares. Por fin, dos de los hombres salieron al encuentro del intruso. Uno llevaba anteojos y caminaba con muletas.

El automóvil frenó bajo un farol y el conductor bajó, ajustándose el sombrero. Vestía un traje de franela con chaleco. Sudaba. Caminó unos pasos y miró alrededor, tratando de orientarse. Lo desconcertó el perfil de los galpones y la claridad de atrás: las velas, las fogatas. Adivinó a lo lejos la inmensidad del río. Zumbaban los ruidos en tantas direcciones que no se podía pensar: los llantos de las criaturas se entreveraban con los gritos de las mujeres y los desafíos de los jugadores de cartas. Antes de que se le despejaran los sentidos, el hombre de las muletas le cerraba el paso, examinándolo de arriba abajo.

—Soy el doctor Ara —explicó el conductor—. Pedro Ara, el médico que cuidó a Evita todos estos años.

—Es el que la embalsamó —reconoció el segundo de los hombres—. ¿Qué le hizo?

—Ella quedó muy bien. Tiene todas las vísceras. Está perfecta, como dormida. Parece que estuviera viva.

—Qué necesidad había de atormentarla así —murmuró el de las muletas.

Todos estaban incómodos, desconcertados. El propio embalsamador no sabía qué hacer. En su diario de aquel día, el relato es confuso: «Me siento responsable por el cadáver. Me lo han quitado. No es mi culpa, pero me lo han quitado. Salí de la CGT con miedo de que los militares estropearan un trabajo que ha costado años de investigaciones y desvelos. Pensé ir a los diarios, pero el esfuerzo hubiera sido vano. Está prohibido publicar una sola línea sobre el cuerpo. Y el gobierno español no se quiere meter en el asunto. Lo mejor creo, es hablar con la gente que se ha reunido en el puerto».

Ante el intruso, los viejos dejaron de jugar a las cartas. El hombre de las muletas se encaramó sobre unas tablas y golpeó las manos.

—Aquí está el doctor Arce —carraspeó. Le silbaban los pulmones. —Es el que embalsamó a Evita.

—Ara, no Arce. Doctor Ara —trató de explicar, pero muchas otras voces se alzaron a la vez, alejando a la suya.

—¿Van a traerla para aquí esta noche? ¿O la llevaron a la catedral? Diga, ¿se la llevaron? —preguntaba la gente—. ¿Se la van a entregar al general? Pobrecita, ¿por qué la tienen de un lado a otro? ¿Por qué no la dejan en paz?

El embalsamador bajó la cabeza.

—Se la llevaron los militares —dijo—. Yo no he podido hacer nada. La tienen en un camión del ejército. ¿Por qué no hacéis algo vosotros?

La palabra «vosotros» sobresaltó a la gente. No conocían a nadie que la hubiera usado, salvo Evita en sus primeros discursos. Les parecía una palabra antigua, perdida, de otra lengua. «Vosotros se la llevaron», murmuró alguien. Y la voz se fue esparciendo: «Se la llevaron los militares». Una mujer que cargaba dos criaturas en alforjas rompió a llorar y se alejó entre los juncos.

—¿Que hagamos algo? ¿Como ser qué? —preguntó uno de los viejos.

—Marchad a la Plaza de Mayo. Sublevâos. Haced lo mismo que cuando el general estuvo preso, hace diez años.

—Ahora puede haber una matanza —dijo el de las muletas—. ¿Acaso no ha oído que están preparando una matanza?

—No he oído nada —contestó el embalsamador—. Vosotros sóis muchos. No se atreverán a mataros a todos. Tenéis que conseguir que me devuelvan a Evita.

—Dijeron que la iban a traer para el puerto. Si no la traen, Evita va a venir sola —porfió una vieja llena de verrugas. Varios chicos estaban atados a su falda, como un sistema planetario. —No hace falta que vayamos a buscarla. Ella nos va a buscar a nosotros.

—¿Cómo nos va a buscar? Se la llevaron los militares —repitió el de las muletas.

—Pero ella nos conoce —explicó otro de los hombres—. Anduvo muchas veces por el barrio.

El embalsamador sudaba a chorros. Tenía en la mano un pañuelo perfumado y cada dos por tres se lo pasaba por la calva.

—No comprendéis —dijo—. Si no hay quien cuide su cuerpo, mi trabajo se podría dañar. Es un trabajo magistral. Ya os he dicho que el general me la confió.

—Ella siempre se supo cuidar sola —insistió la vieja de las verrugas.

—Ya no la van a traer —dijo el de las muletas. Se paró sobre unas tablas y alzó la voz: —A Evita se la llevaron lejos de acá. Va a ser mejor que nos vayamos.

La vieja de las verrugas también gritó:

—Yo me voy. Da lo mismo estar acá o al otro lado del río.

Se abrió paso entre la hojarasca de mujeres que empezaban a crisparse y tomó asiento en uno de los botes, con sus planetas a cuestas. Un lento río de gente la siguió hasta la orilla. Hasta las chicas de labios incandescentes formaron fila en el muelle, cantando: *Por eso es bueno / tu nombre pleno / tu nombre bueno / Eva Perón.*

—¿Por qué no váis a buscarla? —insistió Ara.

Pero la dispersión ya no tenía freno. Los que habían estado jugando a las cartas apagaron las fogatas y cuando el embalsamador repitió «Traédmela, por favor, traédmela», uno de los hombres se detuvo en mitad de la marcha y le dejó caer una mano de hierro sobre el hombro.

—No vamos a buscarla porque nos quieren matar a todos —dijo—. Pero si usted se pone adelante, doctor Arce, a lo mejor lo seguimos.

—Ara —corrigió—. Doctor Ara. Yo no puedo ir con vosotros. No soy de aquí.

—Si no es de acá es de allá. Si no está con nosotros está con ellos —exclamó el hombre—. ¿Qué tiene ahí, bajo el brazo?

El embalsamador se puso pálido. Llevaba una bata blanca, almidonada. La apretó contra el pecho. No sabía qué hacer con ella.

A lo lejos se oyó el ronroneo de los camiones del ejército, el trote de los soldados, el traqueteo de los fusiles, mientras el primero de los botes se alejaba, corriente arriba.

—Esta fue la mortaja de Evita —murmuró el embalsamador. Se le enredaban las palabras. Vaciló un instante y desdobló la bata. Era sencilla, de mangas cortas. Tenía el escote en ve. —¿Os dáis cuenta? Es la mortaja de Evita. Si marcháis hacia la plaza y pedís que me devuelvan el cuerpo, podéis llevaros la mortaja y hacer con ella lo que os parezca.

El hombre de las muletas se quitó los anteojos y, acercándose al embalsamador, le dijo secamente:

—Déme eso.

Abrumado por la desesperación y por la impotencia, el médico entregó el vestido y se derrumbó.

—Perdón —dijo. Nadie sabía por qué pedía perdón. —Quisiera irme.

—Rápido, suban a los botes —ordenó el de las muletas. Se dejó caer en una balandra y quitó las amarras.

Ataron la mortaja junto a una de las velas y alzaron los remos. Hinchada por la brisa, la tela flameaba de un lado a otro.

Oyeron el aliento de los camiones, cada vez más cerca.

Los rezagados desbarataron los refugios y apilaron los tablones sobre las cubiertas de los botes. No tardaron casi. Eran muchos y se repartían el trabajo sin estorbarse, como en una colmena. Cuando estaban yéndose, alguien cantó: *Eva Perón / tu corazón / nos acompaña sin cesar.* Los que desaparecían entre los juncos y se alejaban en las otras barcazas también cantaron: *Te prometemos nuestro amor / con juramento de lealtad.* Las voces se apagaron pero el embalsamador siguió en la orilla, mirando la oscuridad.

Esta historia ha sido contada muchas veces, y nunca de una sola manera. En algunas versiones, el embalsamador llega con la bata puesta a los refugios del puerto y se la quita al bajar del auto; en otras, los camiones del ejército atacan y el hombre de las muletas muere. A veces la mortaja es amarilla y ha sido ajada por la muerte; otras veces no es siquiera una mortaja sino una ilusión de la memoria, la estela que dejó Evita en la lisura de aquella noche. En la primera de las versiones, la concentración es un deseo, no un hecho, y los avisos de la radio jamás fueron oídos. Nada se parece a nada, nada es nunca una sola historia sino una red que cada persona teje, sin entender el dibujo.

¿Alguien puede embalsamar una vida? ¿No es ya suficiente castigo ponerla bajo el sol y en esa luz terrible comenzar a contarla?

Ya que ahora se abre un delta intrincado de historias, voy a tratar de ser conciso. En una orilla está el relato de los cuerpos falsos (o copias del cadáver); en la otra, el relato del cuerpo real. Hay, por suerte, un momento en que los caminos se despejan y queda una sola historia en pie, que enceguece o anula a las demás.

Durante la travesía hacia el cementerio de la Chacarita, el mayor Arancibia, el Loco, violó las instrucciones del Coronel. Manejaba con ansiedad y a ratos se le cortaba el aliento. Estacionó el camión en un recodo sin luz del parque Centenario y abrió la cabina. Concedió a los soldados diez minutos de descanso y les ordenó que se alejaran.

Se quedó a solas con Armani, su sargento ayudante. El Loco tenía confianza en Armani: le había curado las fiebres en el desamparo de Tartagal; lo había salvado de su obsesión por los perros. Ahora quería que Armani compartiera el secreto. Necesitaba desahogarse.

Ordenó al sargento que trajera un par de linternas mientras él quitaba la tapa del ataúd.

—Prepárese, porque ésta es Eva —dijo en voz baja.

El sargento no respondió.

A la luz de las linternas, el Loco desvistió a la figura y le puso la mortaja bajo la cabeza, sin despeinarle el rodete. Tenía lunares y un vello oscuro, ralo, en el pubis. Le sorprendió que, con un pelo tan dorado, el vello fuera oscuro.

—Era teñida —dijo—. Se teñía.

—Murió hace tres años —dijo el sargento—. Ésta no es Ella. Se parece mucho, pero no es Ella.

Arancibia recorrió el cuerpo con la yema de los dedos: los muslos, el ombligo algo salido, el arco sobre los labios. Era un cuerpo suave, demasiado tibio para estar muerto. Entre los dedos llevaba un rosario. Le habían cercenado una punta de la oreja izquierda y parte del dedo medio, en la mano derecha.

—Puede ser una copia —dijo Arancibia, el Loco—. ¿Usted qué cree?

—No sé qué es —contestó Armani.

—A lo mejor es Ella.

Cerraron otra vez el ataúd y llamaron a los soldados. El camión atravesó la avenida Warnes y luego entró en la calle Jorge Newbery, donde los árboles formaban un largo túnel. El sargento Armani iba esta vez en la cabina, junto al mayor. Un guardián los esperaba detrás de la reja, en una de las entradas de la Chacarita. Llevaba anteojos de sol. En la noche, los anteojos de sol parecían más amenazantes que un arma. Preguntó:

—¿Dios?

—Es justo —contestó el Loco.

Se internaron en línea recta por una avenida que copiaba el diseño de la ciudad. A un lado y otro se alzaban mausoleos enormes, cubiertos de placas. Detrás de los vidrios se veían capillas y ataúdes. Al final de la avenida se abría un descampado. Sobre la derecha se recortaban unas pocas estatuas, que representaban a un guitarrista, a un hombre pensativo y a una mujer que fingía arrojarse desde lo alto de un barranco. A la izquierda se acumulaban lápidas, jardines y unas pocas cruces inclinadas.

—Es aquí —señaló el guardián.

Los soldados descargaron el ataúd y lo bajaron, con sogas, a un foso que ya estaba abierto. Luego lo cubrieron con tierra y pedregullo. El guardián clavó en el extremo una cruz de madera barata, con las puntas en forma de trébol. Sacó una tiza y preguntó:

—¿Cómo se llamaba el difunto?

Arancibia consultó una libreta.

—María de Magaldi —respondió—. María M. de Magaldi.

—Lo que son las casualidades —dijo el guardián—. Ése que ven allá, de espaldas, con la guitarra, es Agustín Magaldi, el cantor, la voz sentimental de Buenos Aires. Ha muerto hace casi veinte años pero todavía le traen flores. Dicen que fue el primer novio de Evita.

—Casualidades —repitió el Loco—. Así es la vida.

El guardián anotó «María M. de Magaldi» sobre el brazo transversal de la cruz. La luna desapareció detrás de las nubes. En la oscuridad, oyeron el zumbido de las abejas.

Fesquet estaba seguro de que no iba a fallar. Antes de salir hacia el comando en jefe se hizo leer el tarot por una vecina: «Todo va a salir bien», dijeron las cartas. «En tu futuro hay una persecución y el fantasma de una mujer muerta. Pero ahora el horizonte está limpio.» Y así fue. Condujo el camión sin que crujiera la caja de velocidades, no se desvió del itinerario, las avenidas paralelas al río estaban despejadas. Entre las torres neogóticas de la iglesia de Olivos asomaban grandes vitrales de luz grisácea. Se oía, en sordina, música de armonio. Tal como esperaba, los canteros estaban listos y la fosa abierta. Cuando los soldados descargaron el ataúd, la música se interrumpió y de entre las sombras brotó el párroco, seguido por un par de monaguillos.

—Tengo que rezar el oficio —anunció—. Ésta es la primera persona que vamos a enterrar en la iglesia.

Murmuró un par de oraciones rápidas. No tenía un solo pelo en la cabeza y las luces amarillas se le reflejaban como si estuvieran en un salón de baile. A Fesquet le sorprendió que el sargento primero Picquard se arrodillara y oyera las oraciones con las palmas juntas.

—Kyrie eleison. Christe eleison —rezó el párroco—. ¿Cuál era el nombre del difunto?

—Difunta —corrigió Fesquet—. María M. de Maestro.

—¿Una dama de beneficencia?

—Algo así. No conozco los detalles.

—¿Por qué han elegido esta hora?

—Quién sabe —dijo Fesquet—. Oí que ella lo había pedido en el testamento. Debía de ser una persona rara.

—Odiaría las pompas de este mundo. Querría encontrarse a solas con Dios.

—Algo así —repitió Fesquet, que estaba ansioso por irse.

En el camino de regreso le pidió a Picquard que manejara. Fue la única orden del Coronel que desobedeció. Pensaba que no era importante.

Al camión del capitán Galarza se le reventó una goma en la avenida Varela y la explosión repentina le arrebató el volante de las manos. El vehículo zigzagueó, trepó a la vereda y quedó inclinado, como pidiendo disculpas. Galarza examinó el daño e hizo bajar a los soldados. Todos se creían dentro de una pesadilla y miraban la ciudad con desconfianza. Detrás de una larga reja se alzaban las ventanas del hospital Piñero. Los enfermos se asomaban en piyama y chistaban. Una mujer de barriga enorme, con los brazos en la cintura, gritó:

—¡Dejen dormir!

Galarza sacó el revólver, con expresión indiferente, y le apuntó:

—Si no cerrás la ventana te la cierro yo a balazos.

Habló sin levantar la voz y las palabras se perdieron en la noche. Pero el tono debió oírse desde lejos. La mujer se tapó la cara y desapareció. Los otros enfermos apagaron las luces.

Tardaron casi diez minutos en cambiar la goma. A la entrada del cementerio de Flores los esperaba un guardián lagañoso, con una pierna más corta que la otra. Las tumbas eran bajas, modestas, y formaban dédalos que cerraban el paso y obligaban a dar rodeos. Los cuatro soldados llevaban el ataúd. Uno de ellos dijo:

—No pesa casi nada. Parece un chico.

Galarza le ordenó que se callara.

—Pueden ser huesos —dijo el guardián—. Aquí se entierran huesos cada dos por tres.

Pasaron junto al mausoleo blanco del fundador del cementerio y doblaron a la izquierda. La luna salía y se ocultaba a intervalos breves. Detrás de una fila de bóvedas redondas, donde yacían las víctimas de la fiebre amarilla, se abrían dos fosas grandes, revocadas con cemento.

—Es aquí —anunció el guardián. Sacó una planilla y pidió a Galarza que la firmara.

—No firmo nada —dijo el capitán—. Éste es un muerto del ejército.

—Acá nadie entra ni sale sin una firma. Es el reglamento. Si no hay firma, no hay entierro.

—A lo mejor hay más de un entierro —dijo el capitán—. A lo mejor hay dos. Déme su nombre.

—Léalo en mi chapa. Llevo veinte años en este cementerio. Déme usted el nombre del muerto.

—Se llama NN. Es el nombre que les damos en el ejército a los hijos de puta.

El guardián les entregó la soga para que bajaran el ataúd y se alejó por la avenida de pinos, maldiciendo a la noche.

El Coronel imaginaba su misión como una línea recta. Salía de la CGT. Avanzaba dos kilómetros por la avenida Córdoba. Entraba al palacio de Obras Sanitarias por una de las puertas laterales. Ordenaba que descargaran el ataúd. Arrastraba el cuerpo hacia su destino. «Dos cuartos vacíos y sellados», había dicho Cifuentes, «en la esquina sudoeste de Obras Sanitarias». Lo difícil era conseguir que los soldados transportaran el ataúd, sano y salvo, por la escalera de caracol que desembocaba en el segundo piso. Sano y salvo eran adjetivos que jamás había usado en relación a la muerte. Todas las palabras le parecían ahora desconocidas.

Sobre la marcha, el Coronel dibujó sus planes por segunda vez. En la trama había una figura nueva: el sargento ayudante Livio Gandini. A última hora había decidido quitárselo al clarinetista Galarza. Aunque ninguno de los otros lo sabía, era él, Moori Koenig, quien iba a llevar el cuerpo verdadero. Necesitaba más refuerzos, más certezas. Ahora, los hechos iban a ser así:

Los soldados dejarían el ataúd en el segundo piso de Obras Sanitarias. Regresarían al camión, vigilados por Gandini. Él, Moori Koenig, encendería una lámpara sol de noche. Arrastraría a la Difunta hacia los cuartos de la esquina sudoeste. Cubriría el ataúd con lonas. Clausuraría la puerta con candado. *Et finis coronat opus*, como hubiera dicho el embalsamador.

Una y otra vez, durante la tarde, el Coronel había estudiado el lugar. Subió y bajó tres veces por la escalera de caracol. Las curvas eran estrechas y no habría otro remedio que izar el ataúd en posición vertical. Estaba preparado para todo. Repitió la frase, como un conjuro: *para todo*.

Condujo el camión en silencio por las avenidas. Se estremeció. La historia: ¿era así la historia? ¿Uno podía entrar y salir de ella tranquilamente? Se sintió liviano, como dentro de otro cuerpo. A lo mejor no estaba sucediendo nada de lo que parecía suceder. A lo mejor la historia no se construía con realidades sino con sueños. Los hombres soñaban hechos, y luego la escritura inventaba el pasado. No había vida sino sólo relatos.

Después del próximo movimiento, él también podría morir. Todo lo que tenía que hacer ya estaba terminado. Había cumplido con doña Juana. Había recuperado los pasaportes de su familia y se los había mandado esa misma tarde, a través de un mensajero. La madre le contestó con una esquela breve, que aún llevaba en el bolsillo: «Yo y mis hijas nos vamos mañana mismo a Chile. Confío en su palabra. Cuide a mi Evita». Ahora, sólo faltaba ocultar el cuerpo. Se sintió respirar. Estaba vivo. Su respiración era un sonido más entre los pliegues de los sonidos infinitos. ¿Para qué morir? ¿Qué sentido tendría?

Vio a lo lejos una columna de humo y, luego, la hebra de llamas. Adivinó un incendio en alguna parte de la ciudad. El fuego se estiraba como una culpa y desaparecía. De pronto, un par de cuadras más allá, las llamas alzaron su cresta y se extendieron por el cielo. Por las veredas se paseaban perros, olfateando las rarezas de la noche. El Coronel disminuyó la marcha. Otros vehículos se detuvieron. La calle se llenó de curiosos y de comedidos. Junto al camión corrieron unas monjas con sábanas en las manos.

—¡Son para los quemados, para los quemados! —gritaron, respondiendo a una mirada ofensiva del Coronel.

Una mujer estaba sentada bajo un cartel de propaganda, abrazada a una máquina de coser. Lloraba. Dos adolescentes agitaron los brazos ante el camión. El Coronel tocó la bocina. Nadie se movió.

—No puede seguir —le dijo uno de los chicos—. ¿No ve? Se está incendiando todo.

—¿Qué ha pasado? —preguntó el Coronel.

—Explotaron unas garrafas de querosén —contestó un hombre alto, que se sujetaba el sombrero, como si luchara contra un viento ilusorio. Tenía manchas de tizne en las mejillas. Dijo: —Vengo del incendio. Uno de los conventillos se ha vuelto cenizas. En menos de diez minutos se vino abajo.

—¿Es lejos? —averiguó el Coronel.

—A pocas cuadras. Frente a Obras Sanitarias. Si no fuera porque han conectado varias mangueras a los depósitos de agua, las llamas ya estarían acá.

—Tiene que haber una equivocación.

—No —repitió el viejo—. ¿No se da cuenta que vengo del incendio?

Fue el azar, diría el Coronel años después, al hablar con Cifuentes de aquella noche. La realidad no es una línea recta sino un sistema de bifurcaciones. El mundo es un tejido de ignorancias. En el despejado horizonte de la realidad, los planes pueden desmoronarse sin ningún aviso ni presentimiento. Caen derrotados por la naturaleza, alcanzados por un ataque al corazón o por el capricho de un rayo. A mí me desconcertó el azar, diría el Coronel. A la luz del incendio, advertí que la Difunta ya no podría descansar en los cuartos perdidos del palacio, oculta entre las cisternas. Fue el azar, pero también pudo haber sido un mal cálculo con el tridente de Paracelso. Situé mal sus ejes, calculé mal la posición de su mango.

Subió el camión a la vereda, exhibió el caño del máuser a través de la ventanilla para abrirse paso, y así fue deslizándose hacia una calle transversal. Al otro lado de la ciudad despejada se veía el río. ¿Y si dejaba el cuerpo en un galpón de las dársenas?, pensó. ¿Si lo perdía en el agua? Buenos Aires era la única ciudad de la tierra con sólo tres puntos cardinales. La gente hablaba del norte, del oeste o del sur, pero el este era el vacío: la nada, el agua. Recordó que, en la brújula, el signo de la Difunta coincidía con el norte-nordeste. Alguna clave secreta habría en esos conocimientos. Paró el camión. Leyó la ficha que llevaba en la guantera. El signo zodiacal de Eva Perón. «Tauro: la humedad triunfa sobre la sequedad, la tierra sobre el fuego. El eje de su cuerpo pasa por el estómago. La nota musical que corresponde a su eternidad es Mi. El dedo con el que señala su destino es el índice.» Hacia el río, hacia el este, repitió.

Cruzó las vías erizadas de la estación Retiro. En la oscuridad de la caja, Gandini y los soldados cantaban. Un momento antes, cuando el Coronel había aminorado la marcha, en la antesala del incendio, oyó que golpeaban la cabina con la culata del máuser. Dos o tres golpes, y después, la extrañeza de aquel canto sin música.

Acababa de ocultarse la luna. A la izquierda, vislumbró los portones de un regimiento de la marina. No voy a ir más lejos, se dijo. Este será el lugar. Aquí es donde más la odian.

Preguntó por el capitán de navío que estaba al mando de la guarnición. «Duerme», dijo el jefe de la guardia. «Acaba de acostarse. Hemos tenido todos un día difícil. No puedo despertarlo». «Avísele que estoy aquí», ordenó el Coronel. «No me voy a mover hasta que él venga».

Esperó un largo rato. El cielo estaba lleno de señales. Caían algunas estrellas y, a veces, se veía en lo alto sólo la cresta de los barcos. El cielo era un espejo cansado que reflejaba las desdichas de la tierra. «¡Ya viene, ya viene el capitán!», gritó el jefe de la guardia. Pero tardó aún mucho tiempo más, casi hasta el amanecer.

Conocía al capitán. Se llamaba Rearte. Habían estudiado juntos algunos cursos de Inteligencia. Era un maestro en logias, en conspiraciones. Llevaba en un cuaderno el inventario de todas las sociedades secretas: un rimero de nombres y de fechas, de planes fracasados y de agentes dobles. El Coronel solía decir que, si Rearte quisiera, podría usar sus apuntes para escribir la historia desconocida de la

Argentina: el revés de la luna. ¿Querría? Siempre había sido una persona esquiva y también sospechosa. Ahora que lo pensaba, Raúl Rearte y Eva Duarte eran casi anagramas.

Oyó cantar otra vez a Gandini y a los soldados. Les preguntó, desde afuera, si tenían sed. Nadie le respondió: sólo el canto. Apoyado sobre el volante, el Coronel se adormeció. Oyó al fin el chirrido de la verja del regimiento y vio salir al capitán de navío, recién bañado. Tenía la cabeza pegajosa de gomina. Aunque llevaba puesta la gorra y la chaqueta, aún estaba metiéndose la camisa del uniforme dentro del pantalón. El Coronel le pidió, por señas, que hablaran a solas.

Caminaron hacia el patio del regimiento. Se alzaba un árbol solitario y escuálido en el centro.

—Tuvimos un operativo importante esta noche, Rearte —dijo el Coronel—. Trasladamos un cuerpo. Pero no fue tan fácil. Uno de los movimientos falló.

El capitán meneó la cabeza.

—Esas cosas pasan.

—En este caso, no tendrían que haber pasado. Fue la casualidad.

—¿Y yo en qué puedo ayudar? El presidente no quiere que la marina se meta en los asuntos del ejército.

—Tengo uno de los ataúdes en el camión —dijo el Coronel—. Necesito dejarlo aquí. Van a ser sólo unas horas. Hasta la medianoche.

El marino se quitó la gorra y se alisó todavía más el pelo.

—No puedo —dijo—. Me cortarían la cabeza.

—Es un·favor personal —insistió el Coronel. Sentía una angustia seca en la garganta, pero trataba de que la voz fluyera neutra, indiferente. —Sólo entre usted y yo. No hace falta que nadie más lo sepa.

—Eso es imposible, coronel. Tengo por fuerza que avisar más arriba. Usted conoce bien cómo son estas cosas.

—Lleve el ataúd a un barco. Si está en un barco, nadie tiene por qué enterarse.

—¿En un barco? Me extraña, Moori. No sabe lo que está diciendo.

El Coronel se rascó la nuca. Miró a Rearte con fijeza.

—No puedo andar con esa cosa de un lado a otro —dijo—. Si me la quitan, vamos a volar todos.

—Tal vez. Pero nadie se la va a quitar.

—¿Que no? Todos la querrían tener. Es impresionante. —Bajó la voz: —Es esa mujer, Eva. Venga a verla.

—No me joda, Moori. No me va a convencer.

—Échele un vistazo. Usted es un tipo culto. No se va a olvidar en la vida.

—Eso es lo malo. Que no me voy a olvidar. Si esa mujer está ahí, llévesela. Trae mala suerte.

El Coronel trató de sonreír y no pudo.

—¿Usted también se ha tragado ese cuento? Lo inventamos nosotros, en el Servicio. ¿Cómo carajo quiere que dé mala suerte? Es una momia, una muerta como cualquier otra. Venga. Total, qué pierde.

Abrió las puertas del camión e hizo bajar a los soldados. El marino lo siguió, confundido. El amanecer avanzaba entre aleteos de insectos, roces de hojas, truenos lejanos. Al salir del largo encierro junto al ataúd, el sargento Gandini tropezó. Daba vueltas, como un pájaro ciego.

—Oímos que hubo un incendio, mi coronel —murmuró, parpadeando.

—No era nada. Una falsa alarma.

—¿Qué hago con los soldados?

—Sáquelos de acá. Espéreme a cien metros.

—Hay un olor raro adentro, mi coronel. Seguro que en ese cajón hay químicos.

—Vaya a saber qué es. Explosivos, alcoholes. No hay indicaciones.

—Hay una placa con un nombre, Petrona no sé cuánto —dijo Gandini, mientras se alejaba—. Y unas fechas. Es algo viejo, del siglo pasado.

El olor era dulce, apenas perceptible. El Coronel se preguntó cómo no lo había pensado antes: el cuerpo verdadero olía y las copias no. Qué importaba eso. Las versiones de Evita nunca volverían a estar juntas.

—¡Rearte! —llamó.

El marino respondió con una tosecita seca. Ya estaba detrás de él, arriba de la caja, en la tiniebla.

—No se imagina lo que es esto —decía el Coronel mientras aflojaba, con torpeza, la tapa del ataúd. El destornillador se le escurrió de las manos más de una vez, y tres de las tuercas se perdieron. —Ahí la tiene —dijo al fin.

Apartó la sábana que cubría la cara de la Difunta y encendió una linterna. Bajo el haz de luz, Evita era puro perfil, una imagen plana, partida en dos, como la luna.

—Quién iba a decir. —El capitán se alisó de nuevo el pelo, deslumbrado. —Mire a esta yegua que nos jodió la vida. Qué mansa parece. La yegua. Está igualita.

—Así como la ve ahora va a quedar para siempre —dijo el Coronel, con voz ronca, excitada—. Nada la afecta: el agua, la cal viva, los años, los terremotos. Nada. Si le pasara un tren por encima, seguiría tal cual.

Bajo la luz de la linterna, Evita tenía reflejos fosforescentes. Del ataúd subían tenues vapores coloreados.

—Trae mala suerte, la hija de puta —repitió el capitán—. Mire lo que le hizo a usted. Usted ya no es el mismo.

—A mí no me hizo nada —se defendió el Coronel—. ¿Cómo se le ocurre? No le puede hacer mal a nadie.

Las palabras se le escapaban sin que él las pensara. No las quería decir, pero las palabras estaban allí. El marino desvió la mirada. Vio que dos suboficiales se entretenían jugando a los dardos en la garita de guardia.

—Es mejor que se la lleve, Moori Koenig —dijo.

El Coronel apagó la linterna.

—Usted se lo pierde —contestó—. Podría estar en la historia y no va a estar.

—Qué carajo me importa la historia. La historia no existe.

A lo lejos, Gandini remedó el graznar de una gaviota. El Coronel contestó un silbido largo y agudo, llevándose dos dedos a los labios. Los ruidos reverberaron en la niebla. El río estaba ahí, a unos pasos.

Los soldados regresaron al camión, soñolientos. Gandini iba a subir con ellos, pero el Coronel le ordenó sentarse a su lado, en la cabina.

—Vamos al comando en jefe —dijo—. Hay que devolver esta tropa.

—También la carga —supuso Gandini.

—No —contestó el Coronel, seguro y altanero—. A la carga la vamos a dejar dentro del camión, día y noche, en la vereda de Inteligencia.

Atravesaron las dársenas en silencio. Dejaron a los soldados en los garajes del comando y luego se pusieron a dar vueltas por la ciudad vacía. Creían ver sombras que los vigilaban en las esquinas, temían que alguien les disparara desde un zaguán y les arrebatara el camión. Se desplazaron por las avenidas, por los parques, por los descampados, deteniéndose bruscamente en las curvas, con los máuseres en ristre, a la espera del enemigo que debía estar en alguna parte, al acecho. Se levantó viento. Un torrente de nubes bajas y grises amortajó el cielo. No querían decirlo, pero les pesaba el cansancio. Avanzaron hacia el Servicio a través de otros viajes en círculo y otros desvíos.

Al llegar, el Coronel descubrió una nueva fatalidad. En la vereda junto a la que pensaba dejar el camión ardía una hilera de velas delgadas y largas. Alguien, alrededor, había esparcido margaritas, glicinas y pensamientos. Ahora sabía que el enemigo no lo perseguía. Era peor que eso. El enemigo adivinaba cuál iba a ser su próximo destino, y se le adelantaba.

8

«UNA MUJER ALCANZA SU ETERNIDAD»

¿Cuáles son los elementos que construyeron el mito de Evita?

1º) Ascendió como un meteoro desde el anonimato de pequeños papeles en la radio hasta un trono en el que ninguna mujer se había sentado: el de Benefactora de los Humildes y Jefa Espiritual de la Nación.

Lo consiguió en menos de cuatro años. En septiembre de 1943 la contrataron en Radio Belgrano para interpretar a las grandes mujeres de la historia. Su nuevo salario le permitió mudarse a un departamento modesto de dos ambientes en la calle Posadas. En las primeras audiciones maltrataba el idioma español con tanta saña que el ciclo estuvo a punto de ser suspendido. Hizo decir a Isabel de Inglaterra: «Me muero de la indinación, biconde Ráli», aludiendo tal vez a sir Walter Raleigh, que no era vizconde. Y en un diálogo improbable de la emperatriz Carlota con Benito Juárez, exclamó: «No le perdono que tenga tan mal conceto de mi amado Masimiliano». Quizá la corrigieron durante el corte comercial, porque en la entrada siguiente dijo, con ponderable esfuerzo: «¡Macksimiliano sufre, sufre, y yo me vuá volver loca!». Ser cabeza de compañía no tenía entonces ninguna importancia social. Para la gente de bien, que oía poca radio, Evita era sólo una cómica que entretenía a los coroneles y a los capitanes de fragata. Nadie pensaba en ella como un peligro.

En julio de 1947 ya la historia era otra. Evita apareció en la portada del semanario *Time*. Volvía de una peregrina-

ción por Europa que los corresponsales bautizaron como
«la travesía del arco iris». No tenía ningún cargo oficial,
pero en todas partes la recibieron los jefes de Estado, el
Papa, las multitudes. En Río de Janeiro, penúltima escala
de su viaje, los cancilleres americanos le dieron la bienvenida e interrumpieron su conferencia para brindar por
ella. Los que no le habían prestado atención como actriz la
odiaban ya como ícono del peronismo analfabeto, bárbaro
y demagogo.

Tenía entonces veintiocho años. Para los códigos cultu-
rales de la época, actuaba como un macho. Despertaba y
daba órdenes a los ministros del gabinete a las horas más
imprudentes, disolvía huelgas, mandaba despedir a periodistas y actores por venganza o capricho y al día siguiente
decidía que los devolvieran el trabajo, albergaba en los
hogares de tránsito a miles de cabecitas negras que emi-
graban de las provincias, inauguraba fábricas, recorría en
tren diez o quince pueblos por día improvisando discursos
en los que mencionaba por sus nombres a los pobres,
puteaba como un carrero, no dormía. Caminaba siempre
un paso detrás del marido, pero él parecía la sombra, el
revés de la medalla. En una de sus invectivas memorables,
Ezequiel Martínez Estrada definió así a la pareja: «Todo lo
que le faltaba a Perón o lo que poseía en grado rudimenta-
rio para llevar a cabo la conquista del país de arriba abajo,
lo consumó ella o se lo hizo consumar a él. En ese sentido
también era una ambiciosa irresponsable. En realidad, él
era la mujer y ella el hombre».

2º) Murió joven, como los otros grandes mitos argentinos del siglo: a los treinta y tres años.

Gardel tenía cuarenta y cuatro cuando ardió en Medellín el avión donde viajaba con sus músicos; el Che Gueva-
ra no había cumplido cuarenta cuando una avanzada del
ejército boliviano lo fusiló en La Higuera.

Pero a diferencia de Gardel y del Che, la agonía de Evita

fue seguida paso a paso por las multitudes. Su muerte fue una tragedia colectiva. Entre mayo y julio de 1952, hubo a diario centenares de misas y procesiones para implorar a Dios por una salud insalvable. Mucha gente creía estar presenciando los primeros estremecimientos del apocalipsis. Sin la Dama de la Esperanza, no podía haber esperanza; sin la Jefa Espiritual de la Nación, la nación se acababa. Desde que se difundieron los partes médicos sobre la enfermedad hasta que su catafalco fue llevado a la CGT por un cortejo de cuarenta y cinco obreros, Evita y la Argentina pasaron más de cien días muriéndose. En todo el país se alzaron altares de luto, donde los retratos de la difunta sonreían bajo una orla de crespones.

Como sucede con todos los que mueren jóvenes, la mitología de Evita se alimenta tanto de lo que hizo como de lo que pudo hacer. «Si Evita viviera sería montonera», cantaban los guerrilleros de los años setenta. Quién sabe. Evita era infinitamente más fanática y apasionada que Perón, pero no menos conservadora. Hubiera hecho lo que él decidiera. Especular sobre las historias imposibles es una de las diversiones favoritas de los sociólogos, y en el caso de Evita las especulaciones se abren en un abanico de nervaduras, porque el mundo en el que ella vivió se convirtió rápidamente en otro. «Si Evita hubiera vivido, Perón habría resistido a los intentos revolucionarios que terminaron derrocándolo en 1955», repiten casi todos los estudios sobre el credo peronista. Esa ucronía se funda en el hecho de que en 1951, después de un golpe militar anémico y fallido, Evita ordenó al comandante en jefe del ejército que comprara cinco mil pistolas automáticas y mil quinientas ametralladoras para que los obreros las empuñaran en caso de otro alzamiento. Quién sabe. Cuando Perón cayó, las armas que debían estar en manos de los sindicatos habían ido a parar a los arsenales de gendarmería y el desconcertado presidente no habló por radio para pedir ayuda. Tampoco las masas se movilizaron espontáneamente en defensa de su líder, como lo habían hecho diez años antes. Perón no quería combatir. Era otro. ¿Era otro porque la vejez se le venía encima o porque la infatigable Evita ya no estaba a su lado? Ni la historia ni nadie pueden contestar a esa pregunta.

3º) Fue el Robin Hood de los años cuarenta.

No es verdad que Evita se resignó a ser víctima, como insinúa su libro *La razón de mi vida*. No toleraba que hubiera víctimas, porque le recordaban que ella había sido una. Trataba de redimir a todas las que veía.

Cuando conoció a Perón, en 1944, mantenía a una tribu de albinos mudos escapados de los cotolengos. Les pagaba la cama y la comida, pero su trabajo en la radio no le permitía ocuparse de ellos. Cierta vez, orgullosa, quiso presentárselos a Perón. Fue una catástrofe. Los encontraron desnudos de la cintura para abajo, nadando en un mar de mierda. Horrorizado, el novio los despachó a un asilo de Tandil en una chata del ejército. Los choferes se descuidaron y los perdieron para siempre en la escabrosidad de unos maizales.

Nada acongojaba tanto a Evita como ver desfilar a los expósitos en vísperas de la Navidad y de las fiestas patrias. Rapados a cero para no atraer los piojos, vestidos con capas azules y delantales grises, los huérfanos se apostaban en las esquinas de la calle Florida con alcancías tubulares, de metal, recaudando limosnas para las monjas de clausura y para las colonias de niños débiles. Desde sus automóviles, las damas de la Sociedad de Beneficencia vigilaban el comportamiento de sus protegidos y recibían el saludo zalamero de los transeúntes. Los ajuares que lucían las beneméritas eran cosidos por las jovencitas sin hogar recluidas en El Buen Pastor, que se educaban allí en el arte del corte y la confección usando tijeras encadenadas a las mesas, para impedir los robos. Más de una vez, Evita juró que acabaría con esas ceremonias anuales de humillación.

Se le presentó la oportunidad en julio de 1946, un mes después de que su marido juró como jefe del Estado. En su condición de primera dama, le correspondía ser presidenta honoraria de la Sociedad de Beneficencia, pero las beneméritas se resistían a mezclarse con una mujer de pasado tan dudoso, que era hija ilegítima y había vivido con varios hombres antes de casarse.

El deber, por supuesto, prevaleció sobre los principios. Las beneméritas decidieron mantener la tradición y ofrecer el cargo a la Bataclana —como la llamaban en sus cotorreos—, pero imponiéndole tantas condiciones que no podría aceptarlo.

La visitaron un sábado, en la residencia presidencial. Evita les dio cita a las nueve de la mañana, pero a las once aún no se había levantado. La noche antes, los agentes de Control de Estado le hicieron llegar copia de la carta que una de las directoras de la institución había mandado a la escritora Delfina Bunge de Gálvez. «Esperamos que vengas a la residencia con nosotras, Delfina querida», decía la carta. «Sabemos que tenés el paladar muy delicado y que la visita te hará mal al estómago. Pero si cuando estés delante de la h de p (perdónanos, pero con una poetisa sólo se deben emplear las palabras justas) te sentís descompuesta, pensá en que estás ofrendándole al Señor un sacrificio que te valdrá infinitas indulgencias plenarias.»

Evita bajó las escaleras con una elegancia que las dejó pasmadas. Vestía un tailleur en cuadrillé blanco y negro con adornos de terciopelo. Aunque aún se manejaba con un vocabulario inseguro, su lengua ya era rápida, sarcástica, temible.

—¿Qué las trae, señoras? —dijo, sentándose en el taburete de un piano.

Una de las damas, ataviada de negro, con un sombrero del que se alzaban unas alas de pájaro, contestó, desdeñosa:

—El cansancio. Llevamos más de tres horas esperando.

Evita sonrió con candor:

—¿Sólo tres horas? Tienen suerte. Hay dos embajadores, arriba, que ya llevan cinco. No perdamos tiempo. Si están cansadas, querrán irse rápido.

—Nos trae una obligación sagrada —dijo otra de las damas, que se envolvía el cuello con una estola de zorro—. Por respeto a una tradición que tiene casi un siglo, le ofrecemos que presida la Sociedad de Beneficencia...

—... aunque es usted demasiado joven —insinuó la del sombrero de pájaro—. Y tal vez, por haber sido artista, no esté familiarizada con nuestras obras. Somos ochenta y siete damas.

Evita se puso de pie.

—Se darán cuenta que no puedo aceptar —dijo, cortante—. Eso no es para mí. No sé jugar al bridge, no me gusta el té con masitas. Las haría quedar mal. Busquen a una que sea como ustedes.

La dama de la estola le tendió, con alivio, una mano enguantada.

—Si es así, nos vamos.

—Se olvidan de la tradición —dijo Evita, ignorando el saludo—. ¿Cómo se van a quedar sin presidenta honoraria?

—¿Quiere sugerirnos algo? —preguntó, sobradora, la del zorro.

—Nombren a mi madre. Tiene ya cincuenta años. Ella no es una hache ni una pe, como dice esta carta —contestó, desplegando la copia sobre la mesa—, pero es mejor hablada que ustedes.

Y dando media vuelta, subió con donaire las escaleras.

En pocas semanas, la caridad desapareció de la Argentina; su lugar fue ocupado por otras virtudes teologales a las que Evita bautizó como «ayuda social». Se desvaneció la Sociedad de Beneficencia y las damas beneméritas se retiraron a sus estancias. Todas las víctimas que aún quedaban en la calle Florida fueron internadas en colonias de vacaciones, donde jugaban al fútbol de la mañana a la noche y cantaban himnos de agradecimiento: *Seremos*

*peronistas de todo corazón / en la nueva Argentina de Evita
y de Perón.*

Para saciar su pasión por los casamientos, la primera
dama buscó novios obligatorios para las jovencitas sin
hogar de El Buen Pastor y para las otras mil trescientas
internadas que estaban allí por rantifusas, punguistas,
pasadoras de juego, bagayeras o madamas de burdel, redi-
miéndolas mediante unos desposorios colectivos en los
que ella misma sirvió de madrina.

Todos eran felices. El 8 de julio de 1948, dos años después de la entrevista con las beneméritas, se decretó el
nacimiento de la Fundación de Ayuda Social María Eva
Duarte de Perón, con potestad para ofrendar «una vida
digna a las clases sociales menos favorecidas».

Lo peor de esta historia es que las víctimas nunca dejan
de ser víctimas. Evita no necesitaba presidir ninguna
sociedad de beneficencia. Quería que la beneficencia en
pleno llevara su nombre. Trabajó día y noche por esa eternidad. Juntó las penas que andaban sueltas y armó con
ellas una fogata que se veía desde lejos. Lo hizo demasiado
bien. La fogata fue tan eficaz que también la quemó a ella.

4º) Perón la amaba con locura.

El amor no tiene unidades de medida, pero es fácil darse cuenta de que Evita lo amaba mucho más. ¿No he dicho
esto antes?

En *La razón de mi vida*, Evita describió su encuentro
con Perón como una epifanía: se creyó Saulo en el camino
de Damasco, salvada por una luz que caía del cielo. Perón,
en cambio, evocaba el momento sin darle mayor importancia: «A Evita yo la hice», dijo. «Cuando se me acercó,
era una chica de instrucción escasa, aunque trabajadora y
de nobles sentimientos. Con ella me esmeré en el arte de la
conducción. A Eva hay que verla como un producto mío.»

Se conocieron entre los desconciertos del terremoto de
San Juan. La catástrofe sucedió un sábado, el 15 de enero

de 1944. El sábado siguiente hubo en el Luna Park un festival a beneficio de las víctimas. He visto en los Archivos Nacionales de Washington los noticieros filmados esa noche: breves fragmentos de películas exhibidos en Singapur, en El Cairo, en Medellín, en Ankara. Suman un total de tres horas veinte minutos. Aunque a veces una misma toma se repite muchas veces —el noticiero francés y el holandés, por ejemplo, son idénticos—, el efecto de realidad quebrada, dividida, desarticulada, con que el espectador sale de allí se parece al desconcierto del hachís contado por Baudelaire. Los seres están suspendidos en su pasado pero jamás son los mismos: el pasado se va moviendo con ellos y, cuando uno menos lo espera, los ·hechos se han desplazado de lugar y significan otra cosa. Por raro que parezca, Evita es menos Evita en el noticiero de Sao Paulo que en el de Bombay. El de Bombay la muestra desenvuelta, con una pollera tableada, una blusa clara adornada por una gran rosa de tela y una capelina etérea; en el de Sao Paulo Evita jamás sonríe: parece turbada por la situación. La pollera y la blusa se dibujan allí como un vestido, quizá por efecto de la luz sin matices.

El encuentro sucedió a las diez y catorce de la noche: en lo alto del gimnasio hay dos relojes que lo atestiguan. Evita y una amiga estaban en la primera fila de plateas junto a un hombre de sombrero orión que algunos locutores —el de Medellín, el de Londres— identifican como «teniente coronel Aníbal Imbert, director de Correos y Telégrafos». Era un personaje importante, a quien Evita debía el inmenso favor de un contrato para encarnar por radio Belgrano a dieciocho heroínas de la historia. Esa noche, sin embargo, Imbert no le interesaba. A quien de veras se moría por conocer era al «coronel del pueblo», que prometía una vida mejor a los humillados y ofendidos como ella. «No soy hombre de sofismas ni de soluciones a medias», lo había oído decir por radio dos semanas antes. (¿Qué significaría sofismas? Perón la enredaba a veces con las rarezas de su lenguaje y ella tenía miedo de no entenderlo cuando se vieran. No importaba: él entendería lo que ella le dijese y, a lo mejor, ni siquiera habría necesidad de palabras.) «Sólo soy», decía Perón, «un humilde soldado al que le ha cabido el honor de proteger a la masa trabajadora argentina». ¡Cuánta belleza había en esas pocas frases, cuánta profundidad! Si ella pudiera, más adelante, las repetiría tal cual: «Soy tan sólo una humilde mujer de pueblo que ofrece su amor a los trabajadores argentinos».

Largas filas de seres aindiados descendían todas las tardes de los trenes, en la estación Retiro, para implorar la ayuda del coronel que prometía pan y felicidad. Ella no había tenido la fortuna de que alguien así la esperara cuando llegó a Buenos Aires, diez años antes. ¿Por qué no ponerse junto a él ahora? No era tarde. Al contrario: quizá fuera demasiado temprano. El coronel tenía poco más de cuarenta y ocho años; ella estaba por cumplir veinticinco. Desde que Evita recitaba versos de Amado Nervo por los altoparlantes de Junín, vestida aún con el delantal de la escuela, soñaba con un hombre como aquél, compasivo y al mismo tiempo desbordante de fortaleza y de sabiduría. Las demás chicas se conformaban con alguien que fuera laborioso y bueno. Ella no: deseaba que además fuera el mejor. En los últimos meses, había seguido todos los pasos de Perón y sentía que nadie sino él sabría protegerla. Una mujer debe elegir, se decía Evita, no esperar a que la elijan. Una mujer debe saber desde el principio quién le conviene y quién no. Jamás había visto a Perón salvo en las fotografías de los diarios. Y sin embargo, sentía que algo los predestinaba a estar juntos: Perón era el redentor, ella la oprimida; Perón conocía sólo el amor forzoso de su matrimonio con Potota Tizón y los coitos higiénicos con amantes casuales; ella, el asedio obligatorio de los galanes de la radio, de los editores de chismes y de los vendedores de jabones. Sus carnes se necesitaban; apenas se tocaran, Dios las encendería. Ella confiaba en Dios, para quien ningún sueño es irreal.

Cuando el locutor del festival benéfico anunció por los

altavoces que el coronel Juan Perón hacía su entrada en el
Luna Park, el público se puso de pie para aplaudirlo: también Evita. Se alzó temblorosa de la butaca, arqueando un
poco más el ala de la capelina, y suspendió en la cara una
sonrisa que no se desdibujó un solo instante. Lo vio acercarse al asiento contiguo con los brazos en alto, sintió al
saludarlo con sus manos enguantadas el calor de aquellas
manos firmes, manchadas de pecas, con cuyas caricias
había soñado tanto, y casi lo invitó con un irreprimible
cabeceo a que ocupara el sitio vacío, a su derecha. Desde
hacía mucho había pensado en la frase que debía decirle
cuando lo tuviera cerca. Tenía que ser una frase breve,
directa, que le diera en el centro del alma: una frase que le
atormentara la memoria. Evita había ensayado ante el
espejo la cadencia de cada sílaba, el leve movimiento de la
capelina, la expresión tímida, la sonrisa imborrable en
unos labios que tal vez debían temblar.

—Coronel —dijo, clavándole los ojos castaños.

—¿Qué, hija? —respondió él, sin mirarla.

—Gracias por existir.

He reconstruido cada línea de ese diálogo más de una
vez en los Archivos Nacionales de Washington. Las he leído en los labios de los personajes. Con frecuencia, congelé
las imágenes en busca de suspiros, de pausas cortadas por
la moviola, de sílabas disimuladas por un perfil que se
escurre o por un ademán que no veo. Pero no hay nada
más, aparte de esas palabras que ni siquiera se oyen. Después de pronunciarlas, Evita cruza las piernas y baja la
cabeza. Perón, quizá sorprendido, finge mirar hacia el
escenario. Volcada sobre el micrófono, Libertad Lamarque
canta «Madreselva» con una voz que sobrevive, lluviosa,
en casi todos los noticieros.

«Gracias por existir» es la frase que parte en dos el destino de Evita. En *La razón de mi vida*, ella ni siquiera se
acuerda de que la dijo. El redactor de esas memorias,
Manuel Penella de Silva, prefirió atribuirle una declaración de amor más simple y mucho más larga. «Me puse a

su lado», escribe (fingiendo que escribe Evita). «Quizás ello le llamó la atención y, cuando pudo escucharme, atiné a decirle con mi mejor palabra: "Si, como usted dice, la causa del pueblo es su propia causa, por muy lejos que haya que ir en el sacrificio no dejaré de estar a su lado hasta desfallecer." Él aceptó mi ofrecimiento. Aquél fue mi día maravilloso.»

Esa versión es demasiado verbal. Las escuetas imágenes del cine refieren que Evita dijo sólo «Gracias por existir» y que después fue otra. Quizá la ráfaga de esas pocas sílabas basta para explicar su eternidad. Dios creó el mundo con un solo verbo: «Soy». Y luego dijo: «Sea». Evita ha perdurado con dos palabras más.

Dieciséis son los noticieros que narran el terremoto y el encuentro de una semana después. Sólo uno de ellos, el de México, extiende el relato hasta su previsible final. Deja desfilar por el escenario a las actrices María Duval, Felisa Mary, Silvana Roth. Después, cuando los músicos de Feliciano Brunelli disponen sus atriles, muestra a Evita alejándose por el pasillo central del Luna Park. Una de sus manos empuja (o así parece) la espalda de Perón, como quien ha tomado posesión de la historia y se la está llevando adonde quiere.

5º) Para mucha gente, tocar a Evita era tocar el cielo.

El fetichismo. Ah, sí; eso ha tenido una enorme importancia en el mito. Los ayudantes de Evita dejaban caer fajos de dinero cuando ella pasaba en tren por las poblaciones. La escena ha sido registrada en casi todas las películas documentales sobre su vida. De tanto en tanto, también la propia Evita tomaba un billete entre sus dedos, lo besaba y lo arrojaba a los vientos. Conocí una familia en La Banda, Santiago del Estero, que exhibía uno de los «billetes besados» en un marco. No quiso desprenderse de él ni aun en momentos de miseria extrema, cuando no tenía qué comer. Ahora que el billete está fuera de circulación, la familia lo conserva como un objeto religioso, sobre una repisa del comedor, al lado de una foto coloreada de Evita con un vestido largo, de raso negro. Junto a la foto hay siempre un ramo de flores. Las flores silvestres y las velas encendidas son, para el culto popular, ofrendas inseparables de los retratos de Evita, que se veneran como si fuesen santos o vírgenes milagrosas. Y con la misma unción, ni más ni menos.

Sé que hay unos cien —por lo menos cien— objetos usados, besados o tocados por la Dama de la Esperanza, que han servido para su culto. No voy a citar aquí la lista completa sino unos pocos botones de muestra:

* El canario embalsamado que Evita le regaló al doctor Cámpora cuando era presidente de la Cámara de Diputados.

* La mancha de rouge que dejó en una copa de champagne durante una velada de gala en el teatro Colón, antes de viajar a Europa. Se conservó durante varios años en el museo del teatro.

* El frasco de Gomenol que el profesor y poeta mendocino Américo Cali compró a mediados de 1936 para que Evita se destapara la nariz. En 1954 lo exhibían dentro de un cofrecito de sándalo en la unidad básica «Evita Inmortal» de Mendoza.

* Los mechones del pelo que le cortaron al morir. Todavía se venden hebras o rulos en algunas joyerías de la calle Libertad. Los preparan dentro de relicarios de plata, cristal u oro, y los precios varían de acuerdo con los deseos del consumidor.

* Los ejemplares autografiados de *La razón de mi vida* que se rematan en la Feria de San Telmo y que luego se usan como misales.

* Una bata blancuzca, ajada por los años, de escote en ve y mangas cortas, que entre 1962 y 1967 se exhibió en una casa de la calle Irala y Sebastián Gaboto, en isla Maciel, conocida entonces como Museo del Sudario.

* El cuerpo momificado de la propia Evita.

6º) Lo que podría llamarse «relato de los dones».

En cada familia peronista circula un relato: el abuelo no había visto el mar, la abuela no sabía lo que eran las sábanas o las cortinas, el tío necesitaba un camión para repartir cajones de soda, la prima quería una pierna ortopédica, la madre no tenía con qué comprar el ajuar de novia, la vecina enferma de tisis no podía pagarse una cama en los sanatorios de las sierras de Córdoba. Y una mañana apareció Evita. En la escenografía de los relatos, todo sucede una mañana: soleada, de primavera, ni una nube en el cielo, se oye música de violines. Evita llegó y con sus grandes alas ocupó el espacio de los deseos, sació los sueños. Evita fue la emisaria de la felicidad, la puerta de los milagros. El abuelo vio el mar. Ella lo llevó de la mano, y ambos lloraron juntos ante las olas. Eso se cuenta. La tradición oral va de mano en mano, el agradecimiento es infinito. Cuando llega el momento de votar, los nietos piensan en Evita. Aunque algunos digan que los sucesores de Perón han saqueado a la Argentina y que Perón mismo los traicionó antes de morir, de todos modos entregarán sus votos en el altar de los sacrificios. Porque me lo pidió el abuelo antes de morir. Porque el ajuar de mi madre fue un regalo de Evita. Uno busca, lleno de esperanzas, el camino que los sueños prometieron a sus ansias.

7º) El monumento inconcluso.

En julio de 1951, Evita concibió la idea de un Monumento al Descamisado. Quería que fuera el más alto, el más pesado, el más costoso del mundo, y que se viera desde lejos, como la torre Eiffel. Así se lo dijo a la diputada Celina Rodríguez de Martínez Paiva, quien debía presentar el proyecto en el congreso: «La obra debe servir para que los peronistas se entusiasmen y desahoguen sus emociones eternamente, aun cuando ninguno de nosotros esté vivo».

A fines de aquel año, Evita aprobó la maqueta. La figura central, un trabajador musculoso de sesenta metros, se alzaría sobre un pedestal de setenta y siete. Alrededor habría una enorme plaza, tres veces más amplia que el Campo de Marte, rodeada por las estatuas del Amor, de la Justicia Social, de los Niños Únicos Privilegiados y de los Derechos de la Ancianidad. En el centro del monumento se construiría un sarcófago como el de Napoleón en Invalides, pero de plata, con una imagen yacente en relieve. La inmensa estructura, que duplicaba casi el tamaño de la estatua de la Libertad, debía emplazarse en un espacio abierto entre la facultad de derecho y la residencia presidencial. Evita estaba tan entusiasmada con la maqueta que ordenó cambiar la figura del trabajador musculoso por la de ella misma. El congreso se apresuró a sancionar la idea veinte días antes de que muriese, y la propia Evita alude en su testamento a esa ilusión de eternidad: «Así yo me sentiré siempre cerca de mi pueblo y seguiré siendo el puente de amor tendido entre los descamisados y Perón».

Después de los funerales, la euforia del monumento se fue apagando. Comenzaron a excavarse los cimientos con expresiva lentitud. Al caer Perón, sólo había un enorme foso, que las nuevas autoridades rellenaron en una noche. Para disimular el espacio vacío, se improvisaron fuentes luminosas y juegos infantiles. Pero la memoria fúnebre de Evita no se ha movido de ese lugar. La enorme plaza sigue vacía, con su ensalmo intacto. A fines de 1974, José López Rega, ex cabo de policía y maestro de ciencias ocultas de la tercera esposa de Perón —que era entonces presidenta de la república—, intentó erigir en el mismo sitio un Altar de la Patria que serviría para reconciliar a las almas enemigas. Volvieron a excavarse los cimientos, pero las adversidades de la historia —como en la ocasión anterior— interrumpieron las obras.

De tarde en tarde Evita reaparece allí, sobre las ramas de un lapacho. Los descamisados adivinan su luz, oyen tremolar su vestido, reconocen el murmullo de su voz ronca y agitada, descubren la servidumbre de sus luces en el más allá y los trajines de sus nervios y, mientras encienden velas de promesa en el sitio donde tendría que haber reposado su catafalco, la interrogan sobre el porvenir. Ella responde con elipsis, variaciones de negro, nublamientos de la luz, anunciando que los tiempos futuros serán sombríos. Como siempre han sido sombríos, la credulidad de los devotos está asegurada. Evita es infalible.

El mito se construye por un lado y la escritura de los hombres, a veces, vuela por otro. La imagen que la literatura está dejando de Evita, por ejemplo, es sólo la de su cuerpo muerto o la de su sexo desdichado. La fascinación por el cuerpo muerto comenzó aun antes de la enfermedad, en 1950. Ese año, Julio Cortázar terminó *El examen*, novela imposible de publicar en más de un sentido, como él mismo lo declara en el prólogo de tres décadas después. Es la historia de una multitud animal que se descuelga desde todos los rincones de la Argentina para adorar un hueso en la Plaza de Mayo. La gente espera no sabe qué milagro, se rompe el alma por una mujer vestida de blanco, «el pelo muy rubio desmelenado cayéndole hasta los senos». Ella es buena, ella es muy buena, repiten los cabecitas negras que invaden la ciudad, transfigurándose al final en hongos y brumas envenenadas. El terror que flota en el aire no es el terror a Perón sino a Ella, que desde el fondo inmortal de la historia arrastra los peores residuos de la barbarie. Evita es el regreso a la horda, es el instinto antropófago de la especie, es la bestia iletrada que irrumpe, ciega, en la cristalería de la belleza.

En la Argentina de los años en que Cortázar escribió *El examen*, la Jefa Espiritual, aún sana, de afilados colmillos y uñas crueles sedientas de sangre, infundía un pavor sagrado. Era una mujer que salía de la oscuridad de la cueva y dejaba de bordar, almidonar las camisas, encender el fuego en la cocina, cebar el mate, bañar a los chicos, para instalarse en los palacios del gobierno y de las leyes, que eran dominios reservados a los hombres. «Aquella extraña mujer era distinta de casi todas las criollas», la define el *Libro Negro de la Segunda Tiranía*, que se publicó en 1958. «Carecía de instrucción pero no de intuición política; era vehemente, dominadora y espectacular». Es decir, imperdonable, impúdica, con dones de «pasión y coraje» impropios de una mujer. «Le gustarían las hembras», conjetura Martínez Estrada en sus *Catilinarias*. «Tendría la desvergüenza de las mujeres públicas en la cama, a las que tanto les da refocilarse con un habitué del burdel como con una mascota doméstica u otra pupila de la casa».

El espectáculo suntuoso de su muerte era un agravio al pudor argentino. Las élites intelectuales la imaginaban muriéndose con los mismos gestos con que, tal vez, amaba. Entregaba el aliento, desaparecía en otro cuerpo, cruzaba los límites, amando más muerta que nadie, muriendo a todo amor, desalmada pero rindiendo el alma, paciendo su placer en el campo de la muerte. Nada a solas, todo tenía que hacerlo sin recato, en la desvergüenza, intimidando a las élites con su intimidad, exagerada, chillona, la malandra, Evita la corrida.

Algunos de los mejores relatos de los años cincuenta son una parodia de su muerte. Los escritores necesitaban olvidar a Evita, conjurar su fantasma. En «Ella», un cuento que escribió en 1953 y publicó cuarenta años después, Juan Carlos Onetti tiñó el cadáver de verde, lo hizo desaparecer en un verdor siniestro: «Ahora esperaban que la pudrición creciera, que alguna mosca verde, a pesar de la estación, bajara para descansar en los labios abiertos. La frente se le volvía verde.»

Casi al mismo tiempo, Borges, más sesgado, más elusivo, denigraba el entierro en «El simulacro», un texto breve cuyo personaje único es un hombre de luto, flaco, aindiado, que exhibe una muñeca de pelo rubio en una capilla ardiente de miseria. El propósito de Borges era poner en evidencia la barbarie del duelo y la falsificación del dolor a través de una representación excesiva: Eva es una muñeca muerta en una caja de cartón, que se venera en todos los arrabales. Lo que le sale, sin embargo es, sin que él lo quiera —porque no siempre la literatura es voluntaria—, un homenaje a la inmensidad de Evita: en «El simulacro», Evita es la imagen de Dios mujer, la Dios de todas las mujeres, la Hombre de todos los dioses.

Quienes mejor han entendido la yunta histórica de amor y muerte son los homosexuales. Todos se imaginan fornicando locamente con Evita. La chupan, la resucitan, la entierran, se la entierran, la idolatran. Son Ella, Ella hasta la extenuación. Hace muchos años vi en París *Eva Perón*, una comedia —¿o drama?— de Copi. Ya no me acuerdo de quién hacía de Evita. Me parece que Facundo Bo, un travesti. Grabé durante uno de los ensayos o copié de Copi un monólogo en francés que luego él me tradujo con los residuos de lengua que le quedaban: «Un texto mamarracho», me dijo, «pirujo y tierno como la Eva». Algo en el límite del sonido puro, interjecciones que contenían el espectro completo de los sentimientos. Era así, más o menos:

EVITA (al grupo de maricones que la rodean mientras abraza a una o uno, sexo indeciso): *Che, me han dejado caer sola hasta el fondo del cáncer. Son unos turros. Me volví loca, estoy sola. Mírenme morir como vaca en el matadero. Ya no soy la que fui. Hasta mi muerte tuve que hacerla sola. Todo me lo permitieron. Iba a las villas miserias, repartía billetes y les dejaba todo a los grasitas: mis joyas, el auto, mis vestidos. Volvía como una loca, toda desnuda en el taxi, sacando el culo por la ventanilla. Como si ya estuviera muerta, como si sólo fuera el recuerdo de una muerta.*

Sí, claro, es un retrato del derrumbe, pero imperfecto. Copi no tuvo la calle que había tenido Evita, y en ese texto se nota. El lenguaje tiende a la onomatopeya y a la histeria, remeda la desesperación y la insolencia con que Ella fue elaborando un estilo y un tono que no han vuelto a repetirse en la cultura argentina. Pero Copi escribía con buenos modales. No se puede quitar de encima la familia con poder ni la infancia rica (el abuelo de Copi fue, recuérdese, el Gran Gatsby del periodismo argentino), sus mierdas huelen a la place Vendôme y no a los albañales de Los Toldos: está lejos de la brutalidad analfa con que hablaba Evita.

La quería, por supuesto. A la comedia —¿o drama?— *Eva Perón* se le derrama la compasión por los pespuntes del vestido; ningún espectador puede dudar de que para Copi la obra fue un paciente y no encubierto trabajo de identificación: *Evita c'est moi*. Eso no impidió que una recua de fanáticos peronistas quemaran el teatro L'Epée-de-Bois a la semana del estreno. La escenografía, los camarines, el vestuario, todo se incineró. Las llamas se veían desde la rue Claude Bernard, a doscientos metros. A los fanáticos les disgustó que Evita mostrara el culo. En la obra, Ella ofrece su amor como puede o como sabe. Entrega el cuerpo para que lo devoren. «Soy la Cristo del peronismo erótico», le hizo decir Copi. «Cójanme como quieran».

Qué falta de respeto, qué atropello a la razón, protestaban los volantes arrojados por los incendiarios del teatro L'Epéé-de-Bois al día siguiente del atentado. Casi veinte años después, cuando Néstor Perlongher publicó los tres cuentos de *Evita vive (en cada hotel organizado)*, otros fanáticos invocaron el mismo tango de Discépolo al demandarlo por «atentado al pudor y profanación»: *Qué falta de respeto, qué despliegue de maldad insolente*.

Perlongher quiere desesperadamente ser Evita, la busca entre los pliegues del sexo y de la muerte y, cuando la encuentra, lo que ve en Ella es el cuerpo de un alma, o lo que llamaría Leibniz «el cuerpo de una mónada». Perlongher la entiende mejor que nadie. Habla el mismo lenguaje de la toldería, de la humillación y del abismo. No se atreve a tocar su vida y, por eso, toca su muerte: manosea el cadáver, lo enjoya, lo maquilla, le depila el bozo, le deshace el rodete. Contemplándola desde abajo, la endiosa. Y como toda Diosa es libre, la desenfrena. En el «El cadáver de la nación» y en los otros dos o tres poemas con que Perlongher la merodea, Ella no habla: las que hablan son las alhajas del cuerpo muerto. Los cuentos de *Evita vive*, en cambio, son una epifanía en el sentido que daba Joyce a la palabra: una «súbita manifestación espiritual», el alma de un cuerpo ávido que resucita.

Así empieza el segundo de los tres cuentos:

Estábamos en la casa donde nos juntábamos para quemar, y el tipo que traía la droga ese día se apareció con una mujer de unos treinta y ocho años, rubia, con aires de estar muy reventada, mucho revoque encima y un rodete...

Los que pusieron pleito a Perlongher por su «escritura sacrílega» no entendieron que su intención era la inversa: vestir a Evita con una escritura sagrada. Lean el relato de la resurrección en el Evangelio según Juan: la intención paródica de *Evita vive* salta entonces a la luz. En el cuento, nadie la reconoce al principio, nadie quiere creer que Ella sea Ella. Lo mismo le pasa a Jesús en Juan, XX 14, cuando se le aparece a María Magdalena por primera vez. Al policía que quiere llevarla presa, Evita le ofrece pruebas, señales, tal como hace Jesús con Tomás el Mellizo. Evita chupa una verruga, el Cristo pide que le metan mano: «Acerca tus dedos, mételos en mi costado» (Juan, XX 27).

Cuando escribió la última versión de *Evita vive*, Perlongher estaba sumido en una onda mística, se había enterado pocas semanas antes de que tenía sida, soñaba con la resurrección. Escribir a Evita con el lenguaje que Evita pudo haber tenido en los años ochenta era su estrategia para salvarse y perdurar en «el cadáver de la nación». No repetía *Evita c'est moi*, como había hecho Copi. Se preguntaba más bien: ¿Y si Dios fuera una mujer? ¿Si yo fuera la Diosa y al tercer día mi cuerpo regresara?

La literatura ha visto a Evita de un modo precisamente opuesto a como ella quería verse. Del sexo jamás habló en público y quizá tampoco en privado. Tal vez se habría librado del sexo si hubiera podido. Hizo algo mejor: lo aprendió y lo olvidó cuando le convino, como si fuera un personaje más de los radioteatros. Los que conocieron su intimidad pensaban que era la mujer menos sexual de la tierra. «No te calentabas con ella ni en una isla desierta», dijo el galán de una de sus películas. Perón, entonces, ¿cómo hizo para calentarse? Imposible saber: Perón era un sol oscuro, un paisaje vacío, el páramo de los no sentimientos. Ella lo habrá llenado con sus deseos. No sexo sino deseos. Eva nada tenía que ver con la hetaira desenfrenada de la que habla el enfático Martínez Estrada ni con la «puta de arrabal» a la que calumnió Borges. En las definiciones de Evita sobre la mujer, que ocupan toda la tercera parte de *La razón de mi vida*, la palabra sexo no aparece ni una sola vez. Ella no habla del placer ni del deseo; los refuta. Escribe (o dicta, o acepta que le hagan decir): «Yo soy lo que una mujer en cualquiera de los infinitos hogares de mi pueblo. [...] Me gustan las mismas cosas: joyas, pieles, vestidos y zapatos... Pero, como ella, prefiero que todos, en la casa, estén mejor que yo. Como ella, como todas ellas, quisiera ser libre para pasear y divertirme... Pero me atan, como a ellas, los deberes de la casa que nadie tiene obligación de cumplir en mi lugar».

Evita quería borrar el sexo de su imagen histórica y en parte lo ha conseguido. Las biografías que se escribieron después de 1955 guardan un respetuoso silencio sobre ese punto. Sólo las locas de la literatura la inflaman, la desnudan, la menean, como si ella fuera un poema de Oliverio Girondo. Se la apropian, la palpan, se le entregan. Al fin de cuentas, ¿no es eso lo que Evita pidió al pueblo que hiciera con su memoria?

Cada quien construye el mito del cuerpo como quiere, lee el cuerpo de Evita con las declinaciones de su mirada. Ella puede ser todo. En la Argentina es todavía la Cenicienta de las telenovelas, la nostalgia de haber sido lo que nunca fuimos, la mujer del látigo, la madre celestial. Afuera es el poder, la muerta joven, la hiena compasiva que desde los balcones del más allá declama: «No llores por mí, Argentina».

La ópera, el musical (¿cómo se llama eso?) de Tim Rice y Andrew Lloyd Webber ha simplificado y resumido el mito. La Evita a la que en 1947 la revista *Time* declaraba indescifrable, ahora se ha convertido en un artículo cantábile de *Selecciones del Reader's Digest*. En el suburbio donde escribo este relato, que alusivamente se llama Condado del Sexo Medio (¿o del Sexo a Medias? ¿o del Sexo Mediocre?), Evita es una figura tan familiar como la estatua de la Libertad, a la cual, para colmo, se le parece.

A veces, para despejarme de la computadora, salgo a manejar sin rumbo por las rutas desiertas de New Jersey. Voy de Highland Park a Flemington o de Millstone a Woods Tavern con la radio prendida. Cuando menos lo espero, canta Evita. La oigo salir de la garganta raspada de la rapada Sinead O'Connor. La muerta y la cantante tienen la misma voz ronca y triste, a punto de quebrarse en un sollozo. Cantan, las dos, «Don't cry for me Argentina», con erres arrastradas y rumiantes, pronuncian Aryentina como si la ye fuese una erre de mi provincia natal. ¿Yo busco a Evita o Evita me busca a mí? ¡Hay tanto silencio aquí, en esta ahogada respiración del canto!

Voy acercándome a Trenton o alejándome hacia Oak Grove, el tizne del aire no se mueve, el cielo dibuja siempre las mismas cicatrices, y en un centro comercial desierto, entre los carteles fulgurantes de Macy's, Kentucky Fried Chicken, Pet Doktor, The Gap, Athlete's Foot, entre un afiche de Clint Eastwood y otro de Goldie Hawn, la imagen de Evita se yergue como la de una reina, sola contra los poderes del cielo y de la tierra, ajena al suburbio, a la lluvia, ajena a todo llanto, No llores por mí, con la erizada aureola de la estatua de la Libertad en la cresta de su belleza.

En este Condado del Sexo Medio, en New Jersey, Evita es una figura familiar, pero la historia que se conoce de ella es la de la ópera, la de Tim Rice. Nadie, tal vez, sabe quién fue de veras; la mayoría supone que Argentina es un suburbio de Guatemala City. Pero en mi casa, Evita flota: su viento está; todos los días deja su nombre en el fuego. Escribo en el regazo de sus fotos: la veo con el pelo al viento una mañana de abril; o disfrazada de marinero, posando para una tapa de la revista *Sintonía*; o sudando bajo un abrigo de visón, al lado del dictador Francisco Franco, en el férreo verano madrileño; o extendiendo las manos hacia los descamisados; o cayendo entre los brazos de Perón, ojerosa, en los huesos. Escribo en su regazo, oyendo los patéticos discursos de los meses finales, o fugándome de estas páginas para ver otra vez en copias de video las películas que aquí no ha visto nadie: *La pródiga*, *La cabalgata del circo*, *El más infeliz del pueblo*, en las que Evita Duarte se mueve con torpeza y recita con dicción atroz, actriz de última, la bella: *¿No es acaso lo bello sino el comienzo de lo terrible?*

Así voy avanzando, día tras día, por el frágil filo entre lo mítico y lo verdadero, deslizándome entre las luces de lo que no fue y las oscuridades de lo que pudo haber sido. Me pierdo en esos pliegues, y Ella siempre me encuentra. Ella no cesa de existir, de existirme: hace de su existencia una exageración.

A pocos kilómetros de mi casa, en New Brunswick, una soprano negra cuyo nombre es Janice Brown, reestrenó hace algún tiempo las arias del musical *Evita*. Dos noches por semana canta «Don't cry for me, Argentina». Lleva una peluca rubia y una falda larga en forma de campana. El teatro decrépito, con sillas de terciopelo raído, está siempre lleno. Casi todos los espectadores son negros, comen enormes raciones de pochoclo durante la hora y cuarto que dura el espectáculo, pero cuando Evita agoniza, dejan de masticar y también lloran, como Argentina. Evita nunca se hubiera imaginado reencarnada en Janice Brown ni en la voz rapada de Sinead O'Connor. No se hubiera pensando a sí misma en los carteles remotos de un país donde ella es un personaje de ópera. Le habría halagado, sin embargo, ver su nombre escrito con lentejuelas en las marquesinas de un teatro de New Brunswick, aunque sea en uno que desde 1990 está a punto de ser demolido y transformado en playa de estacionamiento.

9

«GRANDEZAS DE LA MISERIA»

Mientras el camión con su fúnebre huésped permaneció estacionado junto a la vereda del Servicio de Inteligencia, el Coronel no pudo pegar un ojo. Ordenó que se apostaran guardias día y noche y que se limpiaran los rastros de flores y de velas. Buscó en los diarios de la tarde algún relato sobre los estragos del incendio que le había impedido dejar a Evita entre las cisternas del palacio de las aguas: no encontró una sola palabra. Había ardido un depósito de aceites y de grasas, pero tres kilómetros al sur de Obras Sanitarias. ¿Qué sucedía con la realidad? ¿Era posible que ciertos hechos existieran para algunas personas y fueran invisibles para las otras? El Coronel no sabía cómo sosegar su cuerpo. A veces caminaba taciturno por los pasillos del Servicio y se detenía ante los escritorios de los suboficiales, mirándolos con fijeza. O bien se encerraba en la oficina a dibujar cúpulas de ciudades fantasmas. Tenía miedo de perder todo si se dejaba llevar por el sueño. No podía cerrar los ojos. El insomnio era también su incendio.

Al caer la noche del primer día, los relevos de la guardia descubrieron una margarita en el radiador del camión.

Los oficiales salieron a verla y dedujeron que la flor se les había pasado por alto en la inspección matutina. Nadie habría podido enredarla en la rejilla del radiador sin ser advertido. El ir y venir de los transeúntes era incesante; los guardias no apartaban los ojos del vehículo. Y sin embargo, no habían reparado en la margarita de largo tallo, con la corola henchida de polen.

Otra sorpresa sobrevino al amanecer siguiente. Sobre la calle, bajo los estribos del camión, ardían dos velas altas, torneadas. Las apagaba la brisa y la llama renacía sola tras una rápida chispa. El Coronel ordenó que las retiraran en seguida pero, ya entrada la noche, había otra vez flores esparcidas bajo el chasis, junto a un racimo de candelas que exhalaban luces apenas visibles, como deseos. Junto a la caja se arremolinaban unos toscos volantes mimeografiados, con una leyenda explícita: *Comando de la Venganza.* Y al pie: *Devuelvan a Evita. Déjenla en paz.*

Es una advertencia; se aproxima el combate, pensó el Coronel. El enemigo podía quitarle el cadáver esa misma noche, en sus narices. Si sucedía, iba a tener que matarse. El mundo se le caería encima. Ya el presidente de la república había preguntado: «¿La enterraron por fin?». Y el Coronel sólo le pudo decir: «Señor, aún no tenemos la respuesta». «No tarden más», había insistido el presidente. «Llévenla al cementerio de Monte Grande». Pero no se podía hacer eso. En Monte Grande era precisamente donde los enemigos irían a buscarla.

Decidió que esa noche iba a custodiar él mismo el ataúd. Se tendería dentro de la caja del camión, sobre una frazada de campaña. Ordenaría al mayor Arancibia, el Loco, que lo acompañara. Apenas unas cuantas horas, se dijo. Sentía miedo. ¿Qué importaba eso, mientras nadie lo supiera? No era miedo a la muerte sino a la suerte: miedo a no saber desde qué orilla de la oscuridad le caería el relámpago de la desgracia.

Distribuyó las guardias de tal modo que ya ningún azar pudiera filtrarse: dejó un hombre en la cabina del camión, al volante; dos vigías en la vereda de enfrente, vestidos de civil; dos más en las esquinas; uno debajo del chasis, acostado entre las ruedas. Ordenó que uno de los oficiales, apostado en las ventanas, observara el área con binoculares y describiera todo movimiento inusual. Las guardias debían relevarse cada tres horas, a partir de las nueve de la noche. Los hechos equivocados tienen un límite, se repetía el Coronel. Nunca suceden por segunda vez.

Era poco más de medianoche cuando el Loco y él se instalaron en el camión. Vestían uniformes de fajina. El vago presentimiento de que combatirían antes del amanecer los dejaba limpios de toda idea que no fuera la hueca, desolada idea de la espera. «Vendrá la muerte y tendrá tus ojos», había leído el Coronel en alguna parte. ¿Los ojos de quién? Lo más penoso de la espera era desconocer al enemigo. Cualquiera podía llegar desde la nada y hacerles frente. Hasta en el fondo de ellos mismos se preparaba, quizás, un adversario secreto. El Loco llevaba las Ballester Molina con las que había fusilado a cientos de perros. Moori Koenig tenía, como siempre, su Colt. Adentro de la caja del camión, en el denso aire viciado, flotaban tenues aromas de flores. No se oían los ruidos de la calle: sólo el jadeo del tiempo, yendo hacia adelante. Se tendieron, callados, en la oscuridad. Al cabo de un rato, oyeron un zumbido hiriente, agudo, que parecía ir cortando el silencio con su filo.

—Son abejas —adivinó el Coronel—. Las atrae el olor de las flores.

—No hay flores —observó Arancibia.

Buscaron las abejas en vano, hasta que regresó el silencio. Cada tanto, se dirigían preguntas inútiles, sólo para oír la voz del otro. Ninguno se animaba a dormir. El sueño les rozaba la conciencia y se retiraba, como una nube cansada. Oyeron el primer relevo de las guardias. A intervalos, el Coronel daba tres golpes en el piso del camión y alguien —el hombre tendido bajo el chasis— respondía con tres golpes iguales.

—¿Siente? —dijo de pronto el Loco.

El Coronel se enderezó. El silencio estaba en todas partes, desperezándose en el espacio sin fin de la oscuridad.

—No hay nada.

—Siéntala. Se está moviendo.

—No hay nada —repitió el Coronel.

—Las que enterramos eran las copias —dijo el Loco—. Ésta es Ella, la Yegua. Me di cuenta enseguida, por el olor.

—Todos huelen: el cadáver, las copias. A todos los han tratado con químicos.

—No. Este cuerpo respira. Tal vez el embalsamador le metió algo en las vísceras, para que se oxigene. A lo mejor tiene un micrófono.

—No es posible. Los médicos del gobierno vieron las radiografías. La Difunta está intacta, como una persona viva. Pero no está viva. No puede respirar.

—Entonces, ¿es ella?

—Qué sé yo —dijo el Coronel—. Enterramos los cuerpos al azar.

—Oiga, otra vez. Ahí está. Oiga su aliento —insistió el Loco.

Si se aguzaba el oído, fluían ruidos como de sueño: coros de monjes en la lejanía, crepitaciones de hojas secas, el aleteo de un pájaro remando contra el viento.

—Es el aire, abajo —dijo el Coronel.

Con el mango de la bayoneta dio tres golpes en el piso, variando el ritmo: dos redobles rápidos, de tambor. Y luego de esperar unos segundos, otro golpe largo, desafiante. El hombre que estaba tendido bajo el chasis le respondió con cadencias iguales. Era la contraseña.

Una vez más se quedaron inmóviles, oliendo los residuos agrios del tiempo que pasaba. La oscuridad se iba devorando a sí misma y ahondándose en su caverna de topo. Sudaban, por la tensión de la batalla inminente. ¿Habría una batalla? La voz del Loco saltó como una chispa:

—Me parece que la Yegua no está, mi coronel. Creo que se ha ido.

—Déjese de macanas, Arancibia.

—Hace rato que no la oigo.

—Nunca la oyó. Eran alucinaciones. Cálmese.

La ansiedad del Loco iba de un lado a otro del camión. Se la sentía tropezar con los bancos y las lonas.

—¿Por qué no vemos si todavía sigue ahí, mi coronel? —propuso—. Esa mujer es rara. Puede hacer cualquier cosa. Siempre fue rara.

Pensó que tal vez Arancibia tuviera razón, pero no podía reconocerlo. Claro que es rara, se dijo. En una sola noche, yaciendo, sin mover un dedo, había sacado de su quicio quién sabe cuántas vidas. Ya ni siquiera él seguía siendo el mismo, como había dicho el capitán de navío. No podía equivocarse otra vez. Debía descartar todos los errores. Se aclaró la garganta. La voz con la que habló tampoco era la suya.

—No perdemos nada con revisar —dijo. Enfiló el haz de la linterna hacia el ataúd. —Quite la tapa lentamente, Arancibia.

Oyó el jadeo ávido del Loco. Vio sus manos alzando la madera con un deseo que iba en busca de algo más, algo que ya no estaba al alcance de nadie. No podía recordar a qué se parecía la escena, pero debía ser algo que ya había presenciado y quizá vivido muchas veces, algo tan primario y elemental como la sed o los sueños. Bajo la línea de luz, el perfil de Evita se recortó, súbito, en el vacío.

—Es igual a la luna —dijo el Loco—. Parece dibujada con una tijera.

—Mantenga la calma —ordenó el Coronel—. Esté alerta.

Se agachó hasta que su mirada coincidió con la línea del horizonte de la Difunta. Y entonces, fingiendo desdén, levantó el lóbulo sano de la oreja y examinó la herida estrellada con que la había marcado. Allí seguía, indeleble. Sólo él podía verla.

—Cúbrala otra vez, Arancibia. La intemperie no le hace bien.

El Loco arriesgó un silbo rápido, fino, de pájaro. No podía contenerlo.

—Fíjese, es Ella nomás —dijo—. Ya se le acabó todo. La jefa espiritual, la abanderada de los humildes. Ahora está más sola que un perro.

Volvieron a esperar en el desierto de la negrura. A ratos, oían la calma de sus respiraciones. Más tarde los entretuvo el ir y venir de las rondas, afuera. Cerca del amanecer llovió. El Coronel sucumbió al sueño o a la sensación de no estar ya en ninguna parte. Lo despabilaron unos trotes rápidos en la vereda y las voces de mando del capitán Galarza:

—¡No toquen nada! El coronel tiene que ver esta calamidad.

Alguien golpeó a la puerta del camión. Moori Koenig se alisó el pelo y se abotonó la chaqueta. La vigilia había terminado.

El resplandor del día lo encandiló. Por la estrecha hendija que acababan de abrir vislumbró a Galarza, con las manos en la cintura. Algo estaba diciéndole, pero no entendió qué. Sólo siguió la línea de su índice que señalaba un rincón, bajo el chasis. Allí encontró lo que había temido durante toda la noche. Vio una ristra de velas encendidas, inmunes a la brisa y a los vapores de la lluvia. Vio las ráfagas de margaritas, alhelíes y madreselvas que acompañaban a la Difunta como si fueran los ángeles de su muerte, sólo que ahora eran muchas: dos redondas parvas de flores. Y entre las ruedas, con la cabeza sangrando, aún vivo, vio al sargento Gandini, a quien le había tocado el último turno de las guardias. Lo habían golpeado salvajemente. Tenía en la boca un manojo de papeles. El Coronel no necesitó leerlos para saber lo que decían.

Subió, frenético, a su despacho. Bebió un largo trago de aguardiente. Miró por la ventana la ciudad infinita: los techos planos, iguales, de los que sobresalían, a intervalos, los cuellos de ave de las cúpulas. Entonces, recordó que aún le quedaba el teléfono. Hizo un par de llamadas y mandó buscar al Loco.

—Se nos acaban los disgustos, mayor —dijo—. Vamos a llevar el ataúd a un cine. Ya hice los arreglos. Nos esperan.

—¿Un cine? —se sorprendió Arancibia—. Al presidente le va a molestar la noticia.

—El presidente no va a saber nada. Cree que ya la hemos enterrado en Monte Grande.

—¿Cuándo la llevamos?

—Ahora mismo. Hay que actuar rápido. Dígales a Galarza y a Fesquet que se apronten. Esta vez, vamos a trabajar solos.

—¿Solos? —preguntó el Loco. La situación entera parecía un delirio en el que ninguna pieza encajaba con la otra.

—Es un cine, mi coronel, un lugar público. ¿Dónde la vamos a poner?

—A la vista de todo el mundo —dijo Moori, con arrogancia—, detrás de la pantalla. ¿No era eso lo que Ella quería? Vino a Buenos Aires buscando un papelito en una película, ¿no? Ahora va a estar en todas.

—Detrás de la pantalla —repitió Arancibia—. Nadie se lo va a imaginar. ¿Cuál es el cine?

El Coronel tardó en contestar. Miraba el cielo púrpura.

—El Rialto —dijo—, en Palermo. El dueño es un oficial de Inteligencia, retirado. Le pregunté qué había detrás de la pantalla. Ratones, me dijo. Sólo ratones y arañas.

De tanto mirar los carbones encendidos de los proyectores, los ojos se le habían vuelto amarillos y oblicuos. Estaban velados por una membrana sucia, como de vidrio, y las lágrimas se le deslizaban por las mejillas al menor descuido. Sin Yolanda, la hija, tal vez se hubiera matado. Pero el afecto esquivo de la nena y las películas que proyectaba en la sala del Rialto —dos en la sección nocturna, tres en la de damas o vermut— lo fueron distrayendo del suicidio.

En un colegio de frailes le enseñaron que la vida está dividida por un pliegue —un antes y un después—, que convierte a los hombres en lo que serán para siempre. Los frailes llamaban a ese momento «la epifanía» o «el encuentro con Cristo». Para José Nemesio Astorga, alias el Chino, la primera ondulación del pliegue comenzaba la tarde en que conoció a Evita.

Recordaba con precisión el día y la hora. A las doce y diez del domingo 5 de septiembre de 1948, el dueño del Rialto le había ordenado que se presentara en la residencia presidencial de la calle Austria, donde debía proyectar un par de películas. «Hay un microcine ahí», le dijo. «Son equipos nuevos, de lujo». Los gremios cinematográficos estaban en huelga y las salas llevaban tres días cerradas, pero el Chino Astorga no podía negarse a trabajar. Estaba sometido a la voluntad del dueño los siete días de la semana. Era su compensación por las dos piezas descascaradas donde vivía, en los fondos del cine, con Lidia, su esposa, y la hija de año y medio.

Un automóvil del gobierno pasó a buscarlo a las tres. Quince minutos más tarde lo dejaron en el palacio de la calle Austria y lo introdujeron en la cabina estrecha del microcine, donde se alzaban ya dos altas columnas con los rollos de las películas. El aire era sofocante y el dulce olor del celuloide se arrastraba por las alfombras como un viejo criado. Ocho de los rollos correspondían a una película de la que Astorga no había oído hablar; tres eran ediciones de «Sucesos Argentinos». Por la mirilla observó la sala vacía, con veinte butacas. José Nemesio Astorga era un hombre metódico, que confiaba en la sabiduría de las cifras.

Un mayordomo le indicó que apagara las luces y empezara la proyección sin esperar a nadie. Entre los balbuceos de los títulos vio deslizarse una sombra, que tomó asiento en un extremo, junto a la salida. La película desconocida se llamaba *La pródiga* y sus estrellas eran Juan José Míguez y Eva Duarte.

Entre la Evita del film y la que todos conocían había un mundo de diferencias. Aquélla era una matrona hierática, de pelo oscuro e intensos ojos negros, que vestía siempre de luto, con altas mantillas bordadas. En los confines de lo que la matrona llamaba «mi cortijo» estaban construyendo una represa. Un incesante río de aldeanos se inclinaba a su paso, besándole los anillos y llamándola «madrecita de los pobres». La mujer retribuía tanta veneración regalando joyas, frazadas, husos para hilar, tropillas de ganado. Declamaba con voz ronca frases imposibles como: «Dadme una flecha y la clavaré en el corazón del universo», o: «Perdonad a los arzobispos, Dios y señor mío, porque no saben lo que hacen». Tanto por el tema como por el lenguaje, *La pródiga* era una película filmada en otro siglo, antes de la invención del cine.

Durante la proyección, la sombra no se movió de la butaca. Astorga la observaba a través de la mirilla, pero no podía discernir sus rasgos. La oía toser a veces o acompañar el derrumbe de la protagonista con suspiros y quejas. La confusa imagen de un suicidio apareció en la pantalla: la matrona se despedía del mundo, con un puñal o un frasco de veneno. Una voz quebrada se alzó entonces desde la platea:

—No prendás la luz, che. Seguí con los noticieros.

La reconoció. Era el mismo tono áspero de los discursos, la misma dicción indecisa entre el arrabal y la cursilería. A la luz despiadada de los «Sucesos Argentinos» pudo verla, por fin, tal como era en una realidad que se les escapaba a las películas: con el pelo alborotado y sujeto por la simpleza de una vincha, las manos ágiles y afiladas sobre la falda, el torso esmirriado bajo el vestido de entrecasa, la nariz larga y recta sobre el promontorio de los labios. Era Ella. La imagen a la que su esposa le rezaba cada noche antes de acostarse. Estaba ahí, a unos pasos.

El Chino conocía de memoria todas las entregas semanales de «Sucesos Argentinos» y jamás había visto la que ahora estaba proyectando. No tenía número de edición ni fecha de salida y las tomas estaban cortadas irregularmente: a veces eran muy largas y reproducían conversaciones enteras, o eran fogonazos rápidos sobre multitudes, rostros, detalles de vestidos. En los primeros tramos del noticiero, Evita estaba sola ante un escritorio, con papeles que desordenaba y volvía a ordenar. Un enorme bucle le caía sobre la frente. «Compañeras y amigas», recitaba. La voz era chillona y engolada. «Vengo a hablaros en defensa del sufragio femenino con el corazón de una muchacha provinciana, educada en la ruda virtud del trabajo...». La Evita de la sala movía los labios, repitiendo las palabras de la película, mientras sus dedos se adelantaban y retrocedían con un énfasis distinto al del libreto: la mímica transfiguraba el sentido de las palabras. Si la Evita de la pantalla decía: «Quiero contribuir con mi grano de arena a esta gran obra que está llevando a cabo el general Perón», la Evita de la platea inclinaba la cabeza, se llevaba las manos al pecho o las extendía hacia el auditorio invisible con tanta elocuencia que la palabra Perón se apartaba del camino y sólo se oía el sonido de la palabra Evita. Parecía como si, repasando los discursos del pasado, Ella ensayara los del futuro delante del extraño espejo de la pantalla, donde se reflejaba no ya lo que podía hacer sino lo que nunca más sería.

Las imágenes saltaban en desorden de una ceremonia oficial a otra. A veces, los diputados opositores aparecían en escenas fugaces protestando contra «esa mujer que mete las narices en todas partes, sin que nadie la haya elegido». Desde la platea, Evita apartaba las palabras con un vaivén desdeñoso de las manos. Se la vio al fin en la plaza de Mayo, un día soleado, agitando papeles ante la multitud y asomándose dudosa a un libreto cuya retórica la incomodaba como un corsé. «Mujeres de mi patria», decía. «Recibo en este instante, de manos del gobierno de la nación, la ley que consagra el derecho al voto de todas las mujeres argentinas». La otra Evita, desde la butaca, seguía repitiendo la misma frase con otra mímica, como en los ensayos del teatro.

Casi en seguida empezaron las imágenes del viaje a Europa. Evita caminaba por las playas de Rapallo, vistiendo una larga capa, zapatos de plataforma y anteojos oscuros de puntas levantadas, como los de Joan Crawford. Avanzaba sola bajo un cielo plomizo en el que chisporroteaban las gaviotas. La seguía un tropel de guardaespaldas. La cámara se alejó de pronto y atrapó su imagen lejana desde una terraza dominada por un letrero que tal vez anunciaba el nombre del hotel: *Excelsior*. Ella dejó la capa en la arena y se zambulló en el mar. Sus piernas aparecían a ratos entre las olas crespas. Un gorro blanco le desfiguraba la cabeza. En la playa no se veía un alma pero, al otro lado de las dunas, el horizonte estaba henchido de sombrillas.

Qué sola está, pensó el Chino. De qué le sirve todo lo que tiene.

El noticiero siguiente repetía las imágenes que se habían difundido a raudales durante el viaje a Roma: la entrada majestuosa de la Primera Dama por la via della Conciliazione en un coche tirado por cuatro caballos blancos, los ojos asombrados del cortejo ante las columnas de San Pedro y el obelisco de Calígula en la plaza central del Vaticano, la recepción de los cortesanos papales en el patio de San Dámaso, la marcha hacia el museo Pío Clementino entre guardias con jubones y lanzas, mientras un anciano caballero de calzones negros, con un parche en el ojo, señalaba al pasar los tapices de Rafael, el sarcófago de Baco, los zoológicos de mármol. Envuelta en una mantilla, Evita sonreía sin entender una palabra. El cortejo se detuvo ante una puerta altísima, de madera labrada. Detrás de los personajes asomaba la vaga geometría de unos jardines con fuentes. Todos, de pronto, guardaron silencio. Pío XII apareció bajo un arco de tinieblas y se presentó con la mano extendida. Evita se arrodilló y besó la jiba del anillo que la cámara, osada, dibujaba en primer plano. Con esa toma solían terminar todos los noticieros.

Esta vez, el cortejo se internó en la biblioteca del Papa y

se detuvo ante manuscriptos coptos, libros de horas, biblias de Gutenberg. La Primera Dama caminaba con la cabeza baja y, a diferencia de lo que había hecho en todas las demás escalas de la gira europea, no abría la boca. En el centro de la biblioteca se erguía una mesa ajedrezada con dos sillas rectas. A un ademán del Pontífice, ambos tomaron asiento: Ella tímida, con las rodillas juntas, sin apoyar la espalda.

«*Parla, figlia mia. Ti ascolto*», dijo Pío XII.

Evita recitó, como en los radioteatros:

«Vengo del otro lado del mar con humildad, Santo Padre. Permitidme que os diga cómo son las bases de la sociedad cristiana que el general Perón está construyendo en la Argentina por inspiración de nuestro redentor y divino maestro».

«Nuestro Señor bendecirá esa obra», respondió Pío XII en castellano. «Todos los días rezo por mi amadísima Argentina».

«Se lo agradezco tanto», dijo Evita. «Una oración del Santo Padre sube más rápido al cielo».

«No, hija mía», explicó Pío XII con una sonrisa sobradora. «El Señor escucha las plegarias de todos los hombres con la misma atención».

Junto a las puertas de la biblioteca, los guardias suizos mantenían en alto las alabardas. Una almidonada cofradía de cardenales, embajadores, monjas de corte y damas de honor aguardaba junto a los anaqueles, detrás de los caballeros de golilla y calzones cortos, que llevaban condecoraciones hasta en los puños de las camisas. Con un sigilo que la cámara puso en evidencia, el pontífice alzó uno de los meñiques: bajo la luz impiadosa de los reflectores, el dedo brotó afilado como una lengua de víbora. Debía tratarse de una señal. Dos monjas trotaron desde el otro extremo de la biblioteca con un arca dorada que rebosaba de regalos. Uno de los cardenales anunció en alta voz:

«Su Santidad ofrenda a la Primera Dama de la Argentina un rosario de Jerusalén con reliquias de la santa cruzada...» (Pío XII exhibió a la concurrencia una de las cajas, aliviada ya de su envoltorio por las monjas, mientras Evita tendía las manos y ensayaba una desairada reverencia.) «También Su Santidad desea condecorar a la Señora con la Medaglia d'Oro del Pontificato...» (Evita inclinó la cabeza quizá creyendo que el Papa iba a colgarle alguna cinta, pero éste expuso ante la delegación de embajadores y purpurados una moneda con su propia efigie y la dejó con displicencia en manos de la visitante, que balbuceaba: «Se lo agradezco en nombre de mi pueblo». Se perdieron sus palabras porque una de las monjas extrajo un lienzo del fondo del arca y se lo entregó al Pontífice, que lo desplegó diestramente ante la concurrencia.) «Ésta» (continuó el cardenal que servía como maestro de ceremonias) «es una reproducción casi perfecta de la obra de Jan van Eyck, "Il matrimonio degli Arnolfini", pintada sobre madera en 1434. La copia, hecha en óleo sobre tela por Pietro Gucci, data de 1548 y pertenece al tesoro vaticano. Quiero decir pertenecía, porque será donada al gobierno argentino...» (Las damas de honor aplaudieron quizá violando el protocolo; Evita mantuvo los ojos bajos.) «Los esposos de la pintura son Giovanni di Arrigo Arnolfini y Giovanna Cenami, hija de un mercader de Lucca. En torno se ven los objetos de la boda: una candela, unos zuecos, un perro.»

Sin moverse de la butaca, con las piernas cruzadas, Evita observaba hipnotizada la escena. Pío XII se había erguido y, tendiendo el lienzo a la Evita de la película, decía: «Este cuadro, hija mía, es la imagen perfecta de la felicidad matrimonial. El joven Arnolfini refleja fortaleza y protección, como los buenos maridos. Pese a su plenitud, Giovanna parece algo turbada, embarazada...» La Evita de la platea se quitó uno de los zapatos y soltó la vincha de su pelo. Parecía incómoda, lejos de sí, como si hubiera perdido un día de la vida. Mientras, la Evita de la película decía claramente: «Embarazada se ve que está, Santo Padre: como de siete meses». Pío XII esbozó una sonrisa malévola. El embajador argentino se alisó la calva engominada. Un par de cardenales tosió al unísono.

«El matrimonio aún no se había consumado, hija mía», la corrigió el Papa, con tono comprensivo. «Cuando van Eyck la pintó, Giovanna era virgen. Lo que te confunde es el cinturón alto, que le abulta el vientre, como lo exigía la moda de las doncellas en esa época. Pero el Señor bendijo a los Arnolfini con una prole numerosa. De todo corazón deseo que te bendiga también a ti.»

«Ojalá, Santo Padre», respondió Evita.

«Todavía eres joven. Puedes tener todos los hijos que quieras.»

«Quise, pero no vinieron. Tengo muchos otros, miles. Ellos me llaman madre y yo los llamo mis grasitas».

«Ésos son hijos de la política», dijo el Papa. «Yo hablo de los hijos que envía el Señor. Si los quieres, debes buscarlos con el amor y con la oración».

En la soledad de la platea, Evita rompió a llorar. Tal vez no fuera llanto sino tan sólo el relámpago de una lágrima, pero el Chino, que conocía a la perfección todos los signos que exhalaban las espaldas y las nucas de los espectadores, descifró la tristeza de Evita en el ligero temblor de los hombros y en los dedos que subieron, furtivos, hacia los ojos. La cámara, mientras tanto, había comenzado a desplazarse por los dormitorios de Rafael y por los apartamentos Borgia, pero Evita ya se había marchado de allí, dejando sólo la pesadumbre de su cuerpo vestido de tules: no estaba en la pantalla ni en la platea sino en algún secreto paisaje de ella misma.

El Chino la vio caminar hacia un rincón de la platea y la oyó hablar por teléfono. Sus órdenes se confundían con la voz del locutor, y sólo pudo discernir unas pocas palabras:

«...estos dormitorios fueron parte de los departamentos donde vivió Julio II a partir de 1507... Si vos tenés los negativos, quemálos, Negro... las pinturas del techo, que representan la gloria de la Santísima Trinidad, fueron ejecutadas por Perugino... Lo que se quema no existe, Negro, lo que no se escribe ni se filma, se olvida... el techo de la capilla se divide en nueve campos que Miguel Angel fue separando con pilares, cornisas, columnas... Que no quede vivo ni un pantallazo, ¿oíste? ... el octavo campo representa el diluvio, el arca de Noé se puede ver a lo lejos, no fuercen la cabeza, todo se refleja en los espejos... Vos no te preocupés, nadie va a contar nada, si alguien habla se las va a ver conmigo... en el noveno campo la ebriedad de Noé... Quemálos y se acabó.»

La luz de la platea se encendió antes de que el Chino pudiera descubrir dónde estaba Ella. De pronto la vio, parada junto a la puerta de la cabina, observándolo con curiosidad.

—¿Sos peronista vos? No te veo el escudo de Perón en la solapa —le dijo—. A lo mejor no sos peronista.

—Qué otra cosa puedo ser yo, señora —contestó el Chino, turbado—. Siempre llevo el escudo. Siempre lo llevo.

—Mejor así. Hay que acabar con todos los que no son peronistas.

—No lo hice a propósito, señora. Se lo juro. Salí de mi casa sin pensar. Créame, siempre lo llevo, señora.

—No me digas señora. Decíme Evita. ¿Dónde vivís?

—Soy proyectorista del cine Rialto, en Palermo. Vivo ahí mismo, en unas piezas que están atrás del escenario.

—Yo te voy a buscar una casa mejor. Pasá un día de éstos por la Fundación.

—Yo voy, señora, pero quién sabe si me dejan entrar.

—Decí que Evita te mandó llamar. Ya vas a ver qué rápido te dejan.

No durmió aquella noche pensando en cómo sería una casa creada por el deseo y el poder de Evita. Discutió hasta el amanecer con su esposa Lidia sobre lo que debían decir cuando les entregaran el título de propiedad, y al fin convinieron en que lo mejor sería no pronunciar una sola palabra.

Hacia las once de la mañana, José Nemesio Astorga trató de llegar a las oficinas de la Fundación en busca de lo que Evita le había prometido. Ni siquiera pudo acercarse. La fila de postulantes daba dos vueltas completas a la manzana. Algunas voluntarias peronistas entretenían a la gente con folletos de propaganda para aliviar la espera, y a veces ofrecían sillas plegadizas a las madres que desnudaban sus enormes pechos florecidos y daban de mamar a niños que ya se tenían de pie. «Evita no ha llegado, Evita no ha llegado», anunciaban las voluntarias, vestidas con uniformes tiesos y cofias de enfermera.

Acercándose a una de ellas, el Chino le hizo saber que la Señora en persona le había dado una cita. «Lo que no sé es el día ni la hora», aclaró sin que le preguntaran.

—Entonces vas a tener que hacer cola como todo el mundo —dijo la mujer—. Aquí hay gente que está desde la una de la mañana. Además, nunca se sabe si la Señora viene o no viene.

Astorga se presentó a la una en punto de la madrugada siguiente, después de haber acompañado a Lidia y a Yolanda, la nena, hasta la casa de los suegros, que vivían en Banfield. «Estaré de vuelta como a las tres de la tarde», les dijo. «Espérenme en el cine».

—Para entonces, seguro que ya vas a tener buenas noticias— supuso Lidia.

—Ojalá que sean buenas —dijo él.

Ante las puertas de la Fundación, descubrió que veintidós personas le habían ganado de mano. Por las calles desiertas se desperezaban las ovejas de la neblina y se las oía balar dentro de los huesos. La gente tosía y se quejaba de dolores reumáticos. Era un sarcasmo que la ciudad se llamara Buenos Aires.

El Chino había averiguado que Evita nunca llegaba (cuando llegaba) antes de las diez de la mañana. En la residencia, desayunaba tostadas con café entre las ocho y las nueve, hablaba por teléfono con los ministros y gobernadores y, ya rumbo a la Fundación, hacía una escala rápida en la casa de gobierno, donde conversaba durante un cuarto de hora con su marido. Se veían sólo a esas horas, porque ella no regresaba de trabajar hasta las once de la noche, cuando él ya estaba durmiendo. Evita daba unas audiencias larguísimas, en las que averiguaba vida y milagros de los postulantes, les revisaba las dentaduras y se entretenía comentando las fotos de los hijos. Cada audiencia le llevaba por lo menos veinte minutos; a ese ritmo —calculó el Chino— pasarían siete horas y media hasta que le tocara el turno.

Antes del amanecer, el griterío de las criaturas se volvía intolerable. A intervalos se encendían hornitos a querosén, donde la gente calentaba la leche de las mamaderas y el agua para el mate. El Chino preguntó a las familias que aguardaban detrás si ya habían estado en vigilias parecidas.

—Es la tercera vez que venimos y todavía no hemos podido ver a Evita —dijo un hombre joven, de bigotes caídos, que hablaba sosteniendo con el índice una dentadura postiza demasiado holgada—. Viajamos más de diez horas en tren desde San Francisco. Llegamos a medianoche y nos tocó el número doce pero, cuando iban por el diez, el general llamó a la Señora con urgencia y nos dieron cita para el día siguiente. Dormimos en la calle. Nos recordamos como a las tres de la mañana. Esa vez nos dieron el número ciento cuatro. Con Evita no se sabe. Ella es como Dios. O llega o desaparece.

—A mí me prometió una casa —dijo el Chino—. Ustedes, ¿a qué vienen?

Una muchachita escuálida, con piernas de pájaro, se ocultó detrás del joven de los bigotes, tapándose la boca. Ella tampoco tenía dientes.

—Queremos un ajuar de novia —contestó el hombre, adelantándose—. Ya hemos comprado el juego de dormitorio y yo tengo el traje con el que iban a enterrar a mi papá. Pero si ella no consigue vestido de novia, no hay forma de que el cura quiera casarnos.

Al Chino le hubiera gustado alentarlos, pero no sabía cómo.

—Hoy es nuestro día —dijo—. Hoy todos vamos a pasar.

—Dios le oiga —respondió la muchacha.

Aunque la fila ya doblaba la esquina y las últimas cabezas se perdían en la oscuridad, la multitud respetaba el orden de sus desgracias. El Chino oía narrar padecimientos tan intolerables que ningún poder humano, ni aun el de Evita, podría aliviar el incendio de aquellos deseos. Se hablaba de hijos raquíticos que languidecían en trincheras cavadas al pie de los basurales, de manos cortadas por las cuchillas de las vías del tren, de locos furiosos que vivían encadenados en cuchitriles de zinc, de riñones que no filtraban, de úlceras perforadas en el duodeno y de hernias a punto de reventar. ¿Y si aquellos dolores nunca tuvieran un fin?, se dijo Astorga. ¿Si el fin de aquellos dolores tardaba más que el fin de Evita? ¿Si Evita al fin de cuentas no era Dios, como todos pensaban?

La llegada de la mañana lo dejó perplejo, porque sus luces eran iguales a las de la noche: húmedas y cenicientas. Las voluntarias sirvieron café con bollos pero el Chino se negó a comer. El inventario de las desdichas humanas le había cerrado la garganta. Dejó que la imaginación vagara por ninguna parte, y durante las horas que siguieron tampoco sintió la realidad, porque le daba miedo verla cara a cara.

En algún momento la fila empezó a moverse. Las puertas de la Fundación se abrieron y los visitantes avanzaron por escaleras de madera lustrada de las que colgaban pendones con el escudo peronista. En el piso alto, aferrándose a las barandas, iban y venían amanuenses de pelo abrillantado y voluntarias con lápices en las orejas. La fila ascendió entre cortinas de terciopelo y llegó a una sala enorme, iluminada por lámparas de caireles. Parecía una iglesia. Al centro había un pasillo estrecho, flanqueado por bancos de madera, en los que esperaban familias que no habían hecho cola como los demás. El aire hedía a excrementos de recién nacidos, pañales sin lavar y vómitos de enfermos. El

olor era obstinado, como la humedad, y sus astillas quedaban aferradas a la memoria durante días enteros.

Al fondo, en el extremo de una larga mesa, Evita en persona acariciaba las manos de una pareja de campesinos,
acercaba el oído a sus voces temblorosas y de vez en cuando echaba la cabeza hacia atrás, como si buscara las palabras inolvidables que habían ido a buscar esas personas
tan simples. Llevaba el pelo recogido y un traje sastre a
cuadros, como en las fotografías. A intervalos se quitaba,
molesta, algún anillo o una de sus pesadas pulseras de oro
y los iba dejando sobre la mesa.

Sucedían con toda naturalidad historias que en cualquier otro lugar hubieran sido imposibles. Dos hombres de
pelo pajizo, encaramados en los bancos, pronunciaban discursos en un idioma que nadie sabía descifrar. Por detrás
de las cortinas asomaban familias con retablos de abejas
vivas que edificaban sus colmenas dentro de un jardín de
tules: querían que Evita les aceptara el regalo antes de que
las abejas completaran el trabajo. En las antesalas aguardaban los niños sobrevivientes de la última epidemia de
poliomielitis, listos para desfilar en las sillas de ruedas
donadas por la Fundación. Ante aquel raudal de interminables desdichas, Astorga agradeció a Dios la modestia de su
vida, que no había sido manchada por ninguna infelicidad.

Un inesperado incidente interrumpió las rutinas de la
mañana. Después de la pareja de campesinos, Evita había
atendido a tres mellizos acróbatas, que deseaban casarse
con las contorsionistas impúberes del mismo circo y necesitaban un permiso especial para la boda prematura.
Cuando los despidió, una mujerona de greñas indomables
denunció a los gritos que un empleado de la Fundación le
había quitado la casa.

—¿Eso es cierto? —dijo la Primera Dama.

—Se lo juro por el alma de mi esposo —contestó la
mujer.

—¿Quién ha sido?

Se oyó balbucear un nombre. La Señora se irguió, con

las manos sobre el escritorio. Toda la sala contuvo la respiración.

—Que venga el Chueco Ansalde —ordenó—. Lo quiero aquí ahora mismo.

Las puertas que estaban a espaldas de la Señora se abrieron al instante y descubrieron un depósito donde se acumulaban bicicletas, heladeras y ajuares de novia. Entre las cajas, avanzó un hombre flaco y desgarbado, con las venas de la frente tan hinchadas que parecía un mapa del sistema circulatorio. Las piernas se le abrían en un óvalo perfecto. Estaba pálido, como si lo llevaran al patíbulo.

—Le quitaste la casa a esta pobre mujer —afirmó Evita.

—No, señora —dijo el Chueco—. Le di un departamento más chico. Ella estaba sola y vivía en tres piezas. Yo tengo cinco hijos que dormían amontonados en el living. Le pagué la mudanza. Le acomodé los muebles. Por desgracia le rompí una silla de mimbre pero ese mismo día le compré otra.

—No tenías derecho —dijo Evita—. No le pediste permiso a nadie.

—Por favor, Señora, perdóneme.

—¿Quién te dio la casa que tenías?

—Me la dio usted, Señora.

—Te la di yo, ahora te la quito. Le devolvés ya mismo el departamento a esta compañera y le ponés todas las cosas donde estaban.

—¿Y yo adónde voy, Señora? —El Chueco volvió la mirada a la multitud en busca de solidaridad. Nadie abrió la boca.

—Te vas a la mierda, de donde nunca tendrías que haber salido —dijo Ella—. Que pase el que sigue.

La mujerona se arrodilló a besar las manos de Evita, pero Ella se las retiró con impaciencia. De pie junto a la puerta del depósito, el Chueco Ansalde no quería marcharse. Las mariposas del llanto le asomaban a la cara pero la vergüenza y la incertidumbre no las dejaban brotar.

—Uno de mis chicos está con bronquitis —suplicó—. ¿Cómo lo voy a levantar de la cama?

—Ya basta —dijo Evita—. Sabías en qué estabas metiéndote. Ahora sabrás cómo salir.

La intensidad de aquella indignación desconcertó al Chino. Se oían chismes sobre los malos humores de la Primera Dama, pero los noticieros sólo ofrecían imágenes benévolas y maternales. Ahora se daba cuenta de que Ella podía ser feroz. Se le formaban dos arrugas profundas en los costados de la nariz y en esos momentos nadie le sostenía la mirada.

Ahora se arrepentía de estar allí. Cuanto más avanzaba la fila, más miedo tenía el Chino de exponer su deseo. Iba a parecer un insulto entre la resaca de tragedias que dejaba la gente. ¿Qué le podía decir? ¿Que el domingo había proyectado para Ella unas pocas películas, en la residencia? Era ridículo. ¿Y si se olvidaba todo y regresaba a su casa? No tuvo tiempo de seguir pensando. Un voluntario le indicó que se adelantara. Evita le sonrió y le tomó las manos.

—Astorga —dijo con inesperada dulzura, consultando un papel—. José Nemesio Astorga. ¿Qué te hace falta?

—¿No se acuerda de mí? —preguntó el Chino.

Evita no tuvo tiempo de contestarle. Dos enfermeras irrumpieron en el salón, dando gritos:

—¡Venga, Señora! ¡Venga con nosotras! ¡Ha sucedido una desgracia terrible!

—¿Una desgracia? —repitió Evita.

—Un tren ha descarrilado cuando estaba entrando en Constitución. Se volcaron los vagones, Señora, se volcaron. —Las enfermeras sollozaban. —Están sacando los cuerpos. Una tragedia.

De pronto, Evita perdió todo interés en Astorga. Le soltó las manos y se puso de pie.

—Vamos rápido, entonces —dijo. Se volvió hacia los voluntarios y les ordenó: —Tomen nota de lo que necesitan estos compañeros. Cítenlos para mañana. Los voy a recibir temprano. Ahora no sé si vuelvo. Con una tragedia de este tamaño cómo voy a volver.

Todo sucedía como en un sueño. Sin saber por qué, el Chino prestó atención al laberinto de venillas azules que temblaban bajo la garganta de Evita. El salón se llenó de voces que parecían restos de un naufragio. En el fragor de la confusión, el olor a pañales sucios seguía abriéndose un lugar invencible, musculoso.

Evita desapareció en un ascensor mientras el Chino era arrastrado a las escaleras por una súbita estampida. Junto a una de las puertas, la novia sin dientes sollozaba, aferrada con fuerza a la cintura del novio. Caía la tarde. La ciudad estaba manchada por un sol viscoso pero la gente observaba el cielo y abría los paraguas, como si se protegiera de otros soles que estaban por caer.

El Chino tomó el subterráneo de Lacroze, bajó cerca del parque Centenario y caminó por las calles de Palermo Antiguo, entre las sombras pulposas de los paraísos y los gomeros que se inclinaban corteses ante la frescura de los zaguanes. Se entretuvo curioseando los pasillos cariados de los conventillos y luego se desvió por la calle Lavalleja, hacia el cine Rialto. Su padre le había contado que, antes de morir, todos los recuerdos y sentimientos de la vida regresan a las personas con el mismo deslumbramiento de la primera vez, pero ahora descubría que no era necesario morir para que sucediera. El pasado regresaba a él con la nitidez de un largo presente: los domingos de penitencia en el orfelinato, los fotogramas de celuloide con los que jugaba junto a la puerta de los cines, el primer beso de Lidia, los paseos en bote por el Rosedal, el vals «Desde el alma» que bailó la noche del casamiento, la carita de musgo de Yolanda hundiéndose por primera vez en el pecho temeroso de la madre. Sintió que su vida no le pertenecía y que, si alguna vez llegaba a pertenecerle, no sabría qué hacer con ella.

Desde lejos entrevió una aglomeración de vecinos ante las puertas clausuradas del Rialto. Los mecánicos del garaje Armenia Libre, que no salían de sus fosas alquitranadas ni siquiera cuando les llegaba el estrépito de un accidente, iban y venían con los mamelucos arremangados, entre las matronas que habían bajado en chancletas y con mantones tejidos sobre los hombros. Hasta el dueño del cine estaba allí, hablándole con suntuosos ademanes a una delegación de policías.

Astorga oyó llorar a su hija Yolanda, pero le pareció que las cosas sucedían en otra orilla de la realidad y que él sólo las miraba de lejos, con indiferencia. Si nunca le había sucedido nada, le pareció que tampoco nada podía ya sucederle.

Corrió hacia el cine sin sentir el cuerpo. Entre los alborotos de la tarde distinguió a Yolanda con el vestido desgarrado y la carita suspendida en una expresión de asombro que jamás iba a perder. Una vecina la llevaba en brazos y la mecía. De pronto entraron en su conciencia las imágenes aterradoras de Lidia y la nena viajando en el tren de Banfield y el descarrilamiento de los vagones en Constitución. Sintió que el aire cambiaba de color y caía desmayado por el peso de los malos presagios. El dueño del cine le salió al encuentro.

—¿Dónde está Lidia? —preguntó el Chino—. ¿Ha pasado algo?

—Lidia viajaba en el último vagón —contestó el dueño—. Se quebró la nuca contra la ventanilla pero a la nena no le pasó nada, ¿viste? La nena está perfecta. Hablé con uno de los médicos. Dice que tu esposa no tuvo tiempo de sufrir. Todo pasó muy rápido.

—La llevaron al Argerich —interrumpió una de las vecinas—. Tus suegros están ahí, Chino, esperando la autopsia. Parece que Lidia casi perdió el tren en Banfield. Tuvo que correr para alcanzarlo. Si lo hubiera perdido, no habría pasado nada. Pero no lo perdió.

Le costó reconocer a Lidia en la cama del hospital, con la cabeza vendada como un gusano de seda. El golpe la había destrozado por dentro y su cara era la de siempre, pero las facciones amarillas tenían formas de pájaro: curvas, huidizas. Era ella y había dejado para siempre de ser ella: un ser ajeno, de otra parte, del que jamás se hubiera enamorado.

Por el trajín de las enfermeras y la alharaca de los policías se dio cuenta de que Evita seguía en el hospital, visitando a los heridos y consolando a los familiares de los muertos. Cuando entró en la sala de Lidia, el Chino estaba llorando, con la cara entre las manos, y no la vio hasta que Ella le puso la mano en el hombro. Se cruzaron las miradas y por un momento él tuvo la impresión de que lo había reconocido, pero Evita le sonrió con la misma expresión compasiva que llevaba pegada desde el principio de la tarde. Una de las enfermeras le alcanzó la ficha de Lidia. La Señora le echó un vistazo y dijo:

—Astorga. José Nemesio Astorga. Veo que sos peronista y llevás el escudo en la solapa. Así me gusta, Astorga. No tenés que preocuparte. El general y Evita te van a pagar los estudios de tu nena. El general y Evita te van a regalar una casa. Cuando hayas pasado este mal trago, date una vuelta por la Fundación. Explicá lo que te ha ocurrido y decí que Evita te ha mandado llamar.

Fue en ese momento cuando el Chino sintió, en lo más secreto de las entrañas, la vibración de la que hablaban los frailes de su colegio: la epifanía, el pliegue que separaba la vida en un después y un antes. Sintió que las cosas empezaban a ser lo que serían ya para siempre, pero nada de eso rehacía el pasado. Nada llevaba el pasado al punto donde la historia podía volver a empezar.

10
«UN PAPEL EN EL CINE»

A fines de 1989 me lancé a la busca del Chino Astorga sin saber si lo encontraría vivo o muerto. Después de cuarenta años, sólo el cine Rialto sobrevivía a los estragos de los videojuegos y conservaba la costumbre de las funciones continuadas. Un amenazante cartel en la fachada anunciaba sin embargo su demolición. Pregunté por Astorga en el sindicato de la industria cinematográfica. Me dijeron que se habían perdido los registros de los años cincuenta y que ningún proyectorista recordaba su nombre.

No me resigné a esos fracasos. Decidí llamar a mi amigo Emilio Kaufman, a quien no veía desde hacía décadas. Los fondos de su casa lindaban con los del Rialto y su memoria era prodigiosa. Yo había visitado la casa una o dos veces llevado por Irene, la hija mayor de Emilio, de quien estuve enamorado a fines de los años sesenta. Irene se casó poco después con otro y partió, como yo, al exilio. En 1977, la noticia inesperada de su muerte me sumió en la depresión durante semanas. Escribí entonces muchas páginas de pesadumbre con la intención de que Emilio las leyera: jamás se las mandé.

Sentí vergüenza de mis propios sentimientos. Los sentimientos son libres pero rara vez los hombres se atreven a obedecer esa libertad.

Me encontré con Emilio en un café de la calle Corrientes. Había engordado y lucía un penacho de pelos grises, pero apenas sonrió advertí que las honduras de su ser seguían intactas y que ningún pasado nos separaba. Hablamos de lo que haríamos la semana siguiente, como si la vida estuviera por comenzar otra vez. Afuera llovió y escampó pero adentro de nosotros el tiempo era siempre el mismo. Una historia fue llevándonos a otra y de una ciudad saltamos a la siguiente, hasta que Emilio mencionó un hotel sarnoso del Marais, en París, sin saber que también Irene y yo habíamos vivido allí unas pocas semanas tempestuosas. Bastó esa breve imagen para que me derrumbara y le contase cuánto la había amado. Le dije que aún soñaba con Irene y que, en mis sueños, le prometía no amar jamás a otra mujer.

—¿Vas a ponerte necrofílico? —me dijo—. Yo he sufrido por Irene más que vos y todavía sobrevivo. Vamos, che, ¿qué querías saber del Rialto?

Le pregunté por Astorga. Oí, aliviado, que se acordaba del accidente de Lidia con pelos y señales. Durante varios meses, me dijo, en Palermo sólo se habló de aquella fatalidad, quizá porque también los suegros del Chino habían muerto poco después, asfixiados por los gases de un brasero. Sabía que Yolanda, la hija, pasaba sus días en la soledad más absoluta, armando teatros de cartón detrás del escenario y conversando en un inglés inventado con las figuras que se veían al trasluz de la pantalla.

—Me crucé con el padre y con la hija dos o tres veces en la puerta del cine —dijo Emilio—. El encierro y la falta de sol los habían desteñido. Al poco tiempo desaparecieron. Nadie los vio más. Debió de suceder poco después de la caída de Perón.

—Se fueron por culpa del cadáver —dije yo, que conocía la historia.

—Qué cadáver —dijo Emilio, creyendo que se me habían confundido los tiempos—. Lidia murió en el 48. Se marcharon siete u ocho años después.

—Nadie los vio más —dije con desánimo.

—Yo volví a ver al Chino —me corrigió él—. Un domingo, en San Telmo, me paré a comprar cigarrillos en un kiosco. El viejo que me atendió hizo sonar dentro de mí una melodía perdida. «¿Chino?», le pregunté. «Qué hacés, Emilio», me saludó, sin sorpresa. A sus espaldas vi una foto coloreada de Lidia. «Veo que no te volviste a casar», le dije. «Yo para qué», me contestó. «La que se me casó es la nena, ¿te acordás? Vive conmigo, aquí a la vuelta. Tuvo suerte. Le tocó un hombre fuerte, trabajador: alguien mejor que yo.» Seguimos hablando un rato con recelo, como si nos dieran miedo las palabras. No creo que nos dijéramos nada. Todo lo que teníamos para darnos era tiempo vacío.

—¿Cuánto hace de eso? —le pregunté.

—Quién sabe, ya varios años. Pasé por el kiosco varias veces más, pero siempre lo encontré cerrado. Ahora hay allí una empresa de teléfonos y faxes.

—¿En San Telmo? —dije—. Yo vivo ahí.

—Ya lo sé —dijo Emilio—. El kiosco quedaba enfrente de tu casa.

Esa misma tarde emprendí la búsqueda del Chino, y creo que nunca me costó tanto dar con alguien al que tuve tan cerca. El kiosco había pasado de una mano a otra, al compás de las inflaciones y de los infortunios nacionales: a la gente se le desvanecía el pasado más rápido de lo que tardaba en llegar el presente. Seguí una cadena de pistas falsas. De un almacén en Mataderos derivé a otro en Pompeya y de allí a un asilo de ancianos en Lanús. Por fin, alguien recordó a un hombre de ojos oblicuos en una casa de vecindad de la calle Carlos Calvo, a la vuelta del kiosco donde había comenzado todo.

Más de una vez he contado a mis amigos lo que pasó desde entonces, y he tropezado siempre con los mismos

signos de incredulidad: no porque la historia sea inverosímil —no lo es—, sino porque parece irreal.

No sabía si el Chino estaba vivo o muerto, como dije.
Lo habían visto en el segundo piso de un edificio decrépito, cuyas galerías rectangulares daban a un patio de baldo-
sas. Allí entré una mañana de primavera. De los barandal-
les colgaban toallas, sábanas y otras intimidades de unas
veinte familias.

Cuando llamé a su puerta —a la que quizás era su puerta— serían las once. A través de las ventanas oscurecidas
por cortinas de cretona adiviné unos sillones de plástico.
Me atendió una mujer de caderas anchas como miriña-
ques, ojos vacunos y el pelo cobrizo, martirizado por un
yelmo de bigudíes. Oí en el fondo un tango de Manzi desa-
finado por Virginia Luque y el repiqueteo de unos martillazos. Le dije quién era yo y le pregunté por José Nemesio
Astorga.

—Era mi papi —me dijo—. Que en paz descanse. Se le
reventó la úlcera el verano pasado. Ni le cuento la Navidad
que tuvimos.

La tranquilicé explicándole que sólo necesitaba confirmar una historia y que no la haría perder mucho tiempo. Ella vaciló y me franqueó el paso. Adentro olía a
cebollas recién cortadas y a escombros de cigarrillos.
Tomé asiento en uno de los sillones de plástico y soporté
sin quejas el salvajismo del sol que se filtraba por las
banderolas.

—Usted debe ser Yolanda —le dije.

—Yolanda Astorga de Ramallo —asintió—. Mi marido
está en la otra pieza, arreglando un aparador —señaló
hacia la oscuridad, en el fondo—. Acá, si no está él, no
entra nadie.

—Hace bien —dije, por conformarla—. En estos tiempos hay que desconfiar. Tal vez se acuerde usted de algo
que pasó en el Rialto, entre noviembre y diciembre de
1955. Debía de ser muy chica...

—Muy chica —interrumpió, cubriéndose una boca en

la que sobrevivían pocos dientes, cortos y marrones—. Siempre he representado más edad de la que tengo.

—Entre noviembre y diciembre —repetí— llevaron al Rialto un cajón grande, como de metro y medio, de madera lustrada. Lo dejaron atrás de la pantalla. ¿Su padre le habló de eso?

Suspiró con imposible coquetería. Luego encendió un cigarrillo y aspiró dos bocanadas profundas. Estaba tomándose su tiempo y yo no podía sino esperar.

—Claro que sí, yo vi el cajón. Lo trajeron una tarde, antes de la función de matinée. Ese día daban *Camino a Bali, La ventana indiscreta* y *Abbott y Costello en la legión extranjera*. Tengo una memoria de fuego para los programas del Rialto. Los hombres se acuerdan de los equipos de fútbol, a mí no se me borran las listas de películas.

Yolanda se salía de cauce con facilidad.

—¿Cuántos días estuvo ahí el cajón? —le dije.

—Dos semanas, tres, menos de lo que yo hubiera querido. Una mañana, cuando me levanté de la cama, lo vi. Pensé que era una mesa nueva y que después iban a traer los caballetes. La estrené. Hice mis dibujos. La madera era muy blanda. Sin darme cuenta, la rayé con las marcas de los lápices. Tuve miedo de que papi se enojara y me encerré en la pieza. Papi nunca notó las marcas, que en paz descanse.

—¿Su padre le dijo lo que había adentro?

—Claro que me lo dijo. La Pupé. Desde el principio supe lo que era. Teníamos mucha confianza con papi, nos contábamos todo. Cuando terminó la función de esa noche vino a ver si yo estaba dormida. Como sintió que no, se me sentó al lado de la cama y me dijo: Yoli, vos no te acerqués a ese cajón. ¿Qué tiene, papi?, le pregunté. Una muñeca grande, me dijo. El dueño del cine la compró en Europa y se la quiere regalar a la nieta para Navidad. Es una muñeca muy cara, Yoli. Si alguien se entera de que la tenemos acá guardada la van a querer robar. Yo lo entendí en el acto, pero no me pude sacar de encima la curiosidad. Le

daba vueltas y vueltas a la caja mientras veía las películas
al revés.

—Me contaron eso. Que usted jugaba al otro lado de la
pantalla, que armaba teatros con las muñecas.

—¿Se lo contaron? No sabe la locura que yo tenía con
las muñecas. Como la pantalla era de lona, transparente,
me acostumbré a ver las películas por el otro lado. Cuando
las veía del lado real, nada me parecía lo mismo. Vivía
contándole las películas a mis muñecas. Les habré contado más de diez veces el incendio de la mansión de Rebeca
la mujer inolvidable.

—Así que nunca vio a la muñeca grande —la interrumpí, devolviendo la conversación a su corriente original.

—¿Cómo que no la vi? —En el cuarto de al lado cesaron los martillazos y se oyeron los suspiros de un cepillo
de carpintero. —¿No le dije que me moría de curiosidad
por saber cómo era? Una tarde, apenas empezó la matinée, descubrí que la tapa se abría sola, tal vez porque ya
estaba suelta o porque la empujé sin darme cuenta.
Entonces vi por primera vez a mi Pupé, toda vestida de
blanco, descalza, con los dedos de los pies bien dibuja-
dos, de lo más suave, como si la hubieran hecho con
piel de verdad. Ya no se fabrican muñecas como ésa.
Ahora todas vienen en serie, de plástico, para usar y
tirar.

—Ésa era única —murmuré.

—Dígamelo a mí. Aquel día dieron por primera vez *Violetas imperiales*, que iba a ser una de mis películas favoritas, pero yo ni la miré. Estaba hipnotizada por la Pupé. No
le podía quitar los ojos de encima. No sé cuántas horas
habrán pasado hasta que me animé a tocarla. Qué impresión me dio. Era de lo más suave. Las yemas de los dedos
me quedaron impregnadas de olor a lavanda.

—Le contaba las películas, como a las otras.

—Se las conté mucho después. Ese día la vi tan dormida que le dije: Dormí todo lo que quieras, Pupecita. Nunca
te voy a despertar. Entonces le puse las manos en la frente

y le canté. Después le acomodé con cuidado sus encajes y muselinas y dejé todo tal como estaba.

Yolanda no podía estar mintiendo. No tenía sentido alguno. Era, me dije, la sobreviviente de una realidad donde lo único verdadero son los deseos. En 1955, cuando habían ocurrido esas historias, debía de tener ocho, tal vez nueve años. Vivía aislada del mundo, a orillas de un paisaje de fantasmas.

—No se lo contó a su padre —le dije.

—No me animé. Sabía que la Pupé no era mía y que tarde o temprano se la iban a llevar. Quería pasar con ella todo el tiempo que se pudiera, pero papi me había prohibido que me le acercara, como le dije. Era un juego inocente, de criatura, aunque yo igual me sentía culpable. Trataba a la Pupé con mucho cuidado, como si fuera de vidrio. Le ataba moñitos en la cabeza y le pintaba los labios con polvo de lápiz rojo. Una noche, antes de dormir, empecé a contarle las películas. Lo tengo patente, vea. La primera que le conté fue *Viva Zapata*, con aquel final tan triste y tan hermoso del caballo blanco que galopa por las montañas como si fuera el alma de Zapata mientras la gente del pueblo dice que él no ha muerto. ¿De qué se ríe?

—No me río —le dije. Era verdad. Yo también estaba conmovido.

—No sé para qué le cuento estas cosas sólo porque viene y me pregunta por la Pupé. Mejor váyase. Ya ve que no he terminado de cocinar.

Sentí que si la perdía no iba a recuperarla nunca. En el cuarto de al lado brotó el susurro de una lija.

—Déjeme que la acompañe mientras cocina —dije—. Son sólo diez o quince minutos más. Lo que usted me está contando es importante. No se imagina lo importante que es.

—Qué quiere que le diga.

—Cuándo se la llevaron —contesté.

—No me haga hablar de eso. Cuanto más se acercaba la Navidad yo más nerviosa me ponía. Pasaba las noches despierta. Creo que hasta me enfermé. Como no quería que ninguna vecina viniese a cuidarme, me levantaba como si tal cosa, hacía las compras, limpiaba la casa y a eso de las dos y media, cuando papi empezaba la primera función, corría la tapa de la caja y me ponía a jugar con mi Pupé. Al fin pasó lo que tenía que pasar. Un día me subió la fiebre y me quedé dormida en la falda de la muñeca. Cuando terminó de trabajar, papi me descubrió. Se quedó sin habla. Nunca supe lo que dijo ni lo que hizo. Caí en cama, con más de cuarenta grados. A veces, en el delirio, preguntaba si ya se habían llevado a mi Pupé. Tranquilita, Yolanda, me decía papi, ella sigue donde vos la dejaste. Pasó la Navidad, y gracias a Dios me fui restableciendo. Cuando sonaron las campanas del año nuevo fui a darle un beso a mi Pupé y le pedí a Dios que jamás rompiera esa felicidad tan grande que yo estaba viviendo. Tal vez usted ya sabe que Dios no me oyó.

—No podía oírla. Además, su padre se lo había advertido: tarde o temprano, el dueño iba a llevarse el cajón.

Terminó de cortar las cebollas y las frió en una sartén, con los labios aferrados a un cigarrillo que sorbía de vez en cuando. El humo se le enredó en los ojos y la vi lagrimear. Adiviné una sombra en la puerta de la cocina durante un súbito intervalo de silencio, y me pareció que un hombre asomaba la cabeza, pero cuando traté de saludarlo, se desvaneció. A lo mejor eran ideas mías. Todo lo que yo estaba viviendo me parecía suspendido en una nube de irrealidad, como si Yolanda y yo nos habláramos desde lugares equivocados y lejanos. Ella dijo:

—Aquel enero fue un horno, nunca soplaba el viento. Como el cine era húmedo y fresco, allí se refugiaba toda clase de bichos. Era época de vacaciones y yo no salía de casa. Toda mi vida era el Rialto, no necesitaba otra cosa.

—¿Nadie los visitaba? —le pregunté.

—A veces, por la mañana, venía un hombre alto, de cejas anchas, con otro más bien calvo, de ojos muy separados y cuello de toro. Del alto me impresionaban los pies menudos, como de mujer. Al otro le llamaban Coronel. Papi me dejaba entonces jugando en la mueblería de la vuelta, nunca entendí por qué. Una noche de enero se descompuso el tiempo y cayó una sudestada de las que hacen época. Papi tuvo que suspender la última función porque con los truenos no se podía oír la banda sonora. Cerramos bien las puertas del cine, pero el viento las batía con fuerza. Yo me quedé abrazada a la Pupé y le canté la música de *Escuela de sirenas,* que a las dos nos gustaba mucho. No sé si se acuerda de la letra. «Muñequita linda, de cabellos de oro, de dientes de perlas, cutis de marfil». Esa canción es el vivo retrato de mi Pupé. Así era ella, tal cual. Se lo cuento y vea cómo me pongo.

Le ofrecí un pañuelo.

—Justo esa noche se la quitaron —dije.

—No. Fue peor. Me daba no sé qué dejar tan sola a mi Pupé detrás de la pantalla, bajo la furia de los relámpagos, pero papi me llevó a la cama de una oreja. Era muy tarde. Ya se imaginará usted que casi no pegué un ojo. A la mañana siguiente me levanté muy temprano, calenté el agua para el mate y me extrañó el silencio. Los árboles estaban pelados, sin pájaros, y por las calles cubiertas de ramas rotas no podían pasar los tranvías ni los autos. Sentí miedo y corrí a ver si a mi Pupé no le había pasado nada. Gracias a Dios, ella seguía tal cual, en la caja, pero alguien había dejado su cuerpito al descubierto. La tapa estaba de pie, apoyada en los travesaños de la pantalla. Sobre el piso vi flores de todas clases, alverjillas, violetas, madreselvas, qué sé yo cuántas. En la cabecera de la caja ardía una hilera de velas chatas, y por ese detalle me di cuenta de que papi no las había prendido: las velas eran una inconsciencia, dése cuenta, lo primero que él me enseñó en la vida es que no podía haber fuego en un lugar donde todo eran maderas, lonas y celuloide.

—El dueño tenía una llave, ¿no? —pregunté.

—¿El dueño? Ése fue el que más se asustó. Cuando descubrí las velas y pegué un grito, lo primero que hizo papi fue llamarlo por teléfono. Apareció en seguida, con el hombre de las cejas anchas y el otro al que llamaban Coronel. A mí me llevaron a la mueblería de la vuelta con orden estricta de no moverme. Aquella fue la mañana más larga y más triste de mi vida. Mire que a mí me han pasado cosas, ¿eh?, pero ninguna como ésa. Esperé horas sentada en un sillón de mimbre, sufriendo porque la Pupé no era mía y tarde o temprano me la iban a quitar. Cómo me iba a imaginar que en ese mismo instante la estaba perdiendo para siempre.

Yolanda rompió a llorar con entusiasmo. Incómodo, caminé hacia la puerta. Deseaba marcharme pero no podía dejarla así. En el cuarto de al lado cesó todo movimiento. Se oyó la voz de un hombre:

—¿A qué horas comemos, mami?

—Cinco minutos más, papi —dijo ella, rehaciéndose—. ¿Tenés mucha hambre?

—Quiero comer ahora —dijo él.

—Ya va —respondió ella. Me aclaró, en tono de confidencia: —Nos llamamos papi y mami por los chicos.

—Entiendo —dije, aunque no me importaba entender. Implacable, insistí:— Cuando usted volvió, la caja ya no estaba.

—Se la habían llevado. No sabe cómo me puse cuando me enteré. Nunca le perdoné a papi que no me hubiera llamado para despedirme de mi Pupé. Caí otra vez enferma, creo que hasta se me pasó por la cabeza el deseo de que papi se muriera, pobre, y yo me quedara sola en el mundo inspirando lástima.

—Era el fin —dije. No se lo dije a ella sino a mí mismo. Deseaba que las últimas escorias del pasado se borraran y aquello fuera en verdad el fin.

—El fin —aceptó Yolanda—. Yo quise a esa muñeca como sólo se puede querer a una persona.

—Era una persona —le dije.

—¿Quién? —preguntó ella, distraída, con el cigarrillo en los labios.

—Su Pupé. No era una muñeca. Era una mujer embalsamada.

Se echó a reír. Aún le quedaba un rescoldo de lágrimas: lo apagó con el agua de una risa franca, desafiante.

—Qué sabe usted —dijo—. No la vio nunca. Vino acá perdido esta mañana, a ver qué averiguaba.

—Sabía que el cadáver había estado en el Rialto —dije—. No sabía por cuánto tiempo. Tampoco se me pasó por la cabeza que usted lo había visto.

—Un cadáver —dijo ella. Repitió: —Un cadáver. Lo único que faltaba. Váyase. Le abrí la puerta por curiosidad. Ahora déjeme en paz.

—Piense —le dije—. Usted ha visto las fotografías. Haga memoria. Piense.

No sé por qué insistí. Quizá lo hice por el impuro, malsano deseo de aniquilar a Yolanda. Ella era un personaje que ya había dado todo lo que podía dar a esta historia.

—¿Qué fotos? —dijo—. Váyase.

—Las del cuerpo de Evita. Salieron en todos los diarios, acuérdese. Salieron cuando el cuerpo le fue devuelto a Perón en 1971. Haga memoria. El cuerpo estaba embalsamado.

—No sé de qué me habla —dijo ella. Me pareció que lo sabía pero que se negaba a que la verdad entrara en su conciencia y la hiciera pedazos.

—Su Pupé era Evita —le dije, con saña—. Eva Perón. Usted misma se dio cuenta del parecido. En noviembre de 1955 secuestraron el cuerpo de la CGT y lo escondieron en el Rialto.

Se adelantó hacia mí con las manos extendidas, apartándome. La voz con la que habló era estridente y aguda como la de un pájaro:

—Ya me ha oído. Váyase. ¿Qué le hice yo para que me diga lo que me dice? ¿Cómo se le ocurre que mi muñeca era una muerta? ¡Papi! —llamó—. ¡Vení en seguida, papi!

Antes había creído estar en ningún lugar. Ahora me sentía fuera del tiempo. Vi aparecer al marido en el filo de la puerta que daba al otro cuarto. Era un hombre macizo, de pelo duro y enhiesto.

—¿Qué le hizo? —me dijo, mientras abrazaba a Yolanda.

No había rencor en su voz: sólo sorpresa.

—Nada —contesté, como un idiota—. No le hice nada. Sólo le vine a hablar de su Pupé.

Yolanda rompió a llorar otra vez. Esta vez el llanto desbordaba su cuerpo y henchía el aire, denso, salado, como el vapor del mar.

—Decíle que se vaya, papi. No me hizo nada. Me asustó. Está mal de la cabeza.

El marido me clavó los mansos ojos oscuros. Abrí la puerta y salí al enorme sol del mediodía, sin arrepentimiento ni lástima.

Esa misma tarde llamé a Emilio Kaufman y le pedí que viniera a mi casa. Quería contarle todo lo que sabía sobre Evita y hacerle oír los cassettes con las voces del embalsamador, de Aldo Cifuentes y de la viuda del Coronel. Quería que viera las fotos del cadáver, los quebradizos papeles amarillos que certificaban la salida de Evita y de sus copias hacia los puertos de Génova, de Hamburgo, de Lisboa. Quería desahogarme de la historia, así como treinta años antes había desahogado mis desdichas sobre el regazo de Irene, su hija.

Emilio no tenía la menor intención de hablar del pasado o, por lo menos, de un pasado que había dejado de moverse. Entonces —no hace tanto, sólo la eternidad de los pocos años transcurridos desde que se desplomó el muro de Berlín y el dictador Ceaucescu fue fusilado ante las cámaras de televisión y la Unión Soviética desapareció de los mapas: el fogonazo de un presente que cayó de bruces en el abismo del pasado—, entonces se creía también que Evita estaba cristalizada para siempre en una pose, en una esencia, en una respiración de la eternidad y que, como todo lo quieto, lo predecible, ya nunca más despertaría pasiones. Pero el pasado vuelve siempre, las pasiones vuelven. Uno jamás puede desprenderse de lo que ha perdido.

Recuerdo cada detalle de ese día pero no la fecha precisa: era una primavera cálida, silenciosa, y el aire olía caprichosamente a madera de violín. Yo estaba escuchando las «Variaciones Goldberg» en la versión en clavicordio de Kenneth Gilbert. En algún momento de la variación 15, a medio camino del andante, apareció Emilio con una botella de cabernet. La bebimos sin darnos cuenta casi, mientras mezclábamos hongos con cebolla verde y crema de leche, hervíamos tallarines de espinacas y hablábamos de las batallas campales entre el presidente de la república y su esposa, que nunca se habían amado y lo pregonaban por la radio.

Cuando terminamos de comer, Emilio se aflojó la corbata, encendió sin misericordia un cigarro mexicano y, sobre el fondo de las «Variaciones Goldberg», que regresaban al aria da capo, dijo, como quien concede un favor:

—Ahora podemos hablar de Evita.

Entendí que me decía: «Podemos hablar de Irene». Más de una vez he oído palabras que se movían no en la dirección de sus significados sino en la de mis deseos. «Irene», sentí u oí. Le dije:

—Ojalá hubiéramos hablado hace tiempo, Emilio. Nadie me dijo que ella había muerto. La noticia tardó tanto en llegar que, cuando me llegó, el dolor fue irreal.

Se puso pálido. Cada vez que un sentimiento le asoma a la cara, Emilio mira hacia otro lado, como si el sentimiento fuera ajeno y la persona que lo ha perdido anduviera por ahí.

—Yo tampoco estuve con ella cuando murió —dijo. Hablaba de Irene. Nos entendíamos sin necesidad de pronunciar su nombre.

Me contó que, después del golpe militar de 1976, su hija no había podido tolerar el horror de los secuestros y de las matanzas a ciegas. Decidió exiliarse. Dijo que se refugiaría en París, pero enviaba cartas desde ciudades sudamericanas que no aparecían en los mapas: Ubatuba, Sabaneta, Crixás, Sainte-Élle. No era culpable de nada y, sin embargo, arrastraba consigo las culpas del mundo, como todos los argentinos de aquella época. Se quedaba unas pocas semanas en esos rincones perdidos, donde siempre llovía mucho, me dijo Emilio, y cuando se le cruzaba en el camino alguna cara desconocida, tomaba el primer ómnibus y huía. Sentía terror: todas sus cartas hablaban del terror y de la lluvia. En algún momento pasó por Caracas, pero no me llamó. Tenía mi teléfono y mi dirección, contó Emilio, pero yo era la sal de sus heridas y no quería verme más.

Un año después de haberse marchado de Buenos Aires llegó a México, alquiló un departamento en la colonia Mixcoac y comenzó a frecuentar las editoriales en busca de traducciones. Consiguió que la casa Joaquín Mortiz le confiara una novela de Beckett y aún lidiaba con la música elemental de las primeras páginas cuando sintió el cimbronazo de una quemadura en el centro del cerebro y quedó ciega, sorda, muda, como la madre de *Molloy*. Casi no podía moverse. Daba un paso y el dolor tenaz la clavaba en el piso. Pensó (aunque en los raros momentos de lucidez que tuvo desde entonces ya nunca más dijo «pienso»), a pesar de todo pensó que la ferocidad de su malestar estaba en relación directa con la altitud de México, los volcanes, las inversiones térmicas, el duelo retrospectivo del exilio, y no consultó a ningún médico. Creyó que un par de días en la cama y seis aspirinas diarias la salvarían. Se acostó sólo para morir. Estaba infectada por un estafilococo áureo. Sucumbió a una red de males fulminantes: meningitis purulenta, pielonefritis, endocarditis aguda. En una semana era otro ser, lastimado por la crueldad del mundo. Una muerte horrible la devoraba.

Quedamos un rato callados. Serví cognac y me derramé unas gotas en la camisa. Mis manos eran torpes, mi ser estaba en otro lugar, en otro tiempo, quizá también estaba en otra vida. Adiviné que Emilio quería marcharse y le supliqué con la mirada que no lo hiciera. Le oí decir:

—¿Por qué damos tantas vueltas? Habláme de Evita.

Lo hice durante casi una hora sin parar. Le conté todo lo que ustedes ya saben y también lo que aún no ha tenido sitio en estas páginas. Insistí en el enigma de las flores y de las velas, que se reproducían como si fueran otro milagro de los panes y los peces. Narré la trama de casualidades que me había permitido encontrar a Yolanda y conocer el largo verano de la Pupé detrás de la pantalla del Rialto. Le dije que, al parecer, el cuerpo había sido llevado desde el cine a la casa del mayor Arancibia, donde estuvo otro mes.

—Fue Arancibia quien desató la peor de las tragedias —dijo Emilio—. ¿Revisaste los diarios?

—Los leí todos: los diarios, las biografías, las revistas que reconstruyen el vía crucis del cadáver. Se publicaron bosques de documentos cuando el cuerpo de Evita fue entregado a Perón en 1971. Nadie, hasta donde recuerdo, habla de Arancibia.

—¿Sabés por qué nadie habla? Porque cuando en este país una locura no puede ser explicada, se prefiere que no exista. Todos miran para otro lado. ¿Viste lo que hacen los biógrafos de Evita? Cada vez que tropiezan con un dato que les parece loco, no lo narran. Para los biógrafos, Evita no tenía olores ni calenturas ni agachadas. No era persona. Los únicos que alguna vez bajaron a su intimidad fueron un par de periodistas, quizá no te acordés de ellos, Roberto Vacca y Otelo Borroni. Publicaron su libro en 1970, imaginá cuánta agua pasó bajo los puentes. Se llamaba *La vida de Eva Perón. Tomo Primero*. Nunca hubo un tomo segundo. En las últimas páginas, recuerdo, le dedican un párrafo al drama de Arancibia. Hablan de versiones sin confirmar, de rumores que a lo mejor no son ciertos.

—Son ciertos —lo interrumpí—. Averigüé ese punto.

—Claro que son ciertos —dijo Emilio, abrumándome con otro cigarro mexicano—. Pero a los biógrafos no les interesan. Esa parte de la historia se les sale de los bordes.

Ni se les pasa por la cabeza que la vida y la muerte de Evita son inseparables. Me admira siempre que sean tan escrupulosos en anotar datos que no le interesan a nadie, como la lista de novelas que Eva leía por radio y que, al mismo tiempo, dejen sin llenar algunos vacíos elementales. ¿Qué sucedió con Arancibia, el Loco, por ejemplo? Se lo tragó la historia. ¿Qué hizo Evita en esa zanja ciega de su vida que hay entre enero y septiembre de 1943? Fue como si se hubiera evaporado. No actuó en ninguna radio, nadie la vio en esos meses.

—Tampoco hay que exagerar, che. ¿De dónde querés que saquen los datos? No te olvidés que en ese tiempo Evita era una pobre actriz de segunda. Cuando la dejaban sin trabajo en la radio, paraba la olla como podía. Ya te conté lo de las fotos que el peluquero Alcaraz vio en un kiosco de Retiro.

—Siempre aparece un testigo si te ponés a buscar —insistió Emilio. Se levantó y fue a servirse otro cognac. No pude verle la cara cuando dijo: —Sin ir más lejos, yo conocí a la Eva en esos meses del 43. Yo sé lo que pasó.

No me lo esperaba. Hace más de quince años que no fumo, pero en ese instante sentí que mis pulmones clamaban por cigarrillos con una voracidad suicida. Respiré hondo.

—¿Por qué no se lo contaste a nadie? —le dije—. ¿Por qué no lo escribiste?

—Primero no me animé —dijo—. Si contabas una historia como ésa tenías que irte del país. Después, cuando se pudo, se me habían ido las ganas.

—Yo no te tengo piedad —le dije—. Me lo vas a contar ahora mismo.

Se quedó hasta el amanecer. Al final estábamos tan exhaustos que nos entendíamos por señas y balbuceos. Cuando terminó, lo acompañé en un taxi hasta su casa de parque Centenario, vi desperezarse a los fósiles del museo de Ciencias Naturales y le dije al chofer que me despertara en San Telmo. Pero no pude dormir. Nunca más tuve paz para dormir hasta ahora, cuando por fin llego al punto en que puedo repetir la historia sin miedo a traicionar su tono ni sus detalles.

Sería julio o agosto de 1943, contó Emilio. El sexto ejército de von Paulus empezaba el largo sitio de Stalingrado, los jerarcas fascistas habían votado contra el Duce y a favor de la monarquía constitucional, pero la suerte de la guerra aún era incierta. Emilio saltaba de una sala de redacción a otra y de varios amores simultáneos a ninguno. Ese invierno conoció a una actriz sin talento que se llamaba Mercedes Printer y ella, por fin, lo volvió sedentario. No era una belleza del otro mundo, dijo Emilio, pero desentonaba entre las demás mujeres porque no se preocupaba por él sino por sí misma. Sólo quería bailar. Todos los sábados salía con Emilio a recorrer las bôites y los clubes de barrio donde Fiorentino afilaba su voz de tenor en el fuelle de Aníbal Troilo o donde la orquesta de Feliciano Brunelli se enredaba en unas variaciones del foxtrot que desvelaban a los muertos. Mercedes y él hablaban de nada: las palabras no tenían la menor importancia. Lo único que tenía importancia era ver que la vida pasaba como una dulce agua. A veces Emilio, que era entonces «secretario de armado» en *Noticias Gráficas*, se divertía explicándole a Mercedes la gracia de combinar las picas, las medias cañas y los corondeles; ella se desquitaba de aquellos trabalenguas técnicos contándole las correcciones de última hora que el libretista Martinelli Massa introducía en los diálogos de *Infortunio*, la radionovela de moda. A solas se contaban todo, se examinaban con linternas los túneles del cuerpo, se prometían un amor de puro presente porque la noción de futuro, decía Mercedes, apaga todas las pasiones: el amor de mañana nunca es amor. En una de esas conversaciones de amanecer Mercedes le habló de Evita.

«Qué querés que te diga, me da lástima», le había dicho Mercedes. «Es debilucha, enfermiza, le agarré simpatía. ¿Sabés cómo nos hicimos amigas? Estábamos actuando las dos en Rosario. Fuera de los hombres, compartíamos comida, camarín, todo lo demás, pero casi ni nos hablábamos. Ella andaba en sus cosas y yo en las mías. A ella le interesaban los empresarios, los hombres con plata, aunque fueran viejos y panzones, y lo que a mí me gustaba era la milonga. Ni ella ni yo teníamos un mango. Un amigo me había regalado unas medias de seda que yo cuidaba como un tesoro. Vos no te podés dar cuenta lo que son unas medias de seda legítima: se deshacen de sólo respirarles encima. Una noche las perdí. Tenía que salir a escena y no las encontraba por ninguna parte. En eso apareció Evita, de lo más pintarrajeada. Che, ¿no viste mis medias?, le pregunté. Perdoná, Mercedes, te las estoy usando, me dijo. Tuve ganas de matarla, pero cuando le vi las piernas, no reconocí mis medias. Las de ella eran baratas, de muselina. Te equivocaste, ésas no son las mías, le dije. Es que a las tuyas las tengo acá, contestó, señalándose el corpiño. Como tenía tetas chicas y eso la acomplejaba, estaba usando mis medias como relleno. Al principio me puse verde pero después reaccioné y me largué a reír. Me mostró las medias. Estaban enteras, sin un rasguño. Las dos salimos riendo al escenario y el público no entendía por qué. Desde entonces nos vimos mucho. Ella venía a mi pensión a cebar mate y nos quedábamos horas charlando. Es una buena chica, muy reservada. Ahora está recuperándose de una enfermedad larga. Anda tristona, decaída. ¿Por qué no invitás a un amigo y salimos juntos?»

Emilio invitó a un cirujano engominado, de cuello duro y sombrero orión, que coleccionaba fotos de artistas. Se resignó de antemano a una noche muerta, me dijo, de ésas que lo dejaban seco y vacío. Si no fuera por el significado que los hechos iban a tener después, a la luz de la historia, Emilio se habría olvidado de todo. No sabía —no podía saber— que, con el tiempo, aquella chica iba a ser Evita. Tampoco Evita lo sabía. La historia tiene esas trampas. Si pudiéramos vernos dentro de la historia, dijo Emilio, sentiríamos terror. No habría historia, porque nadie querría moverse.

Se citaron en la confitería Munich de la costanera sur. Evita llevaba una diadema de flores blancas y un tul espeso hasta la base de la nariz. A Emilio le pareció insulsa, invulnerable al quebranto de la enfermedad y de la pena. Lo que más impresionaba en ella, me dijo, era la blancura. Tenía un cutis tan pálido que se le veían al trasluz los mapas de las venas y las lisuras del pensamiento. No había en ella nada físico que atrajera, dijo, ninguna fuerza eléctrica para bien ni para mal.

Al otro lado de la calle, tras el cerco de álamos y de tipas, estaba el muelle desde el que Vito Dumas, el navegante solitario, había comenzado un año atrás su viaje alrededor del mundo en el *Lehg II*, un velero de diez metros de eslora. La ciudad esperaba su regreso de un momento a otro. El cirujano, que había seguido cada una de las interminables escaramuzas de Dumas contra los monzones del océano Indico y las murallas de espuma del cabo de Hornos, trataba de interesar a Evita describiéndole los vientos filosos y las tempestades de granizo que el navegante había sorteado en sus trescientos días de soledad sin alivio, pero ella lo escuchaba con los ojos perdidos, como si el cirujano hablara en una lengua remota y el sonido de sus palabras cayera lejos, en el invisible río de la vereda de enfrente.

Mercedes quería ir a bailar pero Evita parecía insensible a todos los deseos, los ajenos y los propios. Bajaba la cabeza y respondía: «Más tarde, en un ratito más», sin moverse, con una tristeza contagiosa. Sólo se animó cuando Emilio propuso que fueran a Fantasio, en Olivos, donde se reunían todas las noches los productores de Argentina Sono Film y las actrices de moda.

Ni por un momento, me dijo Emilio, tuve la sensación de que Evita fuera el ser indefenso de que había hablado Mercedes. Más bien parecía una de esas gatas callejeras que sobrevivirán al frío, al hambre, a la inclemencia de los seres humanos y a los desatinos de la naturaleza. Al llegar a Fantasio se quedó en la mesa con las antenas paradas, acechando quién estaba con quién y apremiando a Emilio para que la presentara. Lo llevó de la mano al rincón donde el productor Atilio Mentasti cenaba con Sixto Pondal Ríos y Carlos Olivari, poetas menores de antología y libretistas de éxito. Yo era viejo amigo de los tres, me dijo Emilio, pero me daba vergüenza exhibirme así, con aquella mujer de nada. Estaba tan perturbado que la presentó con voz tartamuda:

—Eva Duarte, damita joven de la radio.

—Qué voy a ser damita joven, che —lo corrigió ella—. En radio Belgrano me han contratado ya como cabeza de compañía.

Hizo el ademán de sentarse en aquella mesa ajena, pero Mentasti, que tenía modales de hielo, la contuvo:

—Ya te di la mano, piba. Ahora, rajá.

Un relámpago de odio cruzó los ojos de Eva, me contó Emilio. Desde que llegó a Buenos Aires, la habían desairado y vejado tantas veces que ya nada la sorprendía: acumulaba en su memoria un largo catálogo de injurias que pensaba vengar tarde o temprano. La de Mentasti fue una de las peores. Nunca lo perdonó, porque no quería perdonar a nadie. Si Eva llegó a ser alguien, me dijo Emilio, fue porque se propuso no perdonar.

Cruzaron otra vez el salón, que ahora se había llenado de parejas. La orquesta tocaba un foxtrot. Vieron a Mercedes enlazada con el cirujano en una ribera lejana de la pista. Bailaba con desafío, alegre, atenta sólo al fuego de su cuerpo. Evita, en cambio, ni siquiera abrió la boca cuando volvió a su asiento.

Emilio no sabía qué hacer. Le preguntó si estaba triste y ella le contestó que las mujeres están siempre tristes, pero no lo miró. Tal vez, dijo Emilio, ni siquiera me habló. Después de tanto tiempo, aquella noche era para él más imaginada que verdadera. Las parejas bailaban en un claro sin luz al compás de Gershwin y de Jerome Kern. Oían los roces de los vestidos, el siseo de los zapatos, el chirrido de los chismes. Entre el vaivén de los sonidos se coló de pronto la voz de Evita, que parecía seguir el hilo de algo que estaba pensando:

—¿Qué haría usted, Emilio, si Mercedes quedara gruesa?

La pregunta tomó a Emilio tan de sorpresa que tardó en comprender su sentido. La orquesta tocaba «The Man I Love». El cirujano mecía a Mercedes como si su cuerpo fuera de tul. Pondal Ríos fumaba un habano. Emilio recordó (dijo, medio siglo después, que en ese instante había recordado) unos versos sádicos de Olivari: «Lo que más me gusta de tu cuerpo enclenque / es ver cómo goza bajo mi rebenque». Contestó, distraído:

—La llevo a que aborte, ¿no? Imagínese si los dos estamos como para criar un hijo.

—Pero ella podría tener el hijo sin que usted sepa. ¿Qué haría si lo tiene? —insistió Evita—. Le pregunto porque nunca termino de conocer a los hombres.

—Qué sé yo. Mire las cosas que se le ocurren. Me gustaría ver a mi hijo, me parece. Pero a Mercedes no querría verla nunca más.

—Así son los hombres —dijo Evita—. Sienten distinto que las mujeres.

Era una conversación sin razón de ser, pero todo parecía ir a la deriva en la espesura de aquel lugar llamado Fantasio. La orquesta se despidió y el cirujano volvió a la mesa con Mercedes. Tal vez Evita estaba esperándolos porque dejó de estirarse la falda como una adolescente y dijo:

—Yo me voy. No quiero arruinarles la noche pero no me siento bien. No tendría que haber venido.

Y eso fue casi todo, contó Emilio. La llevamos a un departamento que alquilaba en el pasaje Seaver y fuimos con Mercedes al hotelucho de la avenida de Mayo donde yo paraba en esos años. Nos desvestimos y noté a Mercedes distante. Tal vez ella y yo estábamos llegando al fin, me dijo Emilio, aunque tardamos más de un año en separarnos. Tal vez ella estaba ofendida porque no habíamos bailado ni una sola pieza. Yo a esas alturas ya había renun-

ciado a entenderla, aunque ni entonces ni ahora he podido
entender a una mujer. No sé lo que piensan, no sé lo que
quieren, sólo sé que quieren lo contrario de lo que piensan. Se instaló ante el espejo de tres lunas que había en
aquel cuarto de hotel y empezó a limpiarse el maquillaje.
Ésa era siempre la señal de que no haríamos el amor y de
que cuando apagáramos la luz nos volveríamos las espaldas sin rozarnos. Mientras se pasaba por la cara un algodón húmedo de crema, dijo, como al pasar:

—No te diste cuenta de lo mal, de lo desesperada que
estaba Evita.

—Qué va a estar desesperada —dijo Emilio—. Es una
lunática. Me preguntó qué haría yo si te quedabas embarazada.

—¿Y vos qué harías? ¿Qué le contestaste?

—Qué sé yo —mintió Emilio—. Me habría casado. Te
habría hecho infeliz.

—Ella estuvo embarazada —dijo Mercedes—. Evita.
Pero eso no fue un problema. Ni el padre ni ella querían
tener el hijo. Él porque ya estaba casado, ella para no
arruinar su carrera. El problema fue que el aborto acabó
en desastre. Una carnicería. Le rompieron el fondo del
útero, los ligamentos, la trompa. A la media hora cayó
bañada en sangre, con peritonitis. Tuvieron que internar-
la de emergencia en una clínica. Tardó más de dos meses
en reponerse. Yo fui la única persona que la iba a ver
todos los días. Casi se muere. Estuvo al borde. Casi se
muere.

—¿Y el que la embarazó? —preguntó Emilio— ¿Qué
hizo?

—No se portó mal. Es un buen hombre. Pagó hasta el
último centavo de la clínica. Ni siquiera falló con la coma-
drona. No la eligió él.

—Esas cosas le pasan a cualquiera —dijo Emilio—. Son
terribles, pero le pasan a cualquiera. Debía dar gracias por
seguir viva.

—En esos meses prefería estar muerta. Cuando por fin

el tipo la supo a salvo, se rajó a Europa. Ella casi perdió la carrera. Imagináte. No salía en las revistas, nadie la llamaba. La salvó una nota providencial de *Antena* que la mostraba como una estrellita ociosa. «Si Eva Duarte no trabaja es porque no le ofrecen papeles a su altura», decía la nota. La gente se traga esas píldoras. Después, la salvó el golpe militar. El teniente coronel que dirige las radios se enamoró de ella.

—Entonces ya no necesita que la protejas —dijo Emilio.

—Claro que necesita, porque ahora no quiere a nadie. No quiere nada —dijo Mercedes—. El teniente coronel que le arrastra el ala es casado, como todos los tipos que le han tocado en la vida. Un día de éstos Evita es capaz de llamar a la puerta de su casa y pegarse un tiro ahí mismo, delante de su cara.

Emilio apagó la luz y se quedó mirando la oscuridad. Afuera, el viento movía los árboles y levantaba las astillas de voces que habían quedado en la calle, a la deriva. Después, como ya nada importaba, llegó el olvido.

Volvió a encontrarse con Evita siete años después, en una ceremonia oficial.

—No me reconoció —dijo Emilio—, o fingió que no me reconocía. Era otra. Parecía llena de luz. Parecía que en vez de un alma tuviera dos, o muchas. Pero la tristeza seguía rondándola. Cuando ella menos se daba cuenta, la tristeza le tocaba el hombro y le recordaba el pasado.

Fui fiel a lo que me contó Emilio Kaufman pero no sé si Emilio fue fiel a lo que sabía de Evita. En su relato desentonaban unos pocos nombres y fechas, que he corregido al cotejarlos con las memorias de otra gente. Pude verificar que Evita estuvo internada con el nombre de María Eva Ibarguren en la clínica Otamendi y Miroli de Buenos Aires, entre febrero y mayo de 1943. La clínica ya no conserva los archivos de esa época, pero el Coronel copió la ficha de ingreso y la dejó, con sus demás papeles, en la casa de Cifuentes. No pude dar con Mercedes Printer, aunque sé que vive en algún lugar de México desde 1945. Las historias se pierden o se desfiguran. La memoria del mundo pasa de largo y se retira cada vez más lejos. El mundo pasa de largo y la memoria rara vez encuentra el lugar de su extravío.

11

«UN MARIDO MARAVILLOSO»

El Coronel llevaba meses atormentándose por haber dejado marchar a Evita. Nada tenía sentido sin Ella. Cuando bebía (y cada noche de soledad bebía más), se daba cuenta de que era una estupidez seguir llevándola de un lado a otro. ¿Por qué tenía que entregarla a gente desconocida para que la cuidara? ¿Por qué no le permitían hacerlo a él, que la iba a defender mejor que nadie? Lo mantenían lejos de su cuerpo, como si se tratara de una novia virgen. Era una estupidez, pensaba, tomar tantas precauciones con una mujer casada, ya mayor, que desde hacía más de tres años estaba muerta. Dios mío, cómo la extrañaba. ¿Era él quien daba las órdenes o eran otros? Se había perdido a sí mismo. Esa mujer o el alcohol o la fatalidad de ser un militar lo habían perdido.

Dios mío, la extrañaba. Sólo la había visitado tres veces en el verano y la primavera, pero jamás a solas: Arancibia, el Loco, estaba siempre allí, al acecho de los signos sutiles que alteraban el cuerpo. «Fíjese, Coronel, hoy está más oscura», decía. «Vea cómo se le ha inflamado la arteria plantar, cómo le sobresalen los tendones del extensor en los dedos. Quién sabe si esta mujer sigue viva.» Sentía una sed atroz. ¿Qué le estaba pasando? Tenía sed todo el tiempo. No había fuego ni alcohol que le quitara la sed de las insaciables entrañas.

Ya había pasado lo peor, pensaba. Nunca, sin embargo, nada era lo peor. Había sufrido al verla yaciendo entre muñecas, detrás de la pantalla del cine Rialto. La delgada capa de polvo que lamía el ataúd bajaba de vez en cuando hasta el cuerpo: al levantar la tapa, el Coronel había encontrado un tenue lunar de polvo en la punta de la nariz. Lo limpió con su pañuelo y antes de marcharse recomendó al proyectorista: «Airee esta pocilga. Ahuyente a los ratones con venenos. Mire si todavía, en un descuido, los bichos se comen a la Difunta». A la semana siguiente, sucedió lo que más había temido: el cuerpo amaneció rodeado de flores y de velas. No encontró cartas de amenaza: sólo un par de fósforos al lado del cajón. Era una pesadilla. Tarde o temprano la descubrirían. ¿Quién, quiénes? El enemigo no aflojaba: parecía estar movido por una obsesión más honda que la suya.

Entre una y otra mudanza recurría, muy a su pesar, al embalsamador. Lo llamaba para que dijera si el cuerpo seguía intacto. Casi no hablaban. Ara se calzaba el guardapolvo y los guantes de goma, se encerraba dos o tres horas con la Difunta, y al salir dictaminaba siempre lo mismo: «Está sana y salva, tal como la dejé».

Cada mañana, al entrar en su despacho, el Coronel anotaba en fichas los movimientos del cadáver. Quería que el presidente supiera cuánto había hecho para protegerlo de la adversidad, del fanatismo y de los incendios. Llevaba la cuenta de las horas en que la nómade iba y venía por la ciudad, sin puntos de llegada ni de partida. No había lugar seguro para Ella. Cada vez que la anclaban en alguna parte sucedía algo terrible.

Una vez más, el Coronel estudió sus fichas. Desde el 14 de diciembre de 1955 al 20 de febrero de 1956, la Difunta estuvo tras la pantalla del cine Rialto: la habían dejado una noche de lluvia repentina y habían tenido que llevársela en pleno día, después de otra tormenta. El camión donde la retiraron quedó atascado en las honduras de la calle Salguero, bajo el puente del ferrocarril. Una carreta de mulas lo había remolcado. «El conductor me cobró sesenta pesos», anotó el Coronel en una de las fichas. «Esperé a que el carburador estuviera seco y dejé a Persona en la esquina de Viamonte y Rodríguez Peña las noches del 20 y 21 de febrero». En las fichas la llamaba a veces Persona, a veces Difunta, a veces ED o EM, abreviando Eva Duarte y Esa Mujer. Cada vez era más Persona y menos Difunta: él lo sentía en su sangre, que se enfermaba y cambiaba, y en otros como el mayor Arancibia y el teniente primero Fesquet, que ya no eran los mismos.

Desde el 22 de febrero hasta el 14 de marzo —leyó en las fichas—, Evita había yacido en paz en los depósitos militares de la calle Sucre 1835, sobre las barrancas de Belgrano. «La caja con el cuerpo, que entre nosotros llamamos "el cofre armero", está en la segunda línea de anaqueles, al fondo del galpón, entre martillos, vástagos de martillos, pasadores, cerrojos y agujas percutoras descartadas de una partida de pistolas Smith & Wesson. Nadie toca las cajas desde hace por lo menos cuatro años.» Entre el 10 y el 12 de marzo, Vigilancia descubrió a dos suboficiales, el cabo primero Abdala y el sargento Llubrán, observando de cerca el ataúd. «La mañana del 13», decía la ficha siguiente, «me apersoné en el depósito de Sucre para la inspección de rutina. Advertí en el cajón una hendidura o marca efectuada con navaja, en forma de media luna o letra ce, y a la derecha una raya diagonal, cuyo extremo inferior llega a la base de la ce, y que quizá sea la mitad de una letra ve sin terminar. ¿Comando de la Venganza? Galarza y Fesquet suponen que las hendiduras son raspones casuales. Arancibia, en cambio, coincide con mi opinión: la Difunta ha sido detectada. Ordeno que de inmediato sean detenidos los suboficiales Llubrán y Abdala y que se los someta al interrogatorio más severo. No dicen nada. Ahora debemos trasladar a la Difunta en una nueva caja, dado que la anterior está marcada.»

Desde entonces, la nómade no había cesado de desplazarse, cada vez por períodos más cortos. Adonde quiera migraba el cuerpo, lo seguía su cortejo de flores y de velas. Aparecían de súbito, a la primera distracción de los guardias: a veces una sola flor y una sola vela, nunca apagada.

El Coronel recordaba muy bien la mañana del 22 de abril: la nómade tenía un aspecto exhausto después de tres semanas de errancia en camionetas, ómnibus del ejército, sótanos de batallones y cocinas de distritos militares. Ya se había resignado a sepultarla en el cementerio de Monte Grande cuando Arancibia, el Loco, ofreció una solución de providencia: ¿y si la guarecían en su propia casa?

El Loco vivía en el barrio de Saavedra en un chalet de tres plantas: en la de abajo se desplegaban el living comedor, el cuarto de servicio y la cocina, con una puerta que descendía al garaje y al jardín; en la otra, el dormitorio matrimonial, el de huéspedes y un baño. Frente al primero de los cuartos se abría una puerta que daba a la bohardilla: allí guardaba el Loco sus archivos, los mapas de la Escuela de Guerra, una mesa de arena con soldados de plomo que seguían librando la interminable batalla del Ebro y el uniforme de cadete. Esa bohardilla, pensaba, era el lugar ideal para esconder a Evita.

¿Y la esposa? El Coronel examinó el parte médico: «*Elena Heredia de Arancibia. Edad: 22 años. En estado de gravidez: décima tercera semana de embarazo*». Ahora ya ni siquiera recordaba el orden en que habían sucedido los hechos. El cuerpo fue trasladado a Saavedra la madrugada del 24 de abril, entre las tres y las cuatro. Yacía en una caja de nogal sin lustrar, oscura, simple, con sellos oficiales estampados a fuego: «Ejército Argentino». Bajo una luz tenue, de cuarenta vatios, el Loco y él habían trabajado hasta las seis en el garaje grasiento, que olía a moho y a tabaco barato. A intervalos escuchaban los pasos apagados de la esposa.

Eran sólo dos hombres cansados cuando subieron la pesada caja a la bohardilla, tropezando con las estrechas curvas de la escalera y las barandas demasiado altas. El Coronel oyó a la esposa yendo y viniendo por el dormitorio, la oyó gemir y llamar con voz ahogada, como si tuviera un pañuelo en los labios:

—Eduardo, ¿qué pasa, Eduardo? Abrí la puerta, por favor. Me siento mal.

—No le haga caso —murmuró el Loco en el oído del Coronel—. Es una malcriada.

La esposa seguía gimiendo cuando izaron por fin la caja y la dejaron entre los mapas. La luz pálida del amanecer entraba por las ranuras de la ventana. El Coronel se sorprendió por el orden escrupuloso de los objetos y reconoció el momento en que Arancibia había interrumpido la batalla del Ebro en la mesa de arena.

Tardaron otro largo rato en cubrir a la Difunta con parvas de legajos y expedientes. A medida que las hojas iban apagándolo, el cuerpo se defendía lanzando señales tenues: un hilo muy delgado de olores químicos y un reflejo que, al flotar en el aire quieto, parecía incubar una redecilla de nubecitas grises.

—¿Siente? —dijo el Loco—. La mujer se ha movido.

Retiraron los papeles y la observaron. Estaba quieta, impávida, con la misma sonrisa aleve que tanto inquietaba al Coronel. Se quedaron mirándola hasta que la mañana se les confundió con la eternidad. Entonces volvieron a cubrirla con su mortaja de papeles.

A ratos les llegaba el quejido de la esposa. Oían frases desgarradas, sílabas que tal vez dijeran: «Sed, duardo. Sed, agua», nada claro. Los sonidos daban vueltas ciegas de moscardón, sin resignarse a partir.

Había dos cerraduras en la pesada puerta de nogal de la bohardilla, al pie de la escalera. Arancibia mostró las llaves de bronce, largas, antes de introducirlas en las ranuras y girar.

—Son las únicas —dijo—. Si se pierden, hay que voltear la puerta.

—Es una puerta cara —opinó el Coronel—. No me gustaría romperla.

Eso había sido todo. Se había marchado y, en el mismo instante, había empezado a extrañarla.

Durante las semanas que siguieron el Coronel se esforzó seriamente en olvidar la soledad y el desvalimiento de Evita. Está mejor como está ahora, se repetía. Ya no la asedian los enemigos ni hay que protegerla de las flores. La luz de la ventana se desliza por su cuerpo al atardecer. ¿Y él que ganaba con eso? La ausencia de Evita era una tristeza difícil de soportar. A veces encontraba, pegados en las paredes de la ciudad, restos de afiches con su cara. En jirones, manchada, la Difunta sonreía sin inteligencia desde ese ningún lugar. Dios mío, cómo la extrañaba. Maldecía la hora en que había aceptado el plan de Arancibia. Si lo hubiera examinado un poco más le habría encontrado fallas. Y Ella estaría escondida en algún rincón de su despacho. Podría levantar la tapa de la caja en ese mismo instante y contemplarla. ¿Por qué no lo había hecho? Dios mío, cómo la odiaba, cómo la necesitaba.

Anotaba en sus fichas las nadas que sucedían: *7 de mayo. Mandé a lustrar las botas y las espuelas. No pasó nada. /// 19 de mayo. Me encontré con Cifuentes en la Richmond. Tomé siete claritos. No conversamos de nada. /// 3 de junio. Fui a misa de diez en el Socorro. Vi a la viuda del general Lonardi. La encontré un poco decaída. Amagué saludarla. Me torció la cara. Domingo, en el Servicio: no había nadie.*

El 9 de junio, poco antes de la medianoche, oyó una escuadrilla de aviones de transporte que volaba rumbo al sur. Se asomó la ventana y le extrañó no ver luces en el cielo: sólo el fragor de las hélices y la oscuridad helada. Entonces sonó el teléfono. Era el ministro de ejército.

—Se alzó el tirano, Moori —dijo.

—¿Ha vuelto? —preguntó el Coronel.

—Cómo se le ocurre —dijo el ministro—. Ése no vuelve

más. Se alzaron unos pocos dementes que siguen creyendo en él. Vamos a decretar la ley marcial.

—Sí, mi general.

—Usted tiene una responsabilidad: el paquete. —El presidente y los ministros llamaban a la Difunta «el paquete».

—Si alguien trata de quitárselo, no dude ni un instante. Fusílelo.

—La ley marcial —repitió el Coronel.

—Eso: no dude.

—¿Dónde han dado el golpe? —preguntó el Coronel.

—En La Plata. En La Pampa. No tengo tiempo de explicarle. Muévase, Moori. La llevan de bandera.

—No entiendo, mi general.

—Los rebeldes llevan una bandera blanca. En el medio hay una cara. Es la de ella.

—Sólo un detalle más, mi general. ¿Hay nombres? ¿Han identificado a los delincuentes?

—Usted debiera saberlo mejor que yo y no lo sabe. En una plaza de La Plata han encontrado panfletos. Los firma un tal Comando de la Venganza. Eso explica bien claro de qué gente se trata. Quieren venganza.

Antes de salir, oyó las órdenes de combate. Cada cinco minutos las leían por radio: «Se aplicarán las disposiciones de la nación en tiempos de guerra. Todo oficial de las fuerzas de seguridad podrá ordenar juicio sumarísimo y penas de fusilamiento a los perturbadores de la seguridad pública».

El Coronel se puso el uniforme y ordenó que veinte soldados lo acompañaran a Saavedra. Sentía la garganta seca y el pensamiento enmarañado. Vio las heridas de las estrellas en el cielo limpio. Se alzó el cuello del capote. El frío era atroz.

Montó un puesto de guardia a la entrada de los chalets y dispuso rondas de tres hombres por las escasas calles del barrio. Se ocultó en una esquina, bajo un porche, y miró cómo pasaba la noche. Entre dos azoteas blancas encontró la silueta de la bohardilla. Evita estaba allí y él no se animaba a subir y a mirarla. Debían de estar siguiéndolo. Adonde él vaya —dirían los del Comando de la Venganza— ha de estar Ella. ¿Cómo la llamarían? Al Coronel le intrigaban los infinitos nombres que le daba la gente: Señora, Santa, Evita, Madremía. Él también la llamaba Madremía cuando el desconsuelo se posaba en su corazón. Madremía. Estaba allí, a unos pasos, y no podía tocarla. Pasó dos veces frente al chalet del Loco. Había una luz en lo alto: azul, velada, una luz de vapores. ¿O eran ideas? Un río de sonidos le llegaba desde alguna parte y no sabía de dónde: «Esta es la luz de la mente, fría y planetaria. Los árboles de la mente son negros. La luz es azul».

Alguien lo tomó del brazo al amanecer. Era el Loco. Parecía recién bañado. El pelo relucía bajo una coraza de gomina fresca.

—Voy a relevarlo, mi coronel —dijo—. Ya ha terminado todo.

—¿Qué hace aquí, Arancibia? Debería estar en su casa, cuidándola.

—Ella se cuida sola. No necesita a nadie. Cada día vive más.

No era la primera vez que lo decía: «Cada día vive más». Son frases propias de este país, pensaba el Coronel. No se podrían oír en otra parte: «Cada día vive más. Cada día canta mejor».

—¿Cómo sabe que ha terminado todo? —preguntó.

—Llamé al comando en jefe. Nadie resiste. Ya han fusilado a quince. Nadie va a quedar vivo. El presidente quiere un escarmiento.

—Mejor así. Que los maten a todos —dijo el Coronel. Metió las manos en los bolsillos del capote. Sintió el peso de la oscuridad en la garganta sedienta. Casi no le quedaba voz cuando habló otra vez: —A lo mejor tenemos que mover el cuerpo, Arancibia. A lo mejor ya saben que está acá.

—Nadie sabe —dijo el Loco—. Es la primera vez en meses que no lo encuentran. No hubo una sola flor, una sola vela.

El Coronel quedó un rato en silencio.

—Tiene razón —dijo al fin—. No saben dónde está.

¿Cuánto tiempo había pasado desde entonces: un mes, cuarenta días? Se le había enfermado el corazón de tanto extrañarla. Y todo para qué: tanta desolación ya no servía de nada. En el momento menos esperado había ocurrido lo terrible. Más de una vez había tratado de resignarse leyendo lo que sobrevivía de aquella historia en el relato de Margarita Heredia de Arancibia, la doble cuñada del Loco: dos hermanas casadas con dos hermanos. Seguía leyendo lo que ya sabía casi de memoria. Margarita o Margot había declarado más de tres horas ante el juez militar, y el resumen de la versión taquigráfica estaba ahí, en las fichas. El Coronel había apuntado en los márgenes de la primera hoja un detalle que le llamó la atención: cada vez que se refería a sí misma, la testigo hablaba en tercera persona. Donde estaba escrito «Margot y su hermana», se debía leer «Yo y mi hermana», o «Yo y Elena». Era de lo más raro. Sólo en las frases finales de la declaración, Margarita resbalaba hacia su propio yo con cierta vergüenza, como si no se le pesara la idea de ser otra vez ella misma.

Ficha 1

«Margot y su hermana Elena vienen de una familia muy sana, los Heredia. Ambas descienden en línea directa de Alejandro Heredia, uno de los gobernadores federales más ilustres de Tucumán. Han sido educadas en el temor de Dios, el amor a la patria y la defensa del hogar por encima de todo. Sólo a la luz de estos valores se entiende por qué sucedió lo que sucedió.

»Margot fue la primera en casarse. Eligió a un militar buen mozo y culto, de origen santiagueño, con el que fue muy feliz los primeros dos años del matrimonio. La única mancha en la pareja era que el esposo, Ernesto Arancibia, entonces capitán, se negaba a tener familia. Margot, muy desdichada, entró en sospechas e hizo algunas averiguaciones. Se enteró entonces que dos de los tíos maternos de Ernesto eran débiles mentales y estaban internados en un hospicio. También supo que el hermano menor de Ernesto, llamado Eduardo, había caído enfermo de meningitis a los siete meses de edad y que aún sufría secuelas nerviosas. Dedujo entonces que si Ernesto no quería hijos era por miedo a que nacieran con taras.

»Margot tuvo la desgracia de conocer estos detalles cuando su hermana Elena estaba ya comprometida con Eduardo Arancibia y faltaban dos meses para la fecha del enlace. Sin saber qué actitud adoptar, Margot buscó el consejo de su madre, con la que fueron siempre muy unidas. Con sabiduría cristiana, la madre dijo que ya era tarde para hacer una revelación tan grave, y que debían evitarse enemistades entre la familia Heredia y la familia Arancibia. "No veo por qué negarle a Elenita", dijo, "el destino que ya tiene Margot".

»Eduardo era también capitán en esa época y le llevaba doce años a su prometida. Había superado sin problemas los exámenes médicos del colegio militar y el único signo de la meningitis era su carácter cambiante, casi lunático, que Elena sobrellevaba con buen humor. A los dos los unía un catolicismo fervoroso. Comulgaban todos los domingos y formaban parte de la milicia angélica, que es muy exigente con la ortodoxia y los preceptos. Margot temía que su hermana Elena quedara embarazada tarde o temprano. Esa fatalidad no tardó en suceder.»

FICHA 2

«Elena informó a Eduardo de su embarazo el 10 de abril. Afectado quizá por la noticia, el esposo tuvo esa misma tarde unas convulsiones terribles: los músculos del ojo izquierdo se le pusieron rígidos. Le diagnosticaron una ligera irritación de la duramadre, derivada de la meningitis infantil.

»Aunque Eduardo se repuso muy pronto de su dolencia, Margot advirtió que el ojo izquierdo se le ponía rígido cuando estaba nervioso. Se volvió también extraño y taciturno.

· »Así llegamos a finales de abril. La hermana de Margot, que llevaba ya más de una semana con vómitos y trastornos sin importancia, tuvo una pérdida alarmante de sangre. Se le recomendó absoluto reposo. Su madre insistió en acompañarla, pero Eduardo se opuso. Argumentó que debía recibir en su casa a unos oficiales del Servicio de Inteligencia y separar con ellos algunos documentos confidenciales que iban a guardar en la bohardilla. Parecía muy ansioso y Elena, con su sexto sentido de mujer, malició que algo raro sucedía.

»A pesar de lo que Eduardo había prometido, esa noche no fue a cenar. A Elena se le agravaron las pérdidas y trató de hablar por teléfono con Margot o con su madre para que la trasladaran en una ambulancia. No quería permanecer ni un minuto más desvalida en su propia casa. Cuál no sería su angustia cuando descubrió que el teléfono estaba descompuesto. Dos o tres veces hizo esfuerzos para levantarse, pero sentía una gran debilidad y tenía miedo de abortar. Entre las diez y las once de la noche pudo al fin dormirse. Horas después la despertaron unos ruidos muy fuertes localizados en el garaje. Oyó la voz de su marido y también identificó la del coronel Moori Koenig. Los llamó varias veces y hasta se puso a golpear el piso de su cuarto con una silla, pero ninguno de los dos tuvo la consideración de contestarle.»

Ficha 3
«Despúes los sintió acercarse. Transportaban algo pesado y cada dos o tres pasos se detenían. Elena decidió salir. Se movía con lentitud, agarrándose el vientre para conte-

ner la sangre. Así llegó a la puerta. Trató de abrirla y, con la desesperación que es de imaginar, descubrió que estaba cerrada desde afuera.

»La debilidad la derribó. Sin saber qué hacer, espió por el hueco de la cerradura. La hermana de Margot siempre había sido sumamente discreta pero aquélla era una situación de fuerza mayor. Vio a su esposo y al coronel Moori Koenig llevar a la bohardilla, con suma dificultad, una caja que parecía un ataúd. En vano les suplicó Elena que le dieran un vaso de agua. Sentía una debilidad extrema y una sequedad atroz en la garganta. Por fin se desvaneció.

»Ni Margot ni su madre pudieron saber cuántas horas yació la pobre sin conocimiento. A eso de las diez de la mañana, Eduardo las llamó desde el hospital militar. Elena había sido internada con una ligera deshidratación y, a pesar de los temores de la familia Heredia, tanto ella como su hijo estaban gracias a Dios fuera de peligro.

»Alarmada por el estado de completa postración en que la encontró, la madre le fue arrancando la historia de la terrible noche. A medida que se enteraba de los detalles, aumentaba su indignación. Sin embargo, cuando Elena le dijo que no quería vivir más con Eduardo y le suplicó que le permitiera regresar a la casa paterna, la madre le recordó las obligaciones que había contraído ante el altar.»

FICHA 4

«Las actitudes de Eduardo se fueron volviendo más y más extrañas a medida que pasaban las semanas. Permanecía muchas horas en la bohardilla, encerrado con llave, y cuando veía a Elena ni siquiera le preguntaba por su salud. También ella había cambiado. La ansiedad le provocaba un incesante deseo de comer dulces. Estaba tan gorda que casi parecía otra persona.

»En mayo se le dio a Eduardo por la egiptología. Llenó la casa de tratados sobre las momias del Museo Británico y empezó a levantarse en medio de la noche para subrayar fragmentos de un *Libro de Muertos*. Elena advirtió que las secciones marcadas enseñaban cómo dar de comer y cómo enjoyar a cuerpos que estaban ya en el otro mundo. Más extraño todavía se volvió Eduardo durante la semana y media que pasó leyendo *Sinhué el egipcio*, la novela de Mika Waltari que había estado de moda dos o tres años antes. Una mañana de domingo, poco antes de ir a misa y mientras su marido estaba duchándose, Elena se atrevió a hojearlo. En una de las páginas, Eduardo había escrito "Eso! Eso!" con un lápiz rojo.

»Y ahora, señor juez, Margot desea leerle unas pocas líneas de esa novela, para que conozca usted los abismos de locura en los que había caído Eduardo Arancibia.»

FICHA 5

«De *Sinhué el egipcio*, libro cuarto, titulado "Nefernefernefer", capítulo 4: *El júbilo de los embalsamadores llegaba a su colmo cuando recibían el cadáver de una mujer joven (...) No la arrojaban en seguida al aljibe. Se la jugaban a la suerte y la hacían pasar la noche en la cama de uno de ellos (...) Se justificaban contando que cierta vez, durante el reinado del gran rey, habían llevado a la Casa de la Muerte a una mujer que se despertó durante el tratamiento, lo cual fue un milagro (...) No había deber más piadoso para los embalsamadores que tratar de repetir el milagro dando calor con sus espantosos cuerpos a las mujeres que les llevaban.*»

FICHA 6

«Avergonzada e inquieta, Elena comentó a Margot las lecturas sacrílegas que ocupaban la mente de su marido. La hermana dedujo de inmediato que la clave del secreto se encontraba en la bohardilla y se ofreció a subir con ella para ver de qué se trataba. Elena le explicó que eso era imposible: Eduardo había clausurado la puerta con dos cerraduras y sólo él tenía las llaves. Además, le había prohibido de modo terminante que subiera. "A lo mejor anda con otra mujer", le dijo Margot a su hermana sin pensar en lo que podían significar esas palabras. "A lo mejor esconde ahí cartas de amor o quién sabe qué otras infamias". Esa insinuación provocó gran dolor en Elena, pero también el deseo de aclarar cuanto antes el secreto. "Margot, ayudáme", le dijo a su hermana. "Se me cruzan toda clase de ideas por la cabeza. Hasta tengo miedo de que Eduardo sea un Barba Azul".

»Margot decidió consultar a un cerrajero del Colegio Militar y, con la ayuda de éste, sacó los moldes de las dos cerraduras. Las llaves eran grandes, pesadas, con muescas curvas, y el operario tardó casi una semana en lograr que encajaran bien.

»Las hermanas estuvieron listas para subir a la bohardilla el 2 o el 3 de julio. En su confesión del domingo, que era el primer día del mes, Elena decidió contarle toda la historia a su guía espiritual, un padre salesiano ya muy mayor. El sacerdote insistió en que obedeciera al marido y no violara un secreto tan importante. Elena salió del confesionario desgarrada por la duda y aquel mismo domingo pidió el consejo de su madre. Fue una larga discusión. La madre coincidió en que era imperioso averiguar la verdad porque Elena podía perjudicar su embarazo si continuaba con aquella tensión nerviosa. Margot, que estaba de acuerdo con la madre, insistió en que su hermana no podía subir sola a la bohardilla y se ofreció una vez más a acompañarla. Elena no dejaba de llorar y de repetir la orden que le había dado el confesor.»

Ficha 7

«Muchos trapos salieron al sol en la conversación que la familia Heredia tuvo ese domingo. Margot supo que Eduardo había recibido una o dos veces la visita del doctor Pedro Ara, un diplomático y médico español que tenía fama mundial como embalsamador. Los dos se encerraban varias horas en la bohardilla y en una ocasión hasta hirvieron jeringas e instrumentos médicos. Quedó muy alarmada al oír esa historia. Por más vueltas que le daba al asunto, no podía imaginar qué se estaba tramando.

»Al fin, oyendo las súplicas de su familia, Elena aceptó averiguar qué pasaba, pero impuso una condición inflexible: subiría sola. Quería decidir por sí misma, con el único auxilio de su confesor, cómo enfrentar a Eduardo si le descubría una amante.

»Los días siguientes fueron de terrible inquietud para Margot. Tenía malos presentimientos. Una noche le dijo a Ernesto, su marido: "Me parece que lo de Elena y Eduardo ya no va más". Pero él no hizo preguntas.

»Así llegamos al viernes 6 de julio de 1956. Esa noche, Eduardo debía cumplir su guardia semanal en el Servicio. Era un turno de doce horas, que comenzaba a las siete de la tarde. Elena podía disponer de toda la noche para subir a la bohardilla. Había escondido las llaves en el corpiño y hasta dormía con ellas. Era el mejor lugar, porque no tenía relaciones con su marido desde que se confirmó el embarazo. De todos modos sentía miedo. Más de una vez Eduardo se había presentado de improviso en la casa durante su turno de guardia y se había encerrado en la bohardilla sin decir palabra. Elena pensaba actuar rápido. No tardaría más de una hora en revisar los viejos mapas y el extraño cajón de madera. Así se lo dijo a Margot la última vez que hablaron por teléfono.»

FICHA 8

«Esa medianoche no se borrará nunca de la memoria de Margot. Estaba durmiendo en su casa de la calle Juramento, donde todavía vive, cuando la despertó el timbre del teléfono.

»Era Eduardo. Hablaba con una voz enferma, descompuesta. "Ha sucedido una tragedia", le dijo a su hermano. "Vení a mi casa ya mismo. Que nadie te acompañe, nadie."

»Margot, que tenía la oreja pegada al auricular, se puso como loca. "Preguntále qué pasa", le dijo a su marido.

»"Elena, Elenita, una tragedia, está herida", dijo Eduardo llorando. Y cortó.

»Por supuesto, Ernesto dio de inmediato parte al coronel Moori Koenig, que era el superior de Eduardo, y se vistió para salir. Con el corazón oprimido por la suerte de su hermana, Margot insistió en ir ella también. El viaje a Saavedra se hizo eterno. Al llegar, pensaron que tal vez habían soñado la llamada, porque el chalet estaba a oscuras y el silencio era absoluto. Pero dos personas nunca sueñan el mismo sueño, aunque estén casadas. La puerta de calle estaba abierta. En la planta alta, Eduardo se abrazaba desconsolado al cuerpo ya sin vida de Elena.

»Qué sucedió realmente es un secreto que la hermana de Margot se llevó a la tumba. Los vecinos creyeron oír una discusión, gritos y dos disparos. Pero en el cuerpo de Elena había sólo una bala, que le atravesó la garganta. Eduardo acepta que él hizo los disparos. Ha dicho que en la oscuridad de la bohardilla confundió a Elena con un ladrón. Su arrepentimiento parece sincero y la familia Heredia ya lo ha perdonado. Pero lo que Margot vio esa noche es tan increíble que duda de todo: duda de sus sentidos, duda de sus emociones y también duda, por supuesto, del hombre que sigue siendo su cuñado.»

FICHA 9

«Mientras Ernesto reconfortaba a Eduardo, Margot vio un resplandor azul en la bohardilla y trató de apagarlo. Aunque movió varias veces la llave de la luz, no pudo: el resplandor siguió ahí. Decidió entonces subir. La escalera estaba llena de sangre, y Margot tuvo que aferrarse a la pared para no resbalar. En ese momento pensó que su primer deber con la hermana muerta era limpiar la sangre, pero lo que vio en la bohardilla hizo que olvidara por completo esa cristiana intención.

»El resplandor azul brotaba de la caja de madera y proyectaba una forma transparente y muy trabajada, que parecía un encaje fantasmal o un árbol deshojado. El doctor Ara, que visitó la casa de Elena ese mismo día, dedujo que yo había visto, que Margot había visto no una luz sino el mapa de la enfermedad llamada cáncer, pero no atinó a explicar qué clase de fuerza mantenía esa imagen en el aire. Alrededor de la caja estaban desparramados miles de papeles y carpetas, y en todos había manchas de sangre. Me acerqué aterrada. Recuerdo que mi boca estaba seca y que de pronto me quedé sin voz. Entonces la vi. Sólo la vi un instante pero es como si todavía estuviera viéndola y Dios me hubiera condenado a verla para siempre.

»Desde que la vi supe que era Evita. No sé por qué la habían llevado a la casa de Elena ni quiero saberlo. Ya no sé lo que quiero saber y lo que no. Evita estaba tendida en la caja, serena, con los ojos cerrados. El cuerpo, completamente desnudo, era azul, no de un azul que pueda explicarse con palabras sino transparente, de neón, un azul que no era de este mundo. Al lado de la caja había un banco de madera que sólo podía servir para velar a la muerta. Había también manchas horribles, no sé qué, porquerías, Dios me perdone, Eduardo había estado con el cadáver todas esas semanas.

»La realidad es un río. Los hechos llegan y desaparecen. Todo sucedió como un fogonazo, en pocos segundos. Caí desvanecida. Quiero decir: Margot cayó. Se despertó en el cuarto a oscuras, la luz azul se había evaporado, sus manos y sus ropas estaban llenas de sangre.

»Así bajó y se lavó como pudo. No tenía vestidos para cambiarse y se puso uno que era de Elena, de lanilla, con aplicaciones de terciopelo. Desde el baño oyó al coronel Moori Koenig que llegaba. También oyó decir a Ernesto, su marido: "Esta historia no debe trascender. No debe salir del ejército". Y oyó que Moori Koenig lo corregía: "Esta historia no debe salir *de esta casa*. El mayor Arancibia le disparó a un ladrón. Eso fue todo: un ladrón." Eduardo sollozaba. Al verme con el vestido de su esposa, palideció. "Elena", balbuceó. Y después dijo: "Elita". Me le acerqué: "Eva, Evena", repitió, como si me llamara. Sus ojos estaban fijos en ninguna parte, el ser se le había ido. Repitió esa letanía toda la noche: "Evena, Elita".

»El coronel Moori Koenig me pidió que lavara el cuerpo de mi hermana y lo preparara para la capilla ardiente, la mortaja. Lloré mientras lo hacía. Le acaricié el vientre, los pechos hinchados. El vientre se le hundía, doblado por el peso de la criatura muerta. Ya estaba casi rígida y me costó abrirle los dedos para poder entrelazarlos. Cuando por fin lo conseguí, noté que tenía aferradas las llaves de la bohardilla, las dos llaves estaban manchadas de sangre como en el cuento de Barba Azul.»

En las semanas de vigilias y averiguaciones que siguieron, el cuerpo del Coronel cambió. Le salieron bolsas oscuras bajo los ojos y unas estrellas de várices en los tobillos. Mientras llevaban a la Difunta de un lado a otro, sentía mareos y acideces que no lo dejaban dormir. Cada vez que se veía reflejado en las ventanas de su despacho se preguntaba por qué. Qué me puede estar pasando, decía. El 22 de enero voy a cumplir cuarenta y dos años. Un hombre que se vuelve viejo a mi edad es porque no sabe vivir o porque tiene ganas de morir. Yo no tengo ganas de morir. Esa mujer es la que me quiere ver muerto.

Durante toda la noche del 6 de julio había tratado de ocultar el crimen. Al amanecer se dio cuenta de que no podría. Los vecinos habían oído una discusión entre Elena y Eduardo y después los disparos. Todos hablaban de dos disparos pero el Coronel sólo veía el rastro de uno: la bala que tenía Elena en las honduras de su garganta.

—Nadie supo jamás la verdad de lo que había pasado —me dijo Aldo Cifuentes casi treinta años después—. Moori Koenig se había hecho una idea pero le faltaban partes del rompecabezas. El error fue dejar a la Difunta en la bohardilla de Arancibia. El cuerpo inmóvil había ido seduciendo al Loco día tras día. Sólo pensaba en volver a su casa para poder contemplarlo. Lo había desvestido. Al lado del cajón puso un banquito de madera donde vaya a saber qué hacía. Debía escrutar los detalles del cuerpo: las pestañas, la curva fina de las cejas, las uñas de los pies, que seguían pintadas con un esmalte transparente, el ombligo abultado. Si antes la había sentido moverse, cuando estaba a solas con Ella tal vez la creía viva. O esperaba que resucitara, como lo indican sus lecturas de *Sinhué el egipcio*.

Los vecinos declararon que entre las nueve y las diez de la noche hubo una discusión a gritos. Un mayor retirado que vivía enfrente de los Arancibia oyó decir al Loco: «¡Te agarré, hija de puta!». Y a Elena, que lloraba: «No me matés, perdonáme». A las seis de la mañana llegó el juez militar. A las siete, el ministro de ejército ordenó que el doctor Ara examinase el cadáver. El embalsamador no advirtió nada irregular. Una semana antes había estado en el chalet, inyectando soluciones de timol en la arteria femoral. Moori Koenig se indignó con Ara por haber tocado a la Difunta sin su permiso ni conocimiento. «El mayor Arancibia me dijo que era usted quien lo pedía», explicó el embalsamador. «Me dijo que el cuerpo cambiaba de posición cuando lo dejaban solo y que ustedes no sabían por qué. Hice un examen escrupuloso del cadáver. Tiene pequeñas hendiduras, se advierte que lo han zarandeado mucho. Pero, en lo esencial, no ha cambiado desde que me lo quitaron.» Su tono era, como siempre, sobrador, mordiente. Moori Koenig se contuvo para no pegarle una trompada. Salió de la casa del crimen con una depresión atroz. A las diez de la mañana, llamó a Cifuentes por teléfono para invitarlo a beber. Tenía la voz desfigurada por el alcohol y en medio de una frase se alejó del tubo y balbuceó estupideces: «Evena, Elita».

Durante el velatorio de Elena y los rezos de nueve

noches por el descanso de su alma, el cuerpo de Eva Perón
siguió en la bohardilla, protegido por las crestas de legajos
y documentos. Había dos muertas en la casa pero nadie
podía hablar de ninguna. Los hechos avanzaban a la deriva, como si buscaran un lugar y no tuvieran cabida. El 17
y el 18 de julio, Eduardo Arancibia fue sometido a juicio
en los tribunales del ejército. Sus defensores lo alentaron
en vano a que suplicara clemencia: no habló, no pidió disculpas, no respondió a las preguntas impacientes del juez.
Sólo al atardecer del segundo día se quejó de llamas en la
cabeza. Gritó, con irreverencia: «¡Me duelen las llamas!
Evina, Evena, ¿dónde te has metido?». Fue sacado a la
fuerza. No estaba en la sala del juicio cuando lo condena-
ron a prisión perpetua en la cárcel de Magdalena. Por
decoro o por escrúpulos de secreto, el juez decidió que el
caso fuera archivado con una carátula falsa: *Homicidio por
accidente.*

En esos días, la Difunta regresó a la errancia que le
causaba tanto daño: de uno a otro camión, en calles que
nunca eran las mismas. La desplazaban al azar por la ciudad lisa, interminable: la ciudad sin trama ni pliegues.
Como el Coronel no se apartaba de su infierno de alcohol,
el capitán Milton Galarza tomó las riendas del Servicio:
diseñó los desplazamientos de la Difunta, le compró un
sayal nuevo, cambió el orden de las guardias. A veces,
cuando veía el camión con el cuerpo bajo las ventanas de
su oficina, lo saludaba con algún balido del clarinete que
desquiciaba a Mozart o a Carl Maria von Weber. Una
mañana, le informaron que habían encontrado velas cerca
de la ambulancia donde estaba confinado el cuerpo. Podían ser casuales: eran tres velas chatas, encendidas al pie
de un monumento en la plaza Rodríguez Peña. Los soldados de guardia, que ya reconocían los signos, no habían
oído nada fuera de lo común. Galarza decidió que, de
todos modos, había llegado el momento de cambiar «el
cofre armero». Mandó comprar una caja de pino basto,
sin adornos ni manijas, y a los costados hizo pintar, con

letras de embalaje: «Equipos de radio. LV2 La Voz de la Libertad».

En su despacho, a solas, el Coronel se entregaba cada vez más a la tristeza, al sentimiento de pérdida. Desde que recibía en su casa cartas anónimas y llamadas de amenaza, no se acercaba a Evita. No podía. «Si te vemos con Ella te arrancamos los huevos», decían las voces. Nunca eran las mismas. «¿Por qué no la dejás en paz?», repetían las cartas. «Te seguimos día y noche. Sabemos que donde estés vos va a estar Ella». Le daban órdenes: «Te damos plazo hasta el 17 de octubre para entregar el cuerpo a la CGT»; «Te prohibimos que la llevés al SIE». No soportaba obedecer y sin embargo obedecía. La extrañaba. Si la tuviera cerca de mí, pensaba, no sentiría tanta sed. Nada lo saciaba.

Había cambiado tres veces su número de teléfono pero el enemigo siempre lo encontraba. Una madrugada llamó una voz de mujer y, atontado, le pasó el tubo a su esposa. Ella lo soltó, gritando.

—¿Qué te ha dicho? —preguntó él—. ¿Qué quieren los hijos de puta?

—Dice que hoy, a las doce, nos van a reventar la casa. Que nos han envenenado la leche de las chicas. Que me van a cortar los pezones.

—No le hagás caso.

—Quiere que devuelvas a esa mujer.

—¿Qué mujer? Yo no sé nada de ninguna mujer.

—La madre, dijo. Santa Evita, dijo. Madremía.

A las doce estalló un cartucho de dinamita en el palier. Saltaron las ventanas, los jarrones, la vajilla. Las esquirlas de vidrio hirieron en el pómulo a la hija mayor. Tuvieron que llevarla al hospital: doce puntos de sutura. Podían haberla desfigurado sin remedio. Persona le había hecho más daño que nadie, y sin embargo la extrañaba. No dejaba de pensar en ella. De sólo recordarla sentía ahogos, espasmos en el pecho. A mediados de agosto cayó una tormenta que adelantaba la primavera y el Coronel decidió que su larga sumisión a la fatalidad ya no tenía sentido. Se afeitó, se dio un baño de inmersión que duró más de dos horas y se puso el último uniforme sin estrenar que le quedaba. Luego salió a la lluvia. La Difunta seguía estacionada en la calle Paraguay, frente a la capilla del Carmen: dos soldados vigilaban la calle; otros dos protegían el ataúd, dentro de la ambulancia. El Coronel les ordenó subir al vehículo y manejó hasta la esquina de Callao y Viamonte. Dejó a Persona allí, delante de sus ojos, al pie de su despacho.

Ahora, se dijo, no habría enemigo que pudiera enfrentarlo. A Cifuentes, que lo visitó aquella tarde, le confió que había cercado la ambulancia con una valla de quince hombres: seis cubrían otros tantos ángulos desde las ventanas de los edificios, uno esperaba oculto bajo el chasis con el arma de reglamento desenfundada, los demás se apostaban en la vereda, adentro del vehículo, adelante y atrás.

—Creí que se había vuelto loco —me dijo Cifuentes—. Pero no estaba loco. Estaba desesperado. Me dijo que iba a domar a la Yegua antes de que Ella acabara con él.

Así esperó. Vestido de uniforme, sentado junto a la ventana, con la mirada fija en la ambulancia y sin probar una gota de alcohol: esperó toda la noche del 15 de agosto y el apacible día que siguió, sin que nada pasara. Esperó, extrañándola y a la vez odiándola, seguro de que por fin la vencería.

Al anochecer del jueves 16 las nubes ya se habían disipado y sobre la ciudad se posó un aire tieso, glacial, que crujía cuando lo atravesaban. Poco antes de las siete desfiló por la avenida Callao la procesión de San Roque. El Coronel estaba de pie ante la ventana cuando las patrullas de policía desviaron el tránsito hacia el este y oyó la música sacra de los trombones. La efigie del santo y de su perro se elevaban apenas sobre el oleaje de hábitos negros y violetas. Los promesantes llevaban cirios, guirnaldas de flores y grandes vísceras de plata. «Qué ganas de perder el tiempo», dijo el Coronel. Y deseó que lloviera.

Era uno de esos momentos en que la tarde está indecisa, según me dijo Cifuentes: la luz oscila entre el gris, el púrpura y el naranja como una vaca boba. Moori Koenig volvía a su escritorio para repasar las fichas de Margot Arancibia cuando un estrépito de bocinas lo detuvo en seco. Afuera, Galarza gritaba órdenes roncas de las que el Coronel no entendía una sola palabra. Los soldados corrían, ciegos, por la calle. Un mal presagio se le clavó en la garganta, contó Cifuentes. Moori Koenig había sentido siempre los presagios en los socavones de su cuerpo como si fueran agujas o quemaduras. Se precipitó a la calle. Llegó a la esquina de Callao a tiempo para ver, en la súbita noche, treinta y tres velas chatas que brillaban en hilera, al pie de las fachadas. De lejos parecían espuma o la estela de un barco. Dentro de un zaguán encontró una corona fúnebre de alverjillas, pensamientos y nomeolvides, atravesada por una cinta con letras doradas. Resignado, leyó el casi previsible mensaje: *Santa Evita, Madrenuestra. Comando de la Venganza.*

Media hora después, el capitán Galarza había completado el breve interrogatorio a los presbíteros que encabezaban la procesión y a las devotas de hábitos marrones que los seguían. La hipnosis de las oraciones y los vaivenes del incienso habían cegado a todos. No recordaban nada fuera de lo común: ninguna ofrenda funeraria ni cirios que no fueran los que se vendían en las parroquias. En la avenida Córdoba, unos pocos promesantes de hábitos violetas se habían rezagado para auxiliar a una monja extenuada, dijeron, pero en las procesiones abundaban esos percances. Nadie recordaba las facciones de nadie.

El Coronel estaba fuera de sí. Dos veces entró en la ambulancia y encaró a Persona con un vozarrón entrecortado por la furia: «Me la vas a pagar, me la vas a pagar». Fesquet le oyó repetir maldiciones en alemán, pero retuvo sólo una pregunta que parecía una súplica: «*Bist du noch da?*». Y luego: «*Keiner geht weiter*».[8]

[8] «¿Todavía estás ahí?». Y luego: «No vas a ir más lejos».

Caminaba de un lado a otro con las manos a la espalda, apretándose las muñecas con una firmeza helada, desentendiéndose del frío que era también implacable. Por fin se detuvo. Llamó a Galarza.

—Suban a esa mujer a mi despacho —ordenó.

El capitán lo miró con extrañeza. Tenía el labio de abajo partido en dos: tal vez el frío, pensó Moori Koenig, sorprendido de que en los momentos de tensión lo alcanzara esa clase de pensamientos; tal vez el clarinete.

—¿Y el secreto, mi coronel? —preguntó Galarza—. Vamos a violar el reglamento.

—Qué carajo de secreto —contestó Moori Koenig—. Ya todo el mundo sabe. Súbala.

—En el comando en jefe se van a molestar —le advirtió Galarza.

—No me importa nada. Piense en todo el mal que Ella nos ha hecho. Piense en la pobre mujer de Arancibia.

—Más daño nos puede hacer si la dejamos entrar.

—Súbala, capitán. Yo sé lo que hago. Súbala ahora.

La caja era liviana, o parecía más liviana que las tablas de pino de que estaba hecha: cabía de pie en la jaula del ascensor y así subió cuatro pisos, hasta el despacho del Coronel. La dejaron debajo de un combinado Gründig cuyo color era también de miel clara. Los tres objetos que coincidían en esa orilla de la habitación no sabían qué hacer el uno con el otro, como alguien que quiere dar una palmada y no encuentra su otra mano: arriba el boceto a lápiz y témpera de Kant en Königsberg, debajo el combinado Gründig que nadie había estrenado, y al pie la caja de LV2 La Voz de la Libertad, donde yacía Ella con su voz inaudible pero rotunda, fatal, más libre que ninguna voz viva. El Coronel se quedó un rato largo contemplando esa frontera clara del cuarto mientras el aguardiente descendía por su garganta en rápidas cascadas. Quedaba bien, sí, a primera vista nada desentonaba, sólo a ratos se escapaba un hilo del olor químico que él tan bien conocía. Quién iba a darse cuenta. Sentía sed de mirarla, sed de tocarla. Cerró la puerta con llave y desplazó el cajón hacia un lugar del cuarto que siempre había estado vacío. Abrió la tapa y la vio: algo desarreglada y encogida por el viaje en ascensor, pero aún más temible que cuatro meses atrás, cuando la había dejado en la bohardilla del Loco. Aunque estaba helada, Persona se las arreglaba para sonreír de costado, como si estuviera por decir algo a la vez tierno y espantoso.

—Sos una mierda —le dijo el Coronel—. Por qué te fuiste tanto tiempo.

Sentía amargura: un sollozo inoportuno le trepaba por la garganta y no sabía cómo detenerlo.

—¿Te vas a quedar, Evita? —le preguntó—. ¿Vas a obedecerme?

El brillo azul de las profundidades de Persona parpadeó, o él creyó que parpadeaba.

—¿Por qué no me querés? —le dijo—. Qué te hice. Me paso la vida cuidándote.

Ella no contestó. Parecía radiante, triunfal. Al Coronel se le cayó una lágrima y al mismo tiempo lo alcanzó una ráfaga de odio.

—Vas a aprender, yegua —le dijo—, aunque sea a la fuerza.

Salió al pasillo.

—¡Galarza, Fesquet! —llamó.

Los oficiales llegaron corriendo, con el presentimiento de un desastre. Galarza se paró en seco junto a la puerta y no dejó avanzar a Fesquet.

—Mírenla —dijo el Coronel—. Yegua de mierda. No se deja domar.

Cifuentes me contó años después que nada le había impresionado tanto a Galarza como el áspero olor a orina de borracho. «Sintió unas ganas terribles de vomitar», me dijo, «pero no se animó. Le parecía que estaba dentro de un sueño».

El Coronel se quedó mirándolos sin entender. Alzó el mentón cuadrado y ordenó:

—Méenla.

Como los oficiales seguían inmóviles, repitió la orden, sílaba por sílaba:

—Vamos, qué esperan. Pónganse en fila. Méenla.

12

«JIRONES DE MI VIDA»

Y ahora estaba preso. Habían venido a buscarlo a las seis de la mañana, cuando trataba de afeitarse. Le temblaban las manos. Se había cortado el mentón con la navaja: una herida profunda, que no dejaba de sangrar. En esas condiciones deplorables lo habían arrestado. «Tiene media hora para despedirse de su familia», le habían dicho. Y así había subido a un furgón militar: tres días de viaje a ciegas, por un camino liso, eterno, sin curvas. El capitán que lo acompañaba no podía o no se animaba a dar explicaciones.

—No se impaciente —decía—. Ya va a saber qué pasa cuando lleguemos. Es una orden reservada, del ministro de ejército.

No tenía idea de adónde lo llevaban. Al amanecer del segundo día, el furgón se había detenido en un horizonte de cardales. El cielo estaba oscuro y helado. Se oía el vaivén del mar. Los hombres de la escolta, vestidos de civil, comenzaron a cubrir los vidrios y el chasis del furgón con alambres de tejido espeso.

—Voy a quejarme —dijo el Coronel—. No soy un delincuente. Soy un coronel de la nación. Quiten estas rejas.

—No es por usted —contestó el capitán con indiferencia—. Es por las piedras. Estamos por entrar en un camino de piedras grandes como huevos de avestruz. Si no protegemos el furgón, nos pueden hacer pedazos.

Apenas se pusieron en marcha las sintió. Castigaban los metales con un chisporroteo enloquecedor. Cuando avanzaban despacio, se oían las altas cortinas de viento: incesantes, frenéticas.

A la medianoche del tercer día entraron en una hilera de construcciones cuadradas, de cemento, con ventanas de banderola y puertas de hierro. El capitán lo dejó ante una entrada y le entregó la llave.

—Adentro tiene todo lo que necesita —dijo—. Mañana temprano van a venir a buscarlo.

Había un catre de campaña, una mesa grande con lápices y anotadores, una lámpara de pie y un ropero de dos lunas. Vio colgados, con alivio, sus uniformes de coronel. Estaban limpios, con nuevas estrellas de oro cosidas en las hombreras. El aire olía a un polvo eterno, tenaz. Trató de salir a la noche pero afuera, en la oscuridad inmensa, el viento no le permitía moverse. Arrojaba sobre sus carnes exhaustas polvo y astillas de sílice, abanicaba su cuerpo como si no hubiera espacio ni claridad ni nada que no fuera la locura del viento soplándose a sí mismo. Creyó distinguir a lo lejos un cerro cónico. Graznaron algunos pájaros, tal vez gaviotas, lo que en la noche era incomprensible. Sintió una sed atroz y también supo que nada podría saciarla. Así regresó a su cuarto (o a ese vacío que ahora llamaba su cuarto), sabiendo que la soledad había empezado y que no tendría fin.

Llamaron a su puerta antes del amanecer. Un coronel retirado, al que no conocía, le anunció que el ministro de ejército lo había confinado en esa orilla del desierto por no cumplir las órdenes superiores.

—¿Qué órdenes? —preguntó el Coronel.

—Me dijeron que usted sabía.

—No sé nada. ¿Por cuánto tiempo?

—Seis meses. Es un confinamiento, no es un arresto. Cuando salga de acá, este incidente no va a figurar en su legajo.

—Confinamiento, arresto —dijo el Coronel—. Para mí es lo mismo.

Toda la situación le parecía fuera de lugar. Se había incorporado a medias en el catre, apoyándose sobre una almohada magra, de estopa, mientras el otro coronel hablaba sin mirarlo. Una claridad gris se insinuaba en la banderola, pero tardaba eternidades en avanzar: el gris no quería moverse, como si esa indecisión fuese la verdadera naturaleza del día.

—Puede pasear por donde se le dé la gana —dijo el otro coronel—. Puede traer a su esposa y a sus hijas. Puede escribirles cartas. El comedor está cerca, en la construcción de al lado. Sirven el desayuno de seis a ocho, el almuerzo de doce a dos, la cena de ocho a diez. El clima es sano, de mar. Va a ser como una vacación, un descanso.

—Quiénes son los vecinos —preguntó el Coronel.

—Por ahora no hay. Está usted solo. Yo llevo acá diez meses y no he visto a nadie, fuera de mi asistente y el jefe de la guarnición. Pero en cualquier momento puede aparecer alguien más. —De pronto calló y se quedó un rato acariciando las solapas del capote. Era un viejo coronel de cara redonda, inescrutable. Parecía un campesino. Quién sabe cuánto tiempo había estado fuera del servicio, hasta que la caída de Perón lo había devuelto al ejército. Quién sabe si era, después de todo, un coronel. —Si yo fuera usted —dijo—, haría venir a mi mujer. Uno se puede volver loco acá. Oiga ese viento. Nunca se calma. Es así las veinticuatro horas.

—No sé cómo llamar a mi mujer —dijo el Coronel, abrumado—. Ni siquiera sé dónde estamos.

—Creí que se había dado cuenta. Frente al golfo San Jorge, al sur. De qué le sirve saber. Con este viento, no se puede ir muy lejos.

—Habrá un lugar donde se pueda comprar algo de

ginebra —insinuó el Coronel—. Voy a necesitar unos porrones.

—No le aconsejo. El alcohol es carísimo. En el comedor se lo venden, pero cada botella cuesta un ojo de la cara.

—Tengo mi sueldo.

—Sólo un tercio —aclaró el de la cara redonda—. El ejército le paga lo demás a su familia. Ese tercio apenas le alcanza para la comida, que también es cara. Acá no se produce nada. Hay que traer las provisiones desde muy lejos.

—No voy a comer, entonces.

—No diga eso. El aire de mar abre el apetito.

Al mediodía salió y caminó contra el viento. El comedor estaba a menos de cincuenta metros, debajo de un gran letrero con la palabra *Cantina*, pero cada paso le costaba un esfuerzo enorme, como si los pies tuvieran anclas. Un hombre bajo, musculoso, con nariz de boxeador, le sirvió una sopa de harina verde.

—Tráigame ginebra —le ordenó el Coronel.

—Sólo vendemos alcohol los viernes y sábados por la noche —dijo el hombre. Era jueves. —Antes de pedir nada, es mejor que mire los precios.

Estudió el menú. Lo único que no costaba sumas desatinadas era la sopa de arvejas y la carne de cordero.

—¿Y la sal? —preguntó—. ¿Cuánto cuesta la sal?

—La sal y el agua son gratis —dijo el hombre—. Puede servirse toda la que quiera.

—Entonces déme sal —dijo el Coronel—. No necesito otra cosa.

Afuera el aire era siempre turbio. El viento soplaba con tanta fuerza que parecía estar hecho de la hermandad de muchos vientos que jamás se apagaban. Era húmedo y saludable, con franjas del aire de mar y violentas agujas de arena que quizá venían del desierto. En el horizonte se dibujaba la silueta desairada del cerro cónico que el Coronel había entrevisto la noche anterior. Ahora parecía a punto de disolverse y desaparecer.

Cuando volvió a su cuarto encontró el catre tendido con sábanas limpias. Habían ordenado en la repisa del baño sus enseres de afeitar. La ropa estaba distribuida con prolijidad en las perchas y en los cajones del ropero. Le indignó que alguien se hubiera tomado la confianza de abrir la valija y disponer de sus cosas sin permiso. Frenético, empezó a escribir una carta de queja al ministro de ejército, pero la dejó por la mitad. La desolación y el abandono que lo rodeaban le parecían irremediables, y supuso que lo mejor sería esperar a que pasaran los seis meses de confinamiento. Ahora sólo le preocupaba la Difunta. Había tratado de amansarla y no se lo habían permitido. Tarde o temprano, cuando Ella se les fuera de las manos, los del gobierno tendrían que llamarlo. Era, después de todo, el único que la sabía manejar. También el embalsamador había logrado cierta destreza, pero a él no lo iban a tomar en cuenta: era extranjero, civil y quizá se entendía en secreto con Perón.

Una oscura sospecha se le fue insinuando lentamente hasta que lo inundó por completo: sus secretos habían sido violados. Quien fuera el que había vaciado su valija sabía ya que allí estaban el manuscrito de *Mi Mensaje* y el fajo de cuadernos escolares que Renzi, el mayordomo, había confiado a la madre de Persona: los que Ella, Persona, escribiera entre 1939 y 1940 y que llevaban, en las páginas impares, títulos como *Uñas*, *Cavellos*, *Piernas*, *Maquiyaje*, *Nariz*, *Ensayos* y *Gastos de ospital*. También, sin duda, el intruso había encontrado las fichas donde el Coronel anotaba los vaivenes del Servicio. En la media hora escasa que le habían concedido para despedirse de la familia, se había ocupado menos de besar a las hijas y de amontonar su ropa que de reunir esos papeles sin los cuales él se tornaba vulnerable, acabado, un no ser. Lo que ahora poseía era nada y a la vez era todo: secretos que no se podían compartir, hebras sueltas de historias que por sí solas no significaban gran cosa pero que juntas, tejidas por alguien que supiera hacerlo, bastaban para incendiar el país.

Si le habían tocado un solo papel, mataría al primer ser humano que encontrase. No le importaba quién había entrado en su cuarto: todos debían ser cómplices. Le habían dejado la Smith & Wesson con seis balas, tal vez con la esperanza de que se suicidara. No pensaba hacerlo: usaría el arma para matar al que se le pusiera delante. Haría estragos antes de perderse en el viento o en la inmensidad de afuera. Enfermo de cólera, revisó la valija. Era extraño. Parecía que nadie había tocado los paquetes. Todos seguían atados por los nudos alemanes en forma de ocho que sólo él sabía hacer y deshacer.

Desplegó las fichas del Servicio sobre el catre y les echó una ojeada: era difícil que, aun leyéndolas, alguien pudiera descifrar lo que decían. Las había escrito con una clave simple, casi primitiva, pero si no se conocía la frase que permitía el acceso, el sentido se evaporaba. Había dejado en su caja de seguridad del Banco Francés una copia de la clave, con instrucciones de que si moría o desaparecía se la entregaran a su amigo Aldo Cifuentes. Fue el propio Cifuentes quien me mostró la frase, escrita con la letra filosa e inclinada del Coronel:

He aprendido que no es injusto el daño que me
está sucediendo
Ab cdebfghgi jkb li bm hfnkmpi bq gcri jkb sb
bmpc mktbghbfgi

Y luego: g=u, b=z, f=x, k=w, y=y, v=v. Los números: 0=1, 2=9, 3=8, 4=6, 5=5. La escritura se invierte. El texto es el espejo.[9]

«Durante algún tiempo pensé que Moori había compuesto la clave del criptograma en uno de los días desesperados que debió pasar a orillas del golfo San Jorge», me dijo

---

[9] El criptograma del Coronel se asemeja al de «La Jangada», de Julio Verne, donde también el mensaje, una vez descifrado, debe ser leído de atrás para adelante, letra por letra.

Cifuentes. «Pensé que la frase era un retrato penitente de sí mismo. Me equivoqué: la había copiado de un libro de Evita. Puede encontrarla en la edición de *Mi Mensaje* que anda por los kioscos[10]. Moori hizo un cambio insignificante en esa frase, supongo que para introducir un par de letras. Evita dice: "La enfermedad y el dolor me han acercado a Dios. *He aprendido que no es injusto todo esto que me está sucediendo* y que me hace sufrir". Moori, en cambio, habla de *el daño que me está sucediendo*. A lo mejor pensaba también en él, como creí al principio. A lo mejor la idea de la maldición ya lo estaba rondando».

Pero cuando desplegó las fichas sobre el catre, el Coronel sólo quería verificar si el orden no había sido cambiado. Leyó las notas que había escrito luego de marcar a Persona con una estrella detrás de la oreja: *¿Qué sucedió al morir el padre en 1926?* Y descifró la última línea del informe: «Fue con la madre y los hermanos en ómnibus hasta Chivilcoy»[11]. Todo estaba en su sitio. Repasó la ficha que preguntaba: *Durante los primeros siete meses de 1943, la Difunta desapareció. No actuó en la radio ni en el teatro. Las revistas de espectáculos casi no la nombran. ¿Qué sucedió en ese lapso? ¿Estuvo enferma, prohibida, retirada en Junín?* Tradujo, con desgano, la última línea: «Mercedes Printer, que la acompañó en el Otamendi y Miroli, ha contado...»

Pasó el resto de la mañana tirado en el catre, pensando

[10] Cifuentes aludía a un volumen de 96 páginas, publicado por el sello Ediciones del Mundo, con prólogo de Fermín Chávez. En la portada, debajo del título *Mi mensaje*. «El Libro desaparecido durante 32 años», Evita sonríe, con una hoguera a sus espaldas.

[11] ¿Bastará copiar la clave de esta sentencia para entender el trabajo que se había tomado el Coronel? Cifuentes me dijo que aun en sus días finales de completa ruina, Moori recordaba de memoria las equivalencias de cada letra y podía traducir cualquier frase a su código:

Fue con la madre y sus hermanos en ómnibus hasta Chivilcoy
xkb tif qc scgeb y mkm abescfim bl islhzkm acmpc tahvhqtiy

Al invertir las letras y omitir los blancos, en la última línea se leía: yitqhvhatcpmcaislhzkmlbmifcsebamkmybegsccqfitbkx.

cómo haría para recuperar a Evita. Deseaba tenerla allí. En ese lugar remoto, a solas con él, iba a estar mejor que en ninguna parte. Alguien podría llevársela hasta el golfo San Jorge. Necesitaba, una vez más, un plan, un oficial confiable y algún dinero. Quizá podía vender a una revista la historia de la Difunta y desaparecer. Cifuentes le había metido la idea en la cabeza: «Piense, Coronel, piense. *Paris Match*, *Life*. Cinco mil dólares. Diez mil. Lo que quiera». Pero si se desprendía de su secreto, ya no sería quien era. No valdría nada.

Un lento hilo de sol pasó por la banderola. Recorrió la austera construcción con la mirada, en busca de un escondite para los papeles. Eran paredes sólidas, inviolables. En el cemento no se veían otras fisuras que las del colado: grumos y cráteres iguales a los de la luna. Afuera seguía gimiendo el viento y chillaban las gaviotas inexplicables. A eso de las tres, el hambre le disipó el sopor. Estaba inmóvil en el catre cuando creyó ver que alguien entraba con sigilo en el cuarto a oscuras. Tanteó la Smith & Wesson bajo la almohada y calculó cuánto tardaría en saltar de la cama y disparar. No aflojó la tensión ni aun al darse cuenta de que el intruso era una mujer increíblemente menuda —le fue fácil decidir que se trataba de una mujer: la delataban unos pechos enormes—, peinada con un rodete y vestida con una falda corta. La vio acercarse a la mesa con un plato humeante, perfumado con aceitunas, nuez moscada y una salsa intensa, de la que se evaporaban ligeros espectros de vino. Cuando la mujer enrolló la cortina de mimbre que cubría la banderola, la misma luz gris de la mañana —ahora violenta, como si estuviera hecha de acero— se apoderó del cuarto y lo volvió, extrañamente, más oscuro.

—Creíamos que estaba enfermo —dijo la mujer—. Le traje pastel de papas. Es un regalo de bienvenida.

—¿Usted abrió mi valija? —preguntó el Coronel.

Ahora podía verla. Era una miniatura de mujer: no más alta que si tuviera nueve o diez años, con hondas arrugas sobre los labios y aquellos pechos como planetas, que la obligaban a caminar inclinada hacia adelante.

—Hay que tener el cuarto en orden —dijo ella—. Hay que cumplir el reglamento.

—No quiero que toque nada. ¿Quién es usted? El coronel no me habló de ninguna mujer.

—Soy Ersilia —murmuró ella, sin soltar el plato—, la esposa. Ferruccio nunca me nombra, para darse corte. Yo soy la que hace todo acá. Sin mí, este lugar no existiría. ¿Ha oído el viento?

—Lo oiría aunque fuera sordo. No me imagino cómo pudieron edificar estas cabañas.

El Coronel deseaba que la mujer se fuera, pero ella retenía no el pastel sino el aliento a vino del pastel.

—Trajeron los bloques de cemento en camiones y los fueron colocando con guinchos y grúas. Las primeras ventanas no resistieron ni un mes. Volaron los marcos, los vidrios. Una mañana encontraron las paredes de cemento desnudas. El viento se había tragado todo. Entonces cambiaron las ventanas por banderolas.

—Déjeme el pastel y váyase. Dígale al coronel... ¿cómo se llama?

—Ferruccio —contestó la enana.

—Dígale a Ferruccio que prohibo tocar mis cosas. Dígale que me voy a encargar yo mismo de que el cuarto esté en orden.

La enana dejó el pastel sobre la mesa y se detuvo a observar la valija cerrada. Se restregó las manos en el delantal que apenas le cubría las piernas y el vientre —una tela ínfima oculta bajo los globos inverosímiles del pecho—, y dijo, con una sonrisa que la hacía parecer casi hermosa:

—Algún día me va a dejar leer los cuadernos que tiene ahí, ¿eh? Un día de éstos. Yo aprendí a leer en unos cuadernos iguales. Cuando los vi, me entró nostalgia.

—No son míos —dijo el Coronel—. No se pueden leer. Son del ejército.

—Así que no se pueden leer —se sorprendió ella.

Entornó la puerta. El viento descendía en ondas de humor cambiante, a veces suaves, a veces feroces: levantaba vahos de polvo y los esparcía por el horizonte. El oscuro oleaje del polvo entraba también en el cuarto y desteñía el rencor, los sentimientos, las palabras: desteñía todo lo que osara oponérsele.

—Va a llover —dijo Ersilia, yéndose—. Ferruccio tiene un radiograma para usted. Llegó temprano, esta mañana.

Se quedó un largo rato inmóvil, contemplando la lenta declinación de la luz, que persistió en un pálido tono de naranja desde las cuatro hasta las seis y que viró sin apuro hacia el violeta hasta más allá de las siete: un crepúsculo majestuoso, desolador, que nadie podía ver de frente y que quizá no estaba hecho para los seres humanos. Poco después de las siete cayó una lluvia fina y helada que apagó la insolencia del polvo. De todos modos el viento seguía allí, más vehemente que nunca. Se afeitó, se bañó y se vistió con su inútil uniforme. Después deshizo los nudos de los paquetes para reforzarlos con un diseño nuevo y, sin proponérselo casi, abrió uno de los cuadernos. No le sorprendió la letra desaliñada, de grandes trazos, que parecía hacer acrobacias sobre los alambres de las rayas horizontales, sino las frases que leyó:

no hagas ruido al tomar la sopa no te inclines demasiado sobre el plato no muerdas el pan para comer un vocado más bien rompelo con los dedos no pongas pan en la sopa no te yeves el cuchillo a la boca

¿Era un cuaderno de modales? Todas las hojas encabezadas por el título *Ensayos* repetían *no debes no hagas no tomes no uses*. Sólo al final, Evita había copiado algo que parecía un pensamiento o la letra de un tango:

*La otra noche mientras iba / del teatro a la pención
sentí el filo de una pena / que del lado de la surda
se empeñaba traicionera / en tajearme el corazón.*

Intrigado, el Coronel hojeó los *Gastos de ospital*. En la primera página, subrayada con lápiz rojo, Persona —la

290

que en aquellos tiempos adolescentes y maltratados de los cuadernos era el borrador de Persona— había definido una enfermedad. *Pleurecía de Chicha: comiensa con fiebre alta y fuertes dolores de pecho más bien puntadas de costado*[12]. Las páginas siguientes contenían un diario de viaje escrito casi como una lista de almacén:

> *Ida y vuelta a Junín*   *$3,50*
> *Caja de genioles*   *$0,25*
> *Bolsa de agua caliente*   *$1,10*
> *Ampoyas de codeína*   *$0,80*

> *Ya cuando yego la encuentro bastante mejorada pobre Chicha de lo más ojerosa así que en un par de días estoy por ahí de vuelta vos no te aflijás Pascual que a Rosa había que probarla en mi papel tarde o temprano y si lo está haciendo mal rajala sin asco y poné a la Pampín total cuando yo vuelva me salgo de la pención que es una mugre como vos sabés yena de cucarachas y porquerías*[13]

Cerró los cuadernos y la oscuridad o la vergüenza lo mordieron por dentro: no ya el viento, que quizás había

[12] Cifuentes, que copió unas pocas hojas de los cuadernos en 1956, me aseguró que había respetado escrupulosamente las faltas originales de ortografía. Le debo la descripción de la letra de Evita, de los cuadernos y de los nudos con que los ató el Coronel.

[13] Cifuentes dedujo que se trataba del borrador de una carta a Pascual Pelliciotta, el actor con quien Evita encabezaba una compañía radial. Desde mayo de 1939, Pelliciotta/Duarte interpretaban en Radio Mitre *Los jazmines del ochenta*, novela en episodios de Héctor Pedro Blomberg. La pleuresía de Chicha (Erminda Duarte, hermana de Evita) sucedió entre julio y agosto, cuando la compañía ofreció en Rosario una versión teatral de la obra de Blomberg. Evita fue reemplazada entonces por Rosa del Río —con quien compartía un cuarto de pensión— en las funciones de vermut y noche, el jueves 3 de agosto. En las del sábado 5, el papel principal fue representado por Ada Pampín.

sido ahuyentado por la lluvia, sino la vergüenza de haber puesto el pie en un pasado que no valía la pena: era un pasado que se disolvía apenas el Coronel lo rozaba con los ojos. ¿Qué hacía Persona en esos años? Podía leerlo en sus propias fichas:

Enero 1939: *A las semanas de romper con el director Rafael Firtuoso (un romance de dos meses), ED se enamoró del dueño de la revista «Sintonía». Se mudó de una pensión en la calle Sarmiento a un departamento en el pasaje Seaver.* Mayo: *Apareció en la tapa de la revista «Antena» pero cuando fue a darle las gracias al editor, él no la quiso recibir. Interpretó cuatro radionovelas de Héctor Pedro Blomberg.* Julio: *Su hermano Juan, que era corredor de jabones, la presentó al dueño de Jabón Radical. Posó como maniquí en dos avisos de Línter Publicidad.* Noviembre: *Se enamoró del dueño de Jabón Radical pero se siguió viendo en secreto con el dueño de la revista «Sintonía».* Enero 1940: *Pampa Films la contrató como actriz de reparto para «La carga de los valientes», cuyos protagonistas eran Santiago Arrieta y Anita Jordán. En el set de filmación, cerca de Mar del Plata, conoció al peluquero Julio Alcaraz. Estaba por cumplir veintitrés años. Era de una palidez enfermiza, de una belleza trivial, no inspiraba pasión sino compasión. Y sin embargo quería llevarse el mundo por delante.*

Amarró los paquetes con nudos delicados y complejos, y salió a la luz indecisa de la noche. El frío era implacable. Avanzó a través de la llovizna y del viento, y una vez más sintió que estaba avanzando a través de la nada. En la cantina ardía una chimenea de leños refractarios. Ferruccio estaba de espaldas. El hombre bajo con nariz de boxeador se afanaba detrás del mostrador. El Coronel chocó los tacos de las botas con inútil marcialidad y tomó asiento en la mesa de Ferruccio.

—Qué bien —dijo Ferruccio—. Lo estábamos esperando. Mi mujer ha cocinado para usted. Llénese bien que ésta va a ser su última comida gratis.

Vislumbró en la cocina la silueta de Ersilia, la enana, que se movía velozmente, como un mosquito.

—Ordénele a ese hombre —dijo el Coronel, señalando hacia el mostrador con la quijada— que me traiga una ginebra. Dentro de tres horas va a ser viernes.

—Parientini —dijo el boxeador—. Me llamo Caín Parientini.

—Da lo mismo —dijo el Coronel—. Tráigame ginebra.

—No se puede —intervino Ferruccio—. Es una lástima. En este lugar el reglamento es muy estricto. Si nos pescan, vamos todos en cana.

—¿Quién nos va a pescar? Aquí no hay nadie.

—Tampoco hay ginebra —dijo Ferruccio—. Traen un porrón el viernes por la noche y se lo llevan el domingo por la mañana. Desde que estoy acá el porrón ha sido siempre el mismo. Entra y sale intacto.

—Mañana, entonces —le gritó el Coronel al boxeador—. Mañana a esta hora. Pida que le dejen varios porrones. Con uno no hacemos nada. —Se volvió hacia Ferruccio. —Su esposa me dijo que me habían mandado un radiograma.

—Ah, sí. Malas noticias. El capitán Galarza tuvo un accidente.

Tomó el papel arrugado que le extendía Ferruccio. El mensaje estaba escrito en largas franjas pegadas con engrudo y ni siquiera habían tomado la precaución de cifrarlo. Leyó que Galarza había trasladado a EM Equipos de Radio en el furgón de la SIE. Tenía orden de darle «cristiana sepultura» en el cementerio de Monte Grande. Al doblar por Pavón hacia Llavallol el vehículo mordió la banquina y volcó. Un tajo de treinta y tres puntos atravesaba la mejilla izquierda de Galarza. Se había salvado por milagro pero iba a quedar desfigurado. La jefatura del Servicio estaba otra vez vacante y Fesquet había tenido que hacerse cargo. No daba un paso sin aprobación de la superioridad. Ilesa, EM Equipos de Radio yacía de regreso en el nicho al que ya estaba habituándose, bajo el combinado Gründig. De un momento a otro el ministro de ejército iba a nombrar al nuevo jefe del SIE y a decidir de una buena vez el destino final de EM. Se hablaba de quemarla en la Chacarita o de enterrarla en la fosa común de la isla de Martín García. Se mencionaba con insistencia al coronel Tulio Ricardo Corominas como futuro responsable. El radiograma estaba firmado por Fesquet, Gustavo Adolfo, Teniente Primero de Infantería.

El Coronel repasó el texto, incrédulo. No estaba cifrado: lo podía leer cualquiera. Durante meses, había cuidado hasta el último detalle de un operativo secreto en el que se jugaba la paz de la nación y ahora un oficial subalterno, un chapucero, desmadejaba el tejido tan hábilmente tramado. Así que Plumetí había quedado al frente del Servicio. Era el cuarto en la línea de mando y el único a quien la maldición de Persona no había alcanzado todavía. ¿El único? Tal vez llevaba ya desde hacía mucho la maldición encima. Un puto despreciable: una fatalidad en los cuadros inmaculados del ejército. ¿Cuánto tiempo lo dejarían allí? ¿Una semana, dos? Si Corominas era el hombre elegido por el ministro, no estaba en condiciones de asumir el cargo. Lo acababan de operar de una hernia de disco y aún caminaba con un corsé de yeso. Galarza había quedado fuera de combate quién sabe por cuánto tiempo: treinta y tres puntos en la cara. Un punto por cada año de vida de Evita: era la maldición, clavada. Arancibia, entre tanto, se pudría en la prisión de Magdalena, aislado, con prohibición de hablar o ver a nadie. Tanta locura encima, ¿adónde lo habría llevado? ¿Y si el Loco fuera el único cuerdo? ¿Si el Loco, para evitar que lo alcanzara la maldición, había preferido alcanzarla él primero? Otra vez lo atormentaron los sudores, la sequedad en la garganta, la sensación de que la realidad se iba y él no podía seguirla.

—A Galarza le cayó la maldición —dijo—. La Yegua.

—Un accidente terrible —confirmó Ferruccio.

—No es para tanto. Tiene la cara partida en dos, pero va a salir.

—La Yegua —repitió Parientini, como un eco tardío.

—Debimos quemarla con ácido. Yo era partidario de que la quemaran —dijo Ferruccio—. Al principio la querían traer acá. Nos negamos. Yo me puse firme. Donde esté Ferruccio esa mujer no entra, les dije.

El Coronel quedó atónito. Nadie le había contado esos detalles pero sin duda eran verdaderos. En la Argentina no había secreto mejor guardado que el destino de la Difunta y sin embargo esos tres muertos de hambre lo conocían. Lo que acababa de decir Ferruccio era más de lo que casi ningún general de la nación sabía en ese momento.

—¿Quién la quiso traer? —preguntó, fingiendo naturalidad.

—El ministro, Ara, todos ellos —dijo Ferruccio—. Acá estamos lejos pero nos enteramos de todo.

—Usted cuídese, Coronel —gritó Ersilia desde la cocina—. No sabe la suerte que tiene de estar con nosotros. Si estuviera con ella, ya estaría muerto.

—A esa yegua nadie la quiere acá —repitió el boxeador.

—Yo la quiero —dijo Ersilia—. Yo quería que la trajeran. Ella y yo nos hubiéramos llevado bien. Con las mujeres, Evita no tenía problemas. Yo la habría cuidado. Habría tenido con quien conversar. No me sentiría tan sola.

—No sé por qué todas las mujeres siempre se sienten solas —dijo Ferruccio.

—Acá esa yegua no corre —insistió Parientini—. Ya le dimos la oportunidad cuando estaba viva y no quiso. La invitamos a venir, le rogamos, y nunca se dejó ver. Ahora que se joda.

—Eso fue en 1951. Estaba enferma —dijo Ferruccio.

—Qué iba a estar. A usted no le importó porque no vivía acá.

—Da lo mismo. A mí me importa todo. Yo sé todo. No vino porque estaba recién operada de cáncer. Era piel y huesos. Apenas se podía tener en pie. Imagináte vos, con este viento. Habría salido volando.

—En esa época viajaba a todas partes —dijo Parientini—. Regalaba plata hasta en el último tugurio pero a nosotros nos hizo a un lado. Yo no se lo perdono.

Ersilia entró con una olla en la que flotaban hojas de laurel, carne de oveja, papas y rodajas de choclo. Llevaba el pelo envuelto en una redecilla y estaba casi hermosa. Aunque era asombrosamente pequeña, tenía un cuerpo armonioso, en el que sólo desentonaban los pechos. La miniatura de sus piececitos, sus graciosos muslos de pájaro, la cara sonriente y acalorada, hacían pensar en un querubín de Tintoretto. El peso de la olla la doblegaba. Nadie hizo ademán de ayudarla.

—Yo quería que trajeran el cuerpo de Evita —le dijo al Coronel, al tiempo que le servía un cucharón de guiso—. Me hubiera gustado lavarlo y cuidarlo. La bronca de Ella no era con las mujeres sino con los hombres, que la maltrataron tanto.

—Si la hubieran traído yo me iba —dijo Parientini—. A esa mujer nunca la pude tragar. Era una resentida. Se daba corte con la plata de los otros. ¿De quién era la plata que repartía, a ver? Era la misma plata de la gente, ¿no? La sacaba de un bolsillo y la metía en otro. Se moría por figurar. Miren de dónde venía. No era nadie, no sabía hacer nada. Sacó patente de artista, se le coló a Perón en la cama, y después se convirtió en la gran benefactora. Así cualquiera.

—Ella no tenía ninguna obligación de hacer lo que hizo —dijo Ersilia, sentándose a la mesa—. Pudo vivir a lo grande y andar de fiesta, como las otras primeras damas. Y no. Se rompió el alma por los pobres. Se mató. Vos mejor te callás, Caín. Vos fuiste peronista hasta el año pasado.

—No me siento bien —dijo el Coronel. Dejó los cubiertos sobre el plato, se quitó la servilleta atrapada entre dos botones de la chaqueta militar y amagó levantarse. Estaba cansado, perdido, como si hubiera demasiados lugares en aquel lugar sin nadie.

—Quédese —le pidió Ferruccio—. Vamos a comer callados.

—Me estoy enfermando —dijo el Coronel—. Necesito un trago de ginebra. La tomo como remedio. Me sube la presión.

—Es una lástima. No tenemos —dijo Ferruccio—. Qué le va a hacer.

Comieron un rato en silencio mientras el Coronel seguía resignado en su silla, sin fuerzas ni ánimo para levantarse. ¿Qué sentido tenía volver a la soledad? Le quedaban seis meses para estar solo. En un lugar con tan poca vida, ¿por qué no aprovechar la que le daban? Parientini meneaba incómodo la cabeza y a intervalos mascullaba, como una letanía: «Esa yegua, esa yegua». Ferruccio comía con la boca abierta, escupiendo los nervios y astillas óseas de la oveja. La única que parecía incómoda era la enana. Estiraba el cuello y observaba a los demás con curiosidad. Todos avanzaban por el silencio como por una meseta hasta que ella no pudo más y se dirigió al Coronel.

—No se imagina cuánto me ha impresionado la letra de Evita —dijo. Tenía una voz serena y sin matices: la voz de alguien que nunca se ha movido de la inocencia—. A quién se le iba a ocurrir que una mujer de tantas agallas escribiera como una criatura de seis años.

El Coronel se puso rígido. Las sorpresas de aquella noche eran tantas que ni siquiera le dejaban espacio para el desconcierto. Lo que esos idiotas no sabían lo averiguaban y lo que no podían averiguar lo adivinaban.

—La letra —preguntó el Coronel—, ¿dónde la ha visto?

—En los cuadernos —contestó Ersilia con naturalidad—. No los abrí, ¿eh? No se le habrá ocurrido que los abrí. Sólo leí lo que tienen escrito en las tapas: No hagás ruido al tomar la sopa. Una raya de rimmel abajo y sombra marrón en los párpados es lo mejor para los ojos castaños. Así era Evita. Esas frases no podían ser de nadie más.

—No eran de Ella —se oyó decir el Coronel. Hablaba a su pesar. Tenía el entendimiento lleno de fuegos y de espacios en blanco. Cuando no los podía apagar con ginebra se le llenaban de palabras. —Las copió de alguna parte. O alguien se las dictó, quién sabe. Esos cuadernos son muy viejos. Han de tener veinte años.

—Diecisiete —corrigió Ferruccio—. No pueden tener más de diecisiete. Comenzaron a venderse en 1939.

—Acá estamos muy enterados —dijo Parientini—. Nada se nos escapa.

—Calláte de una vez, Caín —le ordenó Ersilia. Tenía una voz ronca e imperiosa, que hacía recordar la voz de Evita.

—Algo sabemos —dijo Ferruccio—. Pero nunca sabemos todo lo que quisiéramos. Antes de que usted viniera, me ordenaron que descifrara este papel. Me lleva seis, siete horas todos los días. No puedo.

Dejó de comer y sacó del bolsillo de la camisa un botón y una hoja arrugada, con membrete del ejército. El botón era la insignia roja de los oficiales de estado mayor. El Coronel trató de hacer memoria: Ferruccio, Ferruccio. No conseguía recordar su nombre ni la promoción a la que pertenecía. Tampoco el arma: ¿artillería, ingenieros? Esos detalles sin resolver lo incomodaban como una astilla en el ojo.

—Yo adiviné una palabra —dijo Ersilia—. Si está en mayúsculas y tiene cinco letras, no hay cómo equivocarse. CPHVB es Evita.

El Coronel se sobresaltó.

—Me leyeron las fichas —dijo, esforzándose por parecer sereno. Le temblaban las manos. En verdad, llevaban días temblándole.

—Nosotros no —aclaró Ferruccio—. Para qué. En el

ministerio sacaron copias de todos sus papeles y me los mandaron. Yo sólo tengo que descifrarlos. Pero no he podido avanzar ni el paso de una coma. Mire la pregunta que hay en esa hoja: *¿Se fugó de Junín con el cantante Agustín Magaldi?* Y fíjese en el trabalenguas de la respuesta. Si las cinco letras en mayúsculas significan Evita, como cree Ersilia, la C es una E y la P es una V. Supongamos que el mensaje está al revés. Entonces, la C es una A y la P es una T. Pero con eso no hago nada. No he podido entender ninguna de las otras palabras.

—Tiene que ayudarnos, coronel —rogó Ersilia.

—No puedo —dijo el Coronel—. No tengo la clave.

Le sirvieron un vaso de agua que no quiso tocar. El viento soplaba con fatiga.

—Usted sabe lo que quieren decir estos mensajes —insistió Ferruccio—. Haga memoria. Cuando salgamos de ésta, la vida va a ser más fácil para todos.

—No sé. No puedo —repitió el Coronel—. Haga lo que haga, mi vida nunca va a ser fácil.

—Piense —dijo Ersilia—. Mire que va a estar aquí seis meses.

—¿Y qué? ¿Si recordara de la clave me los acortarían?

—No —dijo Ferruccio—. Nadie le puede rebajar el castigo. Pero el ejército le va a dar toda la ginebra que quiera. Eso ayuda. Los seis meses se le van a pasar volando.

El Coronel se levantó de la mesa con dignidad.

—No sé nada —dijo—. Y además, a quién le importa lo que hay en esos papeles. Qué puede ganar el ejército conociendo la historia de una pobre chica de quince años que soñaba con ser actriz.

—Qué se puede ganar —admitió Ersilia—. Usted tiene razón.

—Siempre se gana lo que no se pierde —la interrumpió Ferruccio—. La yegua jodió a todo el mundo. Me jodió a mí. Aunque sea tarde, hay que hacérselo pagar. —Se detuvo, sin aliento. La cara redonda parecía una caricatura de la luna. —Cientos de personas la están investigando, coronel. No sacan nada en limpio: ni una sola historia que no haya salido en las revistas. Peleas en los camarines del teatro, polvos con algún tipo que la ayudaba a trepar. Son escorias que mueven a compasión pero no a odio. Y lo que necesitamos es odio: algo que la ultraje y la entierre para siempre. Averiguaron si había cuentas en Suiza. Nada. Si se compraba joyas con la plata del Estado. No. Todas son donaciones. Han perdido meses queriendo demostrar que era una agente nazi. ¿Qué agente nazi podía ser si ni siquiera leía los diarios? Ahora están por publicar toda esa mierda en un libro. Lo llaman *El libro negro de la segunda tiranía*. Son más de cuatrocientas páginas. ¿Y sabe cuántas hay sobre la yegua? Dos. Una miseria: sólo dos. De lo único que la acusan es de no haber escrito *La razón de mi vida*. Chocolate por la noticia. Eso ya lo sabían hasta las monjas de clausura. Usted, en esas fichas, tiene mucho más. Si me da la clave, podemos hundir a la yegua para siempre. Que el cuerpo siga sin corromperse todo lo que quiera. Vamos a deshacerle la memoria.

—No —contestó el Coronel. Estaba cansado. Quería irse lejos. Si mañana o pasado no escapaba de la locura donde lo habían metido, se internaría en el viento y dejaría que Dios hiciera con él lo que le diese la gana.

—Déjese de joder y déme la clave —insistió Ferruccio—. Usted es un oficial superior del ejército argentino. Lo que averiguó no le pertenece.

—No puedo —dijo el Coronel—. No sé. No le puedo dar lo que no tengo.

Se acercó a la puerta y la abrió. El viento giraba en remolinos y azotaba el vacío. Una enorme luna brillaba en el cielo helado. Pensó que si lo habían condenado a morir en esa desolación esperaría la muerte con altivez, intacto. Después de todo, sólo en la muerte se podía ser, como Evita, inmortal.

13

«POCAS HORAS ANTES DE MI PARTIDA»

En los diez años que siguieron al secuestro, nadie publicó una sola línea sobre el cadáver de Evita. El primero que lo hizo fue Rodolfo Walsh en «Esa mujer», pero la palabra Evita no aparece en el texto. Se la merodea, se la alude, se la invoca, y sin embargo nadie la pronuncia. La palabra no dicha era en ese momento la descripción perfecta del cuerpo que había desaparecido.

Desde que apareció el cuento de Walsh, en 1965, a la prensa se le dio por acumular conjeturas sobre el cadáver. La revista *Panorama* anunció, en un triunfal relato de diez páginas: «Aquí yace Eva Perón. La verdad sobre uno de los grandes misterios de nuestro tiempo». Pero la verdad se perdía en un rizoma de respuestas. Un anónimo capitán de la marina declaraba: «Quemamos el cuerpo en la Escuela de Mecánica de la Armada y tiramos las cenizas al río de la Plata». «La enterraron en Martín García», informaba desde el Vaticano el cardenal Copello. «La llevaron a Chile», suponía un diplomático.

Crítica hablaba de un cementerio en una isla amurallada: «Féretros envueltos en terciopelo rojo se mecen en el agua, como góndolas». *La Razón*, *Gente* y *Así* publicaban mapas borrosos que prometían alguna revelación imposible. Todos los jóvenes peronistas soñaban con encontrar el cuerpo y cubrirse de gloria. El Lino, Juan, La Negra, Paco, Clarisa, Emilio murieron bajo la metralla militar creyendo que Evita los esperaba al otro lado de la eternidad y que les contaría su misterio. Qué ha sido de esa mujer, nos preguntábamos en los años sesenta. Qué se ha hecho de ella, dónde la han metido. ¿Cómo has podido, Evita, morir tanto?

El cuerpo tardó más de quince años en aparecer y más de una vez se lo creyó perdido. Entre 1967 y 1969 se publicaron entrevistas al doctor Ara, a oficiales de la marina que custodiaban la CGT cuando el Coronel se llevó el cuerpo y, por supuesto, al propio Coronel, que ya no quería hablar del tema. También Ara prefería el misterio. Recibía a los periodistas en su despacho de la embajada de España, les mostraba la cabeza embalsamada de un mendigo que conservaba entre frascos de manzanilla, y luego los despedía con alguna frase pomposa: «Soy agregado cultural adjunto del gobierno español. Si hablara, desataría muchas tormentas. No puedo hacerlo. Puedo servir de pararrayos pero no de nube». A fines de los años sesenta, el misterio del cuerpo perdido era una idea fija en la Argentina. Mientras no apareciera, toda especulación parecía legítima: que lo habían arrastrado sobre el asfalto de la ruta 3 hasta despellejarlo, que lo habían sumergido en un bloque de cemento, que lo habían arrojado en las soledades del Atlántico, que había sido cremado, disuelto en ácido, enterrado en los salitrales de la pampa. Se decía que, mientras no apareciera, el país iba a vivir cortado por la mitad, inconcluso, inerme ante los buitres del capital extranjero, despojado, vendido al mejor postor. *Ella volverá y será millones*, escribían en los muros de Buenos Aires. *Evita resucita. Vendrá la muerte y tendrá sus ojos.*

Yo vivía en París por aquellos años y fue ahí donde una mañana de agosto encontré a Walsh por casualidad. El sol silbaba sobre la copa de los castaños, la gente caminaba feliz, pero en París el recuerdo de esa mujer estaba ensangrentado (o, por lo menos, así decía Apollinaire en «Zona»): era un recuerdo sorprendido en plena caída de la belleza. Los versos de «Zona» me daban vueltas en la memoria cuando me senté con Walsh y Lilia, su compañera, bajo los toldos de un café de Champs Elysées, cerca de la rue Balzac: *Aujourd'hui tu marches dans Paris / cette femme-là est ensanglantée.*

Yo acababa de regresar de Gstaad, donde había entrevistado a Nahum Goldman, el presidente del Consejo Judío Mundial. En uno esos deslices de la conversación que nada tienen que ver con la voluntad, empecé a contarles las historias con que la secretaria de Goldman me había entretenido durante mis esperas. La última de todas, que también era la más trivial, le interesó a Walsh vivamente. Desde hacía diez años por lo menos, la embajada argentina en Bonn era cerrada todas las primeras semanas de agosto por remodelaciones. Donde estaba la carbonera se plantaba un jardín y, al año siguiente, el jardín era deshecho para reconstruir la carbonera. Eso era todo: el relato de un despilfarro idiota en la embajada de un país pobre.

Walsh adelantó su cara y me dijo, con aire de conspirador:

—En ese jardín está Evita. Entonces, es ahí donde la tienen.

—¿Eva Perón? —repetí, creyendo que había entendido mal.

—El cadáver —asintió—. Se lo llevaron a Bonn, entonces. Siempre lo supuse, ahora lo sé.

—Habrá sido el Coronel —dijo Lilia—. Sólo él lo pudo haber llevado. En 1957 era agregado militar en Bonn. Han pasado trece años, no diez.

—Moori Koenig —confirmó Walsh—. Carlos Eugenio de Moori Koenig.

Recuerdo sus anteojos de carey, la solitaria brizna de pelo que se levantaba sobre la frente abombada, los labios finos como un tajo. Recuerdo los grandes ojos verdes de Lilia y la felicidad de su sonrisa. Un cuarteto de músicos disfrazados de arlequines enturbió el «Verano» de Vivaldi.

—De modo que el coronel de «Esa mujer» existe —dije.

—El Coronel murió el año pasado —contestó Walsh.

Tal como él lo había advertido en un breve prólogo, «Esa mujer» fue escrito no como un cuento sino como la transcripción de un diálogo con Moori Koenig en su departamento de Callao y Santa Fe. De aquel encuentro tenso, Walsh había sacado en limpio sólo un par de datos: el cadáver había sido enterrado fuera de la Argentina, de pie, «en un jardín donde llueve día por medio». Y el Coronel, en las interminables vigilias junto al cuerpo, se había dejado llevar por una pasión necrofílica. Todo lo que el cuento decía era verdadero, pero había sido publicado como ficción y los lectores queríamos creer también que era ficción. Pensábamos que ningún desvarío de la realidad podía tener cabida en la Argentina, que se vanagloriaba de ser cartesiana y europea.

—Supongo que construyen la carbonera para que no se corrompa la madera del ataúd —continuó Walsh—. Después, por miedo a que descubran el cuerpo, rehacen el jardín y vuelven a enterrarlo.

—Evita estaba desnuda —dije, invocando el cuento—. «Esa mujer estaba desnuda. Una diosa, y desnuda, y muerta. Con toda la muerte al aire.»

—Tal cual —dijo Walsh—. El Coronel la exhibía. Una vez la escupió. Escupió el cuerpo indefenso, mutilado, ¿te das cuenta? Le había cortado un dedo para probar que ella era Ella. Por fin, un oficial del Servicio lo denunció. Sólo entonces lo arrestaron. Debían haberlo dado de baja pero no lo hicieron. Sabía demasiado.

—Estuvo detenido seis meses —dijo Lilia—. Vivió en la peor soledad, en un páramo, al norte de Comodoro.

—Casi se volvió loco —siguió Walsh—. Le suprimieron la bebida. Ésa fue la peor parte del castigo. Tenía alucinaciones, trataba de fugarse. Un amanecer, al mes y medio del arresto, lo encontraron medio congelado cerca de Punta Peligro. Fue providencial, porque ahí el viento es salvaje y el polvo cubre y descubre los objetos en cuestión de segundos. Un mes más tarde tuvo más suerte todavía. Lo recuperaron en una cantina de Puerto Visser. Llevaba dos días bebiendo. Estaba sin un centavo, pero amenazó con su arma al cantinero y lo forzó a servirle. Si lo hubieran encontrado medio día después, el hígado le habría estallado. Tenía una cirrosis galopante e infecciones en la boca y las piernas. Pasó la fase final del arresto desintoxicándose.

—Te olvidaste de las cartas —dijo Lilia—. Nos contaron que todas las semanas le escribía a uno de los oficiales del Servicio, un tal Fesquet, exigiéndole que trasladara al páramo el cuerpo de Evita. No creo que la bebida haya sido la peor parte del castigo. Fue la ausencia de Evita.

—Tenés razón —dijo Walsh—. Para el Coronel, la ausencia de Evita era como la ausencia de Dios. El peso de una soledad tan absoluta lo trastornó para siempre.

—Lo que no se entiende es cómo llegó Moori Koenig a ser agregado militar en Bonn —opiné—. Era indeseable, peligroso, borracho. Primero lo castigan por exhibir a Evita y al año siguiente se la entregan. No tiene lógica.

—Muchas veces me he preguntado qué pasó y yo tampoco consigo explicármelo —dijo Walsh—. Siempre creí que el cadáver estaba en algún convento italiano, y que a Moori Koenig lo habían mandado a Bonn para despistar. Pero cuando lo visité en su departamento de Callao y Santa Fe, me aseguró que él la había enterrado. No tenía por qué mentir.

Los arlequines habían marchitado las últimas flores del «Verano» de Vivaldi y tendían sus gorros hacia las mesas. Walsh les dio un franco y la mujer de la viola agradeció con una reverencia mecánica y solemne.

—Vayamos a buscar el cuerpo —me oí decir—. Salgamos para Bonn esta noche.

—Yo no —dijo Walsh—. Cuando escribí «Esa mujer»

me puse fuera de la historia. Ya escribí el cuento. Con eso
he terminado.

—Escribiste que un día ibas a buscarla. Si la encuentro,
dijiste, ya no me sentiré más solo. El momento ha llegado.

—Han pasado diez años —me contestó—. Ahora estoy
en otra cosa.

—Yo voy, de todos modos —le dije. Sentí decepción y
también tristeza. Sentí que estaba viviendo algo parecido a
un recuerdo, pero del lado inverso, como si los hechos del
recuerdo aún estuvieran por suceder. —Cuando la encuen-
tre no sé qué voy a hacer. ¿Qué se puede hacer con un
cuerpo como ése?

—Nada —dijo Lilia—. Dejarlo donde estaba, y después
avisar. Sólo vos sabés a quién tendrás que decírselo.

—Un cuerpo de ese tamaño —repitió Walsh en voz baja.

—Tal vez lo cargue en el baúl del auto y lo traiga —dije—. Tal vez lo lleve a Madrid y se lo entregue a Perón. No
sé si él lo quiere. No sé si él quiso ese cuerpo alguna vez.

Walsh me contempló con curiosidad desde la lejanía de
sus anteojos opacos. Sentí que mi obstinación lo tomaba
por sorpresa.

—Antes de viajar, deberías saber cómo es su aspecto —me
dijo—. Ha cambiado mucho. No se parece a las fotografías
ni a las imágenes de los noticieros. Aunque te parezca increíble, es más hermosa.

Abrió su billetera. Debajo de la cédula de identidad
había una foto amarillenta y arrugada. Me la mostró. Evita
yacía de perfil, con el rodete clásico bajo la nuca y una
sonrisa sesgada. Me sorprendió que Walsh llevara esa imagen como amuleto, pero no se lo dije.

—Si la encontrás —siguió él—, es así como debería
estar. Nada puede corromper su cuerpo: ni la humedad del
Rhin ni el paso de los años. Tendría que estar como en esta
foto: dormida, imperturbable.

—¿Quién te la dio? —le pregunté. Me había quedado
sin aliento.

—El Coronel —dijo—. Tenía más de cien. Había fotos

de Evita en toda la casa. Algunas eran impresionantes. Se la veía suspendida en el aire, sobre una sábana de seda, o en una urna de cristal, entre un marco de flores. El Coronel pasaba las tardes contemplándolas. Cuando lo visité, no tenía casi otra ocupación que estudiar las fotos con una lupa y emborracharse.

—Podrías haberla publicado —le dije—. Te habrían pagado lo que hubieras querido.

—No —replicó. Vi que una rápida sonrisa lo atravesaba, como una nube—. Esa mujer no es mía.

Viajé a Bonn esa misma noche. Encontré la embajada argentina desierta, con casi todo el personal de vacaciones. Quiso el azar que yo conociera desde hacía mucho al único funcionario que se había quedado de guardia. Gracias a él pude visitar el jardín. Al final de los canteros de tulipanes descubrí unos tablones apilados y los restos de una cúpula de vidrio. Mi amigo confirmó que eran las ruinas de la carbonera.

Almorzamos en una cervecería de Bad Godesberg y por instinto, después de beber dos o tres jarras, decidí contarle a qué había ido. Lo vi observarme con extrañeza, como si ya no supiera quién era yo. Aceptó que la caprichosa rotación del jardín era inusual, pero de Evita no tenía la menor idea. Mi conjetura era imposible, dijo. Tal vez el cuerpo había pasado por allí, pero no para quedarse. Le pedí que de todos modos estudiara los documentos contables de 1957 y 1958, aunque le parecieran insignificantes: facturas por reparaciones, viáticos de viaje, gastos de mudanzas. Cualquier detalle podía ser útil.

Antes de que cayera la tarde, recorrimos la casa que el Coronel había ocupado en Adenaueralle 47, frente a la embajada. Estaba desocupada y a medio demoler. Las obras del metro la habían condenado. Las ventanas de los dormitorios altos daban a un garaje inhóspito, en cuyo vértice norte crecían arbustos y malezas. En la cocina vi, caída, la puerta de un altillo. Me asomé al hueco tenebroso, con la vana esperanza de que el cadáver estuviera allí.

Oí el siseo de las ratas y las quejas del viento. En los pasillos se acumulaba el polvo.

A la mañana siguiente, mi amigo me hizo llegar una caja de zapatos llena de papeles viejos, con una esquela breve, sin firma: «Después de mirar lo que te dejo, tíralo», decía. «Si encontrás algo, yo no te lo di, no te conozco, nunca viniste a Bonn».

No encontré nada. Al menos, creí durante años que era nada, pero igual lo guardé. Encontré un recibo por una furgoneta Volkswagen, de color blanco, a nombre del coronel Moori Koenig. Encontré una factura por la compra de cien kilos de carbón, entregados a la embajada en una caja de roble. Leí que otras dos cajas de roble habían sido enviadas al signor Giorgio de Magistris, en Milán. Me parecía extravagante, pero no sabía por qué. No lograba encajar un fragmento con otro.

Vi una libreta de tapas negras con un rótulo que pregonaba, en caligrafía florida: *Perteneciente al Prof. Dr. Pedro Ara Sarría.* Las páginas estaban sucias y desgarradas. Algunas notas habían sobrevivido. Alcancé a leer:

«*23 de noviembre. Once de la noche. Recuérdame vida mía*» «*Cuando vengan a buscarte ya tendrás todo lo que te faltó en este mun*» «*toris? Le hice una herida, rejillas para sentir*» «*labios nuevos*» «*Donde falla la ciencia, talla la presencia. la ciencia se ordena ahora por delirios más que escribir teoremas, da saltos*» «*la ciencia es un sistema de dudas. Vacila. Al tropezar con el herbario de tus células, yo también vacilé ¿lo notaste? anduve a tientas, entre las luces del protoplasma royendo las cicatrices de la metástasis te reconstruí. Eres nueva. Eres otra*» «*y así leas las inscripciones que te puse en las alas lucilia tineola mariposa arcangélica*» «*Lo que ya no eres es lo que vas a ser*» «*óyelos vienen a buscarte. No les aceptes su ley. Como cuando eras una niña tienes otra vez que imponerte.*»

Santa Evita

En el fondo de la caja encontré una hoja de cuaderno, en la que alguien con letra temblorosa, había anotado:

«*Más para* Mi mensaje. *¿Pueden los pueblos ser felices? ¿O sólo pueden ser felices los hombres, uno por uno? Si los pueblos no pueden ser felices, ¿quién me va a devolver todo el amor que he perdido?*»

En el camino de regreso a París me detuve en un parador de Verdún. Sobre mi cabeza vi una mariposa enorme, suspendida en la eternidad de un cielo sin viento. Una de sus alas era negra y batía hacia adelante. La otra, amarilla, trataba de volar hacia atrás. De pronto se alzó y desapareció en los campos azules. No obedeció a la voluntad de sus alas. Voló hacia arriba.

Veinte años después yo también me puse a volar, pero hacia el pasado. En una colección de *Sintonía*, «el magazine de los astros y las estrellas» que había sido la lectura preferida de Evita, encontré una noticia que me intrigó. Aludía a los proyectos de las grandes figuras de la radio para fines de 1934: «El hombre de la suerte eterna, Mario Pugliese (Cariño), sale de gira con su orquesta bufa por la provincia de Buenos Aires. El 3 y el 4 de noviembre actuará en Chivilcoy, el 5 en Nueve de Julio, el 10 y el 11 en Junín. Se anticipa teatro lleno en las dos últimas ciudades, porque allí Los Bohemios de Cariño compartirán el borderó con el impagable dúo Magaldi-Noda».

No era preciso ser sagaz para deducir que, en aquella gira, Magaldi había conocido a Evita y que tal vez Cariño presenció la escena. Lo que faltaba establecer era la veracidad del encuentro. Yo siempre había desconfiado: me parecía inverosímil que un ídolo de la canción popular, sobre el que se abalanzaban raudales de mujeres, hubiera introducido en las radios de Buenos Aires a una provincianita de quince años, ignorante y poco agraciada. En 1934,

Evita estaba lejos de ser Evita. Magaldi, en cambio, conocía una fama sólo comparable a la de Gardel. Tenía una
cara melancólica y una voz tan dolorida y sentimental que
el público abandonaba sus recitales secándose las lágrimas. Mientras el repertorio de Gardel abundaba en amores contrariados, madres sufrientes e historias de derrota,
el de Magaldi condenaba las trampas de los políticos y
exaltaba a los trabajadores y a los humildes. No sólo en
eso su figura armonizaba a la perfección con la de Evita.
Era también un hombre apasionado y generoso. Ganaba
más de diez mil pesos mensuales, que era dinero de sobra
para comprar un palacio, y ni siquiera tenía casa propia.
Mantenía sin lujos a la madre y a seis hermanos ya grandes. Algunas revistas insistían en que el dinero se le iba en
ayudar a los presos y a los huérfanos. Otras insinuaban
que lo perdía en los casinos y en las mesas de póker. Era el
príncipe azul de los años treinta. Las primas de Evita, que
vivían entonces en Los Toldos, han contado que dormían
abrazadas a la foto de Magaldi como si fuera el ángel de la
guarda. Si alguien quería redondear la leyenda de Evita
adjudicándole un romance de juventud que estuviera a la
altura de Perón —«el hombre de mi vida»—, no iba a
encontrar a nadie más adecuado que Magaldi. Esa exageración del azar era lo que me inducía a desconfiar.

Los historiadores adictos a Evita siempre han creído,
sin embargo, que Ella viajó sola a Buenos Aires, con el
permiso de la madre. «Esa versión es más provinciana y
más normal», supone Fermín Chávez, uno de los devotos.
Y la hermana de Evita, Erminda, se indigna ante la sola
idea de que Magaldi —o cualquier otro— la hubieran
atraído más que la paz y la felicidad del hogar materno:
«¿Quién desde su árida mezquindad señaló que habías
abandonado tu casa? ¡Qué desatino la suposición de que
nos habías dejado así, intempestivamente!».

Fue la propia Evita quien confió a sus primeros amigos de
la radio que Magaldi la había llevado a Buenos Aires, y ellos
echaron a rodar la historia: Elena Zucotti, Alfonso Pisano,

Pascual Pelliciota, Amelia Musto. Pero el único que sabía la verdad era Mario Cariño. Tardé varias semanas en dar con él.

En 1934, Cariño tenía una fama casi tan vasta como la de Magaldi, pero de otra índole. Disfrazado de Chaplin, dirigía una orquesta cómica que desfiguraba los valses y los foxtrots de moda injertándoles sonidos de la jungla, chirridos de cadenas, berridos de infantes y suspiros de novias. Treinta años después, ya en plena decadencia, se convirtió en quiromántico, astrólogo y consejero sentimental. Fueron esas habilidades las que me permitieron ubicarlo. En el barrio donde vivía, cerca del parque Rivadavia, aún se ganaba la vida leyendo las manos o dibujando las cartas astrales de los vecinos. Apenas podía moverse: una caída en el baño le había destrozado la cadera.

Cuando me recibió estaba pálido, consumido, como si ya hubiera muerto y nadie se diera cuenta. La mirada se le distraía con facilidad en regiones indecisas del aire y rara vez se posaba en algún objeto. Hablamos poco más de dos horas, hasta que la atención se le disipó y no pudo recuperarla. La memoria del pasado seguía intacta y pura dentro de él, como una vieja casa sin puertas ni ventanas donde el aire y el polvo no se han posado nunca. Sólo cuando avanzaba hacia el presente la memoria se le deshacía en cenizas. No sé cuánto de lo que voy a contar ahora es fiel a la verdad. Sé que es fiel a sus recuerdos y a su pudor tanto como es infiel a su lenguaje socarrón e indirecto, que a mí me parecía de otro siglo.

Cariño empezó por describir su primera tarde de tedio en Junín: las zambas atronadoras que difundía el altoparlante hasta las diez de la noche; la polvareda de moscas en el hotel Roma, donde se alojaba con los músicos de su orquesta; las maniobras fragorosas de las locomotoras en la estación Pacífico; las rondas de las chicas que paseaban del brazo por la plaza San Martín y, mientras los miraban de reojo, hablaban de ellos tapándose la boca. Vagamente me dijo (o tal vez me indujo a pensar) que una realidad tan monótona acaba por parecerse a la eternidad, y que cual-

quier eternidad es desesperante. En el comedor del Roma
cenaron un jamón rancio y unas achuras verdosas. Los
músicos se sintieron indigestados. Nadie durmió bien.

Magaldi llegó a la mañana siguiente en el tren de las
diez con Pedro Noda, su compañero de dúo. Dejaron el
equipaje en otro cuarto inhóspito del Roma, y luego se
entretuvieron con Cariño en el cine Crystal Palace, donde
esa noche darían el recital. Los camarines eran baños
escuetos con pisos de portland. El único reflector del escenario se apagaba a los tres minutos de encenderse o con-
descendía a parpadear. Magaldi opinó que era preferible
cantar a oscuras.

Su humor, naturalmente sombrío, estaba por desbarrancarse en la depresión. Se hizo la hora de almorzar.
Cariño no quería regresar al hotel, donde el menú del
mediodía era tan amenazante como el de la noche. En un
almacén de ramos generales les recomendaron la pensión
de doña Juana Ibarguren de Duarte, que atendía sólo a
huéspedes fijos, pero que no dejaría escapar a comensales
tan renombrados como ellos.

La pensión estaba en la calle Winter, a tres cuadras de
la plaza. Después del zaguán se abría un comedor enorme, a través del cual se divisaba un patio de enredaderas
y glicinas. Magaldi llamó a la puerta y preguntó si acepta-
ban diez personas más para el almuerzo. Una mujer
robusta, de lentes, con un pañuelo en la cabeza, asintió
sin sorprenderse. «Son tres platos», dijo, «y por cada plato hay que pagar setenta centavos. Vuelvan dentro de
media hora».

Los aguardaba un almuerzo memorable, con humitas
en chala y puchero de gallina. Cariño recordaba que com-
partieron la mesa con tres huéspedes estirados, que calza-
ban polainas y usaban cuellos de palomita: uno era, creía,
oficial de la guarnición local; los otros se presentaron
como abogados o maestros. Las hijas de doña Juana
comieron en silencio, sin levantar la mirada del plato. Sólo
una de las mayores lamentó, al pasar, que el único herma-

no estuviera lejos de la casa. Nadie, dijo, imitaba tan bien como él las imitaciones de Cariño.

Magaldi acaparó la conversación. La compañía y el vino le habían mejorado el humor. Entretuvo a las jóvenes explicándoles con detalles los secretos de la grabación de los discos en cuartos herméticos, donde los cantores dejaban caer la voz dentro de una bocina gigantesca, y cautivó a los huéspedes hablándoles del gran Caruso, a quien había paseado por Rosario. La única que parecía ajena al hechizo de Magaldi era la hija menor, que lo examinaba con seriedad, sin sonreírle ni una sola vez. Tanta indiferencia incomodó al cantor. «Noté», me dijo Cariño, «que al final del almuerzo se había olvidado de los demás y sólo se dirigía a ella».

Evita tenía quince años. Era pálida, traslúcida, con unas largas cejas depiladas que estiraba dibujándolas casi hasta las sienes. Llevaba cortado a la garçon el pelo fino y algo seboso. Como casi todas adolescentes de pueblo, apuntó Cariño, era desaseada y de una pudorosa coquetería. No sé cuánto de la imagen que él me transmitió está teñida por la Evita que frecuentó después, durante los primeros meses de 1935. La memoria es propensa a la traición y, en definitiva, lo que importa en este relato no es su desabrida belleza de aquellos años sino su osadía.

Antes de que sirvieran los postres, una calandria se posó en una de las fuentes y picoteó un grano de choclo. Doña Juana consideró que era una señal de buen augurio y propuso otro brindis. El abogado o el maestro porfiaron que no era una calandria sino un zorzal. Uno de ellos se puso unos lentes de carey oscuro para estudiar el pájaro de cerca. Evita lo detuvo con un ademán seco.

—Quédese quieto —le dijo—. Cuando las asustan, las calandrias no vuelven a cantar.

Magaldi se quedó pensativo y a partir de ese momento dejó de hablar. A él, como a Gardel y a Ignacio Corsini, solían llamarlos indistintamente «el zorzal criollo» o «el ruiseñor argentino» (ruiseñor es el otro nombre de la calandria). Era supersticioso, y debió sentir que si por azar coincidía en la misma mesa con un pájaro arisco, que sólo se deja ver en cautiverio, era porque ambos estaban hechos de la misma sustancia. Magaldi creía en la reencarnación, en las apariciones simbólicas, en el poder determinante de los nombres. Que Evita mencionara sin querer el más secreto de sus terrores —no poder cantar— le hizo suponer que entre Ella y él había también un lazo invisible. Cariño me lo dijo con un lenguaje más esotérico y temo que, en mi afán de aclarar sus ideas, lo que estoy haciendo es enrarecerlas. Habló de Ra, Urni, peregrinaciones astrales y de otros paisajes del espíritu cuyo significado no entendí. Una de sus imágenes, sin embargo, se me quedó grabada. Dijo que, después del incidente de la calandria, las miradas de Evita y de Magaldi se cruzaban a intervalos. Ella jamás apartaba los ojos. Era él quien bajaba la cabeza. Después de los postres, Ella dijo, con voz inapelable:

—Magaldi es el mejor cantor que hay. Yo también voy a ser la mejor actriz.

Antes de que se marcharan, la madre llamó a Magaldi y se lo llevó a uno de los dormitorios. Desde el comedor se oían las eses cadenciosas de la mujer, pero no sus palabras. El cantante murmuró algo que sonó a protesta. Al salir, había recuperado su apariencia melancólica. «Sigamos conversando mañana», dijo. «Recuerdemeló mañana».

El cine Crystal Palace se llenó esa noche de sábado. La orquesta de Cariño actuó iluminada por las arañas del techo. Magaldi, que prefería la penumbra, encendió en el escenario dos candelabros y creó el efecto lúgubre que convenía a sus canciones de desdicha. Las mujeres de la familia Duarte ocuparon media fila de plateas, en el fondo, y aplaudieron con entusiasmo. Sólo Evita parecía lejana e inconmovible. Sus grandes ojos castaños estaban clavados en el escenario y no reflejaban nada, como si se le hubieran retirado los sentimientos.

A la salida esperaban seis o siete chacareros, que habían llevado a sus familias para demostrarles que Magaldi era de carne y hueso y no sólo una ilusión de la radio. Las madres de algunos presidiarios se acercaron a Pedro Noda con cartas de súplica para que se aliviaran los horrores de los calabozos de Olmos. Sobre el cordón de la vereda, apoyados en la puerta de sus voiturettes, estaban los empresarios del Crystal Palace, que habían organizado un banquete en el Club Social. Vestían trajes blancos y camisas de cuello duro. Parecían impacientes y, cada tanto, hacían sonar las bocinas. Entre Magaldi y ellos se interponía doña Juana, cruzada de brazos, impertérrita. Estaba muy elegante, con una gran rosa de organdí en el escote. Esperó unos pocos minutos y se adelantó hacia el cantor. Lo tomó del brazo y lo desvió de su camino. Cariño, que estaba atento, oyó el diálogo rápido y seco.

—Acuerdesé de lo que me prometió: mañana almuerzan otra vez en mi casa, ¿no? Usted y Noda vienen como invitados míos.

—No sé si vamos a poder —la esquivó Magaldi—. Es una función de vermut. Nos deja poco tiempo.

—La función es a las seis. Tienen tiempo de sobra. ¿Por qué no vienen a las doce y se quedan hasta las tres?

—Está bien. A las doce y media.

—Y hágame un último favor, Magaldi. Pase a las once por la plaza, ¿puede? A Evita le han dado quince minutos para que diga versos por el altoparlante. Se muere de ganas de que usted la oiga. ¿Se ha fijado bien en ella?

—Es bonita —dijo Magaldi—. Tiene condiciones.

—¿No es cierto que es muy bonita? Se lo dije. Este pueblo le queda chico.

Las bocinas de las voiturettes los apremiaron. Magaldi se desprendió como pudo y entró en uno de los autos. Toda la noche estuvo enterrado en sus pensamientos, dejando caer unos pocos monosílabos de compromiso. Casi no comió, bebió sólo un par de grappas, y cuando le pidieron que templara la guitarra, alegó que estaba sin ánimo. Noda tuvo que cantar solo.

Regresaron al hotel poco antes de que amaneciera. Se distrajeron en el vestíbulo de entrada con las trepidaciones del expreso que venía de atravesar el desierto. Cariño propuso dar una vuelta a la manzana y, antes de que nadie respondiera arreó a Magaldi, que obedecía con resignación. Era noviembre, el cielo estaba limpio y en el aire flotaban las chispas del rocío. Recorrieron una cuadra de casas iguales, en las que se oía crepitar a las gallinas. Vadearon un baldío, un corralón, los adoquines desparejos de una cochería. Caminaban con las manos en los bolsillos, sin mirarse.

—¿Qué esperás para contarme lo que te pasa? —dijo Cariño—. A ver si aprendés a confiar en alguien.

—Estoy bien —contestó Magaldi.

—A mí no me jodés. Yo nací conociendo a la gente.

Se detuvieron bajo un farol. La luz dibujaba un círculo tembloroso. «Sentí», me dijo Cariño, «que los diques de adentro se le venían abajo. No podía con su alma y necesitaba desahogarse».

Doña Juana, contó Magaldi, le había pedido que apadrinase a Evita en Buenos Aires, después de haber pasado meses oponiéndose al viaje. No quería que la hija se fuera sola, a los quince años, cuando apenas había terminado la escuela primaria. Pero Evita, dijo, no se doblegaba. Insistió tanto que le quebró la voluntad. Era huérfana, no tenía allá otro pariente que un hermano conscripto y soñaba con ser actriz. Por Junín habían pasado dramaturgos como Vacarezza, cantores como Charlo, recitadores como Pedro Miguel Obligado. A todos les había pedido ayuda y todos la negaron con el pretexto de que era una niña y debía madurar. Magaldi, en cambio, veía más lejos que cualquiera de ellos. Los superaba en fama, en relaciones, en recursos. Nadie rechazaría una de sus recomendaciones. Esa chica tiene cualidades, había dicho. Y no podía volverse atrás. Además, estaba la calandria. Se había posado en la mesa para marcar un destino. Desoír los avisos de una calandria era invocar la mala suerte.

Estaba aclarando rápido. Al otro lado de las vías, el cielo se desperezaba entre largos vahos de color naranja. Al doblar la esquina, divisaron el hotel. Magaldi se detuvo. Dijo que había vacilado durante toda la noche pero que la conversación le había despejado el juicio. Sabía por fin qué hacer. Viajaría con Evita a Buenos Aires. Le pagaría una pensión, la presentaría en la radio. Era ya demasiado tarde o demasiado temprano, y a Cariño no le quedaban fuerzas para disuadirlo.

—Tiene quince años —fue lo único que dijo—. Sólo tiene quince años.

—Ya es una mujer —respondió Magaldi—. La madre me lo dijo: se hizo mujer de un día para el otro.

Siguió un domingo insulso, interminable, de ésos que uno prefiere olvidar. Evita recitó por los altoparlantes de la casa de música un poema de Amado Nervo con exceso de gorgoritos y una dicción calamitosa. Dijo «muertos» y «penumbra», recordó Cariño, con un silabeo canyengue que imitaba el de Gardel: «¿Adónde van los muéretos, señor, adónde van? Tal vez en un palaneta baniado de penúnebara...» La aplaudieron. Cruzó la plaza con las hermanas, mientras una soprano de aldea desmigajaba el «Ave María» de Schubert. Magaldi se quitó el clavel blanco que llevaba en el ojal y se lo ofrendó. Según Cariño, estaba seducido por la lejanía de Evita, por el desdén con que Ella expresaba algo que quizá fuera admiración.

Esa noche, después del recital, tomaron el tren que venía del Pacífico. Doña Juana y las hijas despidieron a Evita en el andén, llorosas. Bajo las luces amarillas de la estación, Ella parecía infantil y medio dormida. Llevaba medias zoquetes, una pollera de algodón y una blusa de lino, un casquito de paja y una valija raída. La madre le deslizó diez pesos en el escote y se quedó todo el tiempo a su lado, acariciándole el pelo, hasta que el tren apareció. Fue una escena de radioteatro, me contó Cariño: el príncipe azul rescataba de su infortunio a la provincianita pobre y poco agraciada. Todo sucedía más o menos como

en la ópera de Tim Rice y Lloyd Webber, aunque sin casta-
ñuelas.

El vagón estaba casi vacío. Evita prefirió sentarse sola y
apoyó la frente sobre la ventanilla, contemplando las rápidas sombras del paisaje. Cuando el tren se detuvo en Chivilcoy o en Suipacha, una hora más tarde, Magaldi se le
acercó y le preguntó si era feliz. Evita no lo miró. Le dijo:
«Quiero dormir», y volvió la cabeza hacia la oscuridad de
la llanura.

Desde esa noche, Magaldi fue un hombre dividido.
Pasaba la mañana y parte de la tarde en la pensión de la
avenida Callao donde vivía Evita. Allí compuso sus más
hermosas canciones de amor, «Quién eres tú» y «Cuando
tú me quieras», sentado en una silla de cuero de potro.
Cariño, que lo visitó un par de veces, recuerda la cama
monacal, de hierro; la palangana descascarada; las fotos
de Ramón Novarro y Clark Gable pegadas con chinches a
la pared. El estrecho cuarto estaba invadido por un invencible tufo a mingitorio y a lejía, pero Magaldi, entregado a
la felicidad de su guitarra, cantaba en voz baja, sin inco-
modarse por nada. También Evita parecía más allá de toda
miseria. Se paseaba en viso, con una toalla en la cabeza,
retocándose el esmalte de las uñas o depilándose las cejas
ante un espejo cariado.

Al caer la tarde, Magaldi se entretenía en la radio repasando con Noda las cinco o seis melodías que cantaban en
la audición de las nueve de la noche. Después, se reunía
con músicos y letristas de otras orquestas en el 36 Billares
o La Emiliana, de donde se retiraba todos los días a la una
de la madrugada. Nunca dejaba de pasar la noche en la
enorme casa familiar de la calle Alsina, donde su cuarto
sin ventanas estaba sombreado por santarritas y jazmine-
ros. La madre lo esperaba levantada, le cebaba unos mates
y le refería las venturas del día. El nombre de Evita no asomaba en esas conversaciones. Según Cariño, Evita pesó
siempre en la vida del cantor como una culpa o como una
vergüenza inconfesable. Le llevaba dieciocho años: eran

siete menos de los que le llevaría Perón. A Magaldi, sin
embargo, le parecían un abuso.

Fue en esos meses cuando la suerte comenzó a desairarlo. A fines de noviembre, tuvo un altercado con don Jai-
me Yankelevich, el zar de las radios: en un solo día perdió
su contrato para 1935 y la ocasión de que Evita tuviera la
prueba de declamación que le habían prometido. A rega-
ñadientes, Magaldi aceptó actuar en radio París, pero un
feroz ataque al hígado le retrasó el debut. Esos percances
dañaron su amistad con Noda y enfurecieron a Evita, que
pasó días sin dirigirle la palabra.

En el relato de Cariño me desconcertaron, desde el
principio, las fechas. Los biógrafos de Evita coinciden en
que Ella se fue de Junín el 3 de enero de 1935. No saben si
viajó con Magaldi o sin él, pero se aferran con tenacidad al
3 de enero. Se lo dije a Cariño. «¿Qué muestran ellos para
estar tan seguros?», me preguntó. «¿Un boleto de tren, una
fotografía?» Admití que no había visto ninguna prueba.
«No puede haber pruebas», me dijo. «Yo lo sé porque lo
viví. A mí los historiadores no tienen por qué corregirme la
memoria ni la vida».

Según Cariño, Evita pasó con él la Navidad de 1934. Su
hermano Juan estaba esa noche de guardia en Campo de
Mayo, las pruebas de actuación habían fracasado en radio
Sténtor y en radio Fénix, no le quedaba nada del dinero
que le había dado su madre. Se quejó de que Magaldi la
desamparaba. Era, le dijo, un hombre dominado por la
familia, al que no le gustaba divertirse ni bailar. Cariño le
sugirió entonces que regresara a Junín y que le diera el
susto de su ausencia. «Vos estás loco», respondió Ella. «A
mí de Buenos Aires sólo me sacan muerta».

Desde que Magaldi se repuso de los ataques de hígado,
Evita se convirtió en su sombra. Lo esperaba en la sala de
control de las grabadoras o en un café de Cangallo y Suipacha, frente a la radio. Él comenzó a eludirla y rara vez
la visitaba en la pensión, aunque seguía pagando los gastos. Llevaba más de una semana sin verla cuando se estre-

nó *El alma del bandoneón* en el cine Monumental. Ella estaba en el tumulto del vestíbulo, pidiéndole autógrafos a Santiago Arrieta y a Dorita Davis. Se había pintado las piernas para fingir que lucía medias de seda. Magaldi sintió de nuevo una invencible vergüenza y se deslizó cabizbajo entre la muchedumbre, pero le abrieron paso los aplausos, los relámpagos de magnesio y los gritos de las admiradoras. Lo precedían Noda y el narigón Discépolo, que había compuesto la música de la película. Detrás, con esfuerzo, desfilaban Cariño y Libertad Lamarque. Evita lo divisó de lejos y se le colgó del brazo. Magaldi atinó a preguntarle: «¿Qué hacés acá?». Ella no le contestó. Avanzó con él, resuelta, triunfal, encarando los fogonazos de los fotógrafos.

Fue el acabóse. Magaldi se levantó de la platea no bien apagaron las luces. Ella lo siguió, trastabillando sobre unos zapatos de tacos demasiado altos. Discutieron con ferocidad. Mejor dicho: Ella le habló ferozmente, él escuchó con resignación, como siempre, y la dejó rumiando su ira en la hostilidad de la noche. No volvieron a verse.

«Lo sedujo con el desdén y lo perdió por exagerar la osadía», me dijo Cariño. «Hacía ya tiempo que Magaldi se aburría con Ella. Su amor era de espuma, como el de todos los donjuanes, pero si Evita lo hubiera tratado con paciencia, él habría aguantado la relación hasta el fin, por responsabilidad o por culpa. Tal vez nunca le habría dado su lugar, porque una mujer se hace respetar el primer día o no lo consigue más, pero Magaldi era hombre de palabra. Sin la pelea del Monumental, no la habría dejado tan desvalida como la dejó.»

Más de una vez tuvo que socorrerla Cariño en las aciagas vísperas de ese otoño. Le pagó tres días de alojamiento en una pensión de la calle Sarmiento, compartió varios almuerzos de medias lunas en las mesas de mármol de El Ateneo y la invitó a la función de matinée de un cine de barrio. Ella estaba siempre ansiosa, devorándose las uñas, acechando una oportunidad cualquiera para declamar en la radio. No quería mandar cartas de lamento a Junín por miedo a que la obligaran a regresar, ni aceptaba los centavos que le ofrecía su hermano Juan, porque lo sabía endeudado hasta los huesos. Algunos biógrafos creen que fue Magaldi quien le consiguió el primer trabajo a Evita en la compañía de comedias de Eva Franco. No es así: él ni siquiera la vio actuar. El que le enderezó la vida fue Cariño. Me contó ese final feliz de la historia la única tarde que lo vi. Me acuerdo del momento preciso: de los pájaros que trinaban en los árboles sin hojas, de los kioscos herrumbrados en el parque de enfrente, donde vendían libros usados y estampillas raras.

«Una noche, a mediados de marzo, la encontré en un cafetín de Sarmiento y Suipacha», me dijo. «Estaba ojerosa, todo le daba náusea, tenía las piernas arañadas por costras y raspones. A los quince años, ya había aprendido las peores negruras de la vida. Íbamos a despedirnos cuando se puso a llorar. Me impresionaron las lágrimas en esa criatura tan fuerte, a la que no derrotaban las desdichas. Creo que nunca lloró ante nadie sino mucho tiempo después, cuando se entristeció por la salud que había perdido y la voz se le quebró en el balcón de la plaza de Mayo. La llevé a mi casa. Esa misma noche llamé por teléfono a Edmundo Guibourg, el columnista de *Crítica*, al que todos los cómicos respetábamos. Sabía dónde encontrarlo, porque se entretenía hasta el amanecer escribiendo la historia de los orígenes del teatro argentino. Le describí a Evita y le pedí la gracia de un trabajo cualquiera. Supuse que él podría ubicarla como traspunte, maquilladora o ayudante de modista. Nadie sabe por qué desvíos de la suerte acabó apareciendo como actriz. Debutó el 28 de marzo de 1935 en el teatro Comedia. Interpretaba a una mucama en *La señora de los Pérez*, obra en tres actos. Llegaba desde la penumbra del foro, abría una puerta y avanzaba hacia la mitad del escenario. Ya nunca más iba a marcharse de allí.

»Después de la muerte de Gardel», me dijo Cariño con una voz remota, diluida por la fatiga o por el sueño, «los argentinos sólo teníamos a Magaldi. Su fama no decayó ni siquiera cuando derivó hacia la cursilería y compuso canciones que aludían a los horrores de Siberia, con los que ningún oyente se identificaba. Con frecuencia lo alcanzaba alguna enfermedad de la que se curaba con cataplasmas y ventosas, escondido en el caserón de la calle Alsina, sin aceptar otra compañía que la de la madre. En los teatros, respondía a los aplausos con una inclinación fugaz y más de una vez se distrajo, mezclando la letra de una canción con la música de otra. Creí que estaba curado cuando se casó con una moza de Río Cuarto y anunció que iba a ser padre. Pero esa dicha lo mató. Un derrame de bilis fulminante se lo llevó de un día para otro. Evita trabajaba entonces en la compañía de Rafael Firtuoso. La noche del velorio, después de la función, sus compañeros desfilaron por el Luna Park para despedir a Magaldi. Ella se negó. Los esperó sola, en un bar de las cercanías, tomando con displicencia un café con leche.»

Hubo otras frases aquella tarde pero no quiero repetirlas. Me quedé un largo rato sentado en silencio junto a Cariño y luego caminé hacia el parque hostil, arrastrado por una marea de preguntas que ya nadie podía responder, y que tal vez tampoco a nadie le importaban.

14

«LA FICCIÓN QUE REPRESENTABA»

Ya al sexto día de navegación, la estrechez del camarote lo asfixiaba. Más insoportable, sin embargo, era la compasión de los tripulantes. Todas las madrugadas, el oficial con el que descendía a la bodega lo saludaba con la misma pregunta:

—¿Se está sintiendo mejor, señor Magistris? ¿Descansa bien?

—Sí —respondía él—. *Mi sento bene.*

Sufría, pero no quería decirlo. Los ardores de la herida lo despertaban en la noche. Y la visión del ojo izquierdo empeoraba: si se cubría el ojo sano, el mundo pasaba a ser una red de nubes cambiantes, de agitados puntos luminosos, de sombras con estrías amarillas. Sin embargo, no podía mostrar ningún desfallecimiento. Apenas lo viera débil, el enemigo iba a dar el zarpazo. El enemigo podía ocultarse en cualquier parte: a bordo del barco, en las escalas de Santos y Recife, entre los estibadores del puerto de Génova. Oía respiraciones apagadas al otro lado de la puerta y, en el camino a la bodega, sentía el sobresalto de unos pasos que se evaporaban. Alguien acechaba sus movimientos: de eso estaba seguro. No lo habían atacado aún pero lo harían: faltaba mucho para terminar el viaje.

Bajaba a la bodega entre las cuatro y las seis de la mañana: jamás a la misma hora, jamás por los mismos pasillos. El ataúd de María Maggi se apoyaba sobre un pedestal de hierro, junto al casco, en la proa. Lo disimulaban los muebles de un diplomático y los archivos de Arturo Toscanini, que habían sido embarcados en Santos. Se quedaba diez o quince minutos de pie ante el cajón, con la cabeza baja, y luego se marchaba. Cada madrugada persistía un poco más en la vigilancia. Le parecía que el cuerpo de la Difunta lo llamaba con disimulo, en sordina. Si hubiera sido creyente habría podido decir que era una llamada sobrenatural. Apenas se acercaba al ataúd, lo rozaba el relámpago de una respiración helada. Temeroso, abría las cerraduras de combinación y levantaba la tapa: ésas eran las órdenes. Ella nunca estaba igual: el extraño cuerpo tenía una eternidad inquieta, inestable. Como el ataúd era enorme y Ella tendía a flotar, la habían inmovilizado con ladrillos: el polvo bermejo teñía lentamente el pelo, la nariz, los párpados. Y aún así, brillaba. Ya el embalsamador, en el puerto, se lo había advertido con una frase estrábica: «Esa mujer brilla tanto como la luna de su voz derecha». Luna o alga o desgracia, la Mujer era fosforescente en las tinieblas de la bodega.

A veces, para disipar las pesadillas del descenso, el pasajero De Magistris se quedaba conversando con el oficial que lo acompañaba hasta la entrada de la bodega. Ya el primer día, el oficial le preguntó por la muerte de la esposa. Respondió con la versión que habían fraguado en el Servicio de Inteligencia y que él había ensayado interminablemente, ante el ministro de ejército y ante su nuevo jefe, el coronel Tulio Ricardo Corominas. «Viajábamos», decía, «en un Chevrolet nuevo. Íbamos hacia el sur. Era el amanecer. Mi mujer se había dormido. A la altura de Las Flores se reventó una goma y el auto se descontroló. Chocamos contra un poste. A ella se le fracturó el cráneo: murió en el acto. Yo volé a través del parabrisas.»

De Magistris era alto, imponente, algo encorvado. Una larga herida le rayaba la frente, el ojo izquierdo, la mejilla. Parecía que la hendidura del labio inferior fuera una prolongación de la cicatriz, pero no: se trataba de su única marca voluntaria. La había adquirido tocando el clarinete. Aún llevaba enyesado uno de los brazos y tenía roto el puente de la nariz. Ningún sufrimiento, sin embargo, decía, era comparable al de la pérdida de su mujer. Habían nacido en Génova. Sus familias emigraron en el mismo barco a Buenos Aires. Crecieron juntos, en Berazategui. Ambos soñaban con regresar un día a la ciudad que jamás habían visto y de la que sin embargo conocían cada plaza, cada monumento: la capilla de San Juan Bautista, el valle de Bisagno, el campanario de Santa María di Carignano, desde donde se divisaban las fortificaciones, el puerto, el azul del Tirreno. Había decidido enterrarla allí, entre aquellos paisajes.

De Magistris repetía la historia con acento dolido, verosímil. El accidente había ocurrido, por supuesto, pero no era obra del azar sino, tal vez, del Comando de la Venganza. En los hechos verdaderos no había el amor que él invocaba: sólo había odios.

Después del bochornoso arresto de Moori Koenig, el destino de Evita había tenido al gobierno militar sobre ascuas. Si alguien publicaba el relato de las profanaciones, advirtieron los asesores, el país podía arder. Era preciso enterrar cuanto antes ese cuerpo de pólvora.

La orden llegó al escritorio del capitán Galarza una noche de noviembre. Estaba escrita a mano por el presidente, en una esquela con el escudo patrio. «Ya no toleraré más demoras», decía. «Sírvase enterrar cuanto antes a esa mujer en el cementerio de Monte Grande».

Aquélla, pensó Galarza, iba a ser la misión de su vida. A las dos de la mañana hizo llevar el ataúd a un camión militar. Lo protegió con un pelotón de seis soldados. Fesquet le había ofrecido acompañarlo, pero él no quiso. Prefería la soledad, el secreto. Manejó despacio, con extrema precaución, sorteando los badenes y las jibas súbitas del adoquinado. Atravesó los frigoríficos, las playas de maniobras del ferrocarril del sur, los arrabales desiertos de Banfield y Remedios de Escalada. Calculó que a fin de año, su destino sería otro: ascendería a mayor, lo trasladarían a un regimiento lejano. Nunca viviría nada comparable a lo que estaba viviendo ahora y, sin embargo, no podría contarlo. La historia iba de su mano, pero su mano no iba a dejar ninguna huella.

Cerca de la estación de Lomas, un camión cisterna salió de las penumbras y se le arrojó encima. Sólo sintió el golpe limpio, que arrancó el paragolpes trasero y clavó la trompa de su vehículo en un poste. Atinó a desenfundar el revólver y a incorporarse. Si le quitaban a la Difunta sería su fin y quizás el fin de la Argentina. La sangre lo cegaba. El miedo a que el dolor acabara con él lo orientó hasta la puerta trasera del camión. La abrió, por desesperación o por instinto, y perdió el sentido.

Despertó en el hospital. Dos de los soldados, le dijeron, habían muerto. Otros dos tenían heridas peores que las suyas. Persona, para variar, estaba ilesa: sin una llaga, impasible entre los velos almidonados de la mortaja.

Volvió a encontrarla en el despacho del jefe del Servicio, adonde la habían llevado, ya sin sigilos, la noche del accidente. Yacía en el mismo cajón de pino basto con letras de embalaje —«Equipos de radio. LV2 La Voz de la Libertad»—, debajo del combinado Gründig. En el despacho, ahora, no entraba la luz del día. Para disuadir cualquier ataque, Corominas había ordenado sellar con planchas de acero las ventanas que daban a la calle. El escritorio estaba flanqueado por dos grandes banderas. En vez del boceto a lápiz de Kant paseándose por Könisberg, una miríada de próceres de la independencia construía un largo friso en las paredes. Para esquivar las tentaciones de la imaginación, el nuevo jefe nunca se quedaba a solas con el cadáver: uno de sus hijos estudiaba o dibujaba mapas de batallas en la mesa de reuniones. Si algún oficial llegaba en busca de órdenes, el adolescente se retiraba al cuarto contiguo. Metódico, prolijo, Corominas perfumaba el despacho con lavanda de Atkinsons para anular el tenaz perfume del cuerpo escondido, y conjuraba la claridad azul que parecía fluir del ataúd con un reflector de quinientos vatios, que vaciaba sobre el Gründig una imperiosa luz amarilla.

Entre diciembre y febrero, Galarza había afrontado varias cirugías consecutivas. Aún no se había librado de los yesos y vendas cuando Corominas lo citó un domingo en el Servicio. El otoño se anunciaba con una marea de hojas rojizas y lluvias violentas. La ciudad estaba melancólica y estaba hermosa. La melancolía era su hermosura. Nadie caminaba por Callao ni por Viamonte, siempre tan llenas de gente. Con extrañeza, oyó en esa orilla mediterránea de Buenos Aires la sirena de un barco.

En el relámpago del accidente, Galarza había perdido a la vez la carrera, la salud y la confianza en sí mismo. Los vidrios del parabrisas lo habían desfigurado. Un corte profundo en los músculos flexores le impedía mover la mano izquierda. Su esposa, a la que había compadecido y despreciado, ahora lo compadecía a él. Ninguno de los destinos con los que había soñado se cumplieron: no había ascendido a mayor, estaba obligado a retirarse del ejército, los fantasmas de los tobas y mocobíes a los que había matado en Clorinda le atormentaban las noches. Había odiado a Perón aun antes de que fuera Perón; había conspirado para matarlo un vergonzoso día de 1946. Ahora, ya no pensaba en él. Sólo odiaba a Persona, que había tejido la red de su desgracia.

Le sorprendió que la reunión incluyera a Fesquet. No lo veía desde las vísperas del accidente. El teniente había adelgazado mucho, usaba anteojos de aros metálicos, se dejaba crecer unos bigotes anchos. Corominas, de pie, se apoyaba sobre un bastón. Una coraza de yeso le tensaba la casaca.

Desplegó un mapa. Tres ciudades europeas estaban

marcadas con puntos rojos. En otra, Génova, había un círculo azul. El coronel —este coronel— tenía los ojos enca-
potados y la mirada filosa.

—Vamos a enterrar para siempre a la Difunta —dijo—.
Le ha llegado la hora.

—Ya lo hicimos —dijo Galarza—. Quisimos hacerlo
más de una vez. No se deja.

—¿Cómo que no se deja? Está muerta —dijo Corominas—. Es una muerta como cualquier otra. La Orden de
San Pablo le ha preparado una sepultura lejos de acá.

—De todos modos, quedan las copias del cadáver —apuntó Fesquet—. Tres copias. Son idénticas.

—Quedan dos copias —corrigió Corominas—. La marina exhumó la del cementerio de Flores y la sacó del país.

—Era la mía —dijo Galarza—. Fue la que yo enterré.

—A estas alturas ha de estar en Lisboa —siguió el jefe, y
señaló uno de los puntos del mapa—. La segunda va a salir
para Rotterdam a fin de mes. Como la primera, tiene una
identidad falsa pero creíble. Los documentos están en
orden. En cada puerto hay familiares esperándolas. Esta
vez no hay errores, no hay supersticiones.

—Falta saber qué hará el Comando de la Venganza —dijo
Galarza.

—Dos tipos de ese Comando se presentaron en Lisboa
—informó Corominas—. Querían el ataúd, sin saber que la
muerta era una copia. Ellos también tenían documentos
en regla. La policía portuguesa los descubrió. Escaparon.
Ya nunca más nos van a molestar. Están siguiendo la pista
falsa.

—No se sienta seguro —dijo Galarza—. Esos hombres
saben lo que están buscando. Tarde o temprano van a
llegar.

—No van a llegar. Éste que ve usted ahí es el cuerpo de
la Difunta —dijo Corominas. Estiró uno de los brazos y
apagó la luz teatral que caía sobre el Gründig: —El cuerpo
verdadero. Desde el accidente de la avenida Pavón no se ha
movido de acá. Antes de ayer, el embalsamador lo examinó

de pies a cabeza. Estuvo más de una hora. Le inyectó ácidos y le renovó los esmaltes. Fue tan minucioso que descubrió una marca casi invisible, en forma de estrella, detrás de la oreja derecha. Yo la vi. Se la hicieron cuando ya estaba embalsamada.

—El coronel Moori Koenig —supuso Galarza.

—Tiene que ser él. La obsesión por la Difunta no se le ha calmado, pero ahora está lejos. En febrero salió para Bonn. El gobierno lo nombró agregado militar en Alemania Federal. Todavía hay generales que lo apoyan o le tienen miedo. Es un tipo peligroso. Cuanto antes lo apartemos del operativo será mejor. Si vuelve a joder, Fesquet y yo lo vamos a hacer entrar en vereda.

Fesquet cruzó y descruzó las piernas, incómodo. El coronel prendió un cigarrillo. Los tres comenzaron a fumar en el vacío de un silencio torpe, dominical.

—Moori Koenig está enfermo —dijo Fesquet—. La lejanía de la Difunta lo ha enfermado. Me amenaza. Quiere que le lleve el cuerpo.

—¿Por qué no lo manda a la mierda? —dijo Galarza.

—Son amenazas muy graves —explicó Corominas—. Extorsiones. Debilidades del pasado que quiere sacar a la luz.

—No se deje asustar, Fesquet.

—Voy a terminar esta misión y después voy a pedir el retiro —dijo el teniente. Una repentina palidez lo desdibujaba. Toda su vida estaba allí, a la intemperie, entre aquellos dos hombres que tal vez fueran implacables, y de los que él no esperaba perdón. No lo necesitaba. Sólo quería marcharse.

—Es lo mejor —dijo Corominas—. Se va con la frente alta.

Así era como había comenzado el viaje. Galarza debía embarcarse con el cadáver el 23 de abril, en el *Conte Biancamano*. Fingiría ser Giorgio de Magistris, el viudo desolado de Maria Maggi. Fesquet partiría la noche siguiente en el *Cap Frio* hacia Hamburgo. Se llamaría Enno Köppen y la falsa difunta —la última copia de Persona— iría de contrabando, en el cajón de equipos de radio donde ahora estaba la verdadera. La cubrirían con cables, micrófonos, carretes de grabadores. El doctor Ara repetiría en el cuerpo de vinil y cera la señal estrellada de la oreja y tatuaría en la nuca un cortísimo vaso capilar.

Persona era perfecta, pero lo que pasaba con ella rara vez lo era. El ataúd que le compraron para la travesía era inmenso y llegó tarde al Servicio. Llevaba dos cerraduras de combinación y era imposible reemplazarlo. El cuerpo flotaba entre las telas suntuosas del tapizado.

—El mar la va a zarandear —observó Galarza—. Va a llegar muy golpeada.

Trataron de inmovilizarla con diarios y papeles de embalar, pero Fesquet advirtió a tiempo que ese ataúd era el último: yacería en él, desconocida, en un mausoleo perpetuo. Galarza ordenó entonces a los suboficiales de la guardia que acarrearan rocas y adoquines desde cualquier galpón de materiales. No los había en diez cuadras a la redonda. Resignados, rodearon al fin el cuerpo con un relleno tosco, de maderitas y ladrillos. Corominas, que aún convalecía de una operación en las vértebras, se contentaba con vigilar el equilibrio de los pesos. Fesquet completó solo el trabajo, con torpeza, sin saber cómo cubrir los huecos y las líneas de aire que iba dejando su penosa construcción.

—Parece mentira —dijo Corominas—. Este Servicio es el orgullo del ejército, pero cuando hay un trabajo importante tienen que hacerlo tres inválidos.

El polvillo bermejo de los ladrillos invadió el despacho del nuevo jefe y tardó días en asentarse. La lenta lluvia de polvo, tenue y acre, les recordó que Ella se había marchado al fin, y que tal vez fuera para siempre.

Eran casi las siete de la tarde cuando Galarza llegó solo al puerto, en una carroza fúnebre. Lo esperaban, nerviosos, el cónsul italiano y un cura ya vestido con la estola del responso y la cenefa enlutada.

—*Questo era il suo padre?* —preguntó el cónsul, señalando el ataúd.

—Mi esposa, que en paz descanse —contestó Galarza.

—*Che grossa era!* —observó—. *Incredibile.*

Sonaron las campanas del barco y la sirena dejó caer una queja rápida, profunda. Dos inspectores de aduana ordenaron pesar el ataúd y, como apenas quedaba tiempo, el cura rezó el responso mientras estaban izándolo en la balanza. La aguja marcó cuatrocientos kilos.

—Es demasiado —dijo uno de los inspectores—. Estos cajones rara vez pesan más de doscientos. ¿Era muy gordo?

—Gorda —replicó el cónsul.

—Más sospechoso todavía si era mujer. Van a tener que abrir.

El cura puso los ojos en blanco y alzó los brazos a las altas cúpulas de hierro de la dársena.

—No pueden hacer eso —dijo—. Sería una profanación. Yo conocía a esta señora. La santa iglesia sale de garante.

—Son las normas —insistió el inspector—. Si no las cumplimos, nos echan. Perón y Evita ya no están más en el gobierno. Ahora no hay contemplaciones.

La sirena del barco lanzó un nuevo lamento, más agudo, más largo. Todas las luces de a bordo se encendieron. En el muelle, alguna gente agitaba pañuelos. Cientos de pasajeros se asomaban a la cubierta. El *Conte Biancamano* parecía a punto de partir, pero los estibadores aún llevaban baúles a la bodega.

—No lo hagan —repitió el cura, con acento teatral—. Lo pido por Dios. Sería un sacrilegio. Los van a castigar con la excomunión.

Hablaba con tal énfasis que sólo podía ser, supuso Galarza, un emisario del Servicio: tal vez el mismo que había tramado con la Orden de San Pablo el entierro del cuerpo «lejos de acá, al otro lado del mundo».

—No se preocupe, padre —dijo el viajero—. Los inspectores son comprensivos.

Caminó con ellos hacia un mostrador destartalado y les entregó la póliza del viaje: número 4, con destino final en via Mercali 23, Milano. Debajo, deslizó dos billetes de mil pesos.

—Por las molestias —dijo.

El inspector que llevaba la voz cantante embolsó los billetes y decidió, imperturbable:

—Si es así, váyase. Por esta sola vez, lo dejamos pasar.

—No va a haber otra —dijo Galarza, sin resistir la tentación de una última broma—. Mi esposa no va a morir por segunda vez.

Pensó, al subir por la planchada, que Evita había pasado por varias muertes en los últimos dieciséis meses, y a todas esas muertes había sobrevivido: al embalsamamiento, a los secuestros, al cine donde había sido una muñeca, al amor y a las injurias del Coronel, a los insensatos delirios de Arancibia en el altillo de Saavedra. Pensó que Ella moría casi a diario, como Cristo en el sacrificio de las misas. Pero no pensaba repetírselo a nadie. Todas las sinrazones de la fe, creía, habían servido sólo para empeorar el mundo.

Ahora despertaba cada mañana con pesadillas de claustrofobia. El único alivio a la intolerable rutina de la travesía era la discoteca del capitán, donde se mezclaban los fuegos artificiales de la Boston Pops con pequeños aires de Purcell que Galarza había ejecutado alguna vez en el clarinete. En el precario tocadiscos que le llevaron al camarote oía todas las tardes el allegretto de la séptima sinfonía de Beethoven. Cuando la melodía se apagaba volvía otra vez a oírla, sin fastidio ni cansancio: el vuelo ceremonial de aquella música se encrespaba dentro de él como el cuerpo de allí abajo, crecía y se endulzaba y se estremecía con la misma insolencia majestuosa.

En el puerto de Santos, una delegación de la Sociedad Wagneriana depositó a bordo un largo baúl de madera con manuscritos de Toscanini. Eran anotaciones y retratos que el maestro había dejado a su paso por Brasil, setenta años antes. Hubo una rápida ceremonia en cubierta, junto la entrada de la bodega: una orquesta improvisada tocó la marcha fúnebre de la *Eroica* y el «Libera me» de Verdi. De pie ante el ataúd de Evita, Galarza no se perdió detalle del homenaje. Llevaba una Beretta en el bolsillo y pensaba usarla sin contemplaciones si alguien se le acercaba con una vela encendida o un ramillete de flores. Ya estaba harto de los ardides que el Comando de la Venganza había empleado para honrar a la Difunta. Cerró la mano sobre la pistola cuando los músicos abrieron los estuches de los instrumentos y estudió las caras, en busca de algún indicio sospechoso. Nada pasó, sin embargo. Las melodías, incompletas, se evaporaron rápido en el aire sofocante.

Apenas los visitantes se retiraron, a Galarza lo acosó la idea de que en la caja de manuscritos habían escondido una bomba incendiaria. El capitán en persona tuvo que bajar y abrirla, cuando ya el barco navegaba rumbo a Río de Janeiro. Sólo encontraron partituras anotadas, cartas de adolescente y fotos amarillas.

Toscanini había sido enterrado con gran pompa el 18 de febrero, relató el capitán esa noche, durante la comida. Más de cuarenta mil personas esperaron el paso del cortejo fúnebre frente a la Scala de Milán. «Yo», dijo, «fui una de ellas. Lloré como si se tratara de mi padre». Después del responso, las puertas del teatro se abrieron y la orquesta de la Scala ejecutó el segundo movimiento de la *Eroica*, el mismo que, con delicadeza, le habían dedicado los músicos de Santos. Una imponente procesión había seguido entonces a la carroza, adornada con palmas y penachos de luto, hasta las bóvedas del cementerio Monumental.

—¿Recuerda cuánto pesaba el ataúd? —preguntó Galarza, de improviso.

Una de las comensales protestó. No era un tema para la hora de comer, dijo. Sin darse por aludido, el capitán contestó, con seriedad:

—Ciento setenta y tres kilos. Salió en todos los diarios.

No he olvidado la cifra porque es la del día de mi cumpleaños: el día diecisiete del mes tres.

—Sería muy flaco —opinó Galarza.

—Piel y huesos —dijo el capitán—. Dése cuenta que murió casi a los noventa años.

—A esa edad ya ni siquiera se piensa —apuntó una de las señoras.

—Toscanini pensaba tanto —la corrigió el capitán— que tuvo una trombosis cerebral. Y aun así, madame, recuperó la conciencia. En la agonía, hablaba con músicos imaginarios. Les decía: *Più morbido, prego. Ripetiamo. Più morbido. Ecco, bravi, così va bene,* como cuando dirigía la *Eroica.*

Después de cruzar la línea del ecuador, Galarza comenzó a sentirse, sin razón alguna, menos solo. No le gustaba leer, no lo distraían los paisajes, odiaba el sol. Su único entretenimiento era bajar a la bodega y conversar con Persona. Llegaba antes del amanecer y más de una vez se quedaba hasta después de la salida del sol. Le refería las incontables enfermedades de su mujer y la infelicidad de una vida sin amor. «Te hubieras separado», le decía Persona. «Hubieras pedido perdón». Oía fluir la voz entre las torres de la carga o al otro lado del casco, en el mar. Pero cuando regresaba al camarote se repetía que la voz sólo podía estar adentro de él, en alguna hondura del ser que desconocía. ¿Y si Dios fuera una mujer?, pensaba entonces. ¿Si Dios moviera sus pechos dulcemente y fuera una mujer? Eso a quién le importaba. Dios podía ser lo que quisiera. Nunca había creído en Él, o en Ella. Y no era el momento de empezar.

El segundo sábado de mayo divisaron a lo lejos la costa de Córcega. El viaje llegaba a su fin. Poco después de la medianoche, Galarza llevó el tocadiscos a la bodega, lo dejó bajo el pedestal del ataúd, y se acostó en la misma posición de la Difunta, con los dedos entrelazados sobre el pecho. La música del allegretto lo invadió con una paz que compensaba todas las tristezas del pasado, la música dibujó llanuras y remansos y bosques de lluvia en el desierto de sus sentimientos. La amaba: se dijo. Amaba a Persona, y la odiaba. No tenía por qué haber, en eso, la menor contradicción.

El *Conte Biancamano* atracó en Génova a las ocho de la mañana. El palacio San Giorgio estaba engalanado con enjambres de escarapelas y gallardetes; el gran faro tenía la luz inútilmente encendida. Mientras tendían la planchada y descargaban los equipajes, Galarza divisó, en la plaza de la aduana, una formación militar. Dos caballeros de uniforme y bicornios emplumados empuñaban espadas o bastones junto a una carroza de caballos. La banda de los *bersaglieri* ejecutaba el «Va, pensiero», de la ópera *Nabucco*, cantado por un coro invisible. Entre las estatuas de la plaza iban y venían bandadas de monjas con las tocas rígidas de almidón. Un cura de palidez alarmante escrutaba la cubierta del barco con unos gemelos de teatro. Cuando descubrió a Galarza, lo señaló con el índice y le pasó los gemelos a una de las monjas. Luego, corrió hacia el muelle y le gritó una frase que se perdió en el alboroto de los maleteros. Tal vez dijera «*Noi siamo dell'Ordine di San Paulo*»; tal vez «*Ci vediamo domani a Rapallo*». El viajero estaba mareado, confundido. Se había preparado para la travesía pero no para las sorpresas de la llegada. Oyó, de pronto, un redoble de tambores. Hubo un instante de silencio. El cura se inmovilizó. Los caballeros de bicornio levantaron con marcialidad los bastones. Uno de los oficiales de la nave, que pasaba cerca de Galarza, frenó su marcha e hizo la venia.

—¿Qué pasa? —le preguntó el viajero—. ¿Por qué hay tanto barullo?

—*Zitto!* —dijo el oficial—. ¿No ve que están por desembarcar los manuscritos del maestro?

Una avalancha de trompetas desplegó la marcha triunfal de *Aída*. Como si obedeciera la señal de los primeros compases, el ataúd de Evita fue deslizándose por una cinta rodante desde la bodega hacia el muelle. Estalló una salva de fusilería. Ocho soldados con morriones de luto alzaron la caja y la depositaron penosamente en la carroza, donde la cubrieron con la bandera italiana. Los caballeros empuñaron las riendas y la carroza comenzó a alejarse. Todo sucedió tan rápido y la música fue tan envolvente, tan fragorosa, que nadie vio las señas desesperadas de Galarza ni oyó sus protestas:

—¿Adónde se llevan eso? ¡Eso no es de Toscanini! ¡Es mío!

También el cura y las monjas se habían evaporado en la muchedumbre. Prisionero en la cubierta, cercado por sillas de ruedas, cajas y baúles que eran desplazados hacia la planchada con lentitud desesperante, Galarza no conseguía abrirse paso. Divisó al capitán demasiado lejos, en el puente, despidiéndose del rebaño de pasajeros, y trató de llamar su atención. No le salía la voz.

Después de tres o cuatro eternos minutos, el ataúd reapareció entre los galpones de los almacenes generales. Lo adornaban unos pocos ramos de flores pero, por lo demás, todo estaba igual que antes, como si regresara de un paseo inofensivo. Sólo Galarza estaba desquiciado, enfermo de pánico. Uno solo de los caballeros guiaba la carroza; el otro trotaba detrás, con el bastón aún en alto, junto al cura y al cortejo de monjas. Al entrar en el muelle, todos los personajes se colocaron disciplinadamente en los mismos lugares que ocupaban cuando el barco estaba llegando: la banda de *bersaglieri*, los soldados, los cargadores de baúles. Sólo algunos de los pasajeros, desatentos, se alejaban con sus familias. Hubo un raro paréntesis de silencio y, antes de que se alzara, vibrante, la marcha triunfal de *Aída*, se oyó exclamar a uno de los oficiales:

—*Peccato! 'Avuto un strafalcione!*

—Un error garrafal —confirmó un tripulante, detrás de Galarza.

Diez o doce marineros comedidos retiraron de la carroza el ataúd de Evita. Lo desabrigaron de la bandera y lo depositaron con desdén sobre los adoquines del muelle, mientras el cajón de los manuscritos de Toscanini se deslizaba solemnemente por la cinta rodante. Galarza aprovechó el desconcierto que sucedió a las descargas de fusilería para bajar corriendo por la planchada.

Antes de que pudiera acercarse al ataúd que casi había perdido, el cura salió de algún lugar que estaba oculto por la carroza y le puso una mano en el hombro. Galarza se lo quitó de encima con el codo sano y, al volverse, tropezó con una expresión beatífica.

—Lo estábamos esperando —dijo el cura—. Soy el padre Giulio Madurini. Qué le parece lo que ha pasado. Por poco se arruina todo.

Hablaba con un acento argentino impecable. Galarza sospechó.

—¿Dios? —le dijo. Los del Servicio habían decidido usar la misma contraseña del Coronel, que era también la del golpe contra Perón.

—Es justo —respondieron el cura y las monjas a coro, con el tono de los que rezan las letanías.

También las monjas debían ser parte de la trama urdida por Corominas porque se hicieron cargo de todo. Retiraron el equipaje de Galarza y contrataron a una cuadrilla de estibadores para transportar el ataúd hasta un ómnibus de parroquia. A pesar de su volumen, Persona entró sin dificultad en el enorme espacio que había debajo de los asientos.

—Qué tamaño —dijo con admiración el cura—. No me la imaginaba tan grande.

—No es Ella —explicó Galarza—. Tuvimos que rellenar el cajón con piedras y ladrillos.

—Mejor así. Parece un macho. Un hombre hecho y derecho.

De cerca, Madurini tenía un sorprendente parecido con Pío XII: la misma tez cerúlea, los mismos dedos largos y afilados que se movían en cámara lenta, la misma nariz de águila sobre la que se encaramaban unos anteojos redondos, de aros metálicos. Se instaló al volante del ómnibus e indicó a Galarza que ocupara el asiento de al lado. Las monjas se arremolinaron en los de atrás. Parecían excitadas. No dejaban de parlotear.

—Creí que me habían robado —dijo Galarza, con alivio—. Se me secó la garganta.

—Fue una confusión estúpida —opinó el cura—. Nadie tuvo la culpa. Con un cajón de semejante tamaño, cualquiera se equivoca.

—No la perdí de vista en todo el viaje. Quién iba a pensar que por un momento de distracción, al final...

—No se caliente más. Las hermanas frenaron a los de la carroza y les explicaron todo.

Después de atravesar los pasos escarpados de los Apeninos, el cura se desvió por un camino de tierra. A los costados se desperezaban trigales y campos de flores. Unos pocos molinos trituraban a lo lejos sus propias sombras esqueléticas.

—¿Alguien lo siguió, padre?

—Llámeme Alessandro. Los del Servicio me mandaron un documento falso. Hasta que termine esta historia me llamo Alessandro Angeli.

—De Magistris —dijo Galarza—. Giorgio de Magistris.

—Lo reconocí en seguida, por la cicatriz. Es impresionante.

Llegaron a Pavia poco antes de las doce. Se detuvieron media hora en una hostería junto a la estación de trenes donde el cura orinó entre suspiros y devoró dos platos desmedidos de fideos con hongos. Luego desapareció con el ómnibus en un campo de arroz y regresó acalorado.

—No hay peligro —dijo—. ¿Alguien lo siguió en el barco, Giorgio?

—No creo. Estuve atento. No vi nada raro.

—Ahora tampoco hay nadie. Quedan cuarenta kilómetros planos. Tenemos que atravesar un bosque.

—¿Adónde vamos ahora? —preguntó Galarza. Quería estar seguro.

—Las pólizas de embarque dicen que la Difunta debe ser entregada a Giuseppina Airoldi, de via Mercali 23,

Milán. La hermana Giuseppina viene aquí atrás, y tiene su domicilio en este ómnibus. Podemos llevar el cuerpo donde queramos.

Era un sábado cálido. Por las estrechas calles cercanas a la puerta Garibaldi, en Milán, caminaban mujeres en bata, arrastrando las chancletas, con las sienes estremecidas por pequeños abanicos de arrugas. Los pájaros chillaban con desatino y se lanzaban sobre el ómnibus desde la cresta de las araucarias. Poco después de las dos se detuvieron ante las columnas del cementerio Monumental. A través de las rejas asomaban las tumbas del Famedio: en el centro, la estatua de Manzoni suspiraba entre ángeles negros de alas quebradas.

Caminaron entre hileras de cipreses hasta el límite oeste del cementerio. Los monumentos se iban degradando del mármol a la piedra y de insolentes cúpulas góticas a crucifijos sin pretensiones. En el jardín 41 sólo había lápidas. Madurini se había puesto en el ómnibus la sotana y los ornamentos funerarios y ahora rezaba, con voz monótona, los latines del responso. Una de las monjas agitaba el incensario. Persona fue deslizada a duras penas hacia la fosa de cemento de su próxima eternidad. Mientras los enterradores batallaban con el ataúd, Madurini sopló al oído de Galarza:

—Tiene que llorar, Giorgio. Usted es el viudo.

—No sé cómo. Así, tan de repente.

Sobre la tumba contigua estaba apoyada la lápida de mármol gris que iban a emplazar sobre el foso. Galarza leyó: *Maria Maggi de Magistris 1911-1941. Giorgio a sua sposa carissime*.

Todo se ha terminado, pensó Galarza. No la voy a ver más. Sintió alivio, sintió pena, y los sollozos acudieron sin esfuerzo a su garganta. No lloraba desde que era niño, y ahora que el llanto invadía sus ojos con una sed áspera y dolorosa, le parecía una bendición.

Hacía ya casi un mes que el Coronel esperaba el cuerpo. Un domingo a la noche, Fesquet y dos suboficiales habían recuperado la copia enterrada en la iglesia de Olivos, sustituyéndola por el original. «El 24 de abril, esa mujer sale en el *Cap Frio*», le informaba el teniente en un radiograma cifrado. «Llega el 20 de mayo al puerto de Hamburgo. Va consignada a nombre de Karl von Moori Koenig, radioaficionado. El cajón es de pino, recuerde, con la leyenda LV2 La Voz de la Libertad.» Pero el mensaje siguiente lo inquietó: «Embarco en el *Cap Frio*. Yo mismo llevo el cuerpo».

Por un lado, le alegraba que las amenazas a Fesquet hubieran surtido efecto. Más de una vez le había escrito que estaba dispuesto a denunciarlo como maricón ante un consejo de guerra. No se jactaba: lo haría. Por otro lado, las cosas habían ido demasiado lejos. Fesquet había desertado. De otro modo, ¿con permiso de quién viajaba en el *Cap Frio*? Quizá la desesperación lo había vuelto loco. O fingía una enfermedad. Quién sabe, quién sabe, se desesperó el Coronel. Ni siquiera podía ya detenerlo y ordenarle que regresara: se había puesto fuera de su alcance. Vaya a saber si, en esos extremos de la desesperación, los reflejos de Fesquet seguían intactos. Mandó al *Cap Frio* un par de telegramas preguntándole, en clave: ¿Se ha fijado si alguien lo sigue? ¿Ha tomado precauciones para que nadie se acerque al ataúd, en la bodega? ¿Quiere que le consiga un parte médico para que pueda regresar al Servicio? Repitió los telegramas durante tres días, pero nadie le contestó.

Su vida entera estaba en ese barco. Bonn, en cambio, le parecía una pérdida de tiempo. Había alquilado los dos pisos altos de un edificio señorial, sobreviviente de la guerra. Los vecinos de las plantas bajas eran también funcionarios de la embajada: vivía en un mundo cerrado, sin escapatoria, en el que cada quien conocía de antemano todas las frases que dirían los otros. A veces, el Coronel se aliviaba de sus deberes —que consistían, sobre todo, en traducir de los diarios alemanes las noticias militares para enviarlas a Buenos Aires como si reflejaran sus propias investigaciones—, entrevistándose en secreto con vendedores de armas y confidentes de los países del Este. Bebían juntos y hablaban de viejas batallas perdidas, sin recordar cuándo habían sucedido. Hablaban de todo, menos de la verdad.

A falta de otras distracciones, el Coronel asistía, resignado, a las fiestas casi diarias de los diplomáticos. Entretenía a las señoras con historias procaces del «tirano prófugo», al que imaginaba engordando en los calores de Venezuela. Le parecía inverosímil que todavía despertara pasiones: la última de sus mujeres lo había alcanzado en Panamá y aún lo perseguía en Caracas. Era una bailarina de flamenco, treinta y cinco años menor, que tocaba el piano a dúo con Roberto Galán.

El Coronel no toleraba que Evita hubiera amado a ese anciano con locura: *Él es mi sol, mi cielo, todo lo que yo soy le pertenece*, decía su testamento. *Todo es de él, empezando por mi propia vida, que le entregué con amor y para siempre, de una manera absoluta.* Qué ciega debía ser Ella, se dijo el Coronel, qué ciega o huérfana o desamparada para lamer con tanta sed la única mano que la había acariciado sin rebajarla. Pobrecita, qué tonta y qué grandiosa, se repetía. *Quiero que sepan en este momento que lo quise y lo quiero a Perón con toda mi alma.* ¿Y eso, de qué servía? Él la había traicionado, la había dejado en manos del embalsamador cuando lo derrotaron; él era el culpable de que su cuerpo anduviera nómade por el mundo, codiciado, insepulto, sin identidad ni nombre. ¿Qué era Persona ahora en el *Cap Frío*? Un trasto. La Jefa Espiritual de la Nación era un equipo de radio. Si se hundía el barco, nadie pensaría en salvarla. Sería el excarnio eterno del ex déspota. Al Coronel lo atormentaban esos pensamientos, pero no los decía. En las fiestas, sólo quería mostrarse despreocupado.

Los domingos, para escapar de los rezongos de sus

hijas, se guarecía en la embajada, donde recibía los informes de los agentes que vigilaban el exilio de doña Juana. Enlutada, forzada a una vida de clausura en Santiago de Chile, la madre salía tan sólo para visitar el casino de Viña del Mar, donde los croupiers la reconocían de lejos y le abrían sitio en las mesas de juego. Se había teñido el pelo blanco con ligeros reflejos celestes y pasaba las mañanas interrogando a los adivinos del barrio de Providencia. Tres enigmas no la dejaban dormir tranquila: el paradero de Evita, el nombre del sicario que había asesinado a su hijo Juan en 1953, y las veces que se repetiría la segunda docena en el juego de esa noche.

Uno de los adivinos era informante del Coronel Había conquistado la confianza de doña Juana leyendo, en dos ases de tréboles y una dama de diamantes, que Evita descansaba al fin en terreno sagrado. «Su hija yace bajo una cruz de mármol», le había dicho, en estado de trance. Pocas horas después de esa profecía, el presidente argentino interrumpió un desconsiderado silencio de casi dos años y contestó las cartas de súplica de la madre: «Distinguida señora, sé que su hija recibió ayer cristiana sepultura. Usted ya nada tiene que temer. Es dueña de regresar a Buenos Aires cuando lo desee. Nadie la va a molestar. En ello empeño mi palabra de honor».

Pero los partes cifrados que el espía chileno enviaba a la embajada de Bonn eran todos insulsos e innecesarios. Copiaban los monólogos de doña Juana sobre la infancia de Evita en Los Toldos, porque la memoria de la madre se había detenido en esa franja de la vida y no había estímulo que la moviera de allí. Hablaban de las higueras y paraísos donde Persona fingía que era trapecista de circo, y de los bastidores de hojas de mora donde criaba gusanos de seda. Para qué tantas historias inútiles, se decía el Coronel. Lo que Ella fue no está en esos pasados. No está en ningún pasado porque Ella iba tejiéndose a sí misma todos los días. Existe sólo en el futuro: ésa es su única fijeza. Y el futuro se acerca en el *Cap Frio*.

Lo primero que el Coronel hacía por las mañanas era seguir en un mapa el derrotero del barco. Le había perdido el rastro en Joao Pessoa y había vuelto a encontrarlo en las Azores. Con una línea roja marcaba los días de carga y de descarga, con una verde los de navegación. Enloquecía a los cónsules con telegramas y pedidos de informes sobre los pasajeros argentinos que iban a bordo y sobre las velocidades con que el *Cap Frio* se desplazaba de un puerto a otro. Casi enfermó de ansiedad cuando la nave se detuvo tres días en Vigo para reparar una abolladura de la hélice y cuando perdió una mañana en El Havre por un malentendido con los permisos de aduana. El 18 de mayo recibió, al fin, este radiograma en clave del teniente Fesquet: «El *Cap Frio* ancla en Hamburgo el martes 21 a las tres de la tarde. Lo espero desde las cinco y media en el muelle número 4 de St. Pauli. Tome precauciones. Me siguen».

En vez de la zozobra que esperaba lo invadió una paz profunda. Persona ya está a mi alcance, se dijo. Nunca, por nada, vamos a separarnos. Ni siquiera se detenía a pensar qué haría con Ella, en qué vida nómade o de estepa se enredarían los dos. Sólo quería poseerla, volverla a ver.

Alquiló por tres meses una ambulancia Opel con bandas metálicas en el piso de la cabina y un asiento plegable en el que podría sentarse a contemplar el ataúd todo lo que quisiera. Entre su casa y el edificio de la embajada se abría una tierra de nadie donde los diplomáticos y los oficiales de la policía estacionaban a veces sus automóviles. El Coronel ordenó demarcar con rayas de pintura blanca el espacio situado bajo la ventana de su dormitorio y clavó una leyenda de advertencia: *Krankenwagen. Parken verboten*. «Ambulancia. Prohibido estacionar». Una noche, ya tarde, la esposa le preguntó cómo harían para afrontar tantos gastos.

—Nadie se da estos lujos —le dijo—: una ambulancia. Para qué la queremos. Somos personas sanas.

—No es asunto tuyo —contestó el Coronel—. Andá a dormir.

—Qué pasa, Carlos —insistió ella— ¿Por qué no me decís lo que te pasa?

—Nada que te interese. Son secretos míos: del trabajo.

Salió hacia Hamburgo el lunes 20 por la mañana. Ansiaba llegar temprano a su destino, estudiar las salidas de la ciudad, la topografía del puerto, las costumbres del tránsito. Se inscribió como Karl Geliebter en un hotel modesto de la Max Brauer Allee, frente a la estación de Altona. Firmó en el libro de registros con una caligrafía que se curvaba amorosamente hacia la derecha y los conserjes repitieron con sorpresa su apellido: *Geliebter*, el Amante. Era primavera y hasta en los túneles ciegos del subterráneo se respiraban los alborotos del polen y las glorias de los laureles y de los castaños. La ciudad olía a mar y el mar olía a Persona: a su vida salobre, química, dominante.

«Tome precauciones. Me siguen», le había escrito Fesquet. Nunca el Coronel se había preparado tanto como esta vez para enfrentar al adversario. Conocía ya de memoria sus estrategias de engaño. Llevaba una pistola Walther en el cinturón y, en el bolsillo, dos cargadores de repuesto. Si Fesquet viajaba inerme, le entregaría una Beretta.

Al caer la noche, se extravió en un laberinto de callecitas que se llamaban Sendero de las Vírgenes, Mar de Placeres, Monte de Venus. De las oquedades de las casas brotaban marineros, turistas de pantalones cortos y viejos que alzaban la nariz hacia las ventanas, rayadas por lanzas de neón. Desembocó sin darse cuenta en la enorme Reeperbahn, por la que se paseaban mujeres y perros. Las mujeres dejaban caer cigarrillos y se agachaban a recogerlos, con los sentimientos al aire. Putas, se repetía el Coronel. A ver si salgo de este hervor. Pero ellas se le cruzaban en el camino y lo llamaban: *Schätzchen, Schätzchen!*

Al fin encontró la plaza de Hans Albers y, apoyado en un banco de piedra, recobró el aliento. La penumbra era fresca y en algún zaguán estaban cocinando un guiso.

Alrededor de la plaza se desteñían los letreros de hoteles antiguos, con ventanas que destilaban luces rojas. Junto a la puerta del hotel Keller, tres mujeres apoyaban en el zócalo sus pies indiferentes. Las tres esgrimían boquillas desnudas y miraban con desdén hacia la nada. No se movían, pero el Coronel sintió que sus grandes ojos fijos acechaban las idas y vueltas de las víctimas. Parecían salidas de una misma placenta, derrotadas tal vez por una misma vida. De lejos, tenían un aire a Ella: se la recordaban. A lo mejor podía hablarles, saber qué desventuras las habían llevado allí.

A la izquierda del Keller, una vidriera se inundó de luces amarillas. Exhibía guantes de púas, látigos, consoladores a pilas y máquinas de placeres artificiales. Un Volkswagen pasó ante el Keller y frenó con brusquedad. El Coronel se ocultó detrás de un árbol y observó la escena.

El que manejaba el Volkswagen era un hombre joven, con el pelo cortado en redondo, como un paraguas abierto. Sacó un brazo y señaló a la más alta de las mujeres. Ella ni siquiera se dignó mirarlo. Seguía sumida en su silencio, con un pie en alto, sobre el zócalo, mostrando las rodillas ahusadas. Dos personajes corpulentos, que debían ser rufianes, se acercaron al auto. Comenzó un diálogo de pocas palabras, que iban y venían como bofetadas. Ninguna de las mujeres se interesó en la puja: estaban allí ajenas al rocío de la noche y a las pasiones que despertaban. Al fin, el hombre de peinado redondo entregó a los rufianes un fajo desmedido de billetes y bajó del auto. Examinó brevemente a la mujer que había comprado, le estiró la pollera y enderezó como un padre la pierna doblada. Luego la tomó en sus brazos y, sin esfuerzo, la acostó en el asiento trasero. Todo había sido tan rápido, tan cargado de una violencia invisible, que el Coronel sintió miedo de que echar a perder la noche y se alejó a paso rápido.

Era ya hora de volver al hotel, se dijo. Pediría en la habitación una cena liviana y repasaría los movimientos del día siguiente. Si todo resultaba bien, podría llegar a Bonn antes de la medianoche. Esperaría el amanecer del miércoles en la ambulancia. Nunca más se alejaría de Evita.

Quiso volver a la Reeperbahn pero en el delta de calles oscuras no encontraba el camino. Vio un muro alto en el que se abría, escondida, una verja de hierro. Por la entrada se paseaba un gigante que, a pesar de la brisa cálida, llevaba impermeable y sombrero hongo. Llamó en voz baja al Coronel, varias veces:

—*Komm her! Komm her!* —Tenía una vocecita fina, de contralto, que parecía estar en su garganta por equivocación.

—No puedo —se disculpó el Coronel—. Necesito llegar cuanto antes a la Reeperbahn.

—Pase —dijo el gigante—. Por aquí acorta el camino.

Más allá de la verja se abría una calle estrecha, la Herbertstrasse, flanqueada por balcones y ventanas de acuario. Detrás de los vidrios navegaban mujeres con los pechos al aire. Todas se veían muy entretenidas cosiendo festones de encaje en las bombachas minúsculas con que disimulaban sus encantos, y sólo prestaban atención a los caminantes cuando ellos, alejándose, entrecerraban los ojos y les estudiaban las anatomías. En esos casos, las figuras fantasmales volteaban la cabeza con lentitud y extendían las manos en ademán de súplica o de amenaza. Sobre los acuarios se derramaban luces ultravioletas y canciones luteranas en alemán antiguo. *Alles geht und wird verredet*, creyó oír el Coronel. *Alles geht*. Si algún paseante se acercaba a las ventanas para hablar, las mujeres abrían unas puertitas invisibles en los vidrios y asomaban unos labios o dedos de espectro.

Después de recorrer toda la calle, el Coronel trató de franquear una segunda verja, pero otro gigante le cerró el paso. También llevaba impermeable y sombrero hongo. Salvo porque tenía hundido el puente de la nariz, era idéntico al anterior.

—*Du kannst nicht* —lo detuvo, con la misma voz de contralto.

—¿Por qué no puedo pasar? Voy a la Reeperbahn. Me dijeron que éste era el camino más corto.

—No nos gustan los mirones —dijo el gigante—. Acá se viene a gozar, no a mirar.

El Coronel lo examinó de arriba abajo, impávido, y sin pensar en las consecuencias, lo apartó con un gesto desdeñoso. Temió por un momento que el gigante lo golpeara en la nuca, pero no pasó nada: sólo las luces de neón de la avenida, las oleadas de marineros que desembarcaban en las playas de putas y la inexpresable felicidad de que el día siguiente estaba ya a la vuelta de la esquina.

Durmió con tanta placidez que volvió a soñar uno de los sueños perdidos de la adolescencia. Caminaba por una luna de ceniza bajo un cielo en el que brillaban seis o siete lunas enormes, también grises. A veces cruzaba una ciudad de minaretes y puentes venecianos, otras veces corría entre desfiladeros de sílice y cavernas de murciélagos y relámpagos, sin saber jamás qué estaba buscando pero deseoso de encontrar cuanto antes eso que desconocía.

Antes de que amaneciera se levantó, compró los diarios y los leyó en un café de la estación de trenes. En la sección de entradas y salidas de barcos anunciaban la llegada del *Cap Frio*, pero los horarios nada tenían que ver entre sí: uno mencionaba las 7:55; otros las 4:20 o las 11:45; ninguno aclaraba si se trataba de la mañana o de la tarde. No era posible que el barco hubiera llegado ya pero, al mismo tiempo, la idea de un desastre fortuito no lo dejaba en paz. Corrió al hotel, pagó la cuenta y condujo la ambulancia hacia el puerto. No tenía tiempo de afeitarse ni de bañarse para Persona. No le quedaba calma en el corazón.

Estacionó en la Hafenstrasse, frente al muelle número cuatro. Era difícil orientarse en aquel horizonte entretejido por grúas y mástiles en constante trasiego. Corrió hacia los altos arcos románicos de la entrada del muelle, en busca de oficinas donde alguien descifrara los malabarismos del horario. Dos oficiales soñolientos conversaban junto a los estantes de herramientas, contemplando la corriente plácida del río. Había amanecido rápido y la blanca luz del Elba estaba en todas partes, pero el sol, una vez alcanzada su posición imperial, se mantenía inmóvil en el cielo, sin permitir que avanzara la mañana. El Coronel preguntó si sabían algo del *Cap Frio*. Uno de los hombres contestó, con sequedad:

—Lo esperan a las tres —y le volvió la espalda.

Regresó a la ambulancia. El tiempo seguía clavado en su quicio, indiferente. Las patrullas de la policía le llamaron la atención un par de veces y le pidieron que se fuera. El Coronel exhibió sus credenciales diplomáticas.

—Tengo que estar acá —les dijo—. Espero a un muerto.

—A qué hora —preguntaron.

—A las doce —mintió la primera vez. Y la segunda: —A las doce y cuarto.

Agotó en seguida su ración de ginebra. La sed lo atormentaba pero no pensaba moverse. En algún momento, el cansancio lo adormeció. Los barcos iban y venían entre las hordas de gaviotas, y de vez en cuando la cabeza de las chimeneas asomaba sobre las cúpulas del muelle. En el sopor, entrevió un mástil arrogante y feroz como el verano de Buenos Aires y oyó la queja de una sirena. Un Opel azul con cruces de ambulancia frenó de golpe ante el muelle cuatro. Dos hombres robustos, que también llevaban sombreros hongos, dejaron las puertas abiertas y retiraron de la playa de maniobras un fardo largo, que depositaron con prudencia en el vehículo. Las cosas sucedieron lentamente, como si vacilaran en suceder, y el Coronel las veía pasar sin saber en qué orilla de su ser estaba, si en el de ayer o en el del día siguiente. Vio la una y media de la tarde en el reloj de la Hafentor y al mismo tiempo vio a Fesquet, bajo el arco románico del muelle. El teniente primero Gustavo Adolfo Fesquet miraba a un lado y otro de la calle con una expresión de pérdida o derrota. Las personas y el tiempo estaban fuera de lugar; el Coronel también se sintió ajeno, en un declive de la realidad que tal vez no le correspondía. Corrió hacia el muelle con la memoria llena de imágenes inútiles: huesos, globos terráqueos, vetas de metal.

—¿Qué hace acá tan temprano, mi coronel? —lo saludó Fesquet. Estaba más flaco; tenía el pelo teñido de rubio.

El Coronel no le contestó. Dijo:

—Usted vino en otro barco, teniente. No vino en el *Cap Frio*.

—El *Cap Frio* está en el atracadero. Mírelo. Entró en el puerto hace una hora. Todo ha salido mal.

—No puede haber salido mal —dijo el Coronel—. ¿Dónde está Ella?

—Se la llevaron —balbuceó Fesquet—. Una desgracia. Qué vamos a hacer ahora.

El Coronel le puso las manos en los hombros, y con una voz de hielo, extrañamente pura, le dijo:

—No puede haberla perdido, Fesquet. Si la perdió, le juro que lo mato.

—Usted no entiende —contestó el teniente—. Yo no tuve nada que ver.

Alguien debía estar preparando todo desde hacía tiempo, le explicó Fesquet, porque los hechos habían sucedido limpios e inesperados. Antes de que bajaran los pasajeros, el capitán había ordenado que descargaran el equipaje. Lo primero que salió de la bodega fueron dos arcones de madera y la caja con los equipos de radio. Nadie sabía quiénes o cómo se habían llevado la caja. Y los oficiales del *Cap Frio* sólo podían ayudarlo después de terminar con las burocracias del desembarco.

—Hay que tener paciencia —dijo Fesquet—, y esperar al capitán.

El Coronel se sumió en un estupor que presagiaba las peores tormentas. Observaba la indolente fila de ancianos que descendía por la planchada del barco, el revoloteo tartamudo de las gaviotas, el herrumbre de la siesta, y a ratos repetía, con una voz cansada, que no fluía hacia fuera sino adentro de su cuerpo:

—La perdió. La perdió. Yo lo mato.

Era una escena estúpida, de ésas que la realidad nunca quiere que sucedan: el Coronel apoyaba su pesado cuerpo sobre los pilares del muelle, y Fesquet lo miraba con una compasión que no debía sentir, inmóvil, con las manos en los bolsillos.

Por fin se les acercó el capitán y les dijo que lo acompañaran a las oficinas. En las escaleras repitió, disgustado:

—Equipos de radio, equipos de radio. Se los lleva la mafia.

Llegaron a un galpón de vidrio y vigas de hierro que olía a pescado seco. El capitán los orientó entre los mostradores donde se acumulaban las listas de carga de los barcos que iban llegando. Era una pesadilla de papeles maltratados por la minuciosa caligrafía de los alemanes. Tardaron un largo rato en dar con las órdenes de aduana del *Cap Frio* y más aún con la del impostor: «Herbert Strasser, por mandato de Karl von Moori Koenig».

—Moori Koenig soy yo —dijo el Coronel—, pero no conozco a ningún Strasser.

El nombre le sonaba, sin embargo. Lo había oído no hacía mucho, en alguna parte.

—Esto es todo lo que se puede saber —dijo el capitán—. Hagan ahora la denuncia en la policía.

El Coronel hundió su cabeza como una tortuga. Tenía que acostumbrar sus pensamientos a la realidad hostil. Dijo:

—Para qué perder el tiempo. Yo sé quién se la llevó.

Fesquet lo miró con desconfianza.

—¿Quién? —preguntó.

—Fue un Opel azul. Tenía cruces blancas pintadas en las puertas, como una ambulancia. Si se piensa con lógica, ahora están en viaje a la frontera.

Hablaba en alemán y en castellano a la vez, con una sintaxis que no era de ninguna lengua. Quién sabe qué entendían el capitán del *Cap Frio* y el teniente Fesquet: al Coronel ya nada le importaba.

—Hay que alcanzarlos —dijo Fesquet.

El capitán del barco repetía:

—Herbert Strasser. Quizá no es un nombre. Quizás es un pueblo, en Westfalia. O una calle, en Alemania.

—Una calle en Hamburgo —dijo de pronto el Coronel.

—*Was nimmt man hinüber?* —observó el capitán—. ¿Qué llevaría uno a ese lugar, Herbertstrasse? Putas, muñecas. Nadie quiere ahí equipos de radio.

El Coronel se quedó mirándolo. Sintió el frío de la Walther en las costillas. Dijo:

—Sé dónde está la calle. Voy a buscarlos. ¿Usted viene, teniente? Traiga su equipaje.

La ambulancia tardó en arrancar. Sobre el río, el sol amarillo se puso colorado. Era todavía temprano pero ya en todas las esquinas desfilaban las lentas corrientes de las putas: las de ese atardecer eran fuertes y desafiantes y no temían a los castigos de la luz. El Coronel manejó a través de pasajes que en nada se asemejaba a los de la noche: la Reeperbahn, que sólo pocas horas antes se había mostrado tan esquiva, ahora le salía siempre al cruce. Al fin dio con la plaza de Hans Albers. El Opel adversario, azul, estaba estacionado frente al hotel Keller.

—Son ellos —dijo el Coronel.

—Tal vez estén en el hotel —opinó Fesquet.

—No. Están en la Herbertstrasse. Lo han dejado acá porque en esa calle no se puede parar. Parece el patio de una casa. A la entrada, hay un levantador de pesas. ¿Quiere un arma? A lo mejor tenemos que pelear.

—¿Cree que se la llevó el Comando de la Venganza?

—Seguro que son ellos. Los tipos que desembarcaron en Rotterdam. Hay que correr.

Fesquet se detuvo en medio de la plaza y miró al Coronel con sus grandes ojos tristes.

—¿Por qué me odia? —le dijo de repente.

—No lo odio. Usted es un débil, teniente. Los débiles no pueden estar en el ejército.

—Soy fuerte. Se la traje. Ningún otro se la hubiera traído.

—No es tan fuerte. Se la quitaron —dijo el Coronel—. ¿Ahora qué quiere?

—Las cartas, las fotos, las pruebas de lo que me acusan.

—No hay pruebas. Lo único que hay es la denuncia de un dragoneante, en Tucumán, hace mucho. Está en su legajo, teniente, pero sólo yo hice las preguntas que había que hacer. ¿Viene o no viene?

—Déme el arma —dijo Fesquet.

El Coronel iba preparado para enfrentar al gigante que guardaba la entrada de la Herbertstrasse, pero no había nadie. La verja estaba abierta y unos pocos hombres desalentados se paseaban entre las vidrieras, donde la vida no había despertado del todo. Algunos acuarios aún tenían las cortinas corridas y la mayoría de los clientes observaba a un dúo de andróginas, vestidas de leopardo, que chasqueaban el aire con látigos de púas y cuero crudo. El Coronel estaba ansioso y contempló la escena con desprecio. Fesquet repetía, abrumado:

—No se puede creer. Parece otro mundo.

Cuando se acercaban a la salida apuraron el paso. El Coronel husmeaba en los zaguanes y acercaba la cara a los enormes teatros de vidrio como si quisiera atravesar la espesura de la materia. Delante de las vidrieras últimas ya no había curiosos. En una, las mujeres tejían batas y escarpines de recién nacido, con los pechos al aire. En la de enfrente, una valquiria con cuello de toro danzaba sin entusiasmo, mientras otra mujer rubia, vestida con una larga túnica blanca, se dejaba llevar por el tiempo. Ambas tenían los ojos cerrados y, bajo la luz ultravioleta, parecían espectros.

El Coronel se detuvo en seco.

—¡Es Ella! —dijo, con voz ahogada.

No era fácil reconocerla en aquel acuario corrompido, ajeno. La habían tendido en un diván en forma de barca egipcia, con patas de cocodrilo: estaba de canto, en una posición impropia de los muertos, con la cara vuelta a los escarnios de la calle y los dedos entrelazados sobre la cintura. El Coronel golpeó con fuerza la vidriera. Adentro, la valquiria se desplazó con exagerada lentitud y entornó la imperceptible puertita que se abría en los vidrios.

—¿Dónde están los que trajeron a esa mujer? —preguntó en alemán, metiendo una mano en la abertura para impedir que la cerraran.

—Es una muñeca —contestó la valquiria—. Yo no sé nada. Los que las venden no han llegado todavía.

—Quiero ésa —dijo el Coronel.

—A ésa no la venden. La tienen de muestra. Atrás hay muchas parecidas. Hay chinas, africanas, diosas griegas. Yo soy mejor. Sé cosas que ellas no saben.

El Coronel le apuntó con la Walther.

—Abra la puerta —dijo—. Quiero ver a esa mujer de cerca.

—Se la voy a abrir —dijo la valquiria—. Pero si lo agarran, lo va a pasar muy mal.

Se oyó el zumbido de un cerrojo y el Coronel descubrió un zaguán estrecho, tapizado de terciopelo negro. El salón del acuario estaba a la derecha.

—¡Venga, Fesquet! —llamó el Coronel—. ¡Ayúdeme a llevarla!

Pero Fesquet no estaba en la Herbertstrasse ni se dejaba ver por ninguna parte.

Con la pistola en alto, el Coronel saltó del zaguán al acuario y cayó de lleno en el extravío de la luz ultravioleta. La valquiria, desconcertada, retrocedió a un rincón. También el Coronel se sentía perdido, ahora que Persona estaba por fin al alcance de sus manos. Todo lo que había sucedido en Hamburgo le parecía irreal, como si él fuera otro. Sin descuidar los flancos ni la espalda, a la espera de que lo atacasen en cualquier momento, examinó las señales del cuerpo: la falange cortada del dedo medio, en la mano derecha, y el lóbulo mutilado de la oreja izquierda. Después, levantó la otra oreja y buscó, ansioso, la cicatriz estrellada. Era Ella. La marca estaba ahí.

Levantó el cuerpo y lo cargó al hombro, tal como había

hecho el hombre del Volkswagen, la noche anterior. Se dirigió a la salida de la Herbertstrasse pero uno de los gigantes, con el sombrero hongo y el impermeable que él ya conocía, le cerró el paso y le gritó, con su extraña voz de contralto: *Komm her! Du kannst nicht!*, «¡Venga acá! ¡No puede pasar!» Todo sucedía dos veces: la realidad que no había sucedido nunca se copiaba sin embargo a sí misma, la vida que viviría mañana estaba desviviéndose por segunda vez. Retrocedió entonces hacia la plaza de Hans Albers, donde tal vez Fesquet estaría esperándolo, pero no vio a Fesquet ni al otro gigante: sólo el primero le pisaba los talones. El Coronel se volvió y lo encaró, con Ella al hombro (su peso era de tul, de aire: la reconocía por la liviandad), amenazándolo con la Walther. Vio al perseguidor ocultarse, veloz, en un zaguán, y no quiso ver más. Disparó al aire. El seco estruendo inmovilizó el tiempo y el sol desapareció. El Coronel depositó a Persona con ternura en el Opel blanco, se puso en marcha, se dio cuenta de que Fesquet no vendría y que tal vez se había apartado de su camino para siempre.

Llegó a Bonn, tal como había pensado, poco antes de medianoche. En la autopista, se detuvo dos veces a contemplarla: era su conquista, su victoria, pero quién sabe si no estaba rescatándola ya demasiado tarde, pobrecita, mi santa, querida mía, te han descuidado tanto que te han despellejado casi toda la luz, has perdido el perfume, qué haría sin vos, mi bienaventurada, mi argentina.

Esa noche no se movió de su lado. En la cabina, revisó el equipaje que había dejado Fesquet: encontró sólo dos camisas sucias y unas pocas revistas de cultura física. Antes del amanecer, subió en silencio a su casa, se afeitó y se bañó, sin perder de vista la ambulancia. El observatorio era perfecto: salvo en la sala, el garaje se veía desde todas las ventanas. Dos patrullas de la policía estaban estacionadas cerca de la Weberstrasse; el Volkswagen del sereno de la embajada se humedecía, solitario, a orillas de la Bonngasse.

No sabía si trabajar o no esa mañana en su despacho

inhóspito. Por un lado no quería separarse de Ella; por otro, temía que una ausencia tan larga desencadenara en la embajada preguntas que no podía contestar. Se miró al espejo. Tenía mala cara. Un dolor sordo, tenaz, le oprimía los músculos lumbares y lo forzaba a caminar doblado: el cuerpo se vengaba de las horas de suplicio que había pasado al volante. Se preparó un café espeso mientras el sol salía sobre el áspero Rhin.

No hizo falta ver a su esposa para imaginar que lo esperaban malas noticias. Oyó sus pies descalzos, el ceceo de su camisón, la voz descascarada y rabiosa:

—Desaparecés como un fantasma y ni siquiera te enterás de lo que pasa con tu familia —le dijo.

—Qué puede pasar —contestó el Coronel—. Si hubiera pasado algo grave, no estarías levantándote tan tarde.

—Llamó el embajador. Tenés que volver a Buenos Aires cuanto antes.

Algo se desmoronó dentro de su cabeza: el amor, la cólera, la fe en sí mismo. Todo lo que tenía que ver con los sentimientos cayó y se hizo pedazos. Sólo él oyó el estruendo.

—Para qué —dijo.

—Yo qué sé. Te preparé la valija. Tenés que irte mañana, en el avión de la noche.

—No puedo —dijo él—. No voy a aceptar esas órdenes.

—Si vos no te vas mañana, la semana que viene tendremos que irnos todos.

—Mierda —dijo—. La vida es una mierda. Lo que te da por un lado te lo quita por otro.

Llamó por teléfono a la embajada y avisó que estaba enfermo. «Tuve que viajar al norte», explicó. «Pasé muchas horas sentado. Volví paralítico. No puedo moverme.» El embajador, con voz impaciente, le replicó: «Mañana tiene que salir para Buenos Aires aunque sea en camilla, Moori. El ministro quiere verlo cuanto antes». «¿Qué pasa?», preguntó el Coronel. «No sé. Algo terrible», respondió la voz. «Sólo me han dicho que se trata de algo terrible».

Es Persona, pensó el Coronel cuando colgó. Han descubierto que Fesquet se llevó el original y les dejó una copia. Van a ponerme al frente de la investigación, se dijo. Eso es seguro. Pero esta vez no puedo darles lo que esperan.

Tendría que partir, cruzar el mar. Cuando se fuera, ¿qué sería de Ella, quién la cuidaría? Ni siquiera había tenido tiempo de acicalarla y de comprarle un ataúd. Eso, en el fondo, era lo de menos. Lo difícil sería ocultarla mientras estuviera ausente. La imaginó solitaria en los los depósitos de la embajada, en los sótanos de su casa, en la ambulancia que podría dejar sellada hasta el regreso. Nada lo convencía. En la desolación de esos lugares ciegos, la tristeza iría apagándola como una vela. De pronto recordó una puerta trampa en el techo de la cocina. Su mujer almacenaba allí baúles, valijas, ropa de invierno. Ése era el sitio, se dijo. Había allí un cielo que golpeaba con los nudillos el tejado; el sol caía de refilón, se oía la dulce, solidaria lluvia de los humanos. La única desgracia era que ella, la esposa, tendría que saberlo.

—Tenés que saber algo —le dijo.

Estaban en la cocina, con el rectángulo de la puerta trampa sobre sus cabezas. La mujer mojaba una media luna en el café.

—Traje un paquete de Hamburgo. Voy a guardarlo arriba, entre las valijas.

—Si son explosivos, ni se te ocurra —dijo ella. Ya había sucedido otra vez.

—No es eso. No te preocupés. Pero no vas a poder subir ahí hasta que yo vuelva.

—Las chicas andan por ese lugar a cada rato. Qué les digo. Cómo hago.

—Les decís que no suban y basta. Tienen que obedecer.

—¿Vas a guardar un arma?

—No. Una mujer. Está muerta, embalsamada. Es la mujer por la que nos amenazaban. ¿Te acordás? La Señora.

—¿Esa yegua? Estás loco. Si la traés, yo me voy y me llevo a las chicas. Y si me voy, no voy a irme callada. Todos me van a oír.

Nunca la había visto así: feroz, indomable.

—No me podés hacer eso. Son sólo unos pocos días. Cuando vuelva de Buenos Aires, no la vas a ver más.

—Esa mujer, acá en mi casa, sobre mi cabeza. Jamás.

—Se acabó —dijo él—. Te jodiste.

—Que se acabe —dijo ella—. Es lo mejor.

El Coronel apenas podía moverse, con la cintura estrangulada por la desolación y la impotencia. Se encerró en su estudio, bebió con avidez el fondo de una botella de ginebra y tragó varias aspirinas. Luego, desoyendo las protestas de sus vértebras, recogió de los armarios el fajo de cuadernos escolares que el mayordomo Renzi había confiado a doña Juana y los originales de *Mi Mensaje,* que Evita había escrito poco antes de morir. Los metió en un bolso, con una muda de ropa interior y una camisa limpia. Así salió de nuevo a la luz de la mañana. Abrió la puerta de la ambulancia. Le pareció asombroso que Ella siguiera ahí y que fuera suya.

—Nos vamos —le dijo.

El Opel cruzó uno de los puentes sobre el Rhin y enfiló hacia el sur o hacia ninguna parte.

15

«UNA COLECCIÓN DE TARJETAS POSTALES»

Manejó toda esa mañana por la desolación sin rumbo de las autopistas, desviándose en Mainz para comprar una botella de ginebra y en Heidelberg para reponer la nafta. Soy un argentino, se decía. Soy un espacio sin llenar, un lugar sin tiempo que no sabe adónde va. Se lo había repetido muchas veces: Ella me guía. Ahora lo sentía en los nudos de sus huesos: Ella era su camino, su verdad y su vida. Cuando tenía seis años, los padres lo habían llevado a Eichstätt, en Baviera, para conocer a los abuelos. Recordaba la cara estriada de los viejos, siempre en silencio; las tumbas de los príncipes-obispos bajo la losa de las iglesias; la calma del río Altmühl al atardecer. Antes de regresar a Buenos Aires, la abuela le mostró la cabaña junto al río donde ella había nacido. La tierra era húmeda, blanda, y nubes de insectos sedientos volaban a ras de la tierra. Oyó los aullidos de animales que no conocía y un llanto largo, profundo, que parecía de mujer. «Son los gatos», le dijo la abuela. «Es la época del celo». Siempre había recordado aquel momento como si sólo entonces hubiera comenzado su vida y antes no hubiera realidad ni horizonte sino una puerta cerrada que daba a ninguna parte.

Como tenía que ir en alguna dirección, decidió ir a Eichstätt. Cerca de Dombühl lo detuvo una patrulla.

—¿Lleva un enfermo grave? —le preguntaron—. ¿A qué hospital va?

—No voy a ningún hospital. Llevo a una compatriota muerta. Tengo que entregarla en Nürenberg.

—Abra la ambulancia —le dijeron—. No puede andar así, en la autopista, con un muerto. Necesita un permiso.

—Tengo credenciales. Soy diplomático.

—No importa. Abra la puerta.

Bajó, resignado. Al fin de cuentas, la única mentira de su historia era la ciudad de Nürenberg, pero si los policías lo obligaban podía desviarse de su destino. La ventaja de la libertad era que podía convertir las mentiras en verdades y contar verdades en las que todo parecía mentira.

Uno de los agentes entró en la ambulancia mientras el otro se quedó vigilando al Coronel. El cielo se llenó de nubes y al rato cayó una llovizna imperceptible.

—Esto no es una muerta —dijo el policía dentro del Opel—. Es una muñeca de cera.

Por un momento, el Coronel sintió la tentación de ser arrogante y de explicarles quién era Ella, pero no quería ya perder más tiempo. El relámpago de un calambre volvió a clavársele en la cintura.

—¿Dónde la consiguió? —dijo el hombre, al bajar del vehículo—. Está muy bien hecha.

—En Hamburgo. En Bonn. No me acuerdo.

—Que la disfrute —lo despidió el otro policía, sarcástico—. Y si lo vuelven a parar, no diga que lleva una muerta.

A la altura de Ansbach salió de la autopista y tomó la ruta número trece, rumbo al sur. En el horizonte se abría una red de pequeños lagos y ríos azules cuyas aguas se enrevesaban bajo la llovizna. Cerca de Merkendorf compró un ataúd. Más adelante consiguió una pala y una azada. Sentía las amenazas de la noche, de la soledad, de la

intemperie, pero antes de seguir adelante necesitaba
hablar con Ella, saber si la infelicidad de saberse abandonada la llenaría de lágrimas y le borraría el cuerpo. Paró el
Opel junto a un campo de cebada. La acostó con dulzura
en el ataúd y comenzó a hablarle. Cada tanto, levantaba la
botella de ginebra, la miraba con asombro en la luz cada
vez más esquiva, y bebía un trago. «Mariposa mía», dijo.
Nunca antes en su vida había usado esa palabra. «Voy a
tener que dejarte». Su pecho quedó vacío, como si todo lo
que él todavía era y todo lo que había sido hubiera drenado por la herida de esa terrible certeza: «Voy a tener que
dejarte. Me voy. Si no me voy, van a buscarme. Los del Servicio, los del Comando de la Venganza: todos andan detrás
de mí. Si me encuentran, también van a encontrarte a vos.
No te voy a dejar sola. Voy a enterrarte en el jardín de mi
abuela. Ella y el viejo te van a cuidar. Los dos son buenos
muertos. Cuando yo era chico, me dijeron: Volvé si te
hacemos falta, Karle. Y ahora me hacen falta. *Oma,
Opapa.* Persona va a quedarse con ustedes. Es educada,
tranquila. Se las arregla sola. Fíjense cómo engañó a los de
la patrulla. Te transformaste, Mariposa. Escondiste las alas
y te volviste crisálida. Te borraste el perfume de la muerte.
No permitiste que te vieran la cicatriz estrellada. Ahora no
te pierdas. Apenas pueda, vuelvo a buscarte. No sufras
más. Ya es tiempo de que descanses. Has caminado mucho
en estos meses. Nómada. En cuánta tierra y agua y espacios lisos te has repartido».

Al entrar en Eichstätt sintió la inesperada felicidad de
estar regresando a un hogar que, sin embargo, apenas
conocía. Las calles empinadas y solitarias, los palacios
conventuales: todo le parecía familiar. Quién sabe cuántas
veces había estado allí en sueños y sólo ahora se daba
cuenta. La cabaña de los abuelos quedaba en algún lugar
de la ribera del Altmühl, hacia el este, hacia Plunz. Atravesó dos o tres puentes equivocados antes de encontrarla.
Sólo había ruinas: los troncos de la fachada y la osamenta
de un fogón. La tierra, tal vez, pertenecía a otros dueños.

El paisaje no era el mismo de su memoria: vio a lo lejos las sombras torpes de unas vacas y el cuello de un molino. La noche caía rápida, voraz. Hundió la azada junto al fogón y, enseguida, comenzó a cavar. La furia de los golpes apagaba las quejas de sus vértebras pero sabía que, cuando terminara, el dolor de la espalda sería atroz. Tal vez ni siquiera podría moverse. Tal vez ya no podría regresar. Oía, a pocos pasos, el murmullo de la corriente negra y espesa del río. La lluvia no dejaba de caer. Como la tierra era blanda y hospitalaria, tardó menos de una hora en abrir una zanja de metro y medio, que apuntaló con tablas viejas y piedras. Vas a estar bien acá, Persona, repetía. Vas a oír los ronquidos de la cosechas y los balidos de la primavera. No te voy a dejar esperando, navegando. Salgo y vuelvo.

A eso de la medianoche la besó en la frente, depositó bajo sus pies descalzos el fajo de cuadernos escolares y el manuscrito de *Mi Mensaje* y remachó la tapa del ataúd con una hilera de clavos para protegerla de las alimañas subterráneas y de la curiosidad de los gatos. Al principio, cuando la dejó en la tumba y empezó a cubrirla con los escombros del fogón —leños podridos, ladrillos, neumáticos y hasta una dentadura postiza que tal vez había sido del abuelo—, sintió ganas de llorar y de pedir perdón por última vez. Pero enseguida se abrió dentro de él un oasis de alivio. Ya que no podía seguir defendiéndola, Evita iba a estar mejor así. Ahora sólo él conocía el escondite, sólo él sabría rescatarla, y ese conocimiento podía ser su escudo. Si en Buenos Aires querían verla de nuevo, tendrían que pedírselo de rodillas.

Al amanecer llegó a Koblenz, al sur de Bonn. Alquiló un cuarto de motel, se bañó y se cambió de ropa. Las mordeduras de la espalda comenzaban a disipársele milagrosamente y el sol que se asomaba por la ventana tenía un color desconocido, inocente, de otro mundo. Cuando amaneciera de nuevo y el sol fuera otro, estaría en Buenos Aires. Quién sabe con qué ciudad se encontraría. Quién sabe si la ciudad estaba aún donde la había dejado. Quizá se había marchado de su llanura húmeda y ahora crecía junto a un fogón, a orillas del río Altmühl.

Fue Aldo Cifuentes quien me contó esos últimos movimientos de la historia. Una mañana de domingo, en su casa, desparramamos sobre el escritorio las fichas y papeles de Moori Koenig y estudiamos sus idas y vueltas en un atlas Hammond de 1958 que Cifuentes había conseguido en la feria de San Telmo. Cuando dibujamos el itinerario con un lápiz rojo, me asombró comprobar que el Coronel había manejado más de veinte horas por las rutas de Alemania sin rendirse a los tormentos del lumbago.

—Ya no le importaba nada —dijo Cifuentes—. Había dejado de ser lo que era. Se había convertido en un místico. Cuando nos encontrábamos, en los últimos años, me repetía: «Persona es una luz a la que nadie puede llegar. Mientras menos lo entiendo, más lo creo». La frase no era de él. Es de santa Teresa.

—Murió sin saber, entonces, que no había enterrado a Evita sino a una de las copias.

—No. Le dijeron todo. Fueron crueles con él. Cuando llegó a Buenos Aires, estaban esperándolo Corominas, Fesquet y un emisario del ministro de ejército. Se lo llevaron a una de las oficinas del aeropuerto, y ahí le avisaron que había caído en una trampa. Al principio, Moori Koenig perdió la compostura. Casi se desmaya. Después, decidió no creerles. Esa convicción le dio ánimo para seguir viviendo.

—¿Qué hacía Fesquet ahí? —pregunté.

—Nada. Era sólo un testigo. Había sido la víctima del Coronel: terminó por ser su némesis. Apenas escapó de la Herbertstrasse, tomó el primer avión para Buenos Aires. Ya estaba acá cuando el ministro de ejército le envió el telegrama a Moori ordenándole que regresara.

—No entiendo por qué dieron tantas vueltas. Por qué

no desplazaron al Coronel de una vez y acabaron con todo. Para qué le mandaron la muñeca.

—Necesitaban desenmascararlo. Moori había tejido una red de complicidades dentro del ejército. Conocía muchas vergüenzas y amenazaba siempre con sacarlas a luz. En el aeropuerto, Corominas le dijo que habían descubierto la cicatriz detrás de la oreja de la Difunta y que Ara había tatuado esa misma marca en una de las copias. En ese momento, Moori no podía saber si le estaban mintiendo. Estaba exhausto, desconcertado, enfermo de humillación y de odio. Quería vengarse, pero no sabía cómo. Necesitaba primero conocer la verdad.

—Tal vez se equivocaron —dije—. Tal vez el cuerpo que el Coronel enterró en la cabaña era el de Evita, y ya no hay más historia. De qué te reís, che. Sería una confusión muy argentina.

—Corominas no podía cometer un error tan grave. Le hubiera costado la carrera. Imagináte el escándalo: el cadáver de Evita abandonado por el ejército en una vidriera de putas, al otro lado del Atlántico. La carcajada de Moori Koenig seguiría oyéndose hasta el juicio final. No, no fue así. Corominas montó una comedia de enredos pero no la que vos pensás. Quién sabe por qué lo hizo. Quién sabe qué cuentas secretas saldó en ese momento con el Coronel. Nunca, ninguno de los dos, dijo una sola palabra contra el otro.

—Soy como santa Teresa: te creo pero no entiendo. ¿Qué pasó con los demás: con la valquiria y los gigantes de sombreros hongos?

—Todos eran actores de la misma representación: el hombre que simulaba ser capitán del *Cap Frio*, los ladrones del Opel azul, los guardianes de la Herbertstrasse. A todos los compraron por unos pocos marcos.

—Al Coronel podía quedarle, al menos, el consuelo de que lo habían derrotado a golpes de imaginación. ¿Quién escribió el libreto?

—Lo escribió Corominas. Pero Moori nunca quiso

admitirlo. Insistía en creer que Evita era la del río Altmühl y que, una vez más, la había perdido. Después del incidente del aeropuerto tuvo que volver a Bonn, ya destituido, a retirar sus papeles y a levantar la casa. Vivió entonces un último momento de dignidad y tal vez de grandeza. No habló con nadie. Le dio a su esposa las instrucciones y el dinero imprescindibles para el regreso, metió en un baúl los documentos que ahora ves en este cuarto, y regresó a la cabaña que había pertenecido a los abuelos, entre Eichstätt y Plunz, en busca de Evita. No la encontró.

Cifuentes se puso de pie.

—El cuerpo esquivo de Evita —dije—. El cuerpo nómade. Ésa fue la fatalidad del Coronel.

—Tal vez —dijo Cifuentes—. Pero aquél no era el cuerpo: no lo olvidés. Tampoco encontró el lugar. Su condena era, más bien, aferrarse a lugares que desaparecen. Cuando llegó, el campo de los abuelos ya no era nada: sólo fango y mosquitos. Las aguas habían desdibujado todas las señales. Quedaban, todavía invictos, los troncos de la fachada y los soportes oxidados del fogón. Un neumático lleno de piedras le hizo suponer que ése era el punto donde había cavado la tumba. Volvió a cavarla entonces por segunda vez, con desesperación, hasta que tropezó con la corriente subterránea del Altmühl. Allí estaba sumergido el cajón, sin la tapa y, por supuesto, sin el cuerpo. Cuando quiso desenterrarlo, se le desmoronó la zanja que acababa de abrir. El esqueleto del ataúd quedó en posición vertical, de pie, con el extremo curvo sobresaliendo entre las raíces y el limo.

Cifuentes me había dejado solo en la casa y pude pasar el resto de la mañana leyendo los informes que el espía del Coronel —también llamado *el vidente*— había mandado a Bonn desde Santiago de Chile. Lo primero que noté fue que en esos papeles había un relato. Es decir, el manantial de un mito: o más bien un accidente en el camino donde mito e historia se bifurcan y en el medio queda el reino indestructible y desafiante de la ficción. Pero aquéllo no era ficción: era el principio de una historia verdadera que, sin embargo, parecía fábula. Entendí entonces por qué el Coronel desdeñaba los informes: no los creía, no los *veía*. Lo único que le interesaba era la muerta, no su pasado.

«Recuerde, Coronel, los labios finos de doña Juana», escribía el vidente. «Imagínela hablando. Recuerde el pelo blanco con reflejos celestes, los ojos redondos y vivaces, las mejillas caídas: ni la más remota semejanza con Evita, nada, como si la hija se hubiera engendrado sola.»

Ordené los papeles y comencé a copiarlos. Era interminable. Aparte de los informes de Santiago de Chile, Moori había acumulado chismes de croupiers, actas de registros civiles e investigaciones históricas de periodistas de Los Toldos. Al fin, sólo copié unos pocos párrafos textuales. De otros, tomé notas abreviadas y rescaté fragmentos de diálogos. Años después, cuando quise pasar en limpio esos apuntes y convertirlos en el comienzo de una biografía, me desvié a la tercera persona. Donde la madre decía: «Desde que Evita vino al mundo sufrí mucho», a mí se me daba por escribir: «Desde que nació Evita, su madre, doña Juana, sufrió mucho». No era lo mismo. Casi era lo contrario. Sin la voz de la madre, sin sus pausas, sin su manera de mirar la historia, las palabras ya no significaban nada. Pocas veces he combatido tanto contra el ser de un texto que se quería narrar en femenino mientras yo, cruelmente, le retorcía la naturaleza. Nunca, tampoco, fracasé tanto. Tardé en aceptar que, sólo cuando la voz de la madre me doblegara, habría relato. La dejé hablar, entonces, a través de mí. Y sólo así, me oí escribir:

«Desde que Evita vino al mundo sufrí mucho. Duarte, mi esposo, que hasta ese momento había sido un hombre servicial, considerado, se volvió esquivo. Teníamos, como usted sabe, otros cuatro hijos, y fui yo la que me empeñé en que naciera esa última criatura, no él. "No vino por amor", decía. "Vino por la costumbre". Tal vez yo exageré mi sumisión en el afán de retenerlo. Tal vez él ya no me quería o le habían hecho creer que ya no me quería. Pasaba por Los Toldos sólo de vez en cuando, en viaje de negocios. Pedía permiso para entrar en la casa como si fuera un desconocido y aceptaba, callado, un par de mates. Al rato comenzaba a suspirar, me entregaba un sobre con plata y se retiraba moviendo la cabeza. Siempre lo mismo. A Evita la veía tan poco que si se la hubiera cruzado en medio del campo no la habría reconocido.

»En Chivilcoy, él tenía otra casa: una esposa legítima muy agraciada y tres hijas. La esposa era de familia pudiente, con haciendas y molinos. A Duarte le convenía, porque le aterraba la pobreza. Yo no podía darle nada sino responsabilidades y gastos. La felicidad no cuenta para estas cosas. La felicidad es algo que los hombres siempre olvidan.

»Un viernes de noviembre, Duarte pasó por Los Toldos con una tropilla de alazanes. Los iban a herrar en la estancia que él administraba, La Unión, y como se anunciaba un asado, la ocasión me pareció buena para bautizar a Evita, que ya tenía diez meses, y a Juan, que había cumplido cinco años. Le mandé avisar que se presentara en la parroquia a las once, pero no dio señales de vida ni se disculpó. A mediodía, el cura despachó el bautismo con apremio porque después debía oficiar una misa de esponsales. Le pedí que me permitiera quedarme. "No se puede, Juana", me dijo. "Sería un escándalo. La gente decente no quiere saber nada con una mujer que vive como manceba". "Eso es injusto", le contesté. "Todos somos iguales ante los ojos de Dios". "Es verdad", dijo el cura. "Pero cuando la gente la ve a usted, se distrae de Dios". Aunque el insulto se me clavó en el alma, me eché a reír. "Fíjese lo que son las cosas", le contesté. "Jamás hubiera pensado que, para la gente, yo soy más entretenida que Dios".

»Salí de la iglesia con intención de no pisarla más. Fui

caminando con mis hijos hasta La Unión, para que Duarte
me rindiera cuentas por su ausencia, pero se hizo negar.
Me había enamorado de él cuando era casi una criatura y
no me daba cuenta de lo que estaba haciendo. Después
tuve que pagar esa ignorancia con una vida de infelicidad.

»Hubo otra mañana fatal, en 1923. El cielo ardía. Puse
aceite al fuego para freír unas papas, y el calor me embotó.
Me dejé llevar por la corriente de los pensamientos. A
Duarte se lo había tragado la tierra y los otros hombres,
que me veían sola, estaban empezando a perseguirme. Yo
no sabía qué iba a ser de mi vida, no sabía en nombre de
qué maldición estaba desperdiciando mi juventud y deseaba irme lejos, pero no sabía dónde ni con qué plata. En
esas amarguras me distraje. De pronto, oí un alarido. Evita, pensé. Era Ella. Atraída por la crepitación del aceite
hirviendo, se había acercado a mirar. La olla se le volcó
encima, quién sabe cómo, y aquella lava le cubrió todo el
cuerpo. El ardor de las quemaduras la desmayó. Corrí al
dispensario. Casi ni me atrevía a tocarla porque al menor
roce se le desprendían hebras de piel. La curaron con óleo
calcáreo y la vendaron. Pregunté si le iban a quedar marcas. "Tejido queloide", me dijo la enfermera. "Se le puede
formar tejido queloide". Pregunté qué era eso. "Va a parecer una tortuga", me contestó, implacable. "La piel en
rama, en trenzas, llena de cicatrices".

»Le quitaron las vendas a la semana. Yo tenía mis santos particulares y mis vírgenes: cada noche me arrodillaba
sobre maíces y les suplicaba que le devolvieran la salud y
una belleza que ya parecía imposible. Las costras rojas le
enmascaraban la cara y le dibujaban mapas en el pecho.
Cuando se le apagó el tormento de las quemaduras, a Evita la desvelaron unas picazones de posesa. Como la deses-
peraban las costras y quería arrancárselas, tuve que atarle
las manos. Así permaneció más de un mes, amarrada,
mientras las costras viraban del rojo al negro. Parecía una
oruga tejiéndose un capullo de luto. Una mañana, antes de
clarear, la oí levantarse. Afuera llovía y el viento soplaba

seco, por ráfagas, como un acceso de tos. Temí que se enfermara de algo peor y miré por la ventana. Estaba inmóvil, en el patio, con la cara levantada, abrazando la lluvia. Las costras se le habían desprendido. En vez de las cicatrices le asomó esa piel fina, traslúcida, de alabastro, de la que tantos hombres se iban a enamorar más tarde. No le quedó una estría ni una mancha. Pero ningún milagro es impune. Evita debió pagar su salvación con otros insultos de la vida, otros engaños, otras desdichas.

»Creí que en 1923 ya habíamos cumplido con nuestra deuda de amarguras. 1926 fue, sin embargo, un año todavía peor. Blanca, mi hija mayor, acababa de recibirse de maestra. Yo necesitaba aliviarme de los agobios de la costura y comencé a buscarle trabajo. Temprano, las dos salíamos a golpear puertas en las escuelas de esas desolaciones: San Emilio, El Tejar, La Delfina, Bayauca. Todo era polvo, viento y soles asesinos. Por las tardes, me sentaba en la hamaca del patio, exhausta, con los tobillos hinchados. Se me reventaban las várices y por más que me decía: Quedáte quieta, Juana, ya no caminés más, cada nuevo día traía siempre una esperanza que me obligaba a caminar. Recorrimos esas rutas de tierra cientos de veces, y siempre era inútil. Tuvo que morir Duarte para que se compadecieran de nosotras.

»Sucedió, como tal vez ya dije, un viernes de enero. A eso de la oración oímos un galope. Mala señal, pensé. Cuando se está sufriendo un calor de infiernos y ponen los caballos a correr sólo es para que anuncien una desgracia. Tal cual. El jinete era uno de los peones de la estancia La Unión. Traía la noticia de que Duarte había muerto. Fue al amanecer, dijo. Duarte salía de Chivilcoy hacia Bragado para ver unos campos de maíz y, en la confusión de la entreluz, el Ford que manejaba cayó en la banquina. Se le cruzó un animal, parece. O a lo mejor se durmió en la ruta. No es nada de eso, me dije. A Duarte lo ha matado la tristeza. Un hombre que abandona sus deseos como él los había abandonado, ya no quiere seguir viviendo. Se deja vencer por cualquier enfermedad o se duerme en los caminos.

»Hacía mucho tiempo que yo había dejado de quererlo. Mi corazón estaba desierto de él y de todo otro amor que no fuera el de mis hijos. Sentí que a mí también la muerte podía alcanzarme en cualquier momento e imaginé la vida atroz de mis huérfanos, esclavizados por pulperos hostiles y por curas dementes. Me ahogó la angustia. Frente al patio, en el dormitorio, había un ropero con un espejo de luna. Allí me vi reflejada, pálida como una sábana, mientras las piernas me desprotegían. Caí dando un grito. Blanca me levantó. El varón, Juan, que en paz descanse, corrió a la farmacia. Quisieron inyectarme un calmante para que durmiera, pero no lo permití. No señor, dije. Si Duarte ha muerto, el lugar de mi familia está con él. Averigüé si lo velarían en La Unión. No, me dijo el peón. Van a enterrarlo en Chivilcoy mañana a la tardecita.

»Sentí el ramalazo de una energía desconocida. A mí siempre fue difícil doblegarme. No me han derrotado las penas ni las enfermedades ni las desilusiones ni la pobreza. Pero en aquel momento yo ni siquiera tenía con qué luchar.

»Compré al fiado unos vestidos de luto y medias negras. A Juancito le cosí una banda negra en la manga de la camisa. Las chicas mayores lloraban. Evita no. Ella jugaba, indiferente.

»Tomamos un ómnibus de Los Toldos a Bragado y otro que salía al amanecer desde Bragado a Chivilcoy: un viaje de veinte leguas. La vida de adelante estaba oscura, vacía, y no sabía a qué odios tendría que enfrentarme. No me importaba. Mientras mis hijos estuvieran conmigo, me sentía invencible. Ninguno había sido concebido con artimañas ni enredos sino por voluntad del padre que acababan de perder. Yo no iba a permitir que crecieran con la vergüenza de ser nadie, a escondidas, como si hubieran brotado de la casualidad.

»Llegué a la casa de Duarte a eso de las nueve de la

mañana. Las campanas del Santísimo Rosario tañían a duelo y en el aire sofocante de Chivilcoy flotaba el polen de las flores. Las coronas fúnebres se divisaban desde lejos. Las habían alineado en la vereda, sobre unos caballetes de cartón morado. En las cintas se leían nombres de escuelas normales, clubes de rotarios, concejales y párrocos que Duarte jamás había invocado en mi presencia. Aun en el aturdimiento de la llegada, me di cuenta de que yo no reconocía en aquel muerto al padre de mis cinco hijos. Conmigo había sido callado, modesto, sin imaginaciones. Su otra vida lo revelaba, en cambio, poderoso y sociable.

»Alguien debió de reconocernos y avisar que nos acercábamos porque, en la esquina de la casa, nos salieron al paso dos viejos que me dieron mala espina. El más enlutado, con unos bigotes de manubrio, se quitó el sombrero de paja y descubrió una calva sudada.

»—Yo sé quién es usted y desde dónde viene, señora —dijo, sin mirarme a los ojos—. Comprendo su dolor y el de sus hijos. Pero hágase también cargo del dolor que está sintiendo la familia legítima de Juan Duarte. Soy primo hermano del difunto. Le ruego que no se acerque a la casa del duelo. No nos traiga el escándalo.

»No lo dejé seguir.

»—Vengo con estas criaturas desde muy lejos. Ellos también tienen derecho a despedirse de su padre. Cuando hayamos hecho lo que vinimos a hacer, nos iremos. Quedesé tranquilo. No habrá ningún escándalo.

»—Creo que no me entiende —insistió el primo. Sudaba mucho. Un pañuelo embebido en perfume lo aliviaba—. El fallecimiento ha sido repentino y la viuda está muy alterada. Saber que ustedes han entrado en su propia casa no le hará ningún bien. Le aconsejo que vayan a la iglesia y recen ahí por el eterno descanso de Juan. Y por caridad, tome este dinero para comprarle algunas flores.

»Me tendió un billete de cien pesos, que en esa época era una barbaridad. No me digné contestarle. Lo aparté con la mano y seguí caminando. Al advertir mi resolución, el otro viejo sonrió de costado y preguntó, desdeñoso:

»—¿Éstos son los bastardos?

»—Los de su madre —respondí, marcando con fuerza el *su*, para devolverle el insulto—. Y los de Juan Duarte. Así son las cosas. Todos, para el ladrón, son de su condición.

»No pude avanzar sino unos pocos pasos. De la casa salió una joven poco mayor que Blanca. Tenía los ojos marcados por el estrago del llanto y los labios pálidos. Se abrió paso entre las coronas fúnebres con tal ímpetu que dos o tres cayeron de los caballetes. Estaba encrespada. Pensé que iba a golpearme.

»—¿Cómo se atreve? —dijo—. Hemos sufrido toda la vida por su culpa, señora. Vayasé de aquí, vayasé. ¿Qué clase de mujer es usted, Dios mío? Qué falta de respeto.

»Yo no perdí la calma. Pensé: es una hija de Duarte. También ella, a su manera, se ha de sentir desamparada.

»—Por respeto al difunto he venido hasta aquí —le dije—. Mientras vivió, fue un buen padre. No veo por qué las cosas deben ser de otro modo ahora que está muerto. No les haga a mis hijos el mal que ellos no le harían a usted.

»—¡Vayasé ahora mismo! —me contestó. No sabía si atacarme o largarse a llorar.

»Quién sabe por qué se me representaron en aquel momento la estación de trenes donde había esperado a Duarte tantas veces en vano, la carreta de mi padre avanzando entre los espejismos de los campos secos, el parto de mi primera hija, la cara de Evita desfigurada por las quemaduras. Entre tantas imágenes encontré también la de un caballero flaco y pálido. Estaba vestido de negro y se había acercado sin que nos diéramos cuenta, al amparo de la contraluz. Creí que era otro personaje de mis recuerdos, pero no: estaba de pie en la realidad de ese día tan distinto a mí, inmóvil, presenciando el arrebato histérico de la joven que era, de hecho, media hermana de mis hijos. El caballero flaco le puso las manos sobre los hombros y con ese gesto simple le apagó el odio, o por lo menos se lo contuvo.

»—Vamos a permitirles entrar un momento, Eloísa —le dijo—. Esta gente no tiene por qué llevarse a Los Toldos la misma pena con que ha venido.

»La joven regresó a la casa sollozando. El hombre me habló entonces, sin enojo ni compasión:

»—Todo en esta muerte nos ha tomado de sorpresa. Hubiera sido mejor que no vinieran. Pero ahora ya están en Chivilcoy y cuanta menos gente lo sepa será mejor. En Los Toldos Duarte podía hacer lo que le diera la gana. Aquí hay que cuidar las apariencias. Si alguien pregunta quién es usted, voy a decir que es la cocinera de La Unión. No me desmienta. O entra con esa condición, o se retira. Nadie le va a dirigir la palabra. Tampoco quiero que hable con nadie. Le doy cinco minutos para que se despida del muerto, rece y se vaya. La viuda va a estar en ese momento en otra parte de la casa, y tal vez toda la gente que ha venido a dar el pésame también quiera estar lejos. No habrá nadie en la capilla ardiente. Sólo yo, para vigilar que se cumpla el trato.

»—Queda el cementerio —dije. Sentía la garganta seca, pero no quería mostrar debilidad. —Le prometí a Duarte que, cuando muriera, sus hijos iban a seguir el cortejo y a dejarle unas flores.

»El hombre quedó un rato en silencio. Su silencio era más amenazador que sus palabras.

»—Faltan todavía tres horas para el entierro. No sé qué quieren hacer ustedes mientras tanto, pero no hay razón para que se queden aquí. Al ataúd lo tienen que acompañar los parientes, los oficiales de la policía, los concejales, los profesores de la escuela normal y los consignatarios de hacienda que tenían negocios con el difunto. Son demasiadas personas y ustedes no conocen a ninguna. No les puedo prohibir que caminen detrás del cortejo. Pero nadie les va a hacer lugar.

»El caballero flaco desapareció en la la casa mortuoria

y, al rato, nos llamó con un guiño despectivo del índice. Recuerdo que, al pasar entre la doble fila de coronas, me desconocí a mí misma y desconocí los nombres de todo lo que veía. Velas, rejas, ojos, lajas, la realidad estaba en otro lugar. También mi cuerpo. Dejé de sentir las várices. En la capilla ardiente había un piano de cola y, junto al taburete, dos perros de caza embalsamados.

»Aunque me pese reconocerlo, el difunto no se iba de este mundo con una figura muy lucida. Llevábamos casi dos años sin vernos y en ese tiempo se había descuidado con la comida. Estaba grueso. El vientre le abultaba tanto que, al ver su sombra en la pared, parecía que hubiera otro piano allí, pero con la cola levantada. Tenía la cabeza maltrecha por el accidente y unos surcos de sangre en las fosas de la nariz. Pensé que lo habían dejado así a propósito, para que nadie lo recordara buen mozo. Nos acercamos a besarlo, pero no sabíamos dónde. Para que no se le cayera la mandíbula le habían atado un pañuelo que le cubría casi toda la cara. Blanca le acarició la nariz afilada y transparente. Yo le tomé las manos, que aferraban un rosario. Me pregunté cuáles habrían sido sus pensamientos cuando el auto se le volcó en la banquina. Era cobarde y no debió de atreverse a pensar en nada. Sólo sentiría el asombro y el terror del fin.

»Evita no alcanzaba a ver el cuerpo y tuve que levantarla en brazos. Cuando la acerqué al ataúd, advertí que tenía los labios apretados y la mirada desierta. "Tu papá", le dije. Ella se volvió hacia mí y me abrazó sin expresión, sólo porque debía abrazar a alguien y no quería tocar aquellos despojos de un desconocido.

»El caballero flaco nos acompañó hasta la puerta. Creo que me tendió una tarjeta pero no pude leerla. El sol había desenvainado esa mañana una calor sin piedad y todo lo que recuerdo es amarillo.

»Nos refugiamos en una fonda, cerca de la estación de ómnibus, y a eso de la una nos encaminamos al cementerio. Llegué cuando entraba el cortejo. Vi a la otra esposa de Duarte llorar en el hombro de la hija que me había ofendido; vi al caballero flaco cargando el ataúd junto a un capitán que en aquel calor estrepitoso se había abrigado con capas y galones. Sentí lástima por el difunto, que se despedía de este mundo rodeado de personas que desconocían su vida y no lo habían querido tal como era. Estábamos insolados y me pareció, por los chicos, que no valía la pena seguir el funeral. No había ya razón para quedarse ni tampoco hubo nunca razón para volver.»

La voz de la madre siguió hablando pero mi escritura ya no la oyó. Entre las palabras que dejé perderse había unos versos que Evita recitó en el patio de la escuela mixta urbana de Los Toldos, el revoloteo de la máquina Singer, dos fotos de chica triste, sin sonrisa, y la mañana en que Ella dijo: «Voy a ser artista». Eran imágenes de tarjetas postales que tal vez deberían estar aquí. Pero me ensordeció el vuelo de un ala sola y amarilla en el aire de la página. Vi volar el ala hacia atrás y cuando me le acerqué, no la vi más. Es así como se apaga el pasado, me dije. Siempre el pasado llega y se va sin importarle lo que deja.

—Te podrás imaginar los tiempos atroces que pasó el Coronel cuando volvió a Buenos Aires —me dijo Cifuentes. Estábamos otra vez juntos, al empezar la tarde de aquel mismo domingo. Yo comía una manzana; él fumaba con avidez, altivo y exiguo. —Todo lo que le quedaba de orgullo, instinto, fuerza y deseo se había quedado atrás, en Alemania. Vivía solo, en una pensión de Arenales y Coronel Díaz: sin nada que hacer, nadie en quién pensar, rumiando las imágenes del cadáver perdido. A fines de aquel año me llamaron del hospital militar porque lo habían internado con un coma hepático y los médicos creían que ya no iba a contar el cuento. Lo atormentaban con lavajes intestinales y tubos de glucosa. Su pobre cuerpo castigado tenía ronchas, estigmas, lastimaduras de la dejadez. Desde el teléfono del hospital llamé a la esposa y le pedí que lo socorriera. «Quién sabe si querrá verme», dijo ella. «Vaya», le contesté. «No la va a rechazar. Está quemando el último aliento en el esfuerzo de sobrevivir.»

—Sobrevivió —le dije—. No he oído que nadie cayera y se levantara, como él, tantas veces.

—No sabés cuánto sobrevivió.

Cifuentes y yo seguimos un largo rato inmóviles en el mismo domingo. Había brumas afuera, lloviznas, ráfagas de viento húmedo: todos los malos humores del clima de Buenos Aires pasaban por allí sin que nos importara. Según su costumbre, Cifuentes sacaba del bolsillo unas diminutas migas de pan y se las comía. Las esquirlas se le quedaban enredadas en la barba puntiaguda.

—Antes del fin, Moori se reconcilió una vez más con la esposa —me dijo— y volvió a vivir en el departamento de Callao y Santa Fe. Tenía la ilusión de que lo reincorporaran al ejército y lo ascendieran a general de brigada, pero ya sus amistades habían perdido influencia y el propio ejército estaba demasiado enloquecido por las luchas de facciones como para interesarse en él. Fue en esos meses cuando lo visitó Rodolfo Walsh y el Coronel le contó que había enterrado a Evita de pie, en un jardín de lluvias incansables. Suponía que la Difunta estaba aún dando vueltas por el mundo, en manos de algún poder oculto. Un día me dijo: «Vayamos a buscarla, Pulgarcito». Yo traté, por única vez en la vida, de hacerlo entrar en razón. «Lo que enterraste en Eichstätt fue una copia, Moori», le dije. «Te engañaron. Quién sabe qué se ha hecho de la Eva. A lo mejor la han sepultado en el mar.» Me arrepentí al instante de haberle hablado así. Tuvimos un altercado feroz. Lo vi llevar una mano a la Walther. Estuvo, creo, a punto de matarme. Durante meses no me dirigió la palabra. Para el Coronel, no había otra realidad que Evita. El mundo le parecía, sin Ella, intolerable.

A veces nos callábamos durante ratos largos, hasta que el silencio se acomodaba por completo dentro de nosotros. A veces nos acordábamos de hablar y repetíamos lo ya dicho como si lo hubiéramos olvidado. Sigo pensando que ese domingo no fue un solo día sino muchos y que, cuando llegó la noche, Cifuentes se alejó de mi vida.

Pero aún no he terminado de contar algunas historias que se quedaron, desde entonces, dentro de mí. Como era quizás inevitable, me dijo Cifuentes, el Coronel se dejó.devorar de nuevo por la fiebre del alcohol y volvió a tener raptos de delirium tremens. Hordas de mariposas lo sepultaban bajo un tejido de velas encendidas y de flores silvestres. Las ratas de la pesadilla le descoyuntaban los huesos y le quemaban los ojos. Dos veces lo internó su mujer en el hospital y otras tantas volvió a las andadas. El Comando de la Venganza seguía mandándole cartas de amenaza y preguntándole dónde estaba Evita. *Devolvé el cuerpo de la Santa al pueblo*, le escribían. *Te vamos a cortar la oreja, como se la cortaste a Ella. Te vamos a sacar los ojos. ¿Dónde escondiste las sagradas reliquias de nuestra Madre Querida?*

Un amanecer, apareció en la casa de Cifuentes. Llevaba dos baúles repletos de cartas, documentos y fichas con relatos cifrados. Le dijo que volvería a buscarlos cuando el pasado se aquietara.

—Me están pisando los talones, Pulgarcito —le explicó—. En el momento menos pensado van a matarme. Tal vez sea un alivio. Tal vez sea lo mejor.

Dejó allí los baúles para siempre. Cuando necesitaba consultar uno de los escritos, entraba en el estudio de su amigo, de día o de noche, y con el auxilio de una lupa examinaba las hojas al trasluz, en busca de anotaciones con tinta invisible. Ya nadie pensaba en él como en un ser vivo, me dijo Cifuentes. «Moori, al final, dejó de ser el Coronel: era su enfermedad, sus vicios, sus tormentos».

En 1965 se alejó por última vez de la esposa y, durante algún tiempo, también dejó de beber. Fundó una «Agencia de Prensa Transamericana» que difundía rumores sobre conspiraciones cuarteleras y motines en las fábricas. Escribía él mismo las noticias y las copiaba en un mimeógrafo de 1930, que no paraba de toser o tartamudear. Se las arregló para que su nombre resucitara en los diarios. A comienzos de 1967 fue entrevistado por la célebre revista *Primera Plana*. En la fotografía se lo ve gordo, calvo, con la nariz roja y agrietada que le había dejado el alcohol, y una sonrisa fantasmal, sin dientes. Le preguntaron si era verdad que había «soterrado en las tinieblas el cadáver de Evita». «No voy a contestar esa insidia», dijo. «Estoy preparando un libro sobre el caso. ¿Sabe quiénes me asisten? Sorpréndase: el doctor Pedro Ara y la señora Juana Ibarguren de Duarte.»

Mentía, por supuesto, sin saber que mentía. Había inventado una realidad y, dentro de ella, era Dios. Imitaba la imaginación de Dios y en ese reino virtual, en esa nada que estaba llena sólo de sí mismo, se creía invulnerable, invencible, todopoderoso.

Tarde o temprano, la burbuja debía estallar. Sucedió una noche de agosto. El Coronel se había citado con un informante en la estación de Liniers. Al adentrarse en el andén, pensó que había regresado a otra de sus pesadillas. Entre los bancos de tablas y los nichos de las boleterías clausuradas desfilaban promesantes con los brazos en cruz, enarbolando velones encendidos y coronas de margaritas. Algunos paseaban en angarillas la efigie de un santo indiscernible, suspendido en el ademán de repartir panes de plástico y monedas de fantasía. Otros veneraban la foto triunfal de Evita, vestida con la pollera estilo María Antonieta que lucía en las veladas del teatro Colón. Se enredaban los cantos, *Cristianos venid*, *San Cayetano ruega por nosotros*, *Eva Perón, tu corazón / nos acompaña sin cesar*. Se confundían los perfumes de la desesperación, del pachulí y de los sahumerios. Frente a la bóveda de la boletería, una mujer con un abrigo hasta el piso entregó al pasmado Coronel un ramo de alverjillas y lo empujó hacia el altar donde Ella, desde su lejana noche de gala, sonreía.

—Andá —dijo la mujer—. Ponéle cien pesos.

—¿Quién sos vos? —tuteó también el Coronel—. Sos del Comando de la Venganza.

—Qué voy a ser —respondió ella, quizá sin entender—. Soy evitista, de la Milicia Angélica. Pero acá, en estas fiestas, cualquier fe da lo mismo. Ponéle los cien pesos.

El Coronel le devolvió el ramo y, con espanto, salió a la noche. Alrededor de la estación florecían, como panales, los altares. Un oleaje de velas desteñía las siluetas de rezadores y peregrinos. El perfil de Evita dejaba caer sus bendiciones desde lo alto de los estandartes. A los balcones se asomaban otras Evitas esculpidas en yeso, a las que habían aderezado con tocas de Virgen María. Todas esgrimían una sonrisa que se esforzaba por ser benévola pero que brotaba de costado, artera, amenazante.

Se alejó como pudo. Varias veces, en el camino, oyó que desde los zaguanes le decían: «Te vamos a matar. Te vamos a cortar los huevos. Te vamos a sacar los ojos». En el primer almacén abierto compró un porrón de ginebra y lo bebió allí mismo, empinándoselo, con una sed que ya llevaba dos años sin ser saciada. Después se encerró en su oficina y siguió bebiendo sin parar hasta que Evita se retiró de sus alucinaciones y otras sombras más terribles lo mantuvieron clavado al piso, en una ciénaga de orinas y de mierdas.

Esa vez lo salvaron los peones de la limpieza. Los estragos de su cuerpo eran tales que los médicos tardaron seis meses en darlo de alta. Quiso la fatalidad que, al llegar convaleciente a las oficinas de la Agencia Transamericana —donde ahora tenía su casa—, alguien deslizara un sobre lacrado bajo la puerta, con este mensaje escueto: *Tu hora se aproxima. Comando de la Venganza*.

Salió desesperado a la calle, sin camisa. Empezaba el otoño y caía una lluvia inclemente. La escritora Tununa Mercado, que tenía la costumbre de caminar con su perro a esas horas tardías, se cruzó con él en la plaza Rodríguez Peña. «Creí que era un enfermo escapado de los asilos», me contó muchos años después. «Pensé: sólo puede ser un pobre enfermo. Hasta que lo reconocí por las fotos de los diarios. Corrió hacia la estatua de O'Higgins y se paró ante el pedestal, con los brazos en cruz. Lo oí gritar: "¿Por qué no vienen de una vez y me matan?". Repetía: "¿Por qué no vienen?". Yo no sabía de quiénes estaba hablando. Miré para todas partes. No había nadie. Sólo el silencio y la luz lechosa de los faroles. "¿Qué esperan, hijos de puta?", volvió a gritar. "¡Mátenme, mátenme!" De pronto, algo lo derrumbó. Se puso a llorar. Me acerqué a preguntarle si necesitaba ayuda, si quería que llamara a un médico.»

A Tununa la han conmovido siempre los hombres que viven en esa plaza, a la intemperie. Estaba por cruzar al palacio Pizzurno para pedir ayuda a los serenos cuando apareció un hombre calvo, de nariz aguileña, con barba de mosquetero.

«Era Cifuentes», le dije. «Aldo Cifuentes».

«Quién sabe», me contestó Tununa, que tiene una confianza ciega en sus sentimientos pero no en sus sentidos. «El hombrecito calvo lo estaba buscando. Con increíble delicadeza le dijo: "Vámonos, Moori. No tenés nada que hacer acá." "No me pidás eso, Pulgarcito", le suplicó el Coronel. Me sorprendió que alguien tan rudo, de aspecto tan bestial, invocara a un personaje de mis cuentos de niña. "Me quiero morir". El amigo cubrió al Coronel con una cobija y lo arrastró, casi en hombros, hasta un auto. Yo me quedé mucho rato quieta, bajo la llovizna, y esa noche no pude dormir.»

Con abnegación, con tenacidad, Cifuentes fue el lazarillo del Coronel hasta la víspera misma de su muerte, en 1970. Hay seres que, sin razón alguna, protegen a otros con una piedad compulsiva, como si el cuidado de esos destinos ajenos les permitiera expiar viejas derrotas y deberes no cumplidos. Cifuentes se aplicó a esa obra de misericordia sin alardes. En sus memorias póstumas dedica al tema un párrafo displicente: «Moori Koenig fue mi hermano del alma. Quise salvarlo y no pude. Cayó en desgracia por causas oscuras. Su hogar se deshizo. Su claridad mental se oscureció. Muchos pueden hablar de sus borracheras, de sus pequeñas trampas y mentiras. A mí sólo me importaron sus sueños».

Voy a dejar, entonces, que esta última cadencia de la historia repose sobre el pecho de un sueño.

Como ya dije, el Coronel soñaba casi todas las noches con la luna. Se veía caminando por los desiertos blancos y agrietados del Mar de la Serenidad, sobre el que brillaban seis o siete lunas torvas y amenazantes. Sentía, en el sueño, que iba en busca de algo, pero cada vez que divisaba un promontorio, un temblor del paisaje, la ilusión se deshacía antes de que pudiera alcanzarla. Esas imágenes de nada y silencio permanecían dentro de él durante horas, y sólo se disipaban con los primeros tragos de ginebra.

Cuando se supo que tres pilotos de la NASA iban a descender en la luna, el Coronel pensó, con alivio, que aquel sueño repetido perdería su razón de ser —como todos los sueños que, después de mucho insistir, acaban apareciendo en algún lugar de la realidad—, y que tendría entonces libertad para soñar otras cosas. Decidió con Cifuentes que verían juntos en la televisión las últimas horas del largo viaje espacial. Así fue como un domingo por la noche se instalaron ante el aparato, con un cubilete de dados para entretener la espera y una provisión generosa de cigarrillos. La transmisión exageraba las imágenes del centro de control de Houston y las entrevistas a los técnicos que guiaban la nave. Esas digresiones los adormecieron.

Se habían prometido resistir la tentación de la ginebra hasta que la aventura hubiera terminado. Por fin, un asombroso disco redondo apareció en la inmensidad, lleno de luz. Duró poco. El vientre del disco se hundió en seguida y en el espacio vacío fue dibujándose una hoz cóncava, menguante.

—La luna —dijo el Coronel.

—Es la tierra —opinó Cifuentes—. Somos nosotros. Parece que tuviéramos la frente vendada como las monjas.

Durante horas, no pasó nada más. El aire, afuera, estaba lleno de sonidos urbanos, pero también los sonidos fueron apartándose y sólo quedó el vacío del invierno inclemente. Aunque el frío de la casa se hizo intolerable, el Coronel sólo sentía calor y sed. En medio de la noche rompió la promesa y tomó un trago de ginebra. Cuando regresó, la melancolía lo ahogaba. El módulo lunar, desprendido de la nave principal, estaba posando sus tentáculos sobre un cráter polvoriento. La especie humana acababa de llegar a la luna pero el Coronel ya no sentía nada, salvo los redobles de su propio infierno.

—¿Quién se la habrá llevado, Pulgarcito, qué te parece? —dijo.

—¿A Evita? Qué sé yo. Mirá las ideas que se te ocurren a estas horas.

Cifuentes estaba disgustado. El aliento a ginebra saturaba el aire.

—Vaya a saber si la cuidan, Pulgarcito. Vaya a saber qué le estarán haciendo.

—No pensés más en eso. Me prometiste.

—Yo la extraño. La extraño. Quisiera no pensar, pero la extraño.

Durmieron allí mismo, sobre los sillones. Cuando Cifuentes despertó, a comienzos de la tarde siguiente, ya el Coronel había tomado más de medio porrón de ginebra y lloraba viendo las imágenes interminables de la llanura de ceniza. Se oían los frenazos de los colectivos en la calle. Todo parecía haber vuelto a la normalidad, aunque a veces se abrían sorpresivos paréntesis de silencio. La oscuridad se apoderaba entonces de la pantalla, como si el mundo suspendiera el aliento a la espera de un parto descomunal, pantagruélico.

A las once de la noche del lunes, Neil Armstrong pisó la luna y pronunció la retórica frase que tanto había ensayado: *That's one small step for man*. La imagen del televisor se inmovilizó en la huella de una bota, la izquierda, sobre el polvo gris.

—Qué raro: tantas manchas negras —dijo el Coronel—. Tal vez hay moscas en ese lugar.

—No hay nada —dijo Cifuentes—. No hay vida.

—Hay moscas, mariposas, larvas de saprinas —insistió el Coronel—. Mirálas en el televisor. Están por todas partes.

—Qué van a estar, Moori. Es la ginebra que tomaste. Acabála ya. No quiero que terminemos otra vez en el hospital.

Armstrong saltaba de un cráter a otro y de pronto desapareció en el horizonte con una pala pequeña. Dijo, o el Coronel creyó entender: «No puedo ver lo que hago cuando llego a la sombra. Trae la máquina, Buzz. Mándame la máquina».

—Van a trabajar con máquinas —dijo el Coronel.

—Salió en los diarios —bostezó Cifuentes—. Van a cavar. Tienen que recoger algunas piedras.

Armstrong y el hombre que se llamaba Buzz parecían volar sobre aquel blando mundo muerto. Alzaban los brazos alados y se elevaban por encima de cordilleras frágiles y de mares impasibles. La cámara los perdió de vista y, cuando volvió a ellos, flotaban juntos, aferrando por las asas una caja de metal, de contornos borrosos.

—Mirá esa caja —dijo el Coronel—. Un ataúd.

—Son herramientas —lo corrigió Cifuentes—. Ya vas a ver cuando empiecen a trabajar.

Pero la cámara se apartó de los astronautas en el preciso momento en que se inclinaban sobre algo que parecía un cauce, una grieta, y se distrajo con otros paisajes. En la aterradora blancura se dibujaron anillos, ojeras, ráfagas de plumas, estalactitas, plagas del sol. Luego, el espacio fue ocupado por un silencio sin remordimiento, hasta que regresó el perfil de Armstrong solitario, cavando.

—¿Has visto eso? —dijo el Coronel. Estaba erguido, con una mano en la frente, pálido ante las imágenes que reverberaban.

—Qué —respondió Cifuentes, cansado.

—La tienen ahí.

—Es la bandera —dijo Cifuentes—. Van a clavar una bandera.

—¿No te das cuenta?

Cifuentes lo tomó del brazo.

—Tranquilo, Moori. No pasa nada.

—¿Cómo que no pasa nada? ¡Se la llevaron, Cifuentes! ¡La están enterrando en la luna!

«Pueden ver la bandera», anunció uno de los técnicos de Houston. *Now, you can see the flag.* «¿No es hermosa?»

—Es hermosa —dijo el Coronel—. Es la persona más hermosa de este mundo. —Se desplomó en el sofá y repitió sin consuelo, cientos de veces, la revelación que le iba a consumir lo que le quedaba de vida: —Es Ella. Los hijos de puta la enterraron en la luna.

16

«TENGO QUE ESCRIBIR OTRA VEZ»

La historia puede llevarnos a cualquier parte,
a condición de que nos salgamos de ella.

CLAUDE LEVI-STRAUSS, *La pensée sauvage*

A fines de junio de 1989, vencido por una ráfaga de depresión, me acosté decidido a no moverme de la cama hasta que la tristeza se retirara sola. Estuve así mucho tiempo. La soledad iba envolviéndome como el tejido de una crisálida. Un viernes, poco antes de medianoche, sonó el teléfono. Por desconcierto o por letargo, atendí.

—¿Qué quiere? —pregunté.

—Nada —dijo una voz filosa, imperativa—. ¿No era usted el que trataba de saber algo? Ahora por fin estamos todos juntos y podemos hablar.

—No quiero hablar con nadie —dije—. Se equivocó de número.

Casi corté. La voz me detuvo.

—¿Tomás Eloy?

Hay poca gente que me llama así: sólo amigos cercanos, del exilio; también, a veces, mis hijos.

—Soy yo —dije—. Pero no estoy buscando a nadie.

—Usted quería escribir sobre Evita.

—Eso fue hace mucho tiempo. Lo que quise decir ya está en una novela. Salió hace cuatro años.

—La leímos —insistió la voz—. Se le escaparon muchos errores. Sólo nosotros sabemos lo que pasó.

En el fondo, se oían esquirlas de sonidos: conversaciones indescifrables, bataholas de cristales y de lozas. Parecían los ecos desvelados de un restaurant.

—¿Quién habla? —dije.

—Lo vamos a esperar hasta la una, en el café Tabac de Libertador y Coronel Díaz. Es por el cadáver, ¿sabe? Nosotros nos hicimos cargo.

—¿Cuál cadáver?

En esos tiempos, Evita era para mí un personaje histórico, inmortal. Que fuera un cadáver no me entraba en la cabeza. Conocía, por supuesto, los azares de su pérdida y de su devolución al viudo, en Madrid, pero los había apartado de la memoria.

—Qué pregunta. El de Eva Perón.

—¿Quién habla? —repetí.

—Un coronel —dijo la voz—. Servicio de Inteligencia del Ejército.

Al oír ese nombre, todas las hienas del pasado me hundieron los colmillos. Hacía sólo seis años que los militares se habían retirado del poder en la Argentina, dejando tras sí la estela de una matanza atroz. Tenían la costumbre de llamar por teléfono en medio de la noche para asegurarse de que las víctimas estaban en sus casas y, cinco minutos después, abatiéndose sobre ellas, las despojaban de sus bienes en nombre de Dios y las torturaban por el bien de la patria. Uno podía ser inocente de todo delito, salvo el de pensamiento, y eso bastaba para esperar, cada noche, que los jinetes del apocalipsis llamaran a su puerta.

—No voy a ir —dije—. A usted no lo conozco. No tengo por qué ir.

El tiempo había pasado. Ahora eran posibles esos desaires.

—Como quiera. Llevamos meses discutiendo el asunto. Esta noche, por fin, decidimos contar la historia completa.

—Cuéntemela por teléfono.

—Es muy larga —insistió la voz—. Es una historia de veinte años.

—Entonces llámeme mañana. ¿Se ha dado cuenta de qué hora es?

—Mañana no. Esta noche. Es usted el que no se da cuenta de qué estamos hablando. Eva Perón. Imagínese. El cadáver. Un presidente de la república me dijo: «Ese cadáver somos todos nosotros. Es el país.»

—Debía estar loco.

—Si usted supiera de qué presidente hablo, no diría eso.

—Mañana —repetí—. A lo mejor, mañana.

—Entonces, la historia se pierde —dijo.

Presentí que era él, ahora, quien iba a cortar. Me he pasado la vida sublevándome contra los poderes que prohíben o mutilan historias y contra los cómplices que las deforman o dejan que se pierdan. Permitir que una historia como ésa me pasara de largo era un acto de alta traición contra mi conciencia.

—Está bien —dije—. Espéreme. En menos de una hora estoy allá.

Apenas colgué, me arrepentí. Me sentí desnudo, inerme, vulnerable, como la noche antes de mi exilio. Tuve miedo, pero la humillación del miedo me liberó. Pensé que si tenía miedo estaba aceptando que los verdugos eran invencibles. No lo eran, me dije. El sol / calladoꟼ la belleza / sin cólera / de los vencidos / los había vencido. Miré la ciudad a través de las persianas. Llovían tenues astillas de escarcha. Me puse el impermeable y salí.

Una de las ventajas del Tabac es que, junto a las ventanas, brotan inexplicables oasis sin sonido. El enloquecedor · bochinche que arde junto a la barra y en los pasillos se apaga, respetuoso, en las fronteras de esas mesas privilegiadas, donde se puede hablar sin que oigan los de las mesas vecinas. Quizá por eso nadie las ocupa. Cuando llegué, la franja de silencio desentonaba, indiferente, con el trajín insomne del café. En Buenos Aires, mucha gente despierta sólo a medianoche de sus largas siestas y sale entonces a rastrear la vida. Parte de esa fauna estaba desperezándose en el Tabac.

Nadie me hizo señas cuando entré. Estudié las caras, desorientado. Sentí, de pronto, el roce de un dedo en el hombro. Los tipos que me habían llamado por teléfono estaban a mi espalda. Eran tres: dos debían de tener más de setenta años. El tercero, calvo, de pómulos altos y con un bigote fino, dibujado, era un calco de Juan Duarte, el hermano de Evita que había caído en desgracia con Perón en 1953 y que, por desesperación o por culpa, se había pegado un tiro en la cabeza. Me pareció que el pasado en persona venía a buscarme, arbitrario, implacable.

—Soy el coronel Tulio Ricardo Corominas —habló uno de ellos. Estaba erguido, tieso, tal vez incómodo. Ni siquiera me tendió la mano y yo tampoco se la tendí. —Va a ser mejor que nos sentemos.

Me interné en la franja acústica. Con alivio, advertí que mi depresión estaba retirándose sola. Volví a ver la realidad como un vasto presente donde todo, por fin, era posible. El más alto de los tres militares se instaló a mi lado y dijo, con voz ronca y atropellada:

—Yo no estuve en el grupo que se llevó el cadáver. Soy Jorge Rojas Silveyra, el que lo devolvió.

Lo reconocí. En 1971, el gobierno militar le había dado plenos poderes para negociar con Perón en Madrid. Regresó a Buenos Aires con las manos vacías, pero le entregó a Perón dos regalos envenenados: el cuerpo de Evita, con el que no sabía qué hacer, y cincuenta mil dólares de salarios presidenciales atrasados, que a Perón le quemaron las manos.

El calvo juntó los tacos con marcialidad.

—A mí llámeme Maggi, como las sopas —dijo—. En uno de mis documentos fui, alguna vez, Carlo Maggi.

—Vine porque había una historia —les recordé—. Cuéntenmela y me voy.

—Leímos la novela suya sobre Perón —aclaró Corominas—. No es verdad que el cuerpo de esa persona estuvo en Bonn.

—¿Qué persona? —pregunté con malicia. Quería saber cómo la nombraba.

—Ella —contestó—. La Eva. —Se llevó las manos a la papada soberbia, colgante, y de inmediato se corrigió: —Eva Perón.

—Como usted dijo, es una novela —expliqué—. En las novelas, lo que es verdad es también mentira. Los autores construyen a la noche los mismos mitos que han destruido por la mañana.

—Ésas son palabras —insistió Corominas—. A mí no me convencen. Lo único que vale son los hechos y una novela es, después de todo, un hecho. Pero el cadáver de esa persona nunca estuvo en Bonn. Moori Koenig no lo enterró. Ni siquiera pudo saber dónde estaba.

—A lo mejor tenía una copia y creía que era el cuerpo verdadero —arriesgué. Habían aparecido artículos que aludían a copias desparramadas por el mundo.

—No hubo copias —dijo Corominas—. Hubo un solo cuerpo. Lo enterró el capitán Galarza en Milán, y desde entonces estuvo ahí, hasta que yo lo recuperé.

Durante dos horas, narró con la prolijidad de un anatomista las desventuras nómades de la Difunta: el fracaso del Coronel en el palacio de las aguas, la noche del vendaval en el cine Rialto, el crimen de Arancibia en el altillo de Saavedra y lo que él llamaba «sacrilegios» de Moori Koenig, que sólo conocía, dijo, «por rumores y delaciones anónimas». También habló de las tenaces, ubicuas ofrendas de flores y de velas. Después, me mostró un fajo de documentos.

—Vea —dijo—. Acá está el acta que firmó Perón cuando recibió el cuerpo. Fíjese en la factura que me dio la aduana cuando embarcamos a la Difunta para Italia. Éste es el título de propiedad de la tumba. Échele una ojeada.

Me tendió un papel amarillo, trasegado, inservible.

—El título de propiedad está vencido —dije, señalándole la fecha.

—No importa. Es la prueba de que la tumba fue mía.

—Guardó el papel y repitió: —Fue mía.

Pedí otro café. Sentí que los músculos se me habían cristalizado o alisado por el peso de aquellos recuerdos ajenos. Todos fumaban mucho pero yo respiraba otro aire: el de la calle inmóvil y sin luz, o el del río, allí cerca.

—¿Usted cree que fue suya, Corominas? —dije—. Siempre, de un modo u otro, fue de todos.

—Ya no es de nadie —dijo—. Ahora está por fin donde debió estar siempre.

Recordé el sitio: el fondo de una cripta en el cementerio de la Recoleta, bajo tres planchas de acero de diez centímetros, detrás de rejas de acero, puertas blindadas, leones de mármol.

—No siempre va a estar ahí —dije—. Tiene la eternidad para decidir qué quiere. Tal vez se ha convertido en una ninfa que está tejiendo su capullo. Tal vez volverá un día y será millones.

Volví a mi casa y, hasta que amaneció, seguí pensando qué hacer. No quería repetir la historia que me habían contado. Yo no era uno de ellos.

Así estuve tres años: esperando, rumiando. La veía en mis sueños: Santa Evita, con un halo de luz tras el rodete y una espada en las manos. Empecé a ver sus películas, a oír las grabaciones de sus discursos, a preguntar en todas partes quién había sido y cómo y por qué. «Era una santa y punto», me dijo un día la actriz que le había dado refugio cuando llegó a Buenos Aires. «Si lo sabré yo, que la conocí desde el principio. No sólo era una santa argentina. También era perfecta.» Acumulé ríos de fichas y relatos que podrían llenar todos los espacios inexplicados de lo que, después, iba a ser mi novela. Pero ahí los dejé, saliéndose de la historia, porque yo amo los espacios inexplicados.

Hubo un momento en que me dije: Si no la escribo, voy a asfixiarme. Si no trato de conocerla escribiéndola, jamás voy a conocerme yo. En la soledad de Highland Park, me senté y anoté estas palabras: «Al despertar de un desmayo que duró más de tres días, Evita tuvo al fin la certeza de que iba a morir». Era una tarde impasible de otoño, el buen tiempo cantaba desafinando, la vida no se detenía a mirarme.

Desde entonces, he remado con las palabras, llevando a Santa Evita en mi barco, de una playa a la otra del ciego mundo. No sé en qué punto del relato estoy. Creo que en el medio. Sigo, desde hace mucho, en el medio. Ahora tengo que escribir otra vez.

RECONOCIMIENTOS

* A Rodolfo Walsh, que me guió en el camino hacia
Bonn y me inició en el culto de «Santa Evita».

* A Helvio Botana, que me permitió copiar sus archivos
y me reveló casi todo lo que ahora sé del Coronel.

* A Julio Alcaraz, por su relato del renunciamiento.

* A Olga y Alberto Rudni, a quienes debo el personaje y
la historia de Emilio Kaufman en Fantasio. Ambos saben
muy bien quién es Irene.

* A Isidoro Gilbert, que grabó todo lo que Alberto se
había olvidado de contar.

* A Mario Pugliese Cariño, por su evocación del primer
viaje de Evita.

* A Jorge Rojas Silveyra, que una mañana de 1989 me
refirió el final de esta novela. A sus largas conversaciones
sobre la devolución del cadáver, a su préstamo de documentos invalorables y a su apoyo en la búsqueda de testigos.

* A Héctor Eduardo Cabanillas y al suboficial que fingió ser Carlo Maggi, por sus relatos.

* A la viuda del coronel Moori Koenig y a su hija Silvia,
que una noche de 1991 me refirieron las desdichas de sus
vidas.

* A Scrgio Berenstein, quien entrevistó al personaje que aquí se llama Margot Heredia de Arancibia. A los viejos proyectoristas y acomodadores del cine Rialto, así como a los herederos del antiguo dueño.

* A mi hijo Ezequiel, que me enseñó como nadie a investigar en archivos militares y periodísticos. A mi hija Sol Ana, que me acompañó armando teatros con muñecas a las que llamaba Santa Evita y Santa Evitita.

* A Paula, Tomy, Gonzalo, Javier y Blas, mis hijos, por el amor, en estos largos meses de ausencia.

* A Nora y Andrés Cascioli, que me dieron todas las facilidades para mis entrevistas con Rojas Silveyra y Cabanillas.

* A María Rosa, quien investigó en los diarios de 1951 y 1952 las hazañas y récords que intentaban devolver a Evita la salud perdida.

* A José Halperín y a Víctor Penchaszadeh, que corrigieron, sin impacientarse, las incontables referencias médicas del texto y facilitaron mi búsqueda en los archivos del sanatorio Otamendi y Miroli.

* A Noé Jitrik, Tununa Mercado, Margo Persin y, en especial, a Juan Forn, que leyeron más de una vez el manuscrito y lo salvaron de oscuridades y caídas que yo no había advertido.

* A Erna von der Walde, por sus lecciones electrónicas de alemán. Todas las frases en esa lengua —salvo dos, triviales— provienen del réquiem «Für eine Freundin», de Rainer Maria Rilke.

* A María Negroni, a quien debo una línea de «Venecia».

* A Juan Gelman, que me dio libertad para incluir algunas líneas de sus poemas, sobre todo de «Preguntas». No siempre esas citas están entre comillas, pero se distinguen con facilidad: son lo mejor de este libro.

* A Mercedes Casanovas, por su apoyo y su paciencia.

* Y, sobre todo, a Susana, a quien esta novela debe cada palabra, cada revelación, cada felicidad.

ÍNDICE

Esta edición
se terminó de imprimir en
Cosmos Offset S.R.L.
Coronel García 444, Avellaneda,
en el mes de setiembre de 1995.